丛 坤◎主编

黑龙江民间文学丛书

大庆卷

黑龙江大学出版社
HEILONGJIANG UNIVERSITY PRESS

图书在版编目（CIP）数据

黑龙江民间文学丛书．大庆卷 / 丛坤主编．-- 哈尔
滨：黑龙江大学出版社，2019.5（2021.7重印）
ISBN 978-7-5686-0303-4

Ⅰ．①黑… Ⅱ．①丛… Ⅲ．①民间文学－作品集－大
庆 Ⅳ．①I277

中国版本图书馆CIP数据核字（2019）第088517号

黑龙江民间文学丛书·大庆卷
HEILONGJIANG MINJIAN WENXUE CONGSHU DAQING JUAN
丛　坤　主编

责任编辑　张永超　戚增媚　常宇琦
出版发行　黑龙江大学出版社
地　　址　哈尔滨市南岗区学府三道街36号
印　　刷　三河市春园印刷有限公司
开　　本　787毫米×1092毫米　1/16
印　　张　24.5
字　　数　351千
版　　次　2019年5月第1版
印　　次　2021年7月第2次印刷
书　　号　ISBN 978-7-5686-0303-4
定　　价　74.00元

编辑说明

　　《黑龙江民间文学丛书》各分卷所收文章多为民间百姓口口相传之作，有的故事流传时间久远，在流传过程中于不同地区可能演变成不同的版本。本丛书立足于选编内容的完整性及多样性，为了能向读者全面展示黑龙江各地区的民间文学，均予以收录。并且在收录、出版过程中，不做具体分类，各文章按照名称首字汉语拼音进行排序。

　　黑龙江地区具有独特的方言体系，在整理收录各文章时，均原汁原味将其展示，以体现丰富多彩的东北方言，并未做其他多余的文学美化装饰。

　　民间文学更侧重民间性，口语特点强烈，在编辑本套丛书时，我们只是对其中某些明显讹误进行订正，从而保存故事在民间流传时的口语形态，保留了其趣味性、地方性、故事性。

　　特此说明。

黑龙江大学出版社

《黑龙江民间文学丛书》前言

黑龙江省地处祖国北疆,具有独特的地理环境;气候上的特点是四季分明,冬季漫长。每当冬季来临之际,万物肃杀,大地一片银装素裹。正如《红楼梦》中那句人皆可诵的诗句:"落得一片白茫茫大地真干净。"黑龙江省的历史也如同它的气候一样,更迭起伏,在历史的长河中总是出现诸多空白,让今天的史学工作者费尽猜测。

一、孕育黑龙江民间故事的生态环境

黑龙江省位于中国东北部,地处欧亚大陆东部、东北亚的中心区域,是亚洲与太平洋地区陆路通往俄罗斯和欧洲大陆的重要通道。因境内最大的河流黑龙江而得名。

(一)得天独厚的自然条件

黑龙江省地处北纬 43°26′—53°53′,东经 121°11′—135°05′,位于欧亚大陆东部,太平洋西岸,是中国位置最北、纬度最高的省份。全省土地总面积 47.3 万平方千米,仅次于新疆、西藏、内蒙古、青海、四川,居全国第 6 位。

黑龙江省与俄罗斯水陆相连,边境线总长 2000 余千米。黑龙江是中俄两国界江,全长 4440 千米(海拉尔河为源),干流全长 2821 千米,其中中国境内流域面积 89.1 万平方千米。两岸植被完好,至今仍保持着原始生态环境,是世界上四大无污染水系之一。这条粗犷、寂静的大河山远水长,岛屿星罗棋布,是开发界江国际旅游的珍贵资源。

黑龙江省地貌形态差异明显，境内西、北、东三面有逶迤起伏的大兴安岭、小兴安岭和张广才岭、老爷岭等两大山区。在地图上，黑龙江省的形状很像一只展翅飞翔的天鹅。南北长约 1120 千米，东西宽约 930 千米，地势大致是西北、北部和东南部高，东北、西南部低。地貌类型比例：山地、丘陵占60.5%，余为平原、水面及其他。

黑龙江省地处欧亚大陆东缘，深受日本海海洋季风的影响，南北相距 10个纬度，从北到南分为寒温带和中温带，气候的地域差异明显。全省大部分地区气温年较差大于 40 ℃，大兴安岭地区大于 44 ℃。黑龙江省冬长夏短，全省大部分地区冬季都长达 6 个月以上（205—215 天）；有些地方可达 8 个月左右（220—265 天），夏季不足 1 个月；甚至有一半左右的地区春秋相连，没有真正的夏季。西南部夏季最长也只有 50 天。冬季的北疆，坚冰锁寒江，瑞雪铺大地，为开展冰雪运动，制作冰灯、雪雕创造了条件；连绵起伏的山地，过去是冬季狩猎的好去处，如今是建设滑雪场的理想地。

黑龙江省总体生态环境呈现出特殊的多样性和相对的整体性。大、小兴安岭不仅是黑龙江省，也是东北、华北地区的天然生态屏障。黑龙江省资源丰富，大森林、大草原、大沼泽、大田作物都是国内罕见的，同时在国际上也颇闻名。森林覆盖率、木材蓄积量和木材产量均居中国之首。黑龙江省拥有世界公认的黑土带、大豆带、玉米带和奶牛带，非常适合发展粮食生产和畜牧业生产，尤其适合发展生态绿色食品生产；土壤有机质含量和养分高于全国其他省份 2—5 倍，素以世界三大黑土平原之一和中国"黑土地之乡"著称，是中国最大的商品粮战略后备基地，是大豆、玉米、水稻等绿色优质农产品的主产区。

黑龙江省野生动物区系组成复杂，种类较多，数量可观，加之得天独厚的自然条件和特殊的地理位置，其生物多样性较为丰富，更具有北方特色。黑龙江省野生动物种类众多，其中鸟类和兽类占全国的 20%—30%，为国内种类较丰富的省份之一。境内有东北虎、紫貂、貂熊、梅花鹿、丹顶鹤等 17 种国家一级保护动物。

黑龙江省现拥有国家级自然保护区 36 处,其中五大连池自然保护区已被列为世界自然遗产,扎龙自然保护区、洪河自然保护区已列入国际重要湿地名录,三江自然保护区、丰林自然保护区已加入世界"人与生物圈"保护网。

黑龙江省矿产资源在全国名列前茅,已发现矿产资源 135 种,其中石油、石墨、天然气、煤炭等资源量均位居我国前列。

改革开放以来,与东南沿海地区,乃至中原诸省相比较,黑龙江省属于经济欠发达省份。但自然生态环境破坏较小,已成为黑龙江省的后发优势。

(二)源远流长的文明历史

1857 年,马克思说,"黑龙江两岸的地方"是"当今中国统治王朝的故乡"。这一精辟论断印证了黑龙江流域少数民族对中华民族多元一体历史格局的形成所做出的卓越贡献。黑龙江省早在距今三万至四万年的旧石器时代,就有人类活动。在今黑龙江省五常市龙凤山乡学田村,曾居住着旧石器时代晚期智人,从伴生的具有人工打击痕迹的石片及哺乳动物骨骼化石看,当时这里的人们已将狩猎作为谋生的重要手段。位于哈尔滨市的阎家岗遗址中发现了旧石器时代的古人类头骨化石石片,石核和砍砸器,动物化石等历史遗迹,推断其地质年代距今约 22000 年。距今约 6000 年的密山肃慎先民(渔猎文化)的新开流古文化遗址,其存在年代大约相当于中原地区的仰韶文化、辽西地区的红山文化、山东半岛的大汶口文化以及龙山文化。距今约 6000 年的东胡族系(草原族系)昂昂溪遗址,广泛分布于嫩江流域。距今约 4000 年的小南山遗址是黑龙江流域文明起源过程中具有里程碑意义的界标。据考古发现,位于肇源县民意乡白金宝村的白金宝遗址分布范围有 20 多万平方米,是黑龙江省境内嫩江流域一处规模最大、保存最好、最有代表性的从新石器时代晚期经青铜时代到早期铁器时代的大型原始聚落遗址,是目前发现的黑龙江流域最早的文明社会。三江平原陆续发现的数百处汉魏时期遗址及黑龙江省文物考古研究所实施的"七星河流域汉魏遗址群聚落考古计划",初步确定农业生产是七星河流域汉魏居民的主要食物来源。凤林古城的发现证实,祭祀和战争在七星河流域汉魏居民中占有重要位置。如果以国家作为文明确立的标志,七星河流域的汉魏居民就已经跨入文明社会的门槛。

　　漫长历史传承中,黑龙江流域养育了为数众多的古代民族,主要分为三个族系:其一为东胡族系的乌桓、鲜卑、契丹、蒙古;其二为肃慎族系的肃慎、挹娄、勿吉、靺鞨、女真、满洲;其三为濊貊族系的扶余、高句丽。这些民族在此生息繁衍,发展崛起,纷纷踏上历史的舞台。从建立政权的时间上来看,濊貊族一系崛起得最早,早在秦汉之际,松嫩平原出现第一个国家——"濊王国",在汉代人们发现了"濊王之印",其"国有故城",经济也有很大的发展,开始饲养猪、马、牛等牲畜,并且善于狩猎。至西汉时期濊貊人建立了强大的扶余、高句丽政权。与中原王朝的联系不断加深,经济、文化也得到了长足的发展。但是到了北魏时期扶余政权在高句丽、慕容鲜卑等强邻的攻击下逐步走向衰亡,高句丽也于公元668年在唐朝和新罗军队的联合进攻下亡国;这两个民族分别融入新罗、靺鞨、鲜卑、突厥等民族之中,在中国的历史舞台上销声匿迹。东胡族系的慕容鲜卑与肃慎族系的粟末靺鞨随后开始崛起,慕容鲜卑在西晋时(265—317)建立起前燕政权,粟末靺鞨在唐朝时(618—907)建立渤海政权。而且这两个族系在中国历史上产生的影响与濊貊族系相比呈现出后来居上的历史趋势。特别是东胡族系的鲜卑、契丹、蒙古,肃慎族系的靺鞨、女真、满洲,不仅在黑龙江流域崛起发展,而且策马南下、逐鹿中原,甚至面南背北,君临天下,汇入了浩荡的中华文明之历史长河,创造了璀璨绚丽的民族文化,对中国和世界历史的发展与走向产生了直接而深远的影响。

　　在黑龙江斑斓多彩的历史文化中,渤海文化与金源文化是两座高峰。

渤海国是唐朝名重一时的"海东盛国"，领有五京、十五府、六十二州，居民达十多万户，常备兵员数万人。国家机构设置、五京设置、宫廷建筑以唐朝为样板。畜牧业、农业、手工业、商业、交通运输业、城镇经济获得很大发展。诸京、府、州、县兴办学校。诗歌、音乐、绘画、雕刻、书法及造船、航海、历算、医药、育种、城邑、宫殿营造技术都达到很高水平。渤海国时期，出现了黑龙江历史上的几个"第一"——第一个图书馆、第一所大学，接受了第一个外国留学生。现宁安市渤海镇保存了上京龙泉府、兴隆寺、石灯幢、兽头石刻、渤海墓葬等遗址遗迹，还有见诸历史文献的书、表、牒、笺、碑文等。

金源文化是指女真民族以阿什河流域阿城为中心创造的文化，即金上京地区或金代早期文化。《钦定满洲源流考》称"白山黑水，其名始见于《北史》，而显著于金源"。乾隆帝曾作《望大房山作歌》，其中有"忆昔金源全盛时，半壁江山迹始发"。阿城是金源文化肇兴之地，金王朝开国之都。自海陵王迁都北京，1157年上京号降为会宁府，至金世宗1173年恢复上京号，返祖地巡视，使金上京会宁府的地位远远高于其他陪都，故获得规模空前的发展。金上京会宁府人口36万，是当时少有的大城市。金代以农为本，畜牧业、冶铁业、手工制作业发达，建筑业空前发展，商贸繁荣，文化艺术繁荣。金初使用契丹文和汉文，1119年创制女真文字。金人非常注重教育，设皇家藏书馆，兴办"官学""庙学"，女真贵族设"私学"，普及教育达东北边远地区；通过科举选用人才，《金史》称"终金一代，科目得人为盛"。文学艺术方面，曲艺、政令、文学、歌谣、舞蹈、杂剧、诗词、书画等风行一时。散曲是黑龙江地区的曲艺形式，便于清唱，包括散套、小令两种。女真人作家李直夫创作的院本杂剧《宦门子弟错立身》，描述了会宁府附近阿什河北岸蒲察部落的散曲艺术活动以及宦门子弟下海为艺的故事。

清代是黑龙江地区历史发展的重要历史阶段。康熙二十八年（1689），中俄两国通过谈判，签订了中俄《尼布楚条约》，明确了中俄东段边界的走向，以格尔必齐河和额尔古纳河、外兴安岭至海为界。1850年以后，俄趁中国清朝衰微,沙俄武力侵略黑龙江流域,强迫清王朝签订了《中俄瑷珲条约》《中俄北京条约》,抢占了包括黑龙江以北、外兴安岭以南、乌苏里江以东至库页岛的100万平方千米的中国领土。清朝末年,汉民族大量移民东北,成为东北的主体民族,也成为巩固东北边防的最强力量。

中东铁路是贯穿中国东北的铁路干线,1896年清政府与沙俄签订的一个屈辱的条约——《中俄密约》造就了它的产生。中东铁路影响黑龙江政治经济长达一百余年。中东铁路的修建,以及哈尔滨处在“丁”字形铁路的交叉点这一特殊地理位置和铁路交通功能的作用,使哈尔滨由一个小渔村迅速发展为一个带有殖民色彩的近代城市。自1898年至1918年,东北最大的机械企业——中东铁路总工厂,最大的航运公司——中东铁路航运公司,最大的商业银行——华俄道胜银行在哈开办;第一家现代制粉企业——“满洲”第一面粉公司,中国第一家啤酒企业——乌卢布列夫斯基啤酒厂,远东第一百货商场——秋林公司相继开办;与此同时食品、电力、制茶、玻璃、制材、采矿、烟草、造船等行业如雨后春笋般在哈尔滨建立起来。

犹太人是随俄国人最早进入哈尔滨的,最初他们只是从事一些为中东铁路工人提供生活服务的营生,并向一些商人提供贷款。但到了1913年,犹太人的商业活动便活跃了起来,经营领域逐步扩大。“十月革命”爆发后,大批俄国移民迁居哈尔滨,至1922年,俄国移民多达15万余人。而日本,自明治维新后,提出“失之欧洲,取之亚洲”的亚洲侵略计划。1905年日俄战争后,“日本挟战胜之余威”,对哈尔滨实行经济扩张,开办数十家洋行,迅速完成了资本积累。据统计,1923年仅大型日本企业就达40多家,借此之机日本向黑龙江输送了大量侨民;此后,为实现侵略东北的野心再次向黑龙江输送农民“开拓团”,使黑龙江日本侨民数量大增。哈尔滨跃升为远东著名的国际贸易城和国际化大都市。20世纪20年代,“仅外国洋行、商社就有大小2000余家,同世界40多个国家和地区的100多个城市和港口保持着经常性的商贸联系”,致使哈尔滨地区的外贸进出口总额直线上升,1926年为7525

万海关两,1927 年为 8545 万海关两,1928 年达到 9946 万海关两。哈尔滨国际化程度可与巴黎、莫斯科、东京相媲美,创造了中国近代城市化进程中的一个奇迹。哈尔滨的对外开放,不仅使俄日侨民纷至沓来,甚至到 20 世纪 20 年代末哈尔滨已侨居有 28 个国家的外侨,其中不仅有德国、法国、英国、美国、意大利、澳大利亚侨民,甚至还有塞尔维亚、亚美尼亚、立陶宛等国的侨民。16 个国家在哈尔滨设立了领事馆(前后共 19 个国家 21 个领事馆或代表部)。"九一八"事变后,黑龙江全境被日军占领,黑龙江人民开始了英勇的抗日斗争;中国共产党领导下的东北抗日联军成为东北沦陷区抗日的主力,涌现出了赵一曼、赵尚志、李兆麟、杨靖宇等著名的抗日英雄。1945 年,骁勇善战的中华儿女浴血奋战后,东北地区重新回到祖国的怀抱。1946 年,哈尔滨解放,在中国共产党的领导下黑龙江这片辽阔的土地开始了历史的新里程。

黑龙江革命历史悠久,1908 年哈尔滨中俄工人在太阳岛举行万人纪念"五一"国际劳动节的活动。1918 年,哈尔滨建立了工会组织。1923 年,成立"中共哈尔滨组"。1925 年,中共北京区委派吴丽石到哈尔滨开展活动,建立了中东铁路第一个工人党支部。1927 年 10 月在哈尔滨召开了东北地区第一次党员代表大会,成立中共满洲省临时委员会。哈尔滨和中东铁路被看作是联结中共和共产国际以及宣传共产主义和列宁主义的"红色丝绸之路"。1928 年中共"六大"在莫斯科举行,中共中央通过哈尔滨地方组织设立了接待站,代表从此通道前往苏联,负责护送中共"六大"代表。中共早期领导人李大钊、陈独秀、瞿秋白、张太雷、周恩来等都来过黑龙江。刘少奇、塞克、罗章龙、罗登贤等都曾在黑龙江从事、领导过反帝反封建反军阀斗争。

如此波澜壮阔、可歌可泣的历史,为黑龙江民间故事平添了无限色彩。文化需要创造,更需要传承。对于黑龙江省而言,很多历史文化资源还有待开发。因此,对历史文化资源的发掘、整理,是黑龙江历史文化工作者的一项艰巨而漫长的工作。

二、黑龙江的地域文化特征

清末后中原汉族大量涌入,以及以俄罗斯为代表的异域文化渗入,使黑龙江地域文化整体特征具有移民文化的强烈色彩,不同的民族、不同的地域和不同的文化,在与鄂伦春、鄂温克、赫哲族等土著文化和以俄罗斯为代表的异域文化的碰撞与融合中,形成了黑龙江地域的多元文化。这种多元文化的共生,促成了黑龙江厚重性、包容性、多元性与边缘性的地域文化特征,如此文化背景为黑龙江民间故事注入了鲜明的色彩。

(一)黑龙江地域文化的厚重性

黑龙江地域文化的厚重性体现在如下几方面。

一是黑龙江流域崛起的古代民族在中国历史格局中所产生的巨大影响。历史上黑龙江流域北方游牧民族曾五次入主中原:第一次是鲜卑族南迁西进,在华北高原建立北魏政权,统一了中国北方,打破了汉族一统中国的格局,为中华民族多元一体格局的出现和形成奠定了基础。第二次是源出宇文部鲜卑的契丹族建立了辽朝政权,辽与北宋鼎立,是继北魏后统治中国北方的又一个黑龙江流域少数民族。第三次是女真族雄踞东北,建立金朝政权。定都上京会宁府(今阿城区),后迁都中都(今北京)、开封等地,与南宋对峙,成为统治中国北部的一个王朝。第四次是蒙古族崛起,横扫欧亚,建立起大一统元朝政权。元朝时的中国疆域空前广阔,是中国历史上地理版图最大的时期。第五次是满族铁骑闯入山海关,建立了我国历史上最后一个封建王朝——大清王朝。北方游牧民族五次入主中原的历史在中国是独一无二的,南北文化的大碰撞、大融合促进了中华文明的发展。这些少数民族对中华文明的巨大影响是南方任何少数民族所无法比拟的。

二是渤海文化、金源文化以及黑龙江少数民族文化的辉煌成就。在龙江大地历史的长河中,有海东盛国之称的唐代渤海国是一颗耀眼的明珠。渤海国始建于公元 698 年,公元 926 年灭亡,先后存世 229 年。如同唐朝是中华民族的辉煌一样,渤海国也是黑土地上最辉煌的地方政权,展现了黑龙江先人的勤劳和智慧。由于渤海国"崇尚华风""革故鼎新",国势日盛,雄踞北方,与盛唐同期创造了北国辉煌。渤海人以辛勤劳动,发展和创造了繁荣的经济与光辉灿烂的文化,对古代东北地区的开拓和发展做出了杰出的贡献。金源文化,是指 11 世纪至 12 世纪中期以金上京为中心地域的女真民族文化,它是黑龙江地域文化发展进程中继"渤海文化"之后的又一座光辉的里程碑。从金上京地区出土的精美绝伦的各种文物中可以窥视到,800 年前这一地区宗教、音乐、诗歌、文学故事、雕塑、碑刻、铸造、建筑都显示了古代社会的都市文明空前繁荣的程度。相较于渤海文化所受中原文明的浸染,金源文化似乎程度更深、内涵更广,民族融合的特点也更加鲜明。它上承辽、宋,下启元、清,为中华文明的血脉延续做出了积极的历史贡献。它是在我国的中原由以汉族为主的统治转变为由少数民族进行统治的时代中逐渐孕育成型的文化系统;它打破了汉文化血统论的封囿,是在少数民族文化自本自根、自立自强基础上,融入、汲取中原先进文化的精髓凝练而成的,隶属于中华大文化范畴的综合文化形态。鄂伦春、鄂温克及赫哲族等黑龙江世居民族虽然人口稀少,但其保留至今的民族文化具有鲜明的特色,尤其是在强调文化多样性的今天,其价值弥足珍贵。

三是近现代历史上黑龙江人民抵御沙俄、抗击日寇、建立东北解放区的光荣历史。从 17 世纪 40 年代起,沙俄一直觊觎我国黑龙江流域领土,对于沙俄的侵略行径,自雅克萨战役起,黑龙江各族人民进行了英勇的抵御。尽管腐败无能的清政府在沙俄的威逼下相继签订了《中俄瑷珲条约》和《中俄北京条约》,使中国丧失了黑龙江以北、乌苏里江以东 100 万平方千米的领土,但沙俄的野心仍不满足,20 世纪初,沙俄对中国的侵略更加疯狂。1900年 7 月,沙俄将海兰泡的中国人用鞭挞、刀刺、斧砍、枪击等手段逼进黑龙江中,夺去5000多同胞的生命。继之,对江东六十四屯的中国人大屠杀,使我国同胞死亡700余人。八国联军中沙俄出兵17万,充当主力,7路中有4路经过黑龙江地区,沿途烧杀抢掠,激起我国各族人民反抗。副都统杨凤翔、将军寿山等以身殉国。沙俄从《辛丑条约》中得到了最多"赔款"。黑龙江各族人民为了捍卫祖国边疆与沙俄进行了长期的斗争,在中国近代史上谱写了光辉的一页。继沙俄之后日本帝国主义将魔爪伸向中国东北,"九一八"事变后,东北沦陷,日本帝国主义对其进行了长达14年的侵略。在这期间从义勇军到抗日联军(其中11个军中的9个军活动在黑龙江)黑龙江人民始终未放弃抵抗。马占山、赵尚志、李兆麟、赵一曼、杨靖宇等英雄人物,以及"江桥抗战""八女投江"等震惊中外的事迹铸就了中华民族的悲壮之歌。解放战争时期,黑龙江成为中国共产党军事战略中心,进入辉煌历史时期。黑龙江作为战略大后方,在人力与物资上保障了三下江南、四保临江、四战四平和辽沈战役的最后胜利,为新中国的成立做出了重大贡献。

除此之外,20世纪五六十年代在黑龙江进行的北大荒农垦开发、大小兴安岭林业开发和大庆石油开发在共和国发展史上都不同凡响,堪称壮举,为黑龙江地域文化增添了厚度。

(二)黑龙江地域文化的包容性

黑龙江地域文化具有多民族、多地域、多国度的色彩,南北、中西文化相互交融,造就了其博采众长、兼容并包的地域风格,也培养了黑龙江人直爽仗义、心怀宽广的豁达性格。这种思维开放、胸怀大度、兼容并蓄、博采众长的胸襟和气度,与对弱者和落难者的同情、帮助融为一体,突出体现在以下四方面。

一是北大荒——"流人""右派"的安身地。近代以前未开发的黑龙江自然条件十分恶劣,气候酷寒,人烟稀少,人称"绝域",所以统治者把这里作为流放地。历代流放到黑龙江的人员成分复杂,其中大多数人是反抗了统治者或触犯了统治者利益的受贬官员、知识分子和内地百姓。这些所谓"流人"在黑龙江并未受到太大歧视，因而，他们才有了从事撰述及其他文化活动的可能。下放北大荒的"右派"也是如此。当时，这些来自城市的高级知识分子精神上的痛苦，生活上的落差可想而知。逆境中能够支持他们生存下去的勇气来自垦荒人所给予的温暖。这见于许多当年"右派"的回忆。

二是北大荒——"知识青年"的第二故乡。黑龙江是知青三大聚集省份之一（另有云南、内蒙古），当年曾先后接收了来自全国各地的50余万知青。"苦难是最好的大学"这句话在广大知青身上得到充分印证，北大荒走出来一大批改革开放后在政治、经济、文化等领域国家层面上堪称一流的人才。虽然当年的生活是艰苦的，但北大荒人是热情的。因此，如今功成名就的官员、学者也好，拥资千万的富商巨贾也罢，即使是仍生活在社会底层的市井平民，北大荒都是他们难以割舍的第二故乡，一年年的回访，见证了知青们对第二故乡的深厚情感。

三是善待犹太人——人道主义的光辉记录。19世纪末，"排犹"与中东铁路的修建使大批俄籍犹太人来到黑龙江，到1985年最后一位犹太人在哈尔滨辞世，犹太人迁居哈尔滨近一个世纪，最多时达2万人。他们为哈尔滨城市建设、经济文化发展做出不可磨灭的贡献。至今哈尔滨存留的犹太历史文化遗址遗迹保留完好的多达十余处，包括犹太会堂、犹太中学、犹太医院、犹太银行，以及闻名于外的马迭尔宾馆。犹太人之所以在哈尔滨取得如此巨大的发展成就，是因为黑龙江人对外来文化具有开放、包容的传统，自觉地抵制了世界性的"排犹"浪潮。中国人民的老朋友，美国前国务卿基辛格博士（犹太人）以"人道主义的光辉记录"来表达对哈尔滨善待犹太人历史的称赞。

四是接纳"日本遗孤"——博大胸怀的展现。"八一五"日本战败投降，侵略者们在撤退与遣返期间，将众多"残留孤儿"弃置在黑龙江的土地上，在中日两国人民之间制造了一个特殊群体——日本遗孤。战争使那些本该依偎在父母身边享受天伦之乐的孩童沦落为孤儿,并被遗弃在异国他乡,以他们的幼小身躯忍受了常人无法想象的痛苦折磨。但他们又是幸运的。这些日本遗孤被黑龙江一位位善良的母亲所收养,她们的节衣缩食,如亲生母亲般的关爱、呵护,使这些"弃儿"在异国他乡有了家的归宿。多年后,中国养父母再次表现出宽厚的胸怀,按日本政府规定:中国养父母不在"放行"材料上签署"同意"条款,日本政府对海外遗孤不予接收。这些养父母没有一人"拒签"。他们以德报怨的博大胸怀和仁爱之心,谱写了人类战争史上的仁义之歌。数十年过去了,回到日本的这批遗孤对中国养父母顾念之情从未割舍。"对于我来说,给我生命的母亲的面孔早已模糊,而养育我的母亲的影像却是那么清晰!"这是一位日本遗孤在纪录片《母之爱》中的深情表达。这段沉痛深婉的历史彰显着黑龙江人以德报怨、宽广而博大的胸怀。

(三)黑龙江地域文化的多元性

黑龙江独特的民族衍变与历史变迁,决定了黑龙江地域文化的多元性,其多元性最鲜明的体现在于如下几方面。

一是城市建筑的多元。哈尔滨是黑龙江城市的代表,其城市建筑多元化闻名已久。据统计,哈尔滨现存欧式建筑 213 处,俄罗斯式、拜占庭式、哥特式、犹太式、伊斯兰式各类建筑,无一例外都可以在这里找到。道里中央大街现有欧式及仿欧式建筑 70 余座,西方建筑史上最有影响的四大建筑流派尽纳其中,彰显着浓郁的欧陆风情。而道外南二道街、南三道街的"中华巴洛克"建筑区则与中央大街风格迥异,被称作"中国式西洋建筑"。联合国人居范例奖的评选专家和国际建筑艺术专家来哈尔滨考察后予以其很高评价:"无论是从巴洛克建筑的数量,还是它的历史厚重感来说,价值都超过了中央大街。"此外哈尔滨友谊宫、哈尔滨医科大学、哈尔滨工程大学的大屋顶建筑又是典型的中国传统建筑。这种中西建筑风格的融合为中国其他城市所不多见。

二是宗教信仰的多元。黑龙江宗教历史悠久，佛教、道教唐朝时期就已传入。随着中东铁路修筑，大批外国人进入，先后传入哈尔滨的宗教还有：东正教、天主教、基督教、伊斯兰教、犹太教以及日本佛教和神道教。据20世纪30年代统计，哈尔滨的教堂寺庙多达128座，穹顶林立的教堂凸显出哈尔滨宗教的繁盛。多民族、多信仰、多宗教共聚一城、友好相处，反映了以中华传统文化为核心的黑龙江人在对待外来文化时的宽容心态，这一点在全国其他城市中是绝无仅有的，在世界其他多元文化城市中也是不多见的。在尚志市一面坡这样一个小镇，各种宗教也齐头并进。据资料介绍，20世纪二三十年代，小小的一面坡，居然东正教、天主教、基督教、佛教、道教、伊斯兰教，六大宗教一应俱全。

三是文化消遣的多元。黑龙江人文化消遣的多元现象十分突出。二人转、龙江剧等地方戏曲、曲艺在黑龙江群众中，特别是在广大农村群众中，经久不衰；京剧、评剧等传统剧种也不乏戏迷。在此之外，话剧、声乐、交响乐更深受喜爱。这突出反映了黑龙江移民文化的特点。黑龙江文化消遣群体主要应在农村与城市间进行区分。而哈尔滨作为欧陆文化影响强烈的城市，它与其他东北城市在文化欣赏情趣上有一个很大不同，哈尔滨许多市民对二人转是不欣赏的。因此，二人转在哈尔滨曾长期不能登上大雅之堂，只能生存在道外的小巷里。

四是风俗习惯的多元。在各类习俗方面，黑龙江整体上属于中原汉文化序列，但因地理环境的不同而发生了很大变异。世居民族虽各有其风俗习惯，但由于人口较少，随着历史发展，文化融合难以避免，表现在风俗习惯上就是你中有我，我中有你。譬如黑龙江当下的婚俗，真可谓天南海北大杂烩，最具多样性。在饮食方面，东北菜很难以独立的菜系存在。它源于鲁菜，炖菜为主，菜口偏咸，但又吸收了原住民饮食文化的一些特点，并杂糅了中原其他地区的饮食习惯。此外，俄罗斯、日本等都对黑龙江的饮食文化产生过影响，"罗宋大菜"（俄式西餐）、"东洋料理"、"韩国烧烤"不仅存在于城市,也传播到大部分乡村。

五是方言词汇的多元。黑龙江方言(属于东北方言)是南腔与北调相互融合而产生的一种语言系统,同时也深受俄、日、韩等周边国家的影响。其中,至今还保存着很多反映黑龙江世居民族风俗文化的词语,如肉和油变质称"哈喇",遇事疏忽称"喇忽",称唱歌为"喝咧",称陡峭的石头山为"砬子",均源于满语;称边防哨卡为"卡伦",这源于锡伯语。另外,黑龙江方言直接吸收的俄语词汇也非常多,如称下小上大的水桶为"畏大罗",称面包为"列巴",称连衣裙为"布拉吉"等等。黑龙江方言另一特点是,当汉语由中原地区向东北扩散时,由于发展的不同步和传输手段落后造成的差异,有很多正字在传播中被误读,并约定俗成为方言。如,东北人常说的"母们"(我们)、"那嘎哒"(那个地方),农村称呼老夫妇为"老姑姆俩"(老公母俩),"干哈"(干啥)、"稀罕"(喜欢)都是误读而形成的,从而使黑龙江方言呈现出别具一格的特色。

(四)黑龙江地域文化的边缘性

囿于特殊的历史、地理、生态环境,黑龙江地域文化具有与中原文化极为不同的个性特征,是一种多元一体的边缘文化。边缘文化,是黑龙江各民族在各个不同历史阶段和社会经济发展层面上长期积淀的特色区域文化。黑龙江地域文化既要应对中原文化和周边文化对本土文化,特别是对各世居民族原生文化形态的撞击、渗透、挤压与同化,同时也要考虑其本土文化的生存和发展,并对外来的中原文化和周边文化的进入采取宽容、妥协与吸纳等灵活姿态。这样双方长期不断碰撞与交融的结果,一种非此非彼、既此亦彼、你中有我、我中有你的新型文化形态多元一体,既开放又封闭的边缘性文化特征便形成了。

一般语境中,边缘文化总是弱势的、次要的文化,人们热衷于追逐主流文化,从不重视边缘文化的研究。"共生"思想和"边缘效应"理论是边缘文化产生的科学依据,"文化多样性"的思想是边缘文化存在发展的理论根据。这一理论认为,边缘文化是文化交流互动的产物,边缘文化也就是"杂交文化"或"共生文化"。它具有特殊的优势,在共生语境中,边缘文化与主流文化之间不断发生双向运动,二者不是敌对关系,而是共生的"伙伴关系"。从黑龙江地域文化发展来看,其边缘性体现在如下三个方面。

一是黑龙江历史文化的边缘性。黑龙江流域的历史就是民族融合的历史,首先是东胡、肃慎与濊貊三大族系间的冲突与融合。在相当长的历史时期,这三大族系之间总是处于此强彼弱或彼强此弱的状态,在这一过程中黑龙江流域文化在对峙、碰撞中融合发展。其次是黑龙江流域诸民族与中原汉民族间的冲突与融合,在文化上,两者有明显的强弱之分,中原文化处于主流文化地位,予黑龙江流域文化以巨大影响,而黑龙江流域文化虽处于弱势,其对中原文化也曾产生过诸多影响。

二是黑龙江当代文化的边缘性。黑龙江当代文化虽然已纳入中华文化体系之中,但由于历史、地理原因,在中华文化体系之中仍处于边缘状态,从主体文化样式及文化发展速度的比较上,黑龙江均不处于上游位置。因而,黑龙江文化整体上仍处于吸收、接纳的从属地位,具有不稳定性。黑龙江经常会出现"跟风"现象,如在餐饮经营上曾有一段时期,一会儿开封包子,一会儿鸭脖子,最后都成过眼云烟,这是文化边缘性的突出表现。文化边缘性从积极因素来看,是对新生事物不加排斥,接受得快。如哈尔滨至今仍被视为时尚之都,休闲方式、女性着装引领新潮,是文化边缘性的另一种表现。

三是黑龙江原住民文化的边缘性。黑龙江原住民文化是指以鄂伦春、鄂温克和赫哲族为代表的黑龙江世居少数民族文化。由于这些民族地处边远地区,人口稀少,其文化价值往往被忽视,在城市化快速推进的时代,原住民文化边缘性的问题越来越突出。在文化多样性理论受到普遍重视的今天,人们终于认识到黑龙江原住民文化是黑龙江不可多得的宝贵资源,应加以认真传承与保护。

三、黑龙江民间故事形成及其特点

（一）原住民族创作具有举足轻重的地位

长期以来,在黑龙江省的人口构成中,原住民族一直占据主体地位,汉族移民反而居于少数地位。这种现象直到相对较晚时期——19 世纪中叶以后方逐渐有所改变。所谓"原住民族",一般是指鄂伦春、赫哲、满、锡伯、蒙古、达斡尔、鄂温克等民族。今天,这些民族的人口在黑龙江省虽然已占绝对少数(不足 10%),但故事的蕴藏量却极为丰富。

小兴安岭和黑龙江省东南部山地之间,是松嫩平原和三江平原,松花江和嫩江从中流过。这里是满族的先世——女真人的发祥之地,沿松花江和嫩江坐落着往日的金上京白城子、三姓、卜奎等古老的居民点,流传着关于阿骨打、金兀术、落难的徽钦二帝、老罕王以及清朝历代皇室人物脍炙人口的大量传说。

以农牧为生的蒙古族、达斡尔族和鄂温克族也大多聚居于此。其中蒙古族主要聚居在松嫩平原的草原和农业地带,以杜尔伯特蒙古族自治县、泰来县、肇源县等地为中心;达斡尔族 75% 以上人口分布在以齐齐哈尔市为中心的地区;鄂温克族则分布在齐齐哈尔市的讷河、富裕、嫩江等县,居住相对比较集中。他们都是农牧兼营的民族,他们的故事显示着草原文化和农耕文化结合的特色,同以山林文化为特色的民间故事大异其趣。

朝鲜族分布在以牡丹江为中心的东南部山区、三江平原大部以及松嫩平原南部等盛产水稻的地区。这是一个具有悠久文化传统的民族,早在商周时代就同中原有着密切的联系。他们的故事富含教化意义,历史和伦理道德蕴涵深厚,结构精美,叙事细腻,具有典型农耕民族的文化特色。

赫哲族主要分布在由黑龙江、松花江和乌苏里江冲积而成的三江平原,从事渔业,他们人数虽然不多,但却拥有足以引为民族骄傲的极为丰富的民间口头文学,创造出了大量独具特色的渔猎故事、动物故事、英雄故事、萨满故事、生活故事、滑稽故事……

从黑龙江省采集到的民间故事来看,满族故事占有特别的地位。这不仅因为满族在本省少数民族中人数最多,曾经在中华民族的中央政治舞台上长期扮演过重要角色,而且还因为黑龙江省的满族口头文学传统极为丰富,独具特色。一批满族故事家,具有厚重、独特的民族口头文化传统积累,为我们保存了丰富而宝贵的民族精神文化遗产。宁安地区流传的大量满族神话,全面展示了早期满族神话体系的精髓,其想象力之独特神奇,叙事结构之宏伟严密,故事情节之生动紧凑,人物性格之鲜明壮美,叙事语言之丰富流畅,堪称我国少数民族民间故事中不可多得的珍品。它们的文化内涵和深层文化价值有待于进一步研究开发。

(二)文化结构的多元性

从黑龙江省民间故事的总体状况来看,最引人注目的特点就是文化结构的多元性,以山林渔猎生活为背景的满族和鄂伦春族故事,以草原牧猎生活为背景的蒙古族、达斡尔族、鄂温克族故事,以江海渔猎生活为背景的赫哲族故事,以农耕生活为背景的汉族、朝鲜族和部分满族故事,无不各具鲜明的文化特色。这里包容了风格迥异的文化习俗、民间信仰、语言特色,不同的想象空间和思维方式造就了五彩缤纷的幻想天地,这就使得黑龙江省民间故事呈现出五色斑斓、无限丰富的整体面貌。

有关族源族史的传说,如《七兄弟的后代》《九姓的来历》《黑龙江的达斡尔人》《鄂温克人和鄂伦春人是亲兄弟》等等,在黑龙江省民间故事中占有重要地位,反映了各民族在历史上寻根的巨大兴趣,对我们认识和研究族源问题起着不可忽视的作用。残存于各民族记忆中的许多零散而模糊的"史实",曲折地反映出民族的经历和历史上民族间的关系,它们也许同真实历史相去甚远,甚至完全属于牵强附会,但却是一种更高意义上的具有超越意义的真实,在各民族的精神生活中和心理上占有重要地位,起过重要作用,甚至起过"历史教科书"和"信史"的作用。

萨满文化是一种在渔猎社会中广泛流行的文化形态。萨满是人神之间的使者,掌握着神异能力,能沟通三界。萨满文化观念的核心就是对于具有特异能力的萨满的崇拜。这种崇拜现象在黑龙江各少数民族的历史上曾经是一个十分普遍的现象,流传在民间的许多萨满神话如著名的《女丹萨满》《尼顺萨满》《尼灿萨满》,以及《萨满过阴》《他拉伊罕妈妈》《阿达匹汗奇》等,都赞颂了"法力无边"的男女萨满。有的萨满身份十分明显,有的萨满这种身份已相当模糊,但一个个武功超凡,能驱使鬼神,过阴追魂,变化无形。萨满神话是萨满文化观念的主要载体之一,对省内少数民族口头传说产生的影响至为深刻。可以说,萨满文化观念在黑龙江省少数民族的民间故事中是无所不在的,它不仅存在于神话中,也存在于传说故事中,形成了独特的情节模式、人物关系、讲述特点。

与其他少数民族神话相比较,具有鲜明特色的是满族神话。它们数量可观、内容丰富、叙事手段发达、自成严整系统,包括阿不凯恩都哩创世、人类始祖佛赫妈妈、诸神与恶魔耶路里之间的大战,以及祖先神、部落神、海神、豹神、鹿神的神话等等,涉及满族先民对宇宙起源、人类起源和繁衍、原始信仰和崇拜、民俗等诸多问题的认识,是一个值得特别深入关注的文化现象。

(三)与大自然的亲和力

人同自然之间这种直接而牢固的联系,长时间以来一直曾是实际生活的需要。人和自然,特别是人和动物之间,往往存在着一种朋友的关系,是互相依赖、互相帮助、互相信任的关系。这种关系通过幻想的纽带,编织出大量动物故事、植物故事、渔猎故事、大山的故事、怪石的故事、森林的故事……它们至今尚未脱离人和自然的一体。一山一水，一石一砬，一草一木，往往都能产生隽永的故事或动人的传说。有的民间故事中，熊、虎还得到特别尊崇，显示出历史心理上人对它们在起源上的认同。这就使得黑龙江省民间故事具有粗犷、质朴、率真的品质，毫无雕琢痕迹，充满山林的清新与泥土的芬芳。

少数民族中流传着大量的神话，且每一种类型几乎都有，如创世神话、人类起源神话、祖先和部落神话、民间信仰神话等等。从故事本身来看，大多比较短小，结构和情节往往很简单，叙事手段朴素。人们对宇宙万物的解释，自身来源的探寻，以及对各种神灵的崇拜，构成了这些神话的主要内容，清楚地反映出渔猎社会世界观的特色，显示出它们同"万物有灵"思想之间的直接联系。在神话故事之外，还存在着大量神话思想，体现在其他各种不同的物质和精神"载体"之中。这说明可能在不远的过去，神话本身也是一个相当发达的系统。只是由于种种原因，包括民间传承人群体的没落，神话这种形式才逐渐凋零了，然而保存到现在，还有如此丰富的存留，实属难能可贵。

黑龙江省的山山水水产生了大量地方传说，构成了传说的又一重大特色。许多传说附会历史和神话，使平凡的土地平添了神秘的浪漫色彩，如《会宁府的传说》《兀术母顶山》《卡仙洞和奇奇岭》《镜泊湖的由来》等等。不少秀美的山川湖泊，如五大连池、兴凯湖等，大多根据自己的地形地貌、景致特点，附丽出美妙动人的爱情故事。此类传说大多产生于晚近时期，至今仍具有很强的产构能力。数量不多但丰富多彩的地方风物传说具有深厚的民间基础，它们往往以地方特产的来历为内容展开。从黑龙江的大马哈鱼、东海的螃蟹、兴安岭的桦皮小篓和桦皮小舟，到柞木台子的黄烟、荒原上的乌拉草、克东腐乳和三姓火锅、深山老林中的人参和猴头蘑、黑龙江边的金矿……都留下了众多脍炙人口的"讲究"，从中折射出百姓对历史的态度，对家乡风物的热爱，对地方生产生活特点和风俗习惯的诠释。

有些原住民族,如鄂伦春族、赫哲族、达斡尔族、鄂温克族等,历史上一直没有能够创制出自己的民族文字。他们利用口耳相授的传统,不仅娱乐生活,联系亲朋,而且还传扬民族历史,歌颂民族英雄,传承民族伦理道德观念和行为准则,教育后代,传授生产劳动知识,培养同自然斗争的顽强精神。所以,民间故事又起到了教科书的作用。几乎直至20世纪30年代,在某些少数民族如赫哲族、鄂伦春族中,民间故事依然能够在对民族产生潜移默化作用的同时,起到一部包括哲学、历史、宗教、伦理、民俗、生产知识等在内的民族生活百科全书的作用。在距今尚不算久远的族内老辈人观念中,某些种类的传说故事(如关系到"民族信仰"的故事、族源故事、祖先故事等)甚至还能产生这样的效果:无论情节多么离奇,幻想成分多么浓重,故事还是会被作为"真实"接受下来。许多故事不仅是讲给人听的,讲故事甚至成了一种礼仪、一种传统。它们是献给灶神、家神、各种自然神、山林水泽渔猎之神,献给林中鸟兽、水中游鱼的。人们在愉悦自己的同时,还以此来愉悦大自然,愉悦神灵,以求好运和好收获的回报。在民族心理上,某些故事甚至具有"圣经"的地位,它们代代相传,不容随意"篡改"。在民族生活中,故事曾经是一种无法取代的实际需要,是民族精神生活极为重要的组成部分。

黑龙江省的民间故事,早在20世纪初即曾引起过俄国学者的注意,但并没有像样的采录成果存世。凌纯声先生于1934年发表的《松花江下游的赫哲族》一书中,采录整理了19个赫哲族长篇故事,是为黑龙江省民间故事有文字记录之始。从20世纪50年代后期(1956—1959)起,随着对省内少数民族开展全面系统的社会历史调查,对本省少数民族民间口头文学作品也有所采录整理。其间经60—70年代有所停顿,但于80年代初又恢复了这项工作。先后有隋书金、马名超、王士媛等人采录、编辑、出版了一些故事集,如《鄂伦春族民间故事选》《赫哲族民间故事选》等,所取得的成绩引人注目。从1981年开始,中国民间文艺家协会黑龙江分会由王士媛主编的《黑龙江民间文学》(不定期集刊)陆续发表了大量以省内少数民族民间故事为主体的民间故事(至 1991 年停刊止,前后共发表民间故事、神话、传说 2000 余篇,约 400 万字)。20 世纪 80 年代后期起,全省共出版地方《民间故事集成》95 卷,收入故事近 2 万篇,总数约计 2356 万字;采集期间共整理出文字资料和录音资料 5000 余万字,积累故事总计约 5 万篇。2005 年,《中国民间故事集成·黑龙江卷》(主编 徐昌翰)出版,该卷选入神话、传说、故事计 580 篇,异文 22 篇,约 140 万字,基本涵盖了全省所有地区和县、市,具有广泛代表性,比较集中地折射出黑龙江这块土地的历史文化特色。

本套丛书主要以《中国民间故事集成·黑龙江卷》为蓝本,以全省 13 个市、地为划分,每一市、地各出 1 卷,共计 13 卷。在此谨向徐昌翰、栾文海先生,以及为黑龙江民间文学整理工作做出过突出贡献的王士媛、马名超、隋书金、李路、郭崇林等先生表示由衷的谢意。

《黑龙江民间文学丛书》编委会

目录

奥兰其其格的传说

　　杜尔伯特部落的三王子额尔尼克和他的两个哥哥不同,他不仅为人忠厚、善良,而且能骑善射。一天,他要到很远很远的鄂尔浑河畔去探望住在那里的叔父道布莫尔根。他骑着烈性的"雪里站",随身带上了足够的吃的用的,一直往西走去。很快穿越了平展展的大牧场,一步步走进了群岚叠翠的宝尔罕哈勒敦山。他只觉得一峰比一峰高、一程比一程难。回头一看,总算爬过了五座山峰。这时,马已累得汗水淋淋,额尔尼克决定下马休息。他坐在一棵大松树下,半闭着眼睛,想好好休息一下。没有多大工夫,"雪里站"不安地点着前蹄,寂静的山坳里不时传来飒飒的响声。额尔尼克警觉起来,猛然间,一只斑斓大虎已经出现在眼前,再一细看,大虎正向　位少女扑去。额尔尼克急中生智,搭弓就是一箭,正中大虎前额,大虎长啸一声,便跑下山去。少女脱险得救,赶忙过来向额尔尼克跪拜谢恩。王子一再推说自己不过是路过此山,此等小事,不足挂齿。两人说了一阵感激的话语以后,少女竟要以身相许。这时,额尔尼克举目细看。只见这位少女皮肤白皙,站在面前如同一座精美的玉雕,双目闪射异彩,额尔尼克的心为之一动。

原来，这位少女是宝尔罕哈勒敦山山神奥兰额真的三女儿奥兰其其格，今天到山涧采药遇险。

奥兰其其格和额尔尼克商量，决定先回府拜见家中老父。他们回到府中，拜见了父王，并向父王说明了原委。老山神听后，半天沉默无语。心想："依照女儿的意思答应吧，他是凡人，怎能与我女儿结亲？不答应吧，他有救女之恩，而且女儿已经以身相许。"奥兰其其格见其父心中不悦，便上前道："父王休忧，如不遇阿哥搭救，女儿早已填入虎腹。今天得以安生，愿与他白头到老，请父王应诺。"老山神一看，事情既已如此，不如顺水推舟，便立即下令，举办酒宴，为女儿成亲。

额尔尼克和奥兰其其格，一个正直忠厚，一个聪明贤惠，两人情投意合，如胶似漆。一天，奥兰其其格独自流泪。额尔尼克见了很惊奇，忙问："为何悲伤？"奥兰其其格大哭不已。额尔尼克更是惶恐不安，一再追问，奥兰其其格才以实相告："我是宝尔罕哈勒敦山山神的女儿，按照家规，这里是不允许凡人存在的。我们的婚姻，是父王一时无奈答应的，但是拘于家规，他们迟早要加害于你。"额尔尼克听后非常惊讶，万没料到事情会是如此，一时没了主意。他想：如果留下，将要遭伤害；走出去，又割不断夫妻之情。正在他们度日如年、惴惴不安的时候，父王派人来请三女婿赴宴。奥兰其其格听后精神十分紧张，因为这是她家除客的老规矩。明知是计，又不能不去。临走前，奥兰其其格亲切地对丈夫说："宴席上，什么都可以吃，唯独不能吃面条。"额尔尼克默记着妻子的嘱咐，便到岳父家赴宴去了。

席间，他若无其事地同岳父、亲朋推杯换盏，品尝着美味佳肴。眼看宴席快结束了，仆人端来了雪白的长寿面，醇香扑鼻。但他心中有数，再三推辞，但老岳父执意劝说："喝完美酒，吃碗汤面，不是正对口吗？怎么能不吃呢，这是对良婿的优待。"额尔尼克心想：大庭广众之下，父王岂能害人，雪白的面条不会有毒。他迟疑了一会儿，便端起碗吃下去。

回到家里，额尔尼克只觉得腹痛难忍，倒在床上起不来了。妻子已经预料到发生了什么事情，立即拿出一丸宝心丹，给额尔尼克吃了下去。一个时辰过后，额尔尼克吐出了一百多条白花蛇，他简直吓呆了。

又过了几天,山神见额尔尼克安然无恙,又把额尔尼克叫去,让他到北山去砍榛树。回到家里,妻子忙嘱咐他:"你砍完榛树,立即返回家,路上千万别回头看。"同时,交给他一条红线绳说:"如果遇到危险,就把红线绳扔出去。"额尔尼克一一记在心上。第二天早晨,他来到北山,用砍柴斧砍倒了一大片榛树,然后拿起斧头就往回赶路。他刚一上路,就听到身后有各种野兽的吼叫声,他吓得拔腿就跑,越跑越觉得身后有很多野兽在追他,吓得他出了一身冷汗,腿也抬不起来了。他心里直纳闷儿,不自觉地回头一看,只见北山的榛树,一棵棵全变成了野狼,成群结队的野狼张牙舞爪地向他扑来。额尔尼克抡起板斧与野狼搏斗,砍死一只,上来十只,砍死十只,上来百只,简直被狼包围了,眼看就要被狼吃了。这时他想起了妻子给的红线绳,忙把它扔出去。说时迟,那时快,红线绳刚落地,立即燃起一条火道,火舌越来越高,像一堵火墙。狼看到熊熊大火,哪里还肯往前上,光顾逃命了,一下子退到半山腰,又变成了榛树。可能是由于这种"神火"的熏烤,所有的狼都没能逃脱惩罚,顷刻之间,都变成了榛树,立在那里不动了。额尔尼克到家时已经累得疲惫不堪。妻子见此情景,对丈夫的同情和对父王的怨恨之情一齐涌上心头,她无可奈何而又温情地安慰着额尔尼克,让他好好休息。

　　几天之后,额尔尼克的身体康复了,奥兰其其格便与额尔尼克商议,决定尽快逃脱此山,回到杜尔伯特草原去安家。临行前,奥兰其其格把自己的木梳、篦子、胭脂、镜子等日常所用之物收拾停当,准备出发。这时,老山神发现额尔尼克从榛山上安全归来,便知道这是三姑娘的主意和神术,心想:小畜生想与凡人过一辈子,简直是败坏家风,看来只好把他们两个一块儿铲除了。于是,派仆人去请三姑娘和女婿,说是要一起"游山泉"。但是,老山神这回却迟了一步,额尔尼克夫妇已经催马上路了。老山神一听,火冒三丈,派出数以千计的山丁紧紧追赶。

　　额尔尼克骑着马风驰电掣般地前进,奥兰其其格紧紧相随。但是,由于昼夜兼程,不得休息,加之神山的山丁非凡人能比,额尔尼克夫妇最终被追上了。就在他们被拖下马鞍的刹那间,奥兰其其格顺手抛出两面圆镜子。镜子落地,立刻变成了两个湖,湖水微波荡漾,一片碧绿。湖水恰好把追兵隔在对岸,迫使山丁不得不花费几天的工夫绕湖而追,额尔尼克夫妇赢得了时间。

几天之后,山丁又尾随而来,额尔尼克夫妇已经累得筋疲力尽,气喘吁吁,眼看又被追上,奥兰其其格忙把胭脂盒打开,让胭脂哩哩啦啦地洒在马后。随着一股股白烟,马道上出现了高低不平的山头,顺山势,她又把一把木梳扔下去,山上山下长出了一片挺拔的松树。高山密林挡住了追兵的去路,他们不得不翻山越岭,额尔尼克夫妇就这样又一次把山丁远远地甩开。他们跑啊跑,不停地跑着,眼看要到杜尔伯特草原了,山丁却又出现在背后。脚下是一片沼泽地。奥兰其其格胸有成竹地把篓子拆开,一根一根地扔在马后,随之长出了密密麻麻的芦苇。这芦苇多得别说马跑,就是人在里面,脚都踩不着地。进去容易,出来可就难了。这些山丁进了漫无边际、又高又深的芦荡之后,辨不出东南西北。他们几天之后才走出芦荡,看到额尔尼克在前面远远的山腰上,那是额尔尼克家乡的多克多尔山。一阵紧张的追赶之后,山丁再次来到了奥兰其其格身后不远的地方。奥兰其其格的身边什么也没有了,眼看就要双双束手就擒。她急中生智,忙把绿色的腰带解下来。这腰带随风飘然而去,刚刚落地,就变成一条绿色的大江。江水汹涌澎湃、波浪滔天,由北向南滚滚而去。山丁被水阻隔,只好望洋兴叹,再也无法跨越了。额尔尼克和奥兰其其格终于回到了杜尔伯特草原,过上了幸福美满的日子。

他们夫妇二人一路奔命,造就的自然景观一直留存至今:那两面镜子变成呼伦湖和贝尔湖,木梳和胭脂变成大兴安岭和大森林,篓子变成芦荡,还有那条绿腰带变成嫩江。这些景观至今还是湖面如镜、松涛作响、芦花竞放、江水流长。

讲述者:波尔固德

整理者:波·少布

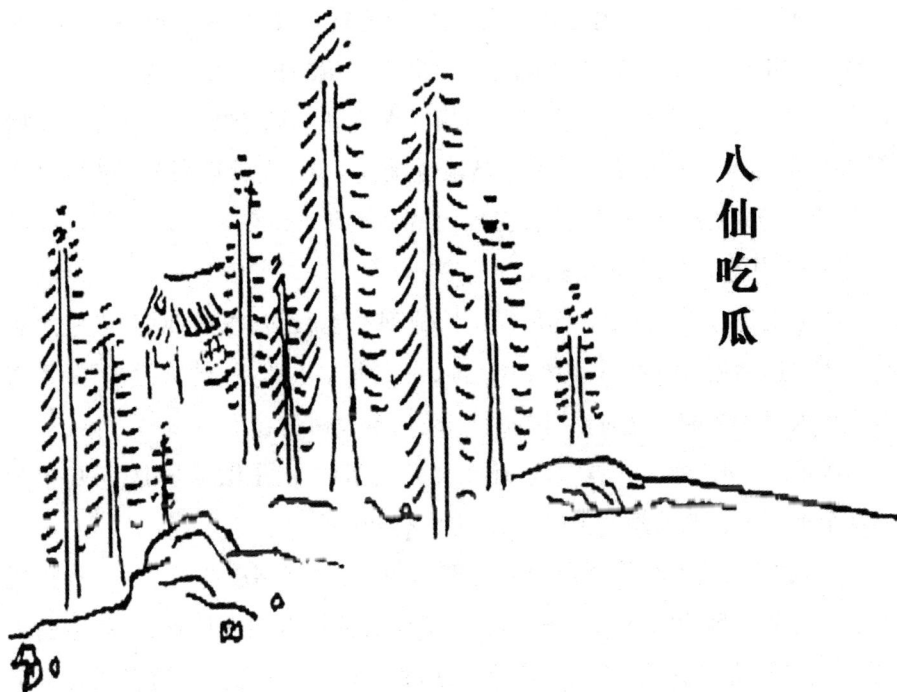

八仙吃瓜

有个姓王的庄稼人，弟兄七个，他排行老疙瘩，没成家，一个人种了点儿瓜维持生活。一天夜里，他在瓜窝棚里睡觉，在梦中听到有人对他说："王老七，把瓜多摘些，挑好的，我们要来吃瓜。"一连三夜都做了这个梦，他相信这是有人要来吃瓜了。他为人很好，屯邻和过路的想吃瓜就给摘，从不要一文钱。于是，就在地里挑大的熟的，摘了满满一抬筐。

到了晚上，果然来了八个人，七个男的，一个女的，都穿着平民百姓衣服。王老七立刻请他们坐下来吃瓜。他们一吃，个个又甜又起沙，都连连称好。八个人吃饱了后，都向王老七道谢，说："打扰了。"为首的一个老头儿，是个瘸子，他说："王老七，你种瓜有啥意思呢，家也没成，干脆跟我们走吧，保证有你的好处。"

王老七不想走，瘸老头儿说："别犹豫了，到哪儿还不是一样吃饭，总比在这儿种瓜强。"王老七见他们很诚恳，就同意了。瘸老头儿叫王老七趴在他背上，闭上眼睛。只听耳边呼呼生风，不多时，来到一个山沟里。只见一棵千年的老树下支着一口油锅，锅里装满了油，下面架着木柈子，烧得滚开。

瘸老头儿叫王老七往油锅里跳,王老七吓得直往后躲,说啥也不跳。瘸老头儿说:"你不敢跳,看他们的。"说着一招手,一个敞胸露肚的胖老头儿第一个跳进油锅,一阵烟不见了。接着那白胡子老头儿和两个黑胡子老头儿也跳进油锅,两个年轻的小伙子和那个姑娘也跳进去了,最后只剩瘸老头儿和王老七了。老头儿还让王老七跳,王老七就是不跳,那老头儿叹了口气,摇摇头,也一头扎进冒烟的油锅里。

王老七想:这八个人不全都完了! 他到油锅跟前,想捞他们,慌乱之中把双手伸进油锅,才发觉里面的油冰凉,一点儿也不烫手,他觉得怪,搞不清这八个人到底是谁。这时他有些困了,就倚着大树睡着了。

等他醒来时,睁眼一看,自己还在窝棚里躺着,说是做场梦吧,可那抬筐瓜却全被吃了。他纳闷儿了好几天,也没解开这个谜。

一天中午,一个小伙子赶着小毛驴车,拉着他父亲去找先生看病,路过王老七的瓜窝棚,想吃几个瓜解解渴。王老七忙给他们摘瓜吃,又和他们闲唠。一打听,那老头儿是得了"搭背",还没出头儿。王老七一听老头儿得了难治的病,虽然他不懂医道,可是挺关心,就想看看老头儿的"搭背"轻重。哪知手刚在他背上一摸,那个鼓得海碗大小的疙瘩全消了,肉皮和原先一样,也不疼了,也不红肿了,乐得老头儿忙向王老七拜谢说:"你可真是活神仙,手到病除。"王老七也闹蒙了,他就把那八个人来吃瓜的前后经过对爷俩讲了。老头儿一听拍着手说:"你遇见八仙了,他们见你人好,想度化你成仙。可你没敢往油锅里跳,只得了一双神手。可惜啊!"王老七一想那八个人的相貌,是八仙,没错。

从此,王老七云游四方,靠一双手替人治病。

讲述者:王庆海

整理者:石云龙

巴勒根桑的故事

一、智斗王爷

巴勒根桑是蒙古族民间传说中的传奇人物，是蒙古族人民智慧的化身，他足智多谋、不畏强暴、聪明过人。提起巴勒根桑，蒙古族男女老幼皆知，他的故事在民间流传很广。

在查干塔拉大草原上，有一位狂妄自大、眼中无人的王爷，他自以为聪明，靠权势搜刮民财。一天，他闲来无事，又想出了个花花点子，在王府门外贴出一张打赌告示，上面写着：谁能让王爷说出"你在撒谎"这句话，王爷就把一半的家产给他。告示贴出后，不少人纷纷前去尝试，结果都认输而归。

没过两天，巴勒根桑知道了这件事，便想教训这位王爷。于是，他装扮成木匠去向王爷讨债。他一本正经地对王爷说："王爷，您在盖王爷府时欠下的五百两银子至今没给，我是来要账的。"王爷一听，心想：哪有这回事。绷着脸说："你既然来要工钱，有什么证据吗？"巴勒根桑赶忙把自己假造的王爷的欠据递了过去。王爷一看,肺都气炸了,大声喊道:"你在撒谎。"巴勒根桑听了这句话后哈哈大笑起来,便说:"王爷,我是在撒谎,可是'你在撒谎'这句话是从你嘴里说出来的,请把一半的家产分给我吧。"王爷这才醒悟过来,自知上了当,支支吾吾地说:"你刚才说的事千真万确,王府确实欠你五百两银子。"巴勒根桑也明知王爷绝不会把一半的家产分给他,就说道:"既然这样,请你把五百两银子还给我吧!否则这事让我宣扬出去,以后谁还认为你聪明呢?"王爷没办法,只好拿出五百两银子给巴勒根桑。

二、白音上当

一天,巴勒根桑来到一个庄上,这里有一位白音①,他早就听说巴勒根桑有过人的才华,很想见识见识,比个高低。于是就把巴勒根桑找来,说道:"听说你足智多谋,'骗术'很高,我看只有那些傻瓜才上你的当。今天你若使个计让我上当,我就服你。"巴勒根桑往院里瞅了一眼,说道:"现在我哪有时间跟你磨牙,南山湖的水干了,大黑鱼一个劲儿地往泥里钻,我先抓几条回来解解馋再说。"说完跑出门外,提起白音院里的柳条筐就往南山湖跑去。白音也动了心,找来两个筐跟随而去。他跑到湖边一看,湖水根本没干,哪有什么大黑鱼,向四周一看,连巴勒根桑的影子都没有,这才知道中了计。歇了一会儿,气急败坏地往回走。

再说巴勒根桑跑出白音院后,在拐弯处钻进苞米地里躲起来,等白音跑过之后,他又折了回来。一进白音院,二话不说,就把房门拆了下来。白音的老婆见了,急了,大声喊着:"你拆门干什么?"巴勒根桑上气不接下气地说:"哎呀!不好了!白音老爷在路上把腿摔断了,这不,我来拿门板要把他抬回来。"这下子,白音家里炸了锅,白音老婆赶忙招呼孩子们,连哭带嚎地向南山湖跑去。白音走到半路上碰上了巴勒根桑,见他抬着自家的房门,就问:"你拿我的房门上哪去?"巴勒根桑说:"老爷,你不知道,刚才你家失了大

---

① 白音:富人。

火,全部家当都烧没了,我好不容易把这扇门抢了出来。"白音一听,就像撒了气的皮球瘫倒在地。正在这时,白音的老婆孩子连哭带喊地跑来了。白音更以为真的着了火,骂道:"你们这些混蛋,家里着火你们不救,跑这里来干什么?"白音的老婆孩子听了这话,真是丈二和尚摸不着头脑,都说:"着什么火了,不是说你的腿摔断了吗?我们是来抬你回家的。"

这时,巴勒根桑笑笑说:"白音老爷,这会儿我可真没时间和你开玩笑了,请把房门拿回去吧!"说完就走了。白音哭笑不得,只好抬着门板,领着老婆孩子回家了。

三、顶锅

有一个财主的狗腿子,依仗主子的势力,总是狐假虎威,对穷人耍威风。

有一天,狗腿子去集上给财主买一口锅,往回走时怎么拿也不好拿,他就想出了个办法,把锅扣在头顶上走。走到沙岗子正好碰见巴勒根桑。狗腿子说:"巴勒根桑,都说你智慧无穷,和我比你可差了十万八千里。"巴勒根桑并不吱声,两眼直直地看西北远处的沙岗子,狗腿子顺着他的视线看,结果什么都没看见,正感到奇怪呢,巴勒根桑猛地向沙岗子跑去,一口气跑到沙岗子上探身往对面看。不一会儿,扑通跪在地上,嘴里反复叨念,不知说什么。狗腿子越发着急,要看看是怎么回事,就扛着锅往沙岗子上跑。跑上沙岗子已经累得不行了,头上扣着锅行动不便,想把锅撂在地上瞅瞅。巴勒根桑却站起来了,说:"有一条龙从天上掉到了地上。"狗腿子说:"胡说!"巴勒根桑说:"我亲眼所见,就掉在沙岗子对面。"狗腿子说:"我看看。"巴勒根桑突然惊叫起来:"不好,上天了,在半空中爬呢!"狗腿子生怕看不见,猛一抬头,锅落在地上,啪的一声摔得粉碎。

讲述者:包振生

整理者:任青春

四、拽牛尾巴

有位诺颜①是杜尔伯特草原闻名的笑面虎，他表面上对穷苦牧民和善，背地却既阴损又毒辣，既贪财又吝啬。冬天时节，他让小羊倌到很遥远很遥远的地方放牧，并且他每天都骑着马去查看。

这一天，巴勒根桑决心惩治他，在他必经之路上等他。巴勒根桑把一条牛尾巴插在了道上的地裂子里，然后撒上尿，使其冻在一起。远远地看着诺颜骑马过来，他弯腰佯装用手拽牛尾巴。这时诺颜来到跟前，问："巴勒根桑，你在做什么？"巴勒根桑焦急地说："老爷，我的牛掉进地裂子里去了。"诺颜说："看你的表情那么轻松，不像。"巴勒根桑说："老爷，告诉你个好消息，我要发大财了。"诺颜一听这话急忙问："快告诉我你怎么发大财。""刚才我赶着这头牛过来时，地上突然裂了一道很宽的缝子，恰巧我的牛掉下去了。我一着急抓住了牛尾巴，这时我看见地缝里还有牛羊往上跑，就在这时缝子合上了，这不，我只抓住了一条牛尾巴。可是如果我弄来绳索把我的牛拽上来，那么其他牛羊也就归我了。"诺颜眼珠一转，对巴勒根桑说："巴勒根桑，我帮助你拽牛，拽上来的那些牛羊你要分我一半。"巴勒根桑说："当然可以，不过，凭我们两个人的力量是拽不上来的。"诺颜问："那怎么办？"巴勒根桑说："这样吧，你先拽住牛尾巴，不要松手，松手牛会掉进去，也不要太使劲，那样会拽断牛的尾巴。等我带人来用锹镐挖土，把牛的腿露出来，然后套上绳索拽。"诺颜点头同意，巴勒根桑就要走，刚走出几步，又回来说："老爷，您帮我拽出牛，您能得到一半牛羊，如果您拽不出来，我的牛掉进去了怎么办？"诺颜说："我情愿送这匹马包赔。"巴勒根桑转身就走，被诺颜叫住了："巴勒根桑，你骑上我的马，越快越好。"巴勒根桑翻身上马走了。

留下诺颜一个人，左等巴勒根桑不回来，右等还不回来，心想：一定是巴勒根桑这小子捉弄我。他气急败坏，手上一用力，把牛尾巴拔出来了。恰巧

---

① 诺颜：官员。

巴勒根桑领人赶到说："老爷，我不让你用力拽，你非用力拽，这回不要说地缝里那些牛羊，就是我那头牛也彻底掉下去了。"诺颜一看事情不好，就想抵赖。巴勒根桑说："老爷，您说好了的，如果牛掉下去，您就用这匹马作为赔偿，否则，我会找王爷说理的。"诺颜打掉牙往肚子里咽，只好把马给了巴勒根桑。

讲述者：张玉安

整理者：任青春

五、顶树

一位诺颜骑马从某地路过，看到巴勒根桑站在一棵弯树下，用后背顶着树。诺颜奇怪地问："巴勒根桑，你在这里干什么？"巴勒根桑饶有兴味地看看天，又指指自己的胸口，一言不发。诺颜越发觉得奇怪，又问："巴勒根桑，你又在出什么洋相？"巴勒根桑兴奋地说："老爷，为我高兴吧，我要发大财了。"诺颜说："你在变魔术吧。"巴勒根桑兴奋地说："老爷您看，老天把我安排到这棵弯树下，让我顶直这棵树，是不会白白让我受累的——许诺给我许多金元宝。"诺颜一听，当时两眼放光，即刻下马，来到巴勒根桑面前说："你一个人怎么能顶直这棵树呢？还是让我来帮助你吧，然后，把你的金元宝分一半给我，可以吗？"巴勒根桑说："当然可以，只是，我很早很早就来这里了，现在肚子里空空的。"诺颜心想：把巴勒根桑打发走，留下我一个人，那么那些金元宝就全是我一个人的了。想到这儿，他就说："巴勒根桑，我一个人留在这里，你骑我的马回去吃饭吧，吃过饭再来替换我。"巴勒根桑犹犹豫豫不愿走，诺颜越发要打发他走。没办法，巴勒根桑不情愿地上马走了，去找好朋友们喝奶茶、聊天去了。

讲述者：包振生

整理者：任青春

六、顶墙

巴勒根桑有无穷的智慧,常常使台吉和诺颜们恼羞成怒,丑态百出。因此,诺颜们恨透了他,都寻找机会要整治他。有一个诺颜气不过,找到巴勒根桑,要和他打赌,说:"你如果能在五天以内骗我一次,我情愿搬出杜尔伯特草原,到别的地方去。"巴勒根桑说:"尊敬的老爷,我是从来不会欺骗别人的。"

有一次,巴勒根桑去诺颜家,诺颜为了炫耀家族的富有,领着巴勒根桑到各屋走一遍,向他夸耀有许多珠宝和锦缎。当来到诺颜夫人房中时,巴勒根桑看到西墙有裂缝并且倾斜下沉,他灵机一动,用脚碰一下柜腿,柜上的一个花瓶掉下来摔得粉碎,巴勒根桑趁机一个箭步上去,用后背顶住了西墙。诺颜惊问:"你这是要干什么?"巴勒根桑并不回答,继续顶着墙,额上淌下了冷汗。诺颜急忙问:"巴勒根桑,你快说,你在干什么?"巴勒根桑这才气喘吁吁地说:"老爷,西墙要倒,你没看见花瓶被打碎了吗?你快出去,这里危险。"诺颜不信,说:"巴勒根桑,你又在耍鬼花招。"巴勒根桑说:"老爷,既然你不信,我就要跑了,我有些顶不住了。"诺颜半信半疑地说:"我这屋里有许多珠宝,我是不会出去的。"巴勒根桑说:"那你赶紧去拿根木头,顶住房檩子,墙就不会倒了。"诺颜说:"捣蛋的巴勒根桑,我这里哪有什么木头?"巴勒根桑说:"马圈里有拦马的木桩。"诺颜说:"那些该死的烈性马会踢死我的。"巴勒根桑说:"老爷,我实在顶不住了,我要跑出去了。"诺颜急眼了,说:"巴勒根桑,我替换你顶着,你去马圈拿木桩,越快越好。"

巴勒根桑放心大胆地回家睡觉去了。

讲述者:张玉安

整理者:任青春

七、巧斗女管家

有一次，巴勒根桑到杜尔伯特贝勒府为一位白音给王爷送马，王爷看到送来的马个个膘肥体壮，心里很高兴，吩咐女管家给巴勒根桑安排一顿饭。女管家是王府里有名的刀子嘴，早就听说巴勒根桑是草原上的智囊，心中暗自不服：我且不管你智囊不智囊，斗嘴未必是老娘的对手！

吃饭时，端上来的是炒米、酥油和熬豆腐，巴勒根桑对炒米和酥油都不感兴趣，唯独喜欢吃熬豆腐，就大口大口地吃起来。女管家在一旁看得分明，就说："巴勒根桑，听说你刚刚从诺尔那一带来，我想打听一个人。"巴勒根桑一边吃豆腐一边说："你只管说，有名有姓的我全知道。"女管家说："那小伙儿是我外甥，姓蔡（菜），小名叫驴子。"巴勒根桑不假思索地说："噢，你说蔡驴子啊，前不久骂他爹，让雷劈死了。"女管家暗叫好厉害，又说："哟，你们那地方可真厉害，骂他爹就让雷劈死了，我们这地方骂老天都不管。"巴勒根桑说："老天总是公平的，听你这样一说，你不是个小偷也准是个骗子。"女管家知道自己不是巴勒根桑的对手，只好吃了哑巴亏。

讲述者：任殿元

整理者：任青春

八、吃骨头

这天，正是草原上的那达慕盛会，赶着勒勒特日格①的牧民们从各牧场赶来。就在这个那达慕大会上，白音请巴勒根桑做客，并邀来了一些世交和

---

① 勒勒特日格：草地用的木轮车。

喇嘛作陪。席间，宾主有礼貌地互赠了哈德格①。白音狡猾地看了看巴勒根桑，说："巴勒根桑，你真聪明，我十分佩服，你是我们草原的骄傲。为此，我今天借那达慕大会的机会特地邀你来吃手把肉。"巴勒根桑左右一看，便猜透了白音没怀好心，但又不好谢绝，就附和着说："谢谢白音看得起我。其实我不是聪明人，那天白音非要我骗你，我只是为了让你欢喜罢了。"白音眨眨眼睛，说了声"请"，他的那些世交和喇嘛们都在胸前双手合十，口里叨念两声"宝尔罕"，然后各自从腰带上摘下餐刀，便大吃起来。这些家伙边吃边将自己啃剩的羊骨头偷偷地扔在巴勒根桑身后，巴勒根桑身后的羊骨头越来越多，而白音和喇嘛们的身后连一根骨头都没有。

参加那达慕大会的人们听说白音请巴勒根桑吃手把肉，都很新奇，一窝蜂地围着看热闹。白音一见人多，认为正是让巴勒根桑出丑的好机会，便站起来一扬手喊道："牧民们，你们看看，巴勒根桑有多下贱，一席人谁也没有他吃得多，看看他背后的羊骨头有多少啊！"说着哈哈大笑起来。作陪的喇嘛们也随着哈哈大笑起来。这时，巴勒根桑也站了起来，笑呵呵地和众人打招呼道："乡亲们，今天白音请我吃手把肉，看来我比他们吃得多了一些，因为我背后的羊骨头多，将来这些骨头可以喂草原上的狗。"听到这里，白音认为巴勒根桑认输了，心里很得意。可是巴勒根桑接着又说："不过大家再看看白音和喇嘛们，他们比我更下贱，我只不过多啃了一点儿骨头上的肉，可是他们连骨头都吃了。你们看，他们背后有羊骨头吗？"大家一看，大人小孩儿一起哄起来，有的还提高嗓门喊："羊骨头不是喂狗的吗？怎么白音和喇嘛也吃羊骨头？"讥笑的声浪顿时飞向草原深处。从此，白音吃羊骨头的事传遍了整个草原。

九、火龙衫

白音受了巴勒根桑的奚落，越想越不是滋味，便给巴勒根桑定了一个

---

① 哈德格：即哈达。

"欺骗白音"的罪名,想要对他下毒手。在一个鹅毛大雪的夜里,白音派人将巴勒根桑抓来,剥下了他的皮袍,只留一件贴身的汗衫,把他关进磨坊,想把他活活冻死,等第二天来收尸。

巴勒根桑一被关进磨坊,便猜透了白音的用意。一件单衣怎能御寒呢?到了半夜,巴勒根桑冻得受不了,便在磨坊里跑步,无意中碰到一个磨杆。他急中生智,抱起磨杆推起沉重的磨来。清早,来收尸的人走进磨坊,看见巴勒根桑满头大汗,正在那里扇风呢!收尸的人感到莫名其妙,赶紧去报告白音。白音半信半疑地来到磨坊一看,果然如此,便问道:"你怎么没冻死?"巴勒根桑漫不经心地说:"白音,你不知道,我穿的这件衣服叫火龙衫,穿上它,天再冷身上也热乎。"贪婪的白音一听,垂涎三尺,一心想把火龙衫弄到手。便说:"巴勒根桑,你整天放牧,穿它没用,还是卖给我吧!"巴勒根桑说:"白音,这是我的传家宝,怎么能卖呢?"白音一听,沉下了脸子说:"你是犯死罪的人,买你的火龙衫是抬举你,你卖给我火龙衫,我就放了你,要不就杀死你!"巴勒根桑一副迫不得已的样子,说:"那好吧,既然白音宽恕了我,我就把这件火龙衫卖给你。"白音一看火龙衫已到手,就把巴勒根桑放了。

第二天,正赶上另一个白音的儿子结婚,请白音光临。白音为了炫耀自己的富有,特意穿上火龙衫,骑上雪里站①,顶着风雪骑马赴宴去了。走到半路,就冻成了冰棍。

十、拘魂棒

白音有三个儿子,大儿子在衙门当诺颜,二儿子管庙堂,三儿子是喇嘛。他们听说老爹死了,便亲自来捉巴勒根桑。

这一天,巴勒根桑准备了一根木棒,涂上花花绿绿的颜色,并写上"拘魂棒"三个大字。他对妻子说:"白音冻死了,他儿子必然来找麻烦。如果来了,你就这般如此。"

---

① 雪里站:四蹄是白色的马。

　　果然，白音的大儿子哈日巴日领着老二西日巴日和老三查干巴日来了，进屋不容分说，架起巴勒根桑就要走。巴勒根桑说："诸位且慢，有事说事，不要耍蛮。"哈日巴日眼睛一瞪，喝道："你害死了我父亲，到府里吃官司去！"巴勒根桑不慌不忙地说："那好吧！我可以去，不过现在有点儿急事，办完就走。"西日巴日和查干巴日问他有什么急事，巴勒根桑说他老婆昨天得急病死了，想把她的魂拘回来再走。说着，巴勒根桑举起拘魂棒，口里念念有词，叨叨咕咕地打了七七四十九下，然后高声问："回没回来？"这时听到一个微弱的声音："回——来——了——"接着，巴勒根桑的老婆坐了起来。三个家伙简直看呆了，查干巴日便悄悄地和他的两个哥哥商量："和他打官司还不如用他的拘魂棒把爹的魂拘回来，然后再和他算账。"哈日巴日和西日巴日一想也是，就管巴勒根桑借拘魂棒。巴勒根桑说什么也不肯借，宁可吃官司偿命，也不肯把这宝贝借给别人用。经过几番周折，达成了协议。哥仨带着拘魂棒给他爹拘魂去了。最后，把他爹打了个稀巴烂，让老白音死了也没得安宁，闹了个碎尸万段。

十一、"施舍日"

　　哥仨上了巴勒根桑的当以后，气得发疯，连夜将巴勒根桑装在袋子里，准备投入达赉湖，以解杀父之恨。走在半路，他们实在劳累了，就将巴勒根桑吊在一棵大树上，他们三人到附近村子吃饭去了。巴勒根桑想：这回注定要死了。突然摸到腰刀还在身上，便将袋子割了个口儿，伸手解开袋子跑了出来。然后抓了一只羊，连腿带嘴绑了个严严实实，装在袋子里吊在原处，把白音的羊赶了几十只便回家去了。再说这三个家伙吃完了饭，来到树下解下袋子，不管袋子里怎样挣扎，连夜把袋子扔进达赉湖。

　　第二天，他们见巴勒根桑的蒙古包前有好多羊，很纳闷儿，到里面一看，巴勒根桑正坐在屋里吃手把肉呢。哥仨大吃一惊。巴勒根桑一看是白音的三个儿子来了，赶忙站起来寒暄，然后一本正经地说："多谢三位，昨晚你们把我扔进达赉湖，正赶上龙王的'施舍日'。龙王说，'巴勒根桑你来得真巧，拨给你几十只羊吧'。就这样，我把羊赶回来了。龙王还说，'你要是明天来就好了，明天施舍牛、马、骆驼'。"哈日巴日以为巴勒根桑又在骗他，西日巴日半信半疑，只有查干巴日一片虔诚，急忙问道："我们去能不能给？"巴勒根桑说："那怎么不给，我去都给，你们去更得高看一眼了。"贪婪的哈日巴日又想捞一把，又怕上当，不敢表示。巴勒根桑看出了他们的心思，便说："你们对那儿生疏，我领你们去好了。"第二天，巴勒根桑领着他们三个来到达赉湖边，说："我要和你们一起下湖，龙王看见一定会说是我把你们引来的，说不定一生气，就什么都不给了。我若不下湖，你们准以为我撒谎。我看这么办，你们先下去一个，手里拿一面小旗为号。下海后，如果觉得事情是真，就晃一下旗，如果不晃旗就是假，那时剩下的二位处死我也不迟。"他们三个一听，觉得有道理，查干巴日抢先拿着小旗跳下湖去。一个浪将他打下深渊，只见小旗一晃就不见了。岸上的两个人以为查干巴日在召唤，便都跳下去，上龙王那里赶牛、马、骆驼去了。巴勒根桑站在达赉湖边，哈哈大笑。

讲述者：波尔固德

整理者：波·少布

白狐仙子

有一个青年人，姓任名义，父母双亡，只剩他一个人过日子，家道贫穷。他以务农为生，闲时还要攻读诗书。一天，他同一位青年上山去采山果。走到深山老林，发现大树底下有一物，洁白如雪，毛亮发光。任义上前把它捉住，见是一只狐狸，洁白可爱。邻居青年要把它打死卖皮，任义给他五两银子，用口袋把它包好，背到家中喂养。他吃什么也给白狐吃什么，十分精心，爱如珍宝，白狐越来越美丽可爱。忽一日，屋外有惨叫之声，任义起初不在意，以后天天在房前左右听到。任义仔细一看，原来是一只大白狐狸在叫。一天晚上，任义做了一个梦，梦见一个美女对他说："你把那只小白狐放了吧，那是我的女儿，日后我必报你的恩德。"醒来才发现是梦。他喂饱了小白狐，抱过来，贴贴脸，对小白狐说："你娘来找你了，我今天把你放了，叫你们母女团圆。"小白狐点点头，摇摇尾巴。外面又有叫声，任义开门放走了小白狐，只见两只白狐一同奔向山中。

过了不久，任义下地干活儿。中午回家，正要做饭，掀锅一看，见锅里一下子热腾腾的饭菜。他心中纳闷儿，不知怎么回事。但一闻香喷喷的，就大口小口地吃了个精光。第二天回来，还是饭菜满锅，此后天天如是。连续五六天，任义想偷着看看是怎么回事。那天他没出去干活儿，蹲在缸后，想看看怎么回事。不一会儿，开门进来一个女子，十七八岁，生得十分美丽，穿一身白衣服，面白如粉，点火做起饭来。任义突然起来，倒把女子吓了一跳。任义上前施礼，问："尊姓大名？因何相助做饭？"那女子答道："我叫白云花，家住南山。看你心眼儿好，老实厚道，孤身一人，很是可怜，特来帮你做饭。"一会儿饭菜做好，女子突然不见了。任义心生疑惑。三更时分，任义正在读书，忽见那女子又来了，任义很是惊讶，忙问来意。那女子说："我看你年轻有为，心眼儿好使，真乃仁人君子，对我有救命之恩，特来相报，愿和你配为夫妻，朝夕相伴。"任义听了，忙说："使不得，婚姻要有三媒六证，哪有私订婚约之理？"那女子道："你我都是苦命之人，父母双亡，独身寂寞，还守什么礼法。"任义看她十分美丽，言语温柔，不觉起了爱慕之心。二人便烧香磕头，拜了天地，过起日子。云花十分勤劳，帮助任义耕耘，喂养猪、鸡、鸭。小日子过得火炭一般。他二人十分恩爱，每天说说笑笑，同声歌唱，人人都夸云花是人间仙子。

但是好景不长，忽一日云花在偷偷地流泪。任义发现，忙问她原因，她不讲，追问再三，她才泣道："咱二人成婚已三年之久，恩恩爱爱，我今天把话对你说了吧。我是深山千年白狐，修行成仙。因你救了我女儿，见你为人忠厚，我动了凡心，来报答你的恩情。今被王母查知，要我上天庭回话，此去凶多吉少，你我二人就要永别了。"说罢，二人抱头痛哭。云花取一粒仙丹给了任义说："你要好好保管，日后吃了，保你聪明过人，益寿延年。"并嘱咐任义再娶贤淑。任义立志不再续妻。二人一夜悲悲切切，说不尽分离之苦。次日天明，一道白光出现，云花不见了。"云花！"任义呼天喊地，天天望着天空。一天，他吃了仙丹，立感全身有力，头脑聪明，他日日苦读，三场得意，考中进士。后来官升至吏部尚书。很多人为他提媒，他决意不娶。

讲述者：冯俭

整理者：乔振东

白家围子的传说

龙凤这个地方，在四十多年前，只有稀稀落落的几间房屋，住户少，荒野多。有个屯子叫白家围子，这个屯子里有个大地主叫李万祥。他家有个西厢房，谁也不敢住，不论男女老少，一住到那里，没人活着出来，让大夫一看，都说是惊吓而死。有这么一天，从山东来了一家逃荒的，老两口拖儿带女，磕头作揖地求李万祥给找个地方住。李万祥对待穷人一向残酷无情，说什么也不肯，竟命令狗腿子轰他们出去。老头儿急得又连说了很多好话，李万祥眼珠一转，计上心来，说："我家有一间谁也不敢住的房子，你们如果不怕死，就住吧。"两个老人一听乐了，心想：走也是死，不走也许侥幸不死。于是就住下了。

一家人总算有了落脚之地，高高兴兴地睡着了。老头儿心里有事，半夜醒来，刚想闭眼继续睡，只听见东墙内出现了一阵阵脚步声。老头儿屏住呼吸，心想：为了一家人，今天我拼了。随着脚步声，嘎巴一声，墙裂了一道缝，从里边走出一个老太太，她手举一把大刀，直冲老头儿砍来。老头儿顺手抄起一把菜刀一迎，咔一声，大刀没怎么样，菜刀崩了一个豁口儿。老太太转身就跑,老头儿看着她的背影,只见她梳着疙瘩揪儿,扎个红头绳。第二天一早,老头儿像没事人一样起来了,没有和家人透露这件事。

一连好几天晚上,一到这个时间,也就是半夜,老头儿都能遇到这样的事。第二天早晨,墙洞自然合上,完好无缺。

于是,老头儿就犯嘀咕了,心想:这是咋回事呢? 他借了一把镐,刨墙一看,墙内有一条麻袋,扎个红绳。打开一看,满满一袋银子,里面还有一张纸,写着两行字,老头儿不识字,就没有看。

老头儿想:虽然是我发现的,但房子是财主的,还是给财主吧。他把银子给李万祥背去,只求李万祥把房子赏给自己住。李万祥阴险地笑了笑,说:

"算你聪明,其实我早派人监视你了。行吧,你暂时住两个月。"

老头儿气得脸都没了血色,说:"我现在就走。"

"求之不得。"李万祥阴阳怪气地说。

老头儿走后,李万祥打开袋子,看到纸条上的两行字:

　　　　此银属于山东主,

　　　　万祥若用银化土。

李万祥哪里肯信,硬是把他们撵走了。他们走远了,李万祥再看口袋,满袋银子都成了土。

讲述者:郭淑英

整理者:李东杰

棒槌与棒槌鸟的故事

在东北的深山密林里，每当八九月份人参开花打籽儿的时候，有一种小鸟在山岩或苍松上接连不断地叫着："棒槌哥、棒槌哥……"人们管这种鸟叫棒槌鸟。有经验的采药人总是在棒槌鸟喊叫的地方寻找珍贵的棒槌——人参。

提起棒槌与棒槌鸟，还有这么一段故事呢。

很早很早以前，人们就知道人参是补气养血、治病救命的珍贵药材。可这种药材只有在野兽成群的深山密林里或是人迹难到的悬崖陡壁下才能找到，所以特别值钱。为了采人参，不知有多少人从山崖上掉下来摔伤摔死，还有走进深山就一去不回的。

话说在长白山脚下，有个山霸钱百万，养了一帮狗腿子，把周围几百里的山林、土地都霸占了。谁要在这一带种地、打猎、采药，都得给他交租。

山坡上有一户人家，三口人，爸爸、妈妈和儿子小宝，靠种地和采药勉强维持生活。这一年小宝刚七岁，妈妈突然得了重病。为了给妈妈治病，爸爸只好去求山霸钱百万。狠心的山霸知道小宝家穷，只肯借几十个铜钱，还叫小宝爸爸立下字据,要在一个月之内采来一棵人参顶账,不然就把小宝拉来给他做三年长工。为了给妻子治病,爸爸只好答应了这些条件。可是老天不长眼。一天,小宝爸爸为了采人参爬上了鸟都难上的"鬼见愁",连饿带累,一失足从山崖上掉下来摔死了。山霸不顾小宝妈死活,硬把小宝拉去当了长工。

山霸叫小宝每天到山下河边打水,还得到山里砍两担柴,却只给吃两顿连狗都不爱吃的剩饭剩菜。小宝又累又饿又想亲人,可又不敢少干一点儿活儿,因为山霸每天都在看他干没干完活儿。要是干不完,不但不让吃饭、不让睡觉,还用木棒打他。小宝只好一边干活儿一边哭。也不知过了多少天,本来就挺瘦的小宝被折磨得瘦成了一把干柴。

一天,小宝在山里砍柴砍破了手指,正哭得没办法,忽然听到有人在喊他:"小宝,你哭什么呀?"小宝回头一看,原来是一个和自己年龄差不多,穿一身绿衣服、戴一顶小红帽的小胖孩儿在叫自己。

小宝问:"你是谁呀?你咋知道我叫小宝?你家在哪儿住?"

"你就叫我棒槌哥吧,我家就住在山那边,咱俩玩好吗?"胖孩儿乐呵呵地说着。

小宝说:"不行,我得砍柴,我一天不砍完两担柴,山霸钱百万就打我。"

胖孩儿满不在乎地说:"没关系,咱俩先玩,一会儿我一定帮你砍完两担柴。"

于是,小宝和棒槌哥玩起了捉迷藏。玩饿了,棒槌哥就给小宝采山果吃。玩着玩着,小宝看天快黑了,就又哭了起来。棒槌哥愣住了,忙问小宝:"你咋又哭了?"

小宝说:"天快黑了,我的柴砍不完了。"

棒槌哥笑着说:"不要紧,咱们现在就砍柴吧。"

小宝用砍柴刀在这边砍,棒槌哥在那边用手掰。说也奇怪,小宝还没砍多少,棒槌哥已经掰了一担多。

棒槌哥说:"够了,我们把柴担下山吧。"

他们走下山坡,在离山霸家不远的地方,棒槌哥说:"你把那担柴挑回去再挑这担柴,我得回家了。"

小宝忙说:"棒槌哥,明天还跟我玩吗?我到哪儿去找你?"

棒槌哥小声说:"明天你到山后石崖上,你喊一声棒槌哥,我就来和你玩。不过你可不能把我和你一起玩的事告诉山霸钱百万,你要是告诉他,我就不跟你玩了。"

小宝说:"你放心,我谁也不告诉。"

从此以后,小宝再也不愁干不完活儿了,再也不哭了。每天和棒槌哥一起玩,每天都有很多野果吃,瘦小宝不几天就变成了差不多和棒槌哥一样满面红光的胖小宝了。

一天,山霸突然恶狠狠地问小宝:"你这小子,偷了我家什么好吃的,吃得这么胖?快说!"

诚实的小宝被他吓蒙了,答不上话来。山霸就更觉得奇怪,凶狠地吩咐道:"明天你给我砍四担柴,砍不完就别想吃饭。"

第二天,小宝见到棒槌哥就哭着说:"咱们不能一起玩了,山霸让我每天砍四担柴,砍不完就不给饭吃。"

"没关系,咱们玩完了再砍柴就是了,保证不误事。"棒槌哥笑着回答。

晚上,山霸看小宝没费多大劲就把四担柴挑在他面前,也只好让小宝吃饭。一面看着小宝吃饭,一面打着鬼主意。等小宝吃完了饭,他忙说:"小宝,你也不小了,不能白吃饭,明天你得砍回六担柴来。"小宝知道有棒槌哥帮忙,就毫不犹豫地答应了。这样一来,钱百万就更加怀疑了。

第二天,小宝上山砍柴。山霸钱百万把管家二秃子叫到面前吩咐说:"你偷偷地跟在小宝后面上山,看他是怎样砍回六担柴的。"

不到一顿饭的工夫,秃管家就满脸流汗、上气不接下气地跑了回来。

"老爷,小宝根本就没砍柴,他和一个穿绿衣服、戴小红帽的胖孩子在山林里玩呢。"

山霸心想:"附近没有人家,哪来的胖孩子呢?听老辈人讲,人参能变人参娃娃,莫非让我碰上了。"于是,他皮笑肉不笑地说:"玩得好,看他今天能砍几担柴回来。"

晚上看小宝真的砍回了六担柴来，钱百万竟堆起了笑脸，把眼睛眯成了一条缝，大声对管家说："小宝干活儿累了，快拿来饭和炒山鸡。"小宝心神不定地看着从来没吃过的好饭菜，又看看山霸钱百万，没敢动筷子。山霸忙说："快吃吧，吃饱了明天还得砍柴呢。"

第二天，小宝拿着砍柴刀和扁担在前面走，山霸钱百万带上秃管家悄悄地在后面跟了上来。小宝在山崖边刚把棒槌哥喊过来，山霸和秃管家就不顾一切地跑过来要抓棒槌哥。棒槌哥和小宝听见脚步声，回头一看是山霸和秃管家。棒槌哥急忙向山崖上跑，山霸和秃管家在后面不顾一切地追。眼看就要追上了，只见棒槌哥急忙往旁边一闪，山霸和秃管家没收住脚，一起滚下了山崖。钱百万的头撞在了石头上，死在了石崖下。秃管家摔断了腿，回家养了很长时间，变成了瘸管家。可是他想抓人参娃娃的心一直没死，刚能下地，就又上山去找，只要见到像人参的草棵他就喊棒槌，总想找到人参娃娃。秃管家进山后再也没回来。可是山里有人参娃娃的事，却在采药人当中传开了。所以，直到现在，进山采药的人见到人参后，总要先喊一声"棒槌"。

再说小宝见棒槌哥跑没影了，也不顾一切地穿山越岭，到深山密林中去找，一面找一面喊："棒槌哥、棒槌哥……"一去再也没见他回来。

第二年，人们在深山密林中发现了一种小鸟，它整天在有人参的地方喊叫："棒槌哥、棒槌哥……"人们说这鸟是小宝变的，它在哪里叫，哪里就有人参。从此以后，大家就管这种鸟叫棒槌鸟，管人参就叫棒槌。

搜集整理者：霍英

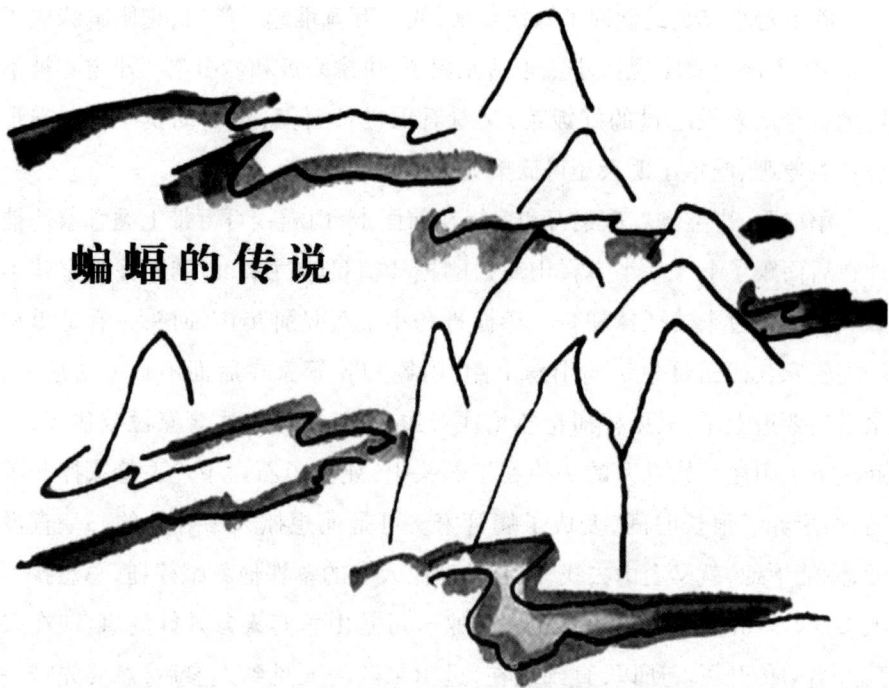

蝙蝠的传说

从前，没有蝙蝠这种动物，传说它是老鼠偷吃了盐变的。

也不知道是在什么朝代，有这么老两口儿过日子，以卖盐为生，今天买来一批，明天卖出一批。可是，老头儿每天卖盐回来都发现盐少了一些。老头儿就怀疑是老太婆在家把盐偷着卖了。因此，老两口儿经常打架。后来，老头儿就偷着看，想弄清到底是什么东西偷了盐。他一直蹲在盐挑子附近，等了三天三夜也没发现什么。有一天，老头儿在夜深时，突然发现了一个比猫还大的老鼠，偷吃盐后就趴在缸边喝水，老头儿看准，抄起根扁担就打过去。老鼠发现有人就跑，老头儿死也不放，紧追不舍。追着追着，不知为啥老鼠飞起来了，老头儿一看老鼠长出了翅膀，再也追不上了。后来，人们给这种动物起名叫"燕别户"，就是现在的蝙蝠。从此，蝙蝠是老鼠偷吃盐变的的传说，一直流传到现在。

讲述者：代秀芝

整理者：张雷雷

簸箕山的来历

　　在很早以前，簸箕山只不过是个小山包，长满了各种树木和蒿草。在山下不远的地方有个小屯子，在小屯子里有户人家，家里只有两口人。他们好吃懒做，看别人家日子过得好就眼气，总想着哪天走路捡到个宝贝，不用劳动就能吃好的、穿好的，可这种梦想总也没有得到实现。

　　说来也巧，一天从远方来了个道士，借宿在这两口子家里。道士每天晚上都要出去绕着山转几圈，这两口子在这个道士身上像发现了什么似的。有一天，两口子合计着，杀只鸡、买点儿酒好好恭敬恭敬道士，让他把秘密说出来。道士也是个实心眼儿的人，看见两口子这样恭敬自己，就把他住在这儿的目的全同两口子说了出来。原来，在这个小山上有个宝马驹，价值连城，如能得到这个宝贝，就会要什么有什么。两口子急忙问："怎样才能得到这个宝马驹呢？"道士说："这个宝马驹每天晚上都要从山上跑下来找东西吃，只要用一个新簸箕装上每天炒的新黄豆喂它七七四十九天，人就能靠近宝马驹，到时候就能抓住它了。"道士表示："到时候我们就可以共同享受幸福生活了。"于是，两口子每天炒黄豆，让道士晚上去喂宝马驹。喂到第四十八天时,眼看就要大功告成了,两口子起了贪心:如能把宝马驹独吞了那有多美。于是,两口子摆酒席把道士灌醉,就拿着簸箕和黄豆上了山。他们俩在山上等呀等。当月亮升起老高的时候,宝马驹终于出来了,它身上发出耀眼的金光,咳儿咳儿直叫。这两口子喜出望外,扔了簸箕和黄豆,直奔宝马驹冲了过去,都恨自己两腿跑得慢,恨不能一下子就把宝马驹抓到。宝马驹发现了两个生人奔来,一声长鸣,扬开四蹄跑得无影无踪了。

道士酒醒后,知道事情不妙,马上朝山上跑去。可事情已无法挽回了,道士一气之下也远走高飞了。后来,两口子不好好劳动,缺吃少穿,没过几年就死了。可是那只簸箕还留在山上,天长日久,那个小山包就变成了一个簸箕形的小土丘。所以,后来人们给它起了个"簸箕山"的名字。

讲述者:陆平

整理者:王玉海

布拉合的传说

杜尔伯特东南边界草原上有一个百多户人家的村庄,村子西北角有一眼枯泉,叫布拉合①,这个村子便由此而得名。说起布拉合,还有一段很有意思的传说呢。

很早很早以前,杜尔伯特部响那所管辖的第十一努图克连续三年遭遇黑灾②和白灾③。整个草原枯萎,牲畜死得不计其数。全努图克人已经到了无法生活的地步。

一天,响那召集了全努图克的牧民,举行集会,祭祀宝木勒神,祈求保佑。宝木勒神像前,香烟缭绕,供品满桌,男女老幼齐叩头。日落西山、星辰满天时,人们才相继离开了祭坛。

当晚,响那久久不能入睡,他躺在蒙古包里,想到草原干旱、水源干枯给牛羊带来的灾害时,感到实在可怕,两眼望着哈纳上挂的宝木勒神像发呆。

---

① 布拉合:泉水。
② 黑灾:指干旱。
③ 白灾:指大雪。

正在这时，宝木勒神驾着祥云走了出来，坐到响那面前说道："孩子，你别着急，明天早晨起，你带着全部落的人向东南方向游牧，碰到一眼清泉，你就在那里安营扎寨，保你六畜兴旺，人丁平安。"响那高兴地笑出了声，睁眼一看，原来是一场梦。可又一想，梦是那样真切，所以连夜起来烧香、上供，祭祀宝木勒神。

第二天，太阳刚一冒山，响那就通知部落所有人收起蒙古包，驾着勒勒车，骑着马，赶着牛羊，浩浩荡荡地向东南方向迁徙。夜宿晓行，整整走了七七四十九天，来到一片蓝绿色的碱草场。草场中部有一眼清泉，清澈透底，这正是宝木勒神所指的地方。响那便命令全努图克的人安营扎寨，在这里生活。

说也怪，从响那到这儿的那天开始，泉口里就流淌出一条弯弯曲曲的小溪，形成一条天然的乌日塔河。绿油油的碱草一夜就长了半尺，就像铺了一块无边无沿的绿绒毯一样平展。从此，牛下双犊，羊产三羔，马成倍增长。这神话般的事，使响那分外高兴。正像宝木勒神所说的，第十一努图克人畜两旺。响那被推举为旗王爷府的协理，管辖半旗之地。响那部落的牲畜多得无数，从牛栏里赶出去的牛，排头已到十五里外的乌日塔河南端，而群尾还在牛栏没走出去，可见数目之多。整个乌日塔河荷花满塘，鱼蚌满池。响那协理十分满足。他把第十一努图克治理得有条有理，按族系分开驻营，按人口分配牲畜，定期召集青壮年牧民到协理府里习练武功，每年的那达慕大会上，让他们表演赛马、摔跤、射箭。不久，响那协理治家有方的名声传遍百里草原，第十一努图克成为杜尔伯特草原南疆最富庶的一个部落。

再说杜尔伯特的旗王爷，听说响那协理才华出众，很羡慕，想要重用他。不料，有一天来了一位拉骆驼的算命先生，在王爷府门前久久不肯离开，王爷便将他请进来，要他给算算命。不算则罢，这一算可不得了，王爷吓出了一身冷汗。原来，从王爷府向日出的方向一百五十里是一条龙脉，龙头正是响那协理安寨的布拉合，这眼泉是从龙口里喷出来的，而龙尾则是王爷府。只要龙一抬头，布拉合之地便会兴盛，而王爷府则要衰败。王爷听了愁容满面，无奈只好出重金，请求算命先生以法破"风水"。因此，当年在王爷府修筑了一座镇龙塔,塔内塑一尊好日木斯神像,双手操剑,直下东南方向的布拉合。

据说,建塔后第三年这条龙便被斩死了。从此,这眼泉突然干枯,乌日塔河的荷花凋落,绿油油的碱草变黄,第十一努图克人遭病、牛染疫,响那协理家败人亡。

尽管布拉合干枯了,但响那协理的家族代代居住在这里,这个地方仍然叫布拉合,一直传到今天。

讲述者:波尔固德

整理者:波·少布

参花姑娘

很早以前，在长白山下有一个小村庄，风景十分秀丽，村里只有几户人家。村中有一个小伙子名叫马丰，为人忠厚，勤奋好学。一天，本村有个叫丁仁的小伙子来到他家，同他商议到山里挖人参的事。马丰知道丁仁性格乖僻，不愿和他同去。但丁仁再三劝导，马丰只好答应他前往。

两个人收拾行装、工具，拿了口粮，便向山里走去。山里头山山岭岭，松柏参天。行了几日，果然挖了一些人参，二人高高兴兴地向回家的路上走去。走到半路，在深山老林中远远走来了一个姑娘，近前一看，这姑娘浓眉大眼，齿白唇红，年纪也不过二十岁左右，别提长得多俊俏了。丁仁看了心里一动，忙喊姑娘站下。姑娘听到喊声立刻站下，回过头来，似笑非笑地问道："有事吗？"丁仁听到这燕语莺声，又看到她美丽的容貌，便动了邪心，上前笑嘻嘻地说："大姐，我看你长得十分可爱，有心求你为妻如何？"说着便上前搂抱。姑娘当时大怒，便与丁仁撕打起来。丁仁忙对马丰说："兄弟，你帮我把她拉到家，咱俩挖的人参都给你作为谢礼。"马丰上前劝阻，让他不要干这伤天害理之事，抱住丁仁叫姑娘快快逃走，姑娘趁机跑了。丁仁见姑娘跑远,心中便暗暗地恨起马丰来。二人走了一程,来到了一个悬崖之处,丁仁说:"来,你看那崖下有两只虎在打架。"马丰正猫腰往下看,丁仁猛地一推,一下子把马丰推下悬崖,自己背起人参急忙往家走。回到家里,说马丰被虎吃了,幸亏自己跑得快,要不然也做了虎食。他卖了人参,过起了富裕的日子。

再说马丰,也是他不该死,那天正好掉在了一棵大树上。正在他迷迷糊糊、动弹不得的时候,忽然听到崖上有人叫道:"小哥哥不必担心,我来救你!"马丰一听是女子的声音,随着就见一条长绳子吊到他的面前。女子吩咐马丰把绳子拴在腰上,叫他闭上眼睛。也说不上这女子有多大力气,竟把他救到了崖上。马丰急忙施礼,感谢救命之恩,姑娘说:"不必谢了,你不是也救了我吗?"这时,马丰才发现眼前这女子就是被自己放走的那位姑娘。"走吧,跟我回家去。"马丰随她走去。走过了几山几岭,到了一个幽静的地方。在茂密的森林中,有一片平地,这里芳草青青,红花朵朵,真是鸟语花香,好似仙境。这姑娘把马丰领进一所幽静的茅屋,坐下后,姑娘拿来许多鲜果给他吃。他吃着香甜的果子,不觉天渐渐黑了下来,姑娘叫他睡在屋里,他说啥也不肯,自己抱了一堆干草睡在外间地下。一觉醒来,再也睡不着了,便起来走到屋外,往远处一看,只见一片灯光,如同繁华闹市。他好生奇怪,便拿起叉子往亮处走去。到了跟前一看,原来是一棵棵人参,中间有一棵人参花叶茂盛,异香扑鼻,光辉耀眼。马丰十分高兴,拿起叉子便要去挖,忽听有声音说:"小哥哥不要伤我。"马丰听有人声,停住叉子四下一看,并无人影,知有缘故,便拿起叉子回屋去了。

第二天清晨,姑娘对马丰更加敬重,吃了些野果禽蛋之后便领他到苍松翠柏、奇花异草间游玩起来。马丰一下子被这美妙的仙境迷住了。姑娘拉马丰在河边的一块石上坐下唠起家常来,姑娘说:"我孤身一人,无父母,无弟兄姐妹,我今年十九岁,名叫参花,以后你管我叫参花好了。"马丰说:"我和你一样,家住山下,一个人生活,今年二十一岁,名叫马丰。"姑娘说:"好,以后我就叫你丰哥吧。"二人正唠得有劲,忽然天空中比翼飞来两只小鸟。参花指着飞鸟说:"你看这两只小鸟双双对对,多么自由自在呀,我们俩……"说到这里便低下头来。马丰问道:"我们俩怎么样?"参花涨红脸说:"我们俩若能结为夫妻该有多好。"马丰说:"我是求之不得,只怕家贫连累了你。"参花道:"如果我们同心协力,幸福的生活是可能实现的。"于是,他俩在山下河边,搂土为炉,插草为香,拜了天地。夕阳将落,二人携手进入草堂,十分恩爱。一连住了几天,马丰提议回家,参花给了他一块不知是什么东西吃了,他立时觉得浑身清爽,精神倍增,几百里路途,晚上便到了家。到家后,见院中清洁,室内雅致,参花很是欢喜。本村邻居都来看望,都夸马丰媳妇才华出众。这时,丁仁听说此事,心中大怒,手提大棍来找马丰索取媳妇。参花当着众人大骂:"丁仁拦路调戏民女,将同伴推下万丈深渊。幸亏马丰救了我,他就是我的丈夫,这儿就是我的家,你这禽兽不如的东西快快滚出去!"众人听了也都唾骂丁仁,他又羞又愧又气,没有几天就吐血而死。

从此以后,马丰努力种田,参花操持家务,二人十分恩爱。马丰买来水果和点心给参花吃,手挽手领她去看花灯盛会。过了一年生了个小男孩,起名小丰,十分可爱,小日子过得火炭一般。一天,参花拉住小丰落泪,马丰问:"为什么伤心,莫非我得罪你了?"参花说:"你我结婚今已三年,你待我恩重如山,我今天对你讲实情。我乃青松山上一棵几千年的人参,受日精月华变化人形,再过千年可成仙体。因见你为人忠厚,与你结为夫妻,被王母查知,不让我与凡夫结合。即将捉我到蟠桃园中,罚我浇花植树,永不出头。"说着泪如雨下。马丰闻听,好像晴天响个霹雳,二人抱头痛哭。参花搂着小丰说:"妈妈和你永别了,听你爹爹的话,长大好好念书,成人之后到青松山上祭奠一番,我也就满足了。丰哥,我和你夫妻三年恩恩爱爱,不幸中途分离。我这里有一面镜子,每到八月中秋,大叫三声,我可出现在镜中。你要好生抚育我儿……"正在难解难分之际,忽然一阵霹雳闪电,把马丰惊呆。及至醒来,却不见参花,发誓不娶,教子读书,了此一生。小丰聪明过人,二十岁考中进士,到青松山祭奠生母。忽听空中有人说话:"小丰,你要好好为官,爱护百姓,我难期已满,被封为人参仙子。"说罢,飘然而去。

讲述者:冯俭

常家围子的传说

兴隆泉乡有一个自然屯叫常家围子,因为在二十世纪二十年代初期,来这里开荒种地的第一家姓常。屯子建成以后,人们为了防备土匪,就在屯子四周用沙土干打垒,筑起了一道又宽又厚的高大的围墙。这样,屯子才取名为常家围子。

到了二十世纪三十年代,屯里居住的百姓已有几十户了,家家都靠种地为生,日子过得挺安稳。自从日本侵略者占领了东北三省以后,日本侵略者和汉奸三天两头到屯里来捣乱,不是抓劳工,就是搞"勤劳奉工",闹得屯里人一天到晚不得安宁。

有一天,在屯子东北角,人们发现一只全身长白毛的狐狸,上岁数的人就议论开了。有的说这是一位狐仙,能显圣变成人形;还有的主张给它修个庙,把它供奉起来,保佑屯子四季平安。于是,人们便在屯东北角修了一座仙堂,里边供上狐仙牌位,上写:"白狐大仙保和之位。""保和"是人们给这白狐狸起的名字,意思是希望它能保佑全屯老小和平安乐。从此,屯中无论哪儿有了天灾病祸,都要到这里上供祈祷或讨取灵丹妙药。

一天傍晚，有百十来个日本兵路过这里，打算闯进围子过夜。老百姓发现后都吓坏了，家家户户又躲又藏。日本兵为了耍耍威风，一连朝屯子打了好多发迫击炮。可是一发炮弹也没落下来，不是飞到屯外就是在空中爆炸。他们觉得这是怪事，就向屯子进攻。刚冲到围墙跟前时，见围墙上人声吵闹，一串串带火苗子的子弹哧溜哧溜地向他们飞来，吓得这些日本兵全趴在地上不敢动弹，气得头头儿哇哇乱叫，下令向墙头射击。可是，无论火力多猛，围墙上的人不但一个不少，反而越来越多。日本兵的头头儿也慌神了，最后只好下令撤退。

讲述者：朱文龙

整理者：石云龙

聪明的兔子

从前，在一个原始森林里住着许多野兽。一天，一只兔子正在森林里散步，忽然遇到了一头出来寻找食物的豹子。豹子看见了兔子，张开血盆大口扑了过来，要吃掉它。兔子不慌不忙地说："我何时得罪过你，现在我正在煮牛肉呢。"豹子听了，心想："吃了牛肉，再吃兔子也不迟。"就让兔子给它一点儿牛肉吃。兔子说："可以，不过现在肉还没煮好，你去抬点儿水来，我烧火。"豹子为了吃牛肉，拿起兔子递给它的竹筒就去抬水。路很远，抬到半路，水就漏光了。抬了四五个来回，豹子才发现竹筒底下有一个小孔。于是，它就用草塞住。等它把水抬到煮牛肉的地方，一看兔子不见了，再往锅里一看，里面空空的，什么都没有。豹子才知道上当了，发誓要找到兔子，把它吃掉。找了很多天，连兔子的影子都没见到。

一天，豹子正在路上走着，忽然乌云密布，电闪雷鸣。它非常害怕，不知怎样才好。这时，它发现附近有一个小洞，赶紧跑了过去，恰巧兔子也在里面避雨。豹子气呼呼地对兔子说："这回你可跑不了了，我要把你吃得连根毛都不剩。"兔子不慌不忙地说："你还嚷什么，天要塌下来了！"豹子看看天，着急地说:"让我也进去躲一躲吧!"兔子说:"洞太小了,不行!"豹子看了看越来越黑的天,就不顾一切地钻了进去。由于洞里非常暖和,豹子躲了一会儿就打起瞌睡来。兔子看它睡熟了,就悄悄地走到洞口,往外边一看,黑云已经被风刮走了。兔子跳到外面大声地喊:"天要下雨了。""下雨咋办呀?"豹子睁开蒙眬的双眼问。"只有盖房子才行。""那你盖吧,盖好再进来。"兔子答应一声,就忙着用干树枝、干草盖房子。房子盖好后,兔子在外面点起火来,只见房子被火烧着了。豹子在洞里乱抓乱撞,拼命地往外跳,跳了几次才跳出来,身上的毛还在冒着火。它跑去问马:"马哥哥,你说咋样才能扑灭我身上的火?"马说:"我不知道。"豹子又跑去问人:"人哥哥,请你救救我吧!"人说:"你往坡上跑,火就熄灭了。"豹子一听,马上就往坡上跑。这时,风恰好往下吹,它跑得越快,火烧得就越大。它又去问在水塘里打滚儿的水牛。水牛说:"你到我身边打个滚儿,火就熄了。"

从此,豹子再也不敢吃兔子了,一见到兔子吓得赶紧藏起来。

讲述整理者:于晓同

聪明的乌云珊丹

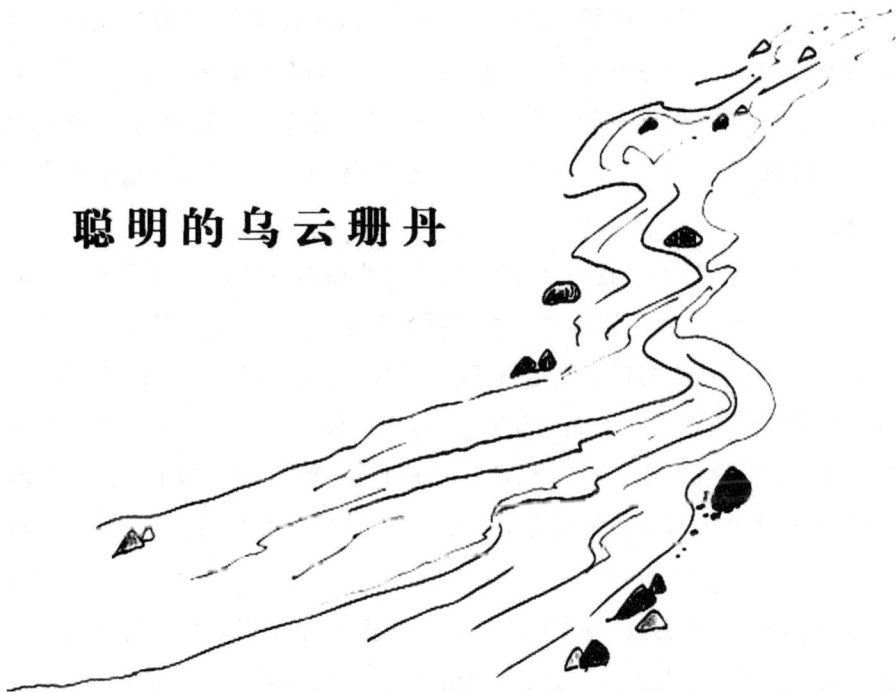

很早以前,在巴彦查干草原,有个诺颜自称"万事通"。说什么上知天文,下知地理,无所不知,无所不晓,简直就是天上智多星的化身。

有一天,诺颜要去正洁寺拜佛,只见他骑着匹大走马,领着一群府丁,尘土飞扬,好不威风。他们在去赛罕牧场的路上,路过一座蒙古包。在蒙古包前的勒勒车上端坐着一位小姑娘,显然她是在放牧。她边打羊毛绳,边哼着小曲。诺颜走到蒙古包前,一时心血来潮,想在府丁们面前炫耀一番,便上前问道:

"小姑娘,你叫什么名字?"

"乌云珊丹。"小姑娘头也没抬地回了诺颜的问话,这更刺激了诺颜高傲的心,于是诺颜提高了嗓门又问道:

"你打出来的羊毛绳有多长?"

这时乌云珊丹抬起头,看了诺颜一眼,反问道:

"尊敬的诺颜,你的马从诺颜府到赛罕牧场走了多少步?"

诺颜张口结舌,支吾了两句,谁也没听清他说了些什么,便继续赶路了。

这件事过后不久，诺颜虽然和往常一样，静坐在红毡上，品着奶茶的芳香，但觉得被一个小毛孩造了个语塞，心里有种难以名状的滋味。经过几天的苦心思索，他决意再去会一会那个其貌不扬、憨笨的小姑娘，想借此来挽回失去的面子。于是，诺颜又率领府丁，前后簇拥着，呼呼啦啦地来到赛罕牧场。

赛罕牧场还是那样宽阔、清新。牧羊的小姑娘好像根本没看见这么多人马的突然到来。倒是诺颜先开腔："喂！听着，我今天是为验证你的才智而来的，看你是真聪明还是假聪明。"府丁们忙帮腔："若是答不上诺颜的话，那你就是冒犯了诺颜。"小姑娘无奈，只好听诺颜的吩咐。诺颜郑重其事地说："第一，你要既走路又不走路，跟我到府里去；第二，到了府上既进屋又不进屋，坐到我家里；第三，既用火又不用火，给我烧一壶奶茶。"说完，奸诈地一笑，拉着长声说："请吧！"

乌云珊丹心里想：好一个刁钻的诺颜。于是，毫不迟疑地跟着诺颜一行人起程了。她一路上，一只脚踩在大路上，另一只脚踩在路边的草地上，一直走进诺颜府大院套。到了正堂，只见她一脚门槛里，一脚门槛外。正在诺颜和府丁们愣神儿时，她已经端坐在门槛中间了。乌云珊丹这时理直气壮地说："请拿一把铜壶、一块砖头和一篮牛粪来。"不大工夫，她就在门槛外面支起了炉灶，用一块砖头把壶底隔成两半。半边燃起了牛粪火，另半边用太阳光照，终于煮沸了一壶奶茶。

诺颜看到这种情况，目瞪口呆，哑口无言，气得满脸通红，好半天才说出一句话："明天你要给我牵一匹水马来！"乌云珊丹乐呵呵地说道："尊敬的诺颜，你要得到一匹水马很容易，但是顾名思义，水马是离不开水的。所以，请你在明天辰时到嫩江去取一匹好水马吧！"说完便告辞了。

第二天，太阳刚爬出了东山，乌云珊丹牵着自己的黄骠马站在水里。

诺颜来到江边一看，觉得这回自己胜利了，便眯缝着眼睛不慌不忙地说道："乌云珊丹，你是不是忘了，我要的是水马，你怎么把你的马当成水马牵来了？"

乌云珊丹不慌不忙地说："尊敬的诺颜，你弄错了，你不是要水马吗？我已经给你带来了。"然后,她指着水里的马的影子,向诺颜说道:"请看,水马不是在这儿吗?请把马笼头换上牵走吧!"

霎时间,诺颜的脸羞得由红变紫,气恼难耐,十分尴尬。

讲述者:波尔固德

整理者:波·少布

打虎庄的来历

很久很久以前,有一个美丽的山庄,那里的人们勤劳勇敢,心地善良,决不以自身的强壮欺凌别人。甚至是弱小的、生病的动物,他们都精心喂养,直到能独立生活了,才把它们放进深山中。这个山庄因此得名"仁慈山庄"。

可是在一件事情发生以后,这个山庄就改了名。原因是这样的。

在一个风雪交加的夜晚,有一个老猎人发现了一个奇怪的脚印。"啊!"原来是一只猛虎,它大概是非常饥饿,走起路来摇摇晃晃。猎人的脑子飞转着:"打死它,不能让它伤害人畜。"砰!真是忙中出错,子弹打在老虎的腿上。大概是惊惶的缘故,老虎竟朝仁慈山庄奔来,跑到一家农舍前。农舍正好没有关门,于是,老虎闯进去了。主人听见声响,走出来一看,吓了一大跳。当他看见流着血的老虎用一种可怜的目光看着他时,主人的心软了,于是就把它藏了起来。猎人顺着老虎的血迹赶来,问主人老虎的踪迹,主人否认他看见过老虎。但是院子里明明有血迹,怎么会没有老虎呢?猎人说:"老虎是个害人的东西啊!""没有就是没有。"猎人没有办法,只好走了。

老虎看到猎人已经走了,才走出来,装作感激的样子,用头拱主人的腿。

主人高兴地笑了,心想这虎不是挺好吗。

一年过去了,老虎的腿被主人治好了,老虎每天都给主人送一只野味,主人更加信任它了。于是把它留在家里,让它看家。老虎看门倒是一件新鲜事。

有一次主人不在家,老虎一看时机已到,就冲进牲畜圈,把里边的家畜都咬死了,并且把这些家畜运到它的老窝。主人回来看见牲畜圈里的家畜不见了,就生气地找他的看门的——老虎,而老虎正等待他的到来。主人问老虎:"我待你不薄,你为何这样对我?"老虎狞笑道:"世上哪有你这么傻的人。"于是张着大嘴,扑上去把他的"傻主人"吃掉了。最后怎么样呢?人们知道这件事情后,把山上的老虎都打死了。

而后,人们才总结了经验教训——对那些野兽是不应该讲仁慈的,要知道它们是不会轻易改变自己的本性的。为了记住这个沉痛的教训,这个山庄改名为"打虎庄"。

讲述者:王杰

整理者:刘宝昌

大架子屯的传说

二十世纪三十年代初,在萨尔图南侧二十公里处有一个自然村,住着邵、单、于、王四个姓氏的四十多户居民。虽然村子没有正式名字,但人们辛勤劳动,相互帮助,生活得也挺好。

一九三四年初,日本侵略者和石油勘探队来到这里。他们抢夺财物,侵占农田,抢占民房,使这里的住户纷纷外逃,最后只剩五户居民住在这里。

日本侵略者要勘探石油,就在该村立起一个大架子,并没完没了地测量、勘探,还到处打井、放炮。住在这里的几户居民恨透了日本侵略者,他们常常在夜晚出动,偷偷地拆卸大架子上的木制装置,使日本石油勘探队无法进行正常勘探。一九四五年,日本侵略者逃跑后,村民们愤怒地拆毁了这个大架子。

为了记住日本侵略者的罪行,有人就给这个村取名为"大架子屯"。也有人不同意,还叫这个村为"四姓屯"。

一九五六年,我国石油勘探队来到这里,也在该村西侧立了个勘探用的大架子,取得了重要的地质资料,为大庆油田的开发做出了贡献。这时,该村居民姓氏杂乱，"四姓屯"的叫法自然没人提了，"大架子屯"就这样叫了下来。

一九六四年，萨南油田开发时，政府将该村居民统一迁到大兴安岭居住。但人们一看到这里的大架子，就自然地想起了"大架子屯"的今昔。

搜集整理者：白永海

杜尔伯特的传说

杜尔伯特是"四"的意思，这一名称是怎么来的呢？说起来话可就长了。

在很早很早以前，杜尔伯特草原上还没有人烟，尽是一眼看不到边的莽莽苍苍的大草原。每到春夏季节，一尺多高的碱草随风摆动，银色的山杏花、金色的黄花、红色的萨日朗花五颜六色，开遍了原野。成群的野羊和草兔悠闲地吃着嫩草，老鹰展翅高飞，百灵鸟在蓝天白云下歌唱，身如锦缎的雉鸡成群结队。它们就是这个大草原上仅有的生命。

有一年，从漠北草原游牧过来四家牧民，马上驮着蒙古包和锅灶，赶着牛羊，进入了这个水草丰美的大草原，开始在这里生活。后来，人们认为，既然在这里落脚了，就应该给这个地方取个名字。于是就请几位有名望的老人，叫他们给起个名字。几位老人一商量，认为首先进入这个草原的就是咱们四家，那就叫杜尔伯特吧。大家一致同意，齐声高呼："好啊！杜尔伯特大草原!"从此,这四户人家在杜尔伯特大草原上过着安然的游牧生活,繁衍着子孙。杜尔伯特的名称,一直延续到现在。

讲述者:罗申

整理者:李成贵

多克多尔山的传说

在很早很早以前,脑温江①东畔,居住着一个游牧部落。部落的达日嘎②叫赛音巴雅尔。沿着脑温江东岸,从南边的合吉孟和一直到北部布合都是他的部落。他所拥有的牛马驼羊多得数不过来,放牧在草原上就像撒下的五色宝石一样美丽。畜群的集中点叫宝木,意思是有亿万牲畜,这些畜群集中点的名称以"宝布""布布代""波布代"等不同的称谓流传下来。

脑温江像一条蓝色的宝带,哺育着这个部落,为草原带来了幸福吉祥。赛音巴雅尔和他的属民每年都要祭祀脑温江,他们就在这平坦的草原上欢度着康顺的岁月。

不知过了几个世纪,也不知是赛音巴雅尔的几世孙,有个名叫道克新忽鲁格的头人继承了部落的达日嘎。由于草原茂盛,牛羊兴旺,属民安宁,人们逐渐忘却了祖传的对脑温江的祭祀。脑温江发怒了,想要惩罚一下道克

---

① 脑温江:嫩江。
② 达日嘎:首长。

新忽鲁格。于是，在一年的夏季，脑温江就像开锅一样泛滥，江水把东畔草原全部淹没，平坦的草原霎时间变成了脑温江的水道。道克新忽鲁格的畜群和部落属民死伤大半，整个部落受到严重损失。

灾难使道克新忽鲁格醒悟了。幸福的生活使他忘记了对脑温江的祭祀，因此，他流下了悔恨的眼泪，他知道这是江神对他的教训。所以，他立即召集全部落的人在江边燃起九堆篝火，杀牛宰马祭祀脑温江。道克新忽鲁格三拜九叩，向脑温江忏悔祈福。然后，人们在江边举行祭宴，饮酒叙悲。夕阳西下之时，个个醉倒在地，昏昏睡去。

再说，江神看到道克新忽鲁格醒悟了，也就适可而止。便命令多克多尔何日米延①去江东堵截水道，为人类造福，不再回水晶宫。所以，噘嘴鱼只好躺在那里不动了。

人们清晨醒来时，突然发现江边矗立一座两头向上翘的土山，很像一条噘嘴翘尾的鱼，即多克多尔何日米延。后来，人们根据山的形状就叫它多克多尔山了。

这座山正好挡住了江水，从此，脑温江的水再也没有泛滥过。多克多尔山是一夜之间出现在草原上的山峰，人们觉得很奇特，认为是它拯救了道克新忽鲁格部落。所以，每年都要祭祀多克多尔山，一代接一代，流传至今。这就是多克多尔山的由来。

讲述者：波尔固德

整理者：波·少布

① 多克多尔何日米延：噘嘴鱼。

分海钱

　　从前，在北大荒上住着哥俩。一开始哥俩住在一起，后来他们都娶了妻，就分开过了。

　　老大游手好闲，不爱劳动。一天，他在路上闲逛，忽然发现前边不远处有一个闪光的东西，拾起一看，是一枚铜钱，上面刻着三个字：分海钱。他不知道分海钱有什么用，没舍得扔，便把分海钱带回家了。妻子看了说："既然叫分海钱，那就扔到海里试试。"老大听了妻子的话，费了九牛二虎之力走到了东海，把分海钱投入了海中。果然，东海海水向两边分开，中间出现了一条大道，老大壮壮胆子就走进去了。前面不远处出现了房屋，再往前走就到了龙宫。龙王见了他说道："你是凭分海钱进来的吧？那么，你可以随意要一件东西。要什么你就快说吧。"老大一听乐坏了，赶忙说："我要金子。"龙王说："好吧，就给你一些金子。"

　　就这样，老大拿了不少金子回来了。他用金子置了房子、土地，日子越过越好。

　　这天，老二在路上走，无意中发现了分海钱。他把分海钱拿回家中和妻子商量说:"哥哥用分海钱到东海取回了不少金子,我为什么不能去试试。"于是,老二告别了妻子,也向东海走去。

他到龙宫之后,龙王问他要什么,他想了好半天说不出来。龙王说:"你如果再不说,就什么都得不到了。"老二想:北大荒的乡亲们最缺的是柴火,整天烧茅草,冬天可冷了。于是,他说道:"我要柴火。"这下龙王犯难了,龙宫什么都有,就是没有柴火。龙王说:"金银珠宝那么多,你为什么要柴火呢?"老二说:"乡亲们最缺的就是柴火,我想给乡亲们要柴火。"龙王受了感动,他说:"你回去和乡亲们挖井吧,挖出的油是最好的柴火。"老二回来后就组织乡亲们挖井,真的挖出了油,这油就是石油。自此,乡亲们再也不愁没柴烧了。

讲述者:甘志文

整理者:李春风

嘎尔洲诺颜

在扎赉特旗和泰来县交界处有一座塔,塔高六丈余,是唐太宗贞观三年建起来的,至今已有近一千四百年的历史了。远远望去,该塔向南倾斜,好像上天射下的一支箭斜插在嫩江平原上。塔周围分布着许许多多蒙古族村屯,而这些村屯的名称都十分奇特。说起来,在蒙古族民间还有一段有趣的传说呢。

在很久以前,美丽富饶的嫩江两岸住着很多勤劳勇敢的蒙古族人。传说由于保护神阿日亚的保护,他们过着丰衣足食的幸福生活。

人们为了感谢阿日亚神的保护,每年农历九月九日都要供奉他。每年的这一天,成千上万的人来到敖包山前,赶来成群的牛羊,拉来成车的奶酒。人们杀牛宰羊,供奉保护神阿日亚。祭奉仪式完毕,为了庆祝丰收,人们喝着飘香的奶酒,吃着可口的手把肉,唱起欢乐的丰收歌,跳起优美的安代舞,尽情享受着丰收后的幸福。

一次,天神闻到了香火味,忙问左右:"人间出了什么事?"当他听说人们供奉保护神阿日亚后,嫉妒之心使他怒声喝道:"好一个小小的阿日亚,竟敢在人间胡作非为。快快给我把他重重处治,让他永远不得翻身。"众神得令下凡,抓住保护神阿日亚,将他埋在一个土岗上,并在上面修了一座很高的塔,让他永世不得翻身。从那以后,蒙古族人民失去了阿日亚的保护,各种灾害接连发生,山坡上肥壮的牛羊越来越少了,绿色的草枯黄了,河水也干涸了,人们处在水深火热之中。

许多年以后,从远方来了个诺颜。他身高八尺,虎背熊腰,力大过人,一只手能把千年古树连根拔起,一拳头能把卧牛石般的巨石砸个粉碎。他的饭量大得惊人,一顿能吃一只肥大的羯羊。他有两匹黄色的神马,名叫大黄和小黄。诺颜是个天不怕地不怕的巴特尔①。

这年夏天,可怕的黑灾来了,火辣辣的太阳晒得千里草原一片枯黄,饿死的牛羊漫山遍野。诺颜见到此景,决心与天神斗争。他让人们捡来九九八十一车杏树疙瘩,在草原上堆成一个大圆圈,他自己穿上一身达哈②,点着了杏树疙瘩后,他坐在当中,对天大喊:"天神,我看你能热到啥程度。"就这样,大火烧了三天三夜,他在大火中坐了三天三夜。诺颜终于感动了河神努文,河神一连下了三天三夜的大雨。草原得救了,人们的脸上有了笑容。河神告诉诺颜,他只能帮他这一次忙,要想得到永久的幸福,必须救出塔底下的阿日亚神。

这年冬天,凶狠的天神给人间降下了白灾,一连下了七七四十九天鹅毛大雪,许多牛羊被饿死。诺颜非常气愤,他骑上大黄马,走到一座大山的北坡,手里摇着一把扇子,一丝不挂地坐了三天三夜。勇敢的诺颜终于感动了山神包格达。山神施展了法术,一连刮了三七二十一天的暖风。大雪融化了,春回大地,草原得救了。山神包格达告诉诺颜,他只能帮他这一次忙,要想得到永久的幸福,必须救出塔底下的阿日亚神。

---

① 巴特尔:英雄。
② 达哈:白羊皮大衣。

为了得到永久的幸福，诺颜决心救出阿日亚神。他每天骑上大黄马去打听解救阿日亚神的办法。早晨他从查干额日格①出发，越过哈日额日格②，直到呼兰额日格③，日落时回到草原歇息。这样不知过了多少天，诺颜终于从一个白胡子老人那里打听到解救的办法。老人告诉他，想救出保护神阿日亚，要用牡马和牡牛各七十头去把塔拽倒。勇敢的诺颜骑上了小黄马，召集了一些人帮他赶着七十头牡牛和七十匹牡马去拽塔。拽呀拽，一直拽了三天三夜，高高的塔被拽歪了。突然，从塔底下闪出一道红光，直上青天，渐渐变成了朵朵祥云，善良的阿日亚神得救了。

天神知道后，下令惩治诺颜，一时天昏地暗，急雷闪电向塔边飞来。诺颜赶紧骑上小黄马逃跑，雷电在后边紧追，直追得诺颜跑了整整一夜。天亮时，小黄马的屁股上落了一雷，把马尾巴劈去一半。诺颜望着天空，风趣地说："如果骑我的大黄马，你连屁味都闻不着！"这时他才发现，随身携带的东西全部丢没了。欢腾的人们找到了诺颜，把他高高举起，人们向他敬酒，献歌献舞。从此，塔就像一支箭一样斜插在嫩江平原上，蒙古族人民在阿日亚神的保护下又过上了丰衣足食的幸福生活。

后来，人们把这个天不怕地不怕的诺颜叫嘎尔洲诺颜。为了纪念他，人们在他烧杏树疙瘩的地方建起了嘎尔洲屯，把他扇扇子的山叫包格达山④，在他骑小黄马途中丢东西的地方都建起了村落，并且都以他丢失的东西的名称命名。比如丢马镫子的地方叫杜热吐屯，丢鞍垫的地方叫陶合门屯，丢腰带的地方叫胡勒吐屯，丢烟袋的地方叫代克吐屯，丢马嚼子和马鞍子的地方分别叫哈扎尔吐屯和乌莫勒吐屯，丢三个护背旗的地方分别叫前二力把、后二力把和腰二力把。传说多少年后人们找到了诺颜的马鞍的皮绳，就把

---

① 查干额日格：白沙滩。
② 哈日额日格：江桥镇。
③ 呼兰额日格：富拉尔基。
④ 包格达山：神山。

这个地方叫作甘其卡。在斜塔周围的许许多多奇特的蒙古族村屯的名称就是这样得来的。

讲述者：波·少布

整理者：霍日查

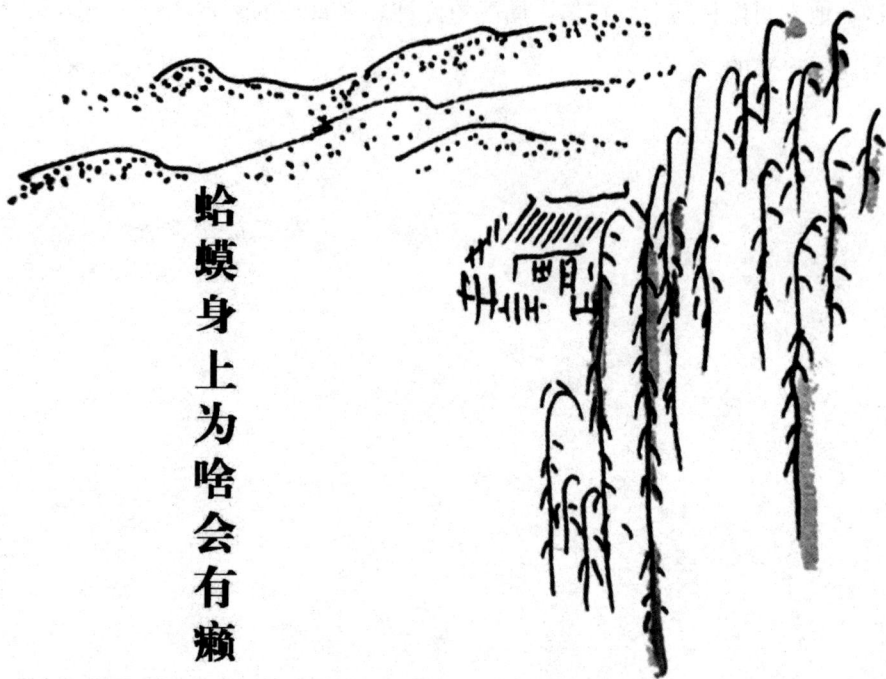

蛤蟆身上为啥会有癞

从前，一个村子里住着两户人家。两家户主，一个姓张，大家都叫他张哥；一个姓李，在家排行老二，大家都叫他李二。两人非常要好，如同手足。两家老婆都怀有三个月的身孕。一天，张哥和李二在一起喝酒，张哥说："两个孩子出生后，要都是男孩，就拜亲兄弟，要都是女孩，就成为姐妹，要是一男一女，就让他们成亲。"李二点头答应。七个月后的同一天同一时，张哥的老婆生个漂亮的丫头，叫小红。李二的老婆却生了个肉球儿，这下可急坏了李二。俗话说：不孝有三，无后为大。自己不得儿子是小事，张哥许的愿可咋办？李二越想越生气，一气之下，飞起一脚把肉球儿从炕上踢到了墙上。只听"呱"的一声，蹦出一只碗大的蛤蟆。这事一传十，十传百，传到了张哥的耳朵里。张哥来到李二家说："兄弟，嫁鸡随鸡，嫁狗随狗，嫁蛤蟆就随蛤蟆，我不后悔。"转眼十四年过去了，李家张灯结彩，张家的小红和李家的蛤蟆拜了天地。

几年后，公公婆婆先后死了，家里只有小红和一只蛤蟆。每当小红看着墙角蹲着的"丈夫"，想到要和一只蛤蟆过一辈子时，心酸的泪水就止不住地往下流。有一天,小红骑着毛驴去逛大集,路上碰见了一个骑着高头大马、长得漂亮的白面书生,两人眉来眼去,一见钟情。他们亲亲热热,一起逛大集,一起吃喝,天都黑了才分手。打那以后,小红天天往大路上张望,白天思,晚上想,再也没见到那小伙子。小红吃不下饭,睡不着觉,身体一天比一天瘦,在炕上一病不起。墙角的蛤蟆不停地叫,眼睛看着小红,眼泪不停地掉。忽然挺身一站,变成了那个漂亮的白面书生,走到小红床边。小红一见小伙子,心里有种说不出来的高兴,满心欢喜,病一下就好了。

原来,他是蛤蟆国的王子,身上的皮是蛤蟆国所有蛤蟆共同的皮。他讨厌再过夏天捕虫、冬天睡觉的单调生活,于是投胎到人间。自从和小红拜天地,她天天苦闷,王子心里很难受,就变成了漂亮的小伙子,陪小红高高兴兴玩一天。谁知小红竟得了相思病,大病不起,他更是心如刀绞,不得不露出小伙子的容貌。小红知道原因后,又是喜,又是惊,心里琢磨着:要是把他的蛤蟆皮烧掉,他就会和我过一辈子。

几天后的一天晚上,她趁丈夫熟睡时,摸黑在墙角旮旯里翻到了蛤蟆皮,把它扔进了灶坑里烧了。就在这时,熟睡的丈夫一下坐起来,疼得他在炕上滚来滚去,痛苦地大喊大叫,只说一声:"你不应该呀!"就急急忙忙钻进了灶坑里。不一会儿,被烧得满身大泡的蛤蟆爬出了灶坑,呱呱地惨叫不停,痛苦地看着她。

时间一长,水泡不但没退去,反而成了癞。据说,因为蛤蟆王子毁坏了蛤蟆国所有蛤蟆的容貌,所以被免去了继位权。王子被扒去了蛤蟆皮,他又回到了小红身边,两口子欢欢乐乐地过上了幸福的生活。

讲述者:张淑杰

搜集者:王振涛

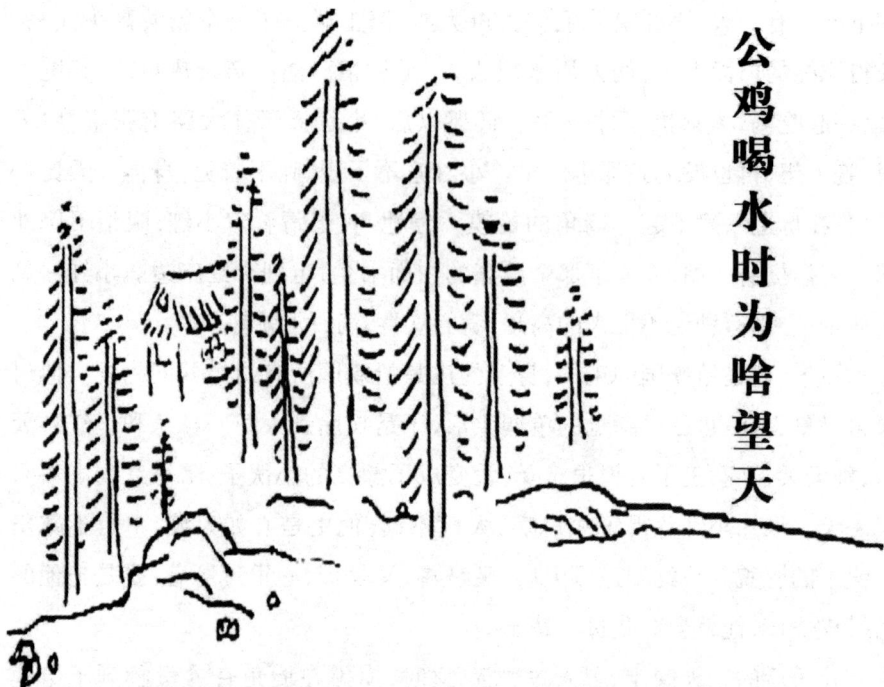

公鸡喝水时为啥望天

在很早以前，传说狗、鸡、兔子住在一片大森林里。

有一年天大旱，小动物们找不到一滴水喝，眼看就要渴死了。聪明的小兔子对大家说："咱们想办法挖一口井吧，兴许能挖出水来。"听了兔子的话，很多小动物都表示赞成，只有公鸡不同意。它说："就是有水，靠我们这点儿力气也很难挖出来。不等我们见到水，早就累死了。"大伙儿生气地说："看我们挖出水来，你咋有脸来喝！"公鸡脖子一扬，不服气地说："哼！就是有水我也不喝！我要喝了你们挖的水，就让天打雷劈死我！"说完，它一赌气躲到树荫底下凉快去了。

小兔子、小狗一大帮伙伴开始挖起井来。一连几天几夜，大家又渴又累，都泄气了，只有小兔子还在咬着牙坚持着挖。当它挖到很深很深的地方时，忽然有一股清清凉凉的水从井底冒出来。

"喂！大家快来喝水呀！"小兔子刚喊了一声，就昏了过去。

大家急忙围过来，救起了小兔子，并把清亮亮的水喂进它的嘴里。小兔子慢慢苏醒过来。伙伴们一看小兔子得救了，又有了水喝，连蹦带跳地欢呼起来。

一阵阵的喊声把昏睡中的公鸡惊醒了。它看到大家都在喝水,觉得自己更渴了,几次想凑过去要点儿水喝。可是,想到当初自己发的誓,就后悔极了。

好不容易挨到晚上,公鸡被渴得实在受不了了,就悄悄地来到井边。它刚刚喝了一口水,冷不丁又想起了自己当初的誓言。慌忙抬头看看天上有没有云彩,能不能下雨。它真害怕自己一喝水就被雷劈死。

从此以后,公鸡每喝一口水都要抬头望望天。

讲述者:王福芬
搜集者:乔振东　万兴
整理者:乔振东

公鸡为啥会打鸣

公鸡本来是长角的。有一天,它去游玩,走到河边草地遇到了龙。龙长得非常丑,长着光秃的头和两只大圆眼睛。它看见了公鸡,也不说话,只是低着头唉声叹气。公鸡问:"龙哥哥,你为什么发愁啊?"龙抬起头说:"风神要给女儿云姑娘选女婿,我想去试试,又怕它们相不中。"

这时,龙看见公鸡头上那美丽的角,心里有了主意。忙凑到公鸡面前,笑嘻嘻地说:"公鸡老弟,我有一件事想求你,你能答应我吗?"公鸡说:"我能办到的事情你只管说。"龙说:"我想借你的角打扮一下自己,这样,云姑娘一定会相中我。"公鸡说:"借我的角可以,但你什么时候还我呀?我又到哪儿去找你呀?""在太阳出来之前,你就在这个地方等我,到时候我一定把角还你。"就这样,公鸡把角借给了龙。龙把借来的角戴在头上,显得漂亮多了。龙到了风神那里,马上就被选中了。从此,龙再也没有回来。公鸡天天在太阳出来之前到小河边草地上等龙回来。左等右等不见回来,它就大声喊道:

"还我角,龙哥哥!"一直喊到太阳出来了,它才失望地回到母鸡身边"喔喔喔"地叫个不停。意思是说:"原谅我,原谅我,那条秃龙骗了我。"

讲述者:李树国

整理者:刘远臣

狗、猫、鼠为啥有仇

很早以前，有个猎人叫林大郎，家住在围林山下，以打猎为生。家里养了一条大黄狗、一只花狸猫。

有一天，他上山打猎，意外地在一个山洞里捡到了一颗夜明珠。他喜出望外，精心地做了一个木盒，用丝绸包好，把夜明珠放在里面，天天晚上都要拿出来玩赏。

一天，他的一个叫赵有富的朋友做买卖回家路过，晚上住在他家。赵有富看到了夜明珠，便起了贼心，趁林大郎睡熟了，偷偷地把夜明珠藏在货物里，第二天一大早就借故告辞了。

第二天晚上，林大郎才发现丢了夜明珠。他急得火冒钻天，怎么找也找不着。问狗，狗说赵有富半夜起来过，问猫，猫说它听到赵有富起来了很长时间才躺下，还没点灯。他回想起赵有富告辞时着急忙慌的样子，更怀疑是他偷的了。

怎么能找回这颗夜明珠呢，林大郎琢磨来琢磨去，终于想出了一个好办法。他把狗和猫叫到跟前说："夜明珠被赵有富偷去了，麻烦你俩走一趟，去把它偷回来。赵有富家在正西，离这儿三百多里，那儿有座山叫万宝山，山南有个村子叫赵家湾，东数第一个大院就是他家。"

狗和猫对主人吩咐的事，从来都是唯命是从。它们带上干粮就出发了。

路上要翻两座高高的山，过一条深深的河。爬山的时候，它们都没在乎。来到河边，猫就有点儿胆突突的，一进水，猫就紧紧地拽着狗的尾巴，小心地跟在后边游。突然，一个浪头打过来，它头晕眼花，爪子也抓不住了，身子直往下沉，被水冲出老远。要不是狗及时游过来，猫可能就没命了。

"来，我背着你吧。"在狗的脊背上，猫的心神才稳了下来。

"干粮袋呢？"到了岸，抖掉了身上的水，正要赶路，狗看猫两爪空空，就急忙问。原来，在过河背猫时，狗就把干粮袋交给猫了。猫瞅了瞅自己的爪子，又回头望了望滚滚河水，低头不语。原来，干粮袋不知啥时候丢了。一路上，它们边走边捉一些野兔、山鸡、鹌鹑等野味来充饥。

不一日，它们走到了万宝山，找到了山南的赵家湾，来到东数第一家大院前的一棵柳树下，边休息边想办法。

猫说："你进去太显眼，还是我进去吧，他们是不会撵我的。"

"那好吧，咱们每天见面一次，太阳要落山的时候我在这儿等你。"

猫就悄悄地溜进了院子，并在屋里进进出出。好几天过去了，里里外外找了个遍，也没弄清下落。

一天晚上，猫在厨房里遇到一只灰老鼠正在角落里偷肉吃。

"也许它能够帮上忙呢。"猫一边想一边走到老鼠跟前。"你好，灰老鼠。""噢，猫先生，你是什么时候来的？"老鼠咽下了口中的肉，两只爪子把剩下的抓得紧紧的。

"唉，我是为了生活才来的。"

"可不是吗，这些日子吃的不太好弄了，我得尽快弄些粮食存起来。"

"粮食吗？这好弄。就是我有一件事不太好办。"

老鼠听了眼睛一亮，说："什么事？我能帮点儿忙吗？"

"唉，恐怕你也不知道。"

"你说说看，只要我……"老鼠的目的是弄些粮食。

"听说你家主人有一颗夜明珠，我想看看，不知道放在哪儿。"

"你说的是那颗光亮的小圆球啊，前些日子的一个傍晚，他们全家人围在一起看过，以后就放起来了。我告诉你，不过你可得帮我点儿忙。"

"那好说，你不就是要些粮食吗？明天晚上给你送来。"

老鼠把猫领到一个箱子跟前，告诉它宝珠就在那里。箱子用锁锁着，猫拨弄了几下，没有弄开。它用爪子狠劲地挠箱子，只挠出了几条道道。

第二天，它把这个消息告诉了狗，和狗商量怎样才能拿出来。

"这事还得求老鼠，它能嗑动木头，让它给嗑个洞，准能拿出来。"

"行是行，得先给它弄些粮食。"

"好吧。"

狗不知从哪儿弄了一些苞米、谷子交给了猫，猫又交给了老鼠，要它把箱子嗑个洞，好让自己进去看看夜明珠，并答应事后再给老鼠弄一些粮食。老鼠同意了，它先把粮食送回洞，还把事情经过告诉了母老鼠。

老鼠把箱子嗑了一个很大很大的窟窿。装夜明珠的盒子拿出来了，猫大喜过望。老鼠也在猫前卖弄着，等着猫再给它弄些粮食。

猫看着老鼠肥胖的身躯，一个邪念在眼前一闪。

"我有点儿饿了，对不起，你最后帮我一次忙吧。"没等老鼠回答，猫已把老鼠捕住，一口咬死吃了。然后高高兴兴地拿着宝盒，和狗一起回去了。

母老鼠左等右等不见公老鼠回来，就出去找。只找到了一堆老鼠毛，母老鼠痛哭一场，对猫痛恨不已。心想：等生下的孩子长大了，就把这个仇恨传给它们，告诉它们以后要戒备猫，不要上猫的当。

再说狗和猫回到家，把宝盒交给了主人。林大郎打开一看，见夜明珠好好地放在里面，喜形于色，感激地说："今后我一定要像对待恩人一样对待你们。"又问："你们是怎样弄到手的？"

"是这样的……"猫赶忙往前凑了凑，添枝加叶地把自己美化了一番，又编谎话说狗在路上怕困难，到了那里只顾吃喝玩乐，回来途中还想把猫甩掉，自己请功。

"你是这样的不忠！"林大郎怒不可遏。

狗也气得不知说什么好,在狡猾的狸猫面前,无论如何也难以分辩。主人早已拿出了鞭子,在狗的身上猛地抽打起来。同时喝令,狗不准再进屋,晚上在外面看门,每天只给剩饭吃。猫不但允许进屋,还可以在炕上睡,主人吃饭时它可以在桌下吃。

狗对猫这种不仁不义的行为非常恼怒,从此以后,它们便结成了冤家对头。

讲述整理者:陶秋林

"姑姑"鸟

从前,有一个名叫莲儿的小姑娘自幼死了父母,和姑姑学绣花相依为命。

莲儿心灵手巧,和姑姑成为远近闻名的绣花能手。她们绣的鲜花五彩缤纷,能招蝶引凤,绣出的虫、鸟、鱼真假难分。

一个财主家的小姐在过十七岁生日时,非要穿一件绣着杨梅花的绣衣。狗腿子便强硬地命令莲儿和姑姑在五天内绣完这套衣服,否则,就要姑姑的性命。莲儿和姑姑绣什么像什么,可是唯独绣不出杨梅花。因为杨梅花三更开花,五更凋谢,她俩谁都没有见过杨梅开花的情景。为此事,姑姑和莲儿愁坏了。一晃两天过去了。为了保住姑姑的性命,莲儿要在第三天的夜晚进山看杨梅开花。姑姑看莲儿小,想独自深夜进山看梅花。

晚上,姑姑和莲儿各揣心事,躺在炕上装睡。可是莲儿毕竟是个孩子,装着装着便真的睡了。姑姑悄悄地拿起针线和衣服独自上山去绣杨梅花。姑姑来到山中,借着明亮的月光等待着杨梅花开。三更时,花开了,姑姑飞针引线。到五更时分,绣衣绣好了,姑姑心里十分高兴。可这时,一只猛虎吼叫一声蹿了出来,姑姑惊慌,没跑几步就被猛虎扑倒在地上……

莲儿一觉醒来,天已发亮,不见身边的姑姑和枕边的衣服,才知道姑姑自己上山去了。她急忙奔向山中,四下寻找姑姑,不见踪影。只见山坳里有一摊鲜血,鲜血旁边是绣着杨梅花的衣服。

莲儿知道姑姑被野兽伤害了,悲痛欲绝,哭哑了声音,哭干了眼泪,昏死过去。她化作一只小鸟在山中、在村边飞,边飞边凄凉地呼唤着"姑姑""姑姑",就是现在我们经常听到的"姑姑""姑姑"叫的鸟声。

讲述者:吴国胜

整理者:计玉清

哈森高娃与楚伦巴特尔

　　很早很早以前,在杜尔伯特草原上有一个巴颜,他家十分富有,牛马成群,奴隶上千,家资万贯。巴颜家有一个漂亮的女儿,名叫哈森高娃。她不仅长得像玉一样白,像花一样美,而且是一个心地善良的姑娘。老巴颜常常为自己有这样一个美丽的女儿而骄傲,逢人就夸。当他的女儿长到十八岁的时候,老巴颜放出风去,说:"我得给女儿找个才华出众的女婿。"

　　可是,哈森高娃偏偏爱上了自己家的一个放马的奴隶楚伦巴特尔。原来,哈森高娃和她家的奴隶楚伦巴特尔从小一起长大。春天,哈森高娃领着使女们到牧场与楚伦巴特尔一起采山丹花,在那广阔无垠的草原上互相追逐嬉戏;夏天,哈森高娃与楚伦巴特尔一起走敖特尔①,游牧于草原深处,去撵狼,去套马;秋天,哈森高娃带着使女们来到牧场,和楚伦巴特尔一起跳安代舞;冬天,哈森高娃和楚伦巴特尔在那银装素裹的北国大地,双双骑着高头大马,比翼飞驰。随着岁月的推移,他们渐渐告别了童年,然而,他们之间

---

① 走敖特尔:游牧。

的爱慕之情却在不断加深。

老巴颜看到女儿竟爱上了奴隶,气得三天没说话。为了割断女儿与楚伦巴特尔的爱情,他决定把这个小奴隶卖到远方。哈森高娃听到这个消息后,愁得三天没有吃饭。老巴颜见此情景,觉得再僵持下去要出大事,便改变了方法,想出了一个叫女儿心甘情愿与楚伦巴特尔分手的好主意。老巴颜对女儿说:"咱家是个十分富有的世家,怎能把你许配给一个奴隶为妻?爸爸一定给你找个王孙贵族,让你万事如意,幸福一生。"哈森高娃听后摇摇头,闷闷不乐地唱道:

> 嫁给王爷的儿子,
> 就算是吃山珍海味,
> 只要不称心,
> 那就是受罪的根;
>
> 嫁给王爷的儿子,
> 就算是穿绫罗绸缎,
> 只要不称心,
> 那就是受罪的根;
>
>
> 嫁给一个牧马人,
> 就算是朝夕放牧,
> 只要称心,
> 那就是幸福的根;
>
> 嫁给一个种田人,
> 就算是累断筋骨,
> 只要称心,
> 那就是幸福的根。

巴颜听了无言可对。接着便提出了早就想好的招儿,说:"那好吧,今天我提出三件事。你若能办到,就依了你们,算你们命中注定,可以结为夫妻;

如果办不到,那就必须听我的安排。"哈森高娃点头同意了。

于是,老巴颜提出了第一件事。他把一袋黄黑两色稷谷交给哈森高娃,限她在一夜之间把两色稷谷分开,说完就走了。夜色降临,哈森高娃两眼望着那满满一袋稷谷发愣,心想:父亲这是有意刁难。一时心急如焚,便走到佛龛前跪下,点燃了九炷香祈祷:

> 九天在上,你有慧眼吗?
> 人间的苦难你看得见吗?
> 草原上的山丹刚刚开放,
> 一阵狂风把枝叶吹断。
>
> 土地在下,你有灵耳吗?
> 人间的呻吟你听得见吗?
> 纯洁的羔羊刚刚出牧,
> 凶狠的豺狼把它的喉咙咬断。
>
> 高高的多克多尔山啊,
> 你看得见吗?
> 树上的阿力玛①刚刚成熟,
> 一只乌鸦把它啄烂。
>
> 长长的诺尼江②,
> 你听得见吗?
> 哈森高娃为了爱情,
> 心中充满了忧伤。

哈森高娃的祈祷随着香烟缭绕,升到九霄云外,一直飘到天宫。这天夜里,恰好是好日木斯神当职,他觉得人间的哈森高娃平素心地善良,应该有自己的美满姻缘,现在显然是她的父亲在难为她。于是,立即派天蚁下界,

---

① 阿力玛:梨。
② 诺尼江:今嫩江。

帮助哈森高娃分开黄黑两色稷谷。刹那间，无数只天蚁来到了哈森高娃的住室，只用了一炷香的时间就把一袋稷谷分完了。哈森高娃看到这一情景，十分惊喜。据说，这些天蚁再没回到天宫去，从此，地上就有了蚂蚁。

第二天，曙光照进了毡房，老巴颜以为姑娘服输了，便走进了毡房。定睛一看，便惊呆了。只见地上是分开的黄黑两色稷谷，炕上是甜甜酣睡的女儿。他只好唤醒女儿，提出了第二件事："限你一夜时间搬来多克多尔山上的五彩石一千块。"哈森高娃听了父亲的要求，千块石头万斤重，沉沉地压在心头，从早愁到晚，一时没了办法。眼看磨盘大的太阳慢慢地下山了，哈森高娃怀着沉重的心情，一步一步地爬到了多克多尔山顶。在这里，可以眺望美丽的大草原，低头可见那闪光的五彩石。哈森高娃更加怀恋着楚伦巴特尔。她情不自禁地向这即将入睡的高山、草场倾诉衷肠："手脚可以磨烂，筋骨不惜累断，千块五彩石，天亮前要搬完!"话音刚落，立即传来了回音："莫发愁，莫悲伤，为报答你的恩情，我来帮你的忙。"哈森高娃听了很奇怪，定神一看，原来是一只黄鼬正在向她眨眼问安。她想起了一件往事，八年前的一个夏天，她带着几个使女坐着毡篷车到多克多尔山采摘山丹花，路上看见几个淘气的孩子围在一块草地上，正在捉弄一只小黄鼬。只见这只黄鼬的脖子用绳子勒着，腿用布条系着。哈森高娃想起楚伦巴特尔讲过黄鼬在草场上专吃老鼠的趣事，便下车走到孩子们跟前，施些碎银，救下了这只黄鼬，把它放回了多克多尔山。哈森高娃万没想到会在八年后的今天得到它的帮助。到了深夜，黄鼬领着数以千计的同伴，簇拥着一块块五彩石，来到了哈森高娃的毡房前。

第二天早晨，老巴颜远远看见女儿的毡房前整整齐齐地摆放着一千块五彩石，心想："莫非女儿真的命里注定要嫁给这个奴隶? 不行! 我一定要用这第三件事来斩断她的这个念头。"

于是，老巴颜要求女儿用一夜工夫找来一千个燕子蛋，否则，休想与楚伦巴特尔结婚。哈森高娃心想：别说是一千个，就是十个燕子蛋也很难捡到。她伤心地走出毡房，找遍了周围的草地和附近的毡房，不见燕子的影子，更难寻到燕子的蛋。哈森高娃面对着一点点沉落的晚霞，绝望地哼着悲伤的歌：

> 楚伦巴特尔，你在何方？
> 今晚的命运，也许将我们永隔地北天南。
>
> 燕子，你在何方？
> 张开你的翅膀，
> 为我铺设金色的桥梁。

这时，只见一只燕子正在空中盘旋，腿上系着红布条。哈森高娃顿时喜出望外，她认出了这是十年前曾经放生的那只小燕子，它也许会为自己排忧解难。原来，当她只有八岁时，有一次她同几个小伙伴去多克多尔山采榛子，看见一只燕子在树枝上叽叽喳喳地唱着歌。就在这时，一条花蛇偷偷地爬到树梢上，倒垂着头，来吞食燕子。眼看燕子要被蛇吞进去了，哈森高娃眼疾手快，一下子把白花蛇打死了，并将受伤的燕子带回了家，为它治好腿上的伤。在第二年秋天，哈森高娃在这只燕子的腿上系上了一条红布，预示它吉祥无恙，然后把它放生。哈森高娃想着想着，收起了笑容，她想：即使现在能得到燕子的帮助，一只燕子一夜之间怎能生出一千个蛋？再说这只燕子，它为了报答恩人，一会儿飞向东方，一会儿飞向西方，约来了数以百计的姐妹们，只用了一刻钟的时间便按照哈森高娃的要求在天黑之前衔来了一千个燕子蛋。哈森高娃见此情景，高兴地端坐在毡房中央，铺平了自己的衣裙。燕子把衔来的蛋一个个轻轻地放在衣裙上，轻快地飞走了。哈森高娃高兴得一夜没有睡觉，数了一遍又一遍，数了前边数后边，数了左边数右边，简直像得到了珍珠玛瑙一样。第二天一早，老巴颜急于给女儿的命运下结论，早早地来到女儿的毡房。进门一看，只见哈森高娃像一尊玉雕坐在绿宝石之中，老巴颜一时竟无言以对。不过，他还算信守诺言，因为三件事女儿都已做到，便答应把女儿嫁给奴隶楚伦巴特尔。哈森高娃高兴地唱道：

> 多克多尔山虽高，
> 一步一步爬，也能爬到顶。
>
> 诺尼江虽长，

一点一点游,也能游到头。

杜尔伯特草原虽宽,

一天一天走,也能走到边。

严冬的夜晚虽黑,

一分一分盼,也能盼到明。

　　哈森高娃与楚伦巴特尔举行了盛大的结婚典礼,老巴颜请来了数百里内老亲少友上百人,大摆宴席,好不热闹。席间,老巴颜向前来祝贺的家族宣布:"今后,女孩们无论找什么样的女婿,家里的长辈都不准干涉,这要成为一条家规。"据说,从那时起,蒙古族姑娘的婚姻都由自己做主。

讲述者:波尔固德

整理者:波·少布

海青鸟智解百鸟灾

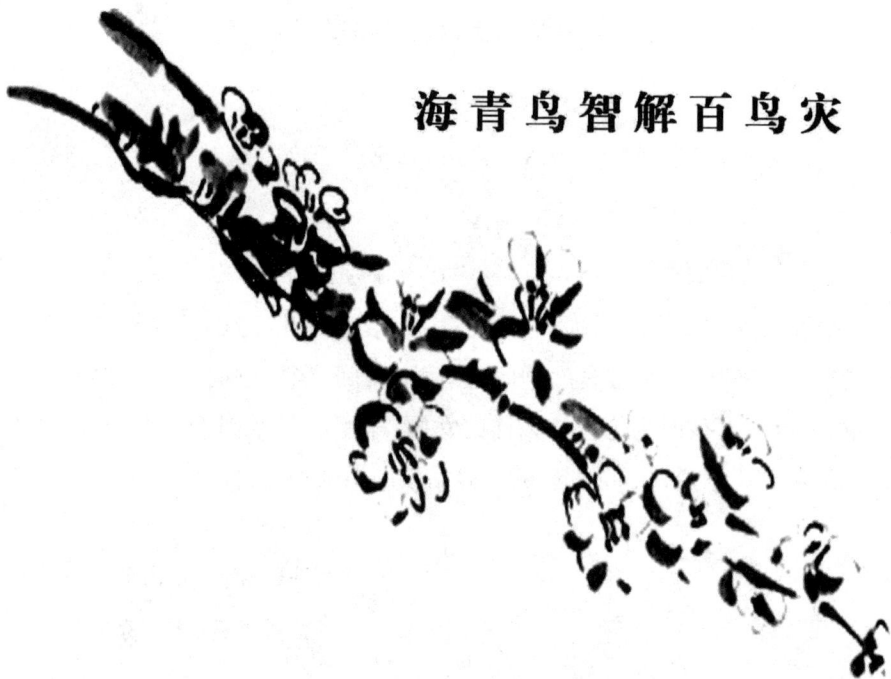

有一天,百鸟之王罕嘎尔迪的老婆生病了。怎么才能治好呢？他老婆说,只有吃一百种鸟的心才能治好。罕嘎尔迪为了把老婆的病治好,就发出号令,召集百鸟。

第一次发出号令,九十九种鸟陆续飞来了,只有一种鸟——海青鸟没来。罕嘎尔迪第二次发出号令,海青鸟还是没来。发出第三次号令后,海青鸟像箭一样飞到罕嘎尔迪面前。罕嘎尔迪怒气冲冲地问:"你没听见我的号令吗？"海青鸟说:"听是听到了,可是我有要紧的事。"罕嘎尔迪又问:"你有什么事？"海青鸟说:"当您发出第一次号令时,我正在观察宇宙气象——看看是白天多还是黑天多。"罕嘎尔迪说:"这还用观察吗？不都一样多吗？"海青鸟说:"据我观察是黑天多。"罕嘎尔迪问:"为什么？"海青鸟说:"我把下雨天和阴天都算黑天了,所以黑天多。"罕嘎尔迪又问:"第二次发出号令时你又在干什么？"海青鸟说:"我在观察世界上是活人多还是死人多,结果是死人多。"罕嘎尔迪问:"为什么是死人多？"海青鸟说:"我把睡觉的和躺着的都算在死人里了。"海青鸟接着说:"接到第三次号令时,我正在观察世界上是男人多还是女人多。"罕嘎尔迪说:"世界上男人女人不是一半一半吗?"海青鸟说:"据我观察是女人多。"罕嘎尔迪问:"为什么?"海青鸟接着说:"我把怕老婆的都算作女人了。"罕嘎尔迪就是怕老婆的,当时脸就红了。他恼羞成怒,发出了一声怪叫,百鸟都飞走了。

海青鸟就这样机智地避免了百鸟被挖心的灾难。

讲述者:包振生

翻译整理者:韩殿斌

海天的故事

在渤海岸上,有一个打鱼的小伙子,名叫海天,年方二十,父母双亡,一人生活。一天,海天打了一个物件,似鱼非鱼,似蛇非蛇,他感到奇怪,将它养在一个大木盆中。那天夜里,海天做了一个梦,有人跟他说:"你把我女儿放了,我必报答你。"醒来发现是一场梦。他女儿是谁呢?可能是那怪鱼。于是,第二天他便把那怪鱼放回了大海。

过了不久,海天又到深海打鱼。忽然狂风大作,将船打翻,把海天打入水中。忽有探海夜叉把他送入一座宫殿,上写"水晶宫"三个大字,耳边又有锣鼓声。虾兵蟹将大声喊道:"龙王来迎。"龙王来了,把海天请到宫内,百般款待,并说:"你救了我小女,感激不尽,我愿将小女许配给你,望你等候佳音。再赐给你避水珠一颗,它可以在任何大水大浪中,保你无恙。"海天住了一夜,次日离开龙宫,因身上有避水珠,所以平安回到岸上。到家后,仍然打鱼,乘船到大风浪处,打的鱼又多又大。有人来说媒,说是东海女儿,不要聘礼。果然,第二天鼓乐喧天,来了一位美貌佳人。海天十分欢喜,二人非常恩爱。

海天娶了媳妇,发了财。这个消息慢慢传到州官耳中,州官一心想把避水珠弄到手,便传海天,叫他交出宝珠。海天不肯交出,便被押入监牢。聪明的妻子为了救出丈夫,便献出了宝珠。州官得到了宝珠,喜出望外。第二天,州官准备了一只大船,领着老婆、孩子、师爷、丫鬟等人去游玩。起初风平浪静,水分两半,州官说:"好宝好宝。"突然狂风大作,波浪翻腾,船直打转,人人跌倒。突然,海天的妻子站在船头痛斥州官,说着手一摆,大船忽然翻了,作恶多端的州官葬身鱼腹。海天的妻子回到家里,和海天过上了好日子。

讲述者:冯俭

搜集者:乔振东

黑龙江的传说

传说，在远古的时候，东北属于边外，到处是荒山野岭。这里有条大江，江水瓦蓝瓦蓝的，分不清哪儿是江水哪儿是天，天水一片。江两岸的百姓不受人剥削，不受官府欺压，年年岁岁风调雨顺，过着幸福的生活。

有一年，突然发了大水，淹没了田地和村庄，淹死人无数。一天，江面上出来一条黄龙，张着血盆大口，让江岸上的人给它建座龙王庙，每月的农历初一和十五得给它烧香上供，每年还得选个美女扔进江里，给它做媳妇。自从这条黄龙来到这里，人们就没有太平过，三天两头有灾难，被逼无奈，出外逃荒要饭，真恨死了这条黄龙。

有一天，来了一个穿一身黑衣服的小伙子，打听这里的百姓过得好不好。百姓一个个叫苦连天，向小伙子述说他们遭受的苦难。小伙子听了，牙咬得嘎嘣响。原来，他是海龙宫的三太子小黑龙，今天路过江面，见这里的百姓痛苦不迭，就来打听。他说黄龙是条孽龙，专害生灵，不消灭它，八方百姓都得受它害。他决定和黄龙拼个死活，为民除害。他让江岸上的百姓在岸边堆放石头、石灰、馒头和猪肉。等他和黄龙打起来时，如果见有黄水就扔石头和石灰,见有黑水就扔馒头和猪肉。百姓都挺乐意,都来支持小伙子。

　　小伙子进水后就和黄龙打了起来,打了三天三夜,岸边的百姓呐喊助威,见着江里翻花冒黄水就扔石头、石灰,见着黑水就扔馒头、猪肉。就这样,经过三天三夜的搏斗,黑龙终于战胜了黄龙,黄龙逃走了,黑龙受了伤。百姓说啥也不让黑龙走,给黑龙盖了庙。后来,人们为了纪念黑龙,就给这条江起名叫黑龙江。

讲述者:张清

整理者:张雷雷

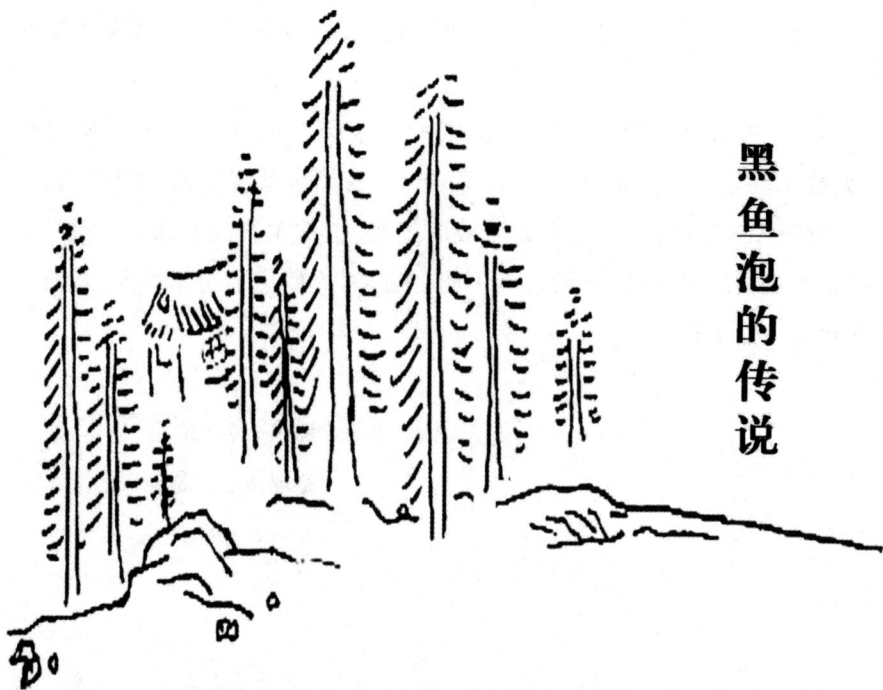

黑鱼泡的传说

不知是哪朝哪代,流传着这样一个故事。

在一个古老的草原上有一个村庄,村庄的旁边有一个方圆几里地的大水泡子,村里的百姓靠着大泡子里的水过日子。遇着旱天,人们就用泡子里的水浇地抗旱;逢到涝年头,人们就把水引到泡子里去排涝。这个村的庄稼是年年丰收、岁岁有余,人们过着不愁吃不愁穿的好日子。

有一年春天闹旱灾,头上的太阳晒得人们头皮疼,田里的庄稼苗晒得垂头丧气地耷拉着头,人们挑着水桶到泡子边上挑水浇地。一天,不知从哪里来了一个穿着黑袍子浑身黝黑的水怪,霸占了这个泡子,不让人们挑水浇地。人们眼睁睁地瞅着庄稼被晒得直打蔫儿,人人急得直跺脚,家家急得团团转。这样熬下去也不是个办法,村里的百姓只好排着队烧香磕头,求水怪开恩,让人们挑水浇地。水怪见人们向它乞求,便洋洋得意地坐在泡子当中,转着贼溜溜的小眼睛,向人们提出了要求:"每天要杀一头猪、十只鸡来孝敬我,不然就甭想用泡子里的一滴水浇地。"人们为了活命,只好答应了它的条件。接着,人们就挨家挨户地杀猪宰鸡,送到水怪那里,它才让人们挑水浇地。庄稼得了水，只几天工夫，就缓过了苗，长得绿油油的。这样，过了一个月的光景，村里的猪杀完了，鸡也宰光了，大家担心没有东西送给水怪吃。事也凑巧，旱劲过去了，天下起了雨，庄稼见了雨水长得更壮实了，人们再也用不着给水怪上供了。这下可把水怪气坏了，它几次作法，想发大水把庄稼淹了。无奈这时旱劲刚过去，泡子里的水不满，它的妖术起不了多大作用，只好等待时机进行报复。

可是，正当高粱晒红、玉米上浆的时候，天下起了瓢泼大雨，一连十几天不放晴，满地满垄台都是水，人们赶忙排水治涝。水怪一看报复的时机到了，使起了妖法，把泡子里的水涨得哗哗往外冒，这下可害苦了庄稼人。全村庄前前后后全叫水给淹了，人们眼瞅着庄稼叫水淹了，心里像火烧一样难受，只能背地里骂几句解解恨。人们纷纷议论着制服水怪的方法，但总也想不出一个好办法。

一天，村里一位白发苍苍的老人讲起了一个传说："月亮婆婆有降妖除怪的宝剑，世上自有人以来，就不断出现各种妖怪，这些妖怪都是用那对宝剑降服的。"可是谁又知道月亮婆婆住在啥地方啊，大家只知道月亮是从东方升起，又从西边落下的。找到月亮婆婆可不是一件容易的事。

这个传说被芦花姑娘听到了，她眼看乡亲们的好日子叫水怪给糟蹋得不像个样子，早就打心眼儿里想除掉这个水怪，只是始终没有想出一个万全之策。听到老人这样说，心里高兴极了，便决心去找月亮婆婆，取来宝剑，降服妖怪。她劝说了父母，告别了乡亲，就朝着月亮升起的地方走去，去找月亮婆婆。芦花姑娘不知蹚过多少条河，翻过多少座山，走了多少天，她的衣服刮破了，鞋子磨穿了。一天，她终于找到了月亮婆婆。芦花姑娘向月亮婆婆说明了来意。月亮婆婆告诉她："姑娘，降服妖魔光有一对宝剑还不行，还要有智慧、勇敢和不怕自我牺牲的精神。这只水怪是千年生长的精灵，用我这对宝剑将水怪的两个腮帮子刺破，放了它的妖气，它就被制服了。但当这股妖气冲到你身上时，你也就不能再活下去了。刺中以后必须立即钻入水里，才能保全你的生命。姑娘你有这样的胆量吗？"芦花姑娘向月亮婆婆表示，为了降服这只水怪，使乡亲们过上好日子，就是自己死了也心甘情愿。

月亮婆婆看她有这样的决心，便把宝剑送给了她，并告诉她："姑娘，你闭上眼睛，骑上宝剑，它会很快地把你送到家乡去，乡亲们正在盼着你呢！"芦花姑娘骑着宝剑，闭上眼睛，身子轻飘飘地飞上了天空。只听耳边风声呼呼地响，不大一会儿就落了地，睁开眼睛一看，到了自己的家门前。乡亲们听说芦花姑娘回来了，纷纷前来看望她，听说月亮婆婆送给她降妖宝剑都十分高兴。

芦花姑娘在乡亲们的簇拥下，拿着月亮婆婆送给她的宝剑，来到水泡子边上。水怪见芦花姑娘拿着明晃晃的宝剑，抖起黑袍，和芦花姑娘进行搏斗。说也奇怪，芦花姑娘拿着月亮婆婆送给她的宝剑，在水里和水怪厮杀就像在平地一样。乡亲们站在泡子边上敲锣打鼓，给芦花姑娘助威。只见芦花姑娘手中的宝剑像两条白龙一样在风浪中翻飞。水怪抖着黑袍，左一甩右一甩地来回招架，泡子里浪涛翻滚。正打得难解难分的时候，只见芦花姑娘顺势跳上浪尖，一对宝剑一齐向水怪的两腮刺去，只听"呼"的一声，宝剑刺进了水怪的两个腮帮子，放出两股妖气。芦花姑娘生怕这两剑刺得不深，不顾月亮婆婆的嘱咐，抽出宝剑，又向水怪的两腮刺去。水怪放出的妖气直向芦花姑娘冲来，芦花姑娘躲闪不及，一头栽倒在水里。顿时，风平浪静，水怪不见了，地上的水也消了。乡亲们赶紧把芦花姑娘从水中捞起，芦花姑娘已是奄奄一息。她告诉乡亲们，妖气冲倒了她，她不会活多久了，在她死了以后，要把她埋在泡子边上……说着，芦花姑娘就闭上了双眼，乡亲们含着泪把芦花姑娘埋葬在泡子边上。从此以后，这个村庄里的乡亲们又过上了安居乐业的好日子。

多少年以后，整个泡子边长满了芦苇，每到秋季，那雪白雪白的芦苇穗子就像芦花姑娘那美丽的容貌，十分可爱。人们为了纪念芦花姑娘，就给芦苇穗子起了一个好听的名字——芦花。那尖尖的芦苇叶子，据说就是月亮婆婆送给芦花姑娘的宝剑。

那只水怪后来变成了泡子里的黑鱼，其他的鱼都有两个腮，唯独黑鱼有四个腮。传说是芦花姑娘多刺了两剑才留下这四个腮，后来再也没有长好，也就炼不成什么妖气，再也不能变成水怪了。它以后就在这里繁殖后代，泡子里的黑鱼越来越多,人们就把这个泡子起名叫黑鱼泡。此后,黑鱼家族逐水而居,许多地方都有了黑鱼,但都不如这里的黑鱼多。因水怪吃了不少猪和鸡,变成鱼后,虽长得难看,但肉很鲜美,当人们家里来客人时,就到这个泡子里捞几条黑鱼来招待客人。

据说,这个泡子就是现在大庆油田上的黑鱼泡。

搜集整理者:王宇坤

狐狸精和猩猩怪

从前，有个姓李的小伙子，孤身一人，靠种点儿地维持生活，日子过得挺贫寒。可是，他有个爱好，就是品箫。每天晚饭后，他都要品箫品到深夜，曲调非常动听，声音在夜深人静之时传出很远很远。

话说有一天深夜，李公子正在品箫，隐隐约约听到窗外有响动，他也没有在意，继续吹奏曲子。第二天晚上，为了弄个究竟，他故意把灯吹灭，摸黑在屋里品箫。在三更以后，他又发现窗外有动静，他便一边品箫，一边顺着窗纸上的小洞向外看。借着月光，他发现窗外站着一个眼赛铜铃、口似血盆、青面獠牙的妖精，它正站在那儿傻呆呆地听箫。从那以后，每到箫声一响，这个妖精就来听。一来二去，李公子的胆子也大了，这个妖精也越听越往前凑。看到这种情况，李公子心想："照这样下去，明天这玩意儿就得进屋，这可怎么得了。不行，我得治治它。"第二天，他就准备了两个大烙铁，插在炕洞里烧红了，又开始品箫。真是不出所料，这个妖精在外面听了一会儿，就开始往屋里凑。它凑到门口，叫李公子开门。李公子悄悄地把烧红的烙铁藏在身后,嘴里答应着去开门。这妖精见门开了,闪身就钻了进来。就在这时,李公子把那烙铁猛地往它的脸上烫去,只听一声怪叫,这个妖精带着一股焦糊味逃走了。

　　没过几天,李公子又开始品起箫来。当箫声刚刚响起不一会儿,李公子就发现窗外又有一个黑影。他仔细一看,原来是个小姐,长得特别标致、水灵。只见她在窗前不声不响,不躲不藏,专心听箫。从那以后,她是天天来听,月月来听。时间一长,她也开始往屋里凑。李公子一看,忙把烙铁烧上了。这时,只听小姐在外轻声说道:"公子,请不要伤我,我是来报恩的。"李公子一听是这样,说道:"那好,你就进来说话吧。"小姐进屋后说道:"那天被烫瞎了眼的是个凶恶的柳树精,我家受尽了它的欺凌。那天被你烫瞎双眼后不久,它就掉入山涧摔死了。公子为我家除了一大害,父亲特意打发我前来报恩。"公子说:"原来是这样。你若喜欢听箫,就天天到我这儿听吧。"从此以后,这位小姐风雨不误地来听箫,有时还替李公子缝补衣服。天长日久,两人产生了爱情,结成了夫妻,小姐怀孕了。

　　原来,这位小姐是一个老狐狸精的女儿。她家共有姐妹九个,她排行第九,世代在柳树精的欺侮下忍气吞声。柳树精被李公子除掉,老狐狸精就打发他的小女儿前来报恩。有一天,小姐突然对李公子说:"我父亲让你去一趟。"李公子问:"你家究竟在哪儿呀?"小姐说:"我家就在你的地北头。记住,那儿有一个马莲墩,你在马莲墩旁踩三脚,喊三声'开门',就会有人出来接你。"第二天,李公子果然找到了那马莲墩。他按照小姐的吩咐,踩了三脚,喊了三声,就见眼前突然出现一座青堂瓦舍。这时,从红漆大门中出来一个小伙子,只见他头戴着一顶八块瓦的红帽头,乐乐呵呵地把李公子领进了书房。只见一位慈眉善目的老头儿坐在椅子上。那头戴红帽的小伙子忙说:"老爷,我把您的姑爷领来了。"李公子闻听,慌忙跪倒拜见岳父。老头儿连忙起身把姑爷扶起说:"念你帮了我家一个大忙,我感激你,把小女许配给你。无奈,不久我们就要远走他乡,小女不能在你身旁久留。今天我找你来,为的是送你些金银财宝,做个纪念。"李公子听罢,忙说:"那可不行,我宁可不要金银财宝,也得要小姐。"老头儿沉思片刻,说道:"好吧,我们先去吃饭,有话明天再说。"老头儿热情地款待了李公子后,让他上床休息。

第二天李公子醒来以后,青堂瓦舍不知哪里去了,只见身旁那个马莲墩还在,马莲墩旁放着一个布包。他打开布包一看,里面全是金银财宝,在这金银财宝上面有一块布条,布条上写着一行字:"我家已搬至无名山,望丈夫多保重。"李公子心想:"身边没有小姐,我活着有什么意思?就是追到天涯海角,我也得把小姐找回来。"回去后,他把家托付给邻居照管,背起金银财宝就上路了。走着走着,他才想起:"无名山究竟在什么地方呢?我到底往哪儿走才对呢?"问来问去也没有人知道这个无名山到底在哪个方向。他想:"反正带着金银财宝,不管咋样,我就一直朝前走,早晚有一天会找到小姐的。"他就这样逢山过山,遇水过水,过了不知多少天,走了不知有多远。

这一天,李公子忽然看见一位白发老者,背个粪箕正在路边捡粪,他忙走过去打听无名山的下落。老头儿一听无名山,抬起头来看了看说:"小伙子,这无名山可远了,我年轻的时候听老人讲过,你就一直往西走吧。"李公子一听,心里有底了,就走了下去。又走了好多天,他的钱快花光了,鞋也磨破了,心想:"我难道还能在半道饿死吗?"他咬咬牙,又开始往前走。走着走着,来到一座山下,抬头一望,没望着山顶,只见半山腰挂着几条白色的带子,满眼树木葱茏,满耳哗哗山响。他心里琢磨:"这么高的山我咋翻过去呢?"正在这时,他看见一个老头儿在山脚下晃动。他来到近前一问,老头儿往山上一指说:"这有一条小毛道,你要是不怕狼虫虎豹把你吃了,你就往上爬吧,到了山顶,你一打听就知道了。"

又是两天两夜没驻脚,李公子总算爬上了山顶。到上面一看,啊!有孤零零的两间小石头房子。他来到房前就敲门,敲了半天没听见动静,他就问了一声:"里面有人吗?"这一问不要紧,只听屋里"咕咚"一声,接着门就开了。李公子抬头一看,出来的是一位白发苍苍的老太太,他连忙上前施礼,说声"打扰"便被请到了屋里。老太太说:"你这孩子本领太大了,怎么爬到这座山上来的呀?"李公子说:"我爬了两天两夜才上来,这里是无名山吗?"

老太太摇摇头说:"无名山离这儿还很远呢,听说还得往南走。"公子一看天色已经黑下来,就打算在这里借宿,歇歇脚。老太太说:"这怎么能行呢?一会儿我儿子回来会吃你的。"李公子听这话吓了一跳,忙问:"你儿子咋还能吃人呢?"过了一会儿,老太太说:"听你的口音,觉得挺熟,我就跟你实话实说了吧。"

原来,这老太太同李公子是一个地方的人,好多年以前被一个怪物驮到这里,硬逼着给他做了媳妇,这个东西就是老猩猩怪。成亲以后,老猩猩怪对她很好,不久她就生了一个儿子。她这儿子长了个人形,只是浑身长毛,猪嘴獠牙,同他爸一样厉害,好多山精树怪都怕他,他就在这山上为王。又过了好多年,老猩猩怪死了,扔下小猩猩怪跟着母亲过日子。尽管这个小猩猩怪在外边凶狠,可是对他母亲非常孝顺。这老太太的老家正好和李公子是一个村,老太太说:"这样吧,一会儿我儿子回来,就说你是我的老兄弟,他就不能对你咋样了。"

正在说话间,一阵风声响过,小猩猩怪回来了。他一进屋就高声叫嚷:"好大的生人气味。"老太太忙说:"儿子,你快看这是谁来了。"小猩猩怪这才发现李公子,忙问:"他是谁?"老太太说:"儿子不得无礼,这是你的舅舅啊!"小猩猩怪一听这话,慌忙跪下磕头。李公子一看这小子长得这副模样,早就被吓得缩成一团,头不敢抬,眼不敢睁。听说要给自己磕头,忙哆哆嗦嗦地说:"免了!免了!"小猩猩怪见状哈哈大笑,说:"舅舅不要怕,我是不会吓唬你的。"说着就过来连拉带扯地让他舅舅到炕上坐,并叫他妈快烧火,给舅舅做好吃的。

酒足饭饱之后,小猩猩怪问李公子为了啥事来到这里。李公子忙说他要到无名山找一家姓胡的。小猩猩怪一听,忙说:"无名山上是新搬来一家姓胡的,不知舅舅为什么找他们。"李公子说:"你说的这姓胡的是不是家中有九个姑娘?"小猩猩怪说:"对呀,他家是有九个姑娘。"李公子说:"那九姑娘就是你的舅母,我这次就是为了她而来的!"小猩猩怪一听来气了,说道:"这就是老胡头儿不对了,他搬家咋还把我舅母给带来了呢。不行,明天我去找他要人!"

第二天,小猩猩怪腾云驾雾向南飞去,不一会儿就来到了无名山。见到老狐狸精第一句话就说:"你也不对呀!搬家咋把我舅母给带来了呢?"老狐狸精一听,说:"谁是你舅母,你舅舅在哪里?"小猩猩怪说:"我舅舅在我家里,他是专门为我舅母来的。"老狐狸精心想:"这下可坏了,李公子怎么到这儿来了呢?"小猩猩怪说:"快把我舅母叫出来让我看看,我好快点给我舅舅回话。"这时,九小姐正在里屋听着,一听李公子寻来,早就想出来问个究竟,听到小猩猩怪要看舅母,在里屋说了声:"谁来找我?"没等人叫自己就走了出来。小猩猩怪一看从里屋走出一个人来,怀里还抱着一个孩子,知道是舅母,连忙跪拜。小猩猩怪被扶起来后忙问:"这孩子是谁?"九小姐说:"这孩子是我的儿子,他是我家搬到这无名山后所生的。"小猩猩怪忙说:"哎呀,这么说他是我的小弟弟了!"说着就要亲他。小孩见他长了一身毛,吓得哇哇直哭。小猩猩怪一看,说:"算了,我得马上回去给我舅舅报喜!"说完就告辞了。

小猩猩怪回到家后,把经过一说,李公子乐得够呛。第二天吃完早饭,小猩猩怪就要领李公子去无名山。老太太嘱咐道:"儿啊,你们一路上可要小心,千万别把你舅吓着。"小猩猩怪说:"妈你放心,谁要敢碰我舅舅,我就要他的命!"说着就领李公子出门去了。他们走了一会儿,小猩猩怪说:"舅舅,还是我来背你吧,你走两天也难走到。"李公子趴到小猩猩怪背上,刚闭上眼睛就听身边一阵风响,腾云驾雾朝无名山飞去。飞着飞着就听见下面有人喊:"哎,愣小子,在哪儿弄的活人,快分给我一条大腿!"小猩猩怪边飞边说:"这是我舅舅,谁也不能吃!""你别瞎白话,你哪来的舅舅?快给我扔下一条腿来!"小猩猩怪一看不行,忙落到地上。李公子问是谁在喊话,小猩猩怪说:"这是个老白兔子精,这山上还有一个老鹿精,他们都给我父亲磕头,却经常在我面前倚老卖老。舅舅不要怕,看他能把我怎么样!"老白兔子精冲过来就要抢人,小猩猩怪横挡竖拦,二人动起手来。小猩猩怪怕李公子有个三长两短,忙挖了个坑,用块大青石板把他盖在了里面。不一会儿,老白兔子精就被小猩猩怪打死了。小猩猩怪刚要领人走，忽听一声大喊："好大胆的浑小子，竟敢杀死你的盟叔，还不快快把人留下。"小猩猩怪一看是老鹿精赶来了，慌忙起身迎战。又打了几十个回合，才把老鹿精打死。小猩猩怪连忙掀开石板，要拉他舅舅出来。一拉没拉动，仔细一看，李公子快要憋死了。小猩猩怪慌忙抱起舅舅，李公子半天才缓过这口气来。李公子问："这回该没事了吧？"小猩猩怪说："没事了！在附近的几座山上，只有他们两个敢同我交手，咱们放心走吧。"

一会儿工夫来到无名山，小猩猩怪大喊："赶快出来迎接，我舅舅来了！"老狐狸精忙出来把二人让进屋里。九小姐和李公子二人相见，抱头痛哭，互述别情。老狐狸精用酒饭款待了他们之后，小猩猩怪说："天也不早了，我得赶紧回去了。舅舅，你跟我舅母好好在这儿待着吧。"说完就告辞了。李公子在老丈人家同媳妇、儿子团团圆圆，一晃就是两个多月。这一天，老狐狸精把九小姐叫到面前说："李公子对我们有恩不假，但我们怎能和凡人生活在一起呢！这次我们还要远走高飞呢。"九小姐说："这次我要留在李公子身边，就是不念李公子的恩情，我还想念我儿呢！"老狐狸精说："这事是万万不行的。如果你总是跟凡人在一起生活，你修炼的道行就要废了，上天还要用五雷将你轰死，让你永不得还生。真落个如此下场，你岂不是毁了吗？"晚上，九小姐把父亲的意思婉言告诉了丈夫，二人悲痛不止。九小姐说："这次，我父亲还得送你些金银财宝。你记住，其他什么东西也不用要，单要他宝库中的那个小黑匣子就行。"第二天，老狐狸精把李公子叫到面前说："事情不能总瞒着你，这回我们还得走，你就到我的宝库中挑些金银财宝，留着日后领儿子过日子吧。"李公子知道说别的也没用，就跟着来到宝库。面对满眼的珠光宝气，他东瞅瞅，西看看，什么都没要。最后，在一个不太显眼的地方发现了小黑匣子，他连忙拿在了手中。老狐狸精一看就明白了，这一定是女儿给他出的主意。自己说了大话，让李公子到宝库随便挑选，要啥给啥，就是忘记了防备女儿。老狐狸精一看，既然已经这样了，就把小黑匣子的使用方法告诉了李公子。原来，这小黑匣子是一个万宝匣，想要啥就来啥。老狐狸精手把手地教会了李公子后说："这个万宝匣你一定要放好，它是我家几辈子传下来的宝物。"

第二天，小猩猩怪来到无名山，吃完饭后九小姐说："你领着你舅舅爷俩到你家住些日子吧，好让你妈妈也看看孩子。"小猩猩怪说："就是妈妈让我来接舅舅、舅母到我家去的。"九小姐说："你先领着你舅舅去吧，我这里还有点儿活儿，过些日子你再来接我。"李公子心里明白，这次一走再见面就难了，但是又怕被小猩猩怪看出门道，闹出麻烦来，忙说："好吧，咱们先走，过些日子你再来接她。"小猩猩怪驮起李公子爷俩一阵风地飞走了。回到家后，老太太忙着看孩子，李公子就把小黑匣子拿给了小猩猩怪看。小猩猩怪接过小匣一看，忙大叫一声："不好！"转身就冲了出去。当李公子随后跟出来时，小猩猩怪往南面一指说："舅舅你看，老胡家又偷着走了！"李公子抬头往南面一看，只见一个上接天下挂地的大黑旋风往东南方向飘去。李公子说："算了，他们要走的事我知道。反正他们给我留下了一个后，又把万宝匣给了我，让他们走吧。"到屋里以后，小猩猩怪对李公子说："舅舅，这万宝匣可是不少妖魔鬼怪要弄都没弄到手的宝贝呀！今天老胡头儿能送给你，可见老胡头儿还是挺讲义气的。"就这样，李公子又住了一个多月，小猩猩怪每天都弄些山珍海味招待舅舅。一天，李公子提出要回家去，小猩猩怪娘俩百般挽留也没留住，就由小猩猩怪把他爷俩驮到了山下。李公子拿出小匣说："给我来个八抬大轿！"李公子上了轿后，只见小猩猩怪站在一旁恋恋不舍，李公子眼泪汪汪地同小猩猩怪道了别，就上路了。

回到家后，左邻右舍都跑过来看望李公子，他们发现李公子抱回个孩子，纷纷议论。李公子就把他如何同九小姐成亲、如何去找无名山、小猩猩怪如何救他的事情告诉了邻居们，大家都觉得这事挺新鲜，唠了一会儿就各自散去了。这时，李公子又拿出万宝匣，要了些实用的东西，便领着儿子平平安安地过起日子来。转眼半年多的时间过去了。这一天，九小姐忽然来到了李公子家，抱起儿子亲了半天。李公子说："我刚好受两天，你怎么又来了？"九小姐说："我这次来，一是想念你们父子，二是奉父亲之命来取万宝匣。"李公子说:"你父亲已经答应送给我了,今天又让你来取,这不是言而无信吗?"九小姐说:"我父亲也是为了你好才让我把万宝匣取回去的。你有所不知,为了争夺万宝匣,曾经有多少神仙鬼怪都搭上了性命,如果外人知道这东西在你这里,你就要大难临头了。"九小姐说服了李公子,又在这儿住了些日子,拿走万宝匣,给李公子许许多多金银财宝和足够二人吃穿住用的东西,同李公子爷俩挥泪告别,飘然而去。

讲述者:郑喜

搜集者:乔振东　王亚东

整理者:乔振东

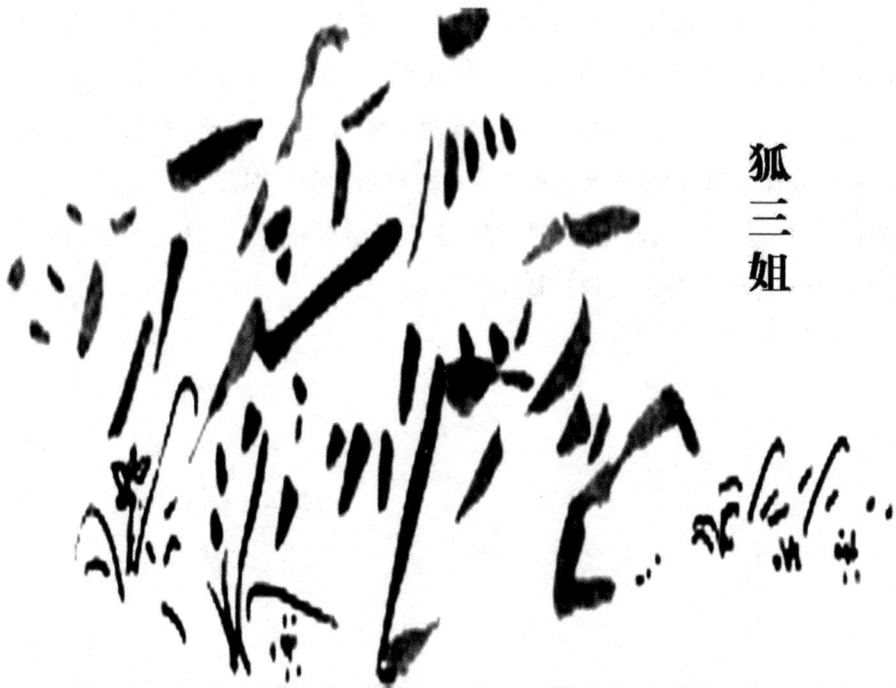

有个张员外，日子过得挺称心。他儿子叫张生，整日在家念书习字。他家开了一个烧锅坊，雇了一些伙计干活儿。

有一天，天气有点儿冷了，天色也黑了。一只白狐狸从烧锅坊门前路过闻到了酒味，哎呀，这个香啊！它就迈不动步了，一想天也晚了，也凉了，先喝几口暖和暖和身子再走吧。它就偷偷地进了烧锅坊。刚一进去，那香味直扑鼻子，它一会儿就喝醉了，一出烧锅坊就倒在水沟边睡着了。

过去有钱的人家都养狗看家，这狗发现了狐狸，就冲着水沟叫。

张公子在书房里听见了，心想："这狗怎么叫得这么厉害呢？"出来一看，在水沟边上趴着一只白狐狸。他忙走到跟前，闻到一股酒味，心想："这只狐狸一定是喝多了酒醉倒在这儿了。"他就悄悄地把白狐狸抱起来，回到书房，将它放在炕上。一会儿白狐狸就醒了，一见张公子在习字，它就跪在炕上吧嗒吧嗒地掉眼泪。张公子见它已醒，正跪在那儿哭，就说："你不要怕，我不把你怎么样，我把你抱回来是因为看你喝醉了酒倒在外面，怕我家那条狗咬伤了你。那条狗可厉害了，你自己出不去，我给你送出去吧。"张公子说着把白狐狸抱起来,裹在怀里送了出去,回来后继续习字。

近二更了,张公子忽然发现身边有位小姐,他吓得头都不敢抬。第二天这个时辰她又来了。过去的青年男女是不能随便见面的,这三更半夜一个不认不识的年轻女子在他屋里,那还了得!这张生也不知怎么回事,又不敢问,就一个劲地写字。到了第三天,小姐又来了,说:"张公子,你整日习字,也没人教你,我来教你吧。"就这样,时间长了,小姐一天比一天来得早。后来,太阳下山她就来了。

这一来二去的就被老狐狸知道了,一查三姐有难被救,现在正报恩呢。老狐狸心想:"这样时间长了也不行啊,天也冷了,下雪了,行动不便,容易留下脚印,得赶紧让三姐回来。"老狐狸一嘱咐,三姐就知道了。狐仙报恩都是一百天,现在才三个月。三姐想:"我没报完恩是不能回去的,公子的字再练一段时间就差不多了。"这时候外面下雪了。清晨,一个家奴起来扫雪,一看,这少爷门前怎么会有女人的脚印呢?他就细细地察看,发现脚印一直通到少爷书房。家奴心想:"少爷整日在书房习字,又没成亲,怎么有女人的脚印呢?这事不一般,我得禀告老爷,要不以后出了什么差错怪罪下来,我可担当不起。"他赶紧告诉了老爷。老爷一听,忙吩咐不要向外人透露,继续观察。

这边一有动静,狐三姐就知道了。

一天,她对公子说:"我要走了,今后不能来了。"在这期间,公子的字已大有长进,他俩也产生感情了。

公子不让她走,三姐没办法,只好告诉他:"公子啊,你当我是谁呀?我是北山白狐的女儿,叫狐三姐,我到你这儿被父亲知道了,让我赶紧回去。我不能再违抗父命,不然就要受惩罚。再说,我来这儿,你家已有察觉,我就更不能来了。神凡不能结成姻缘,如果你想我了,你就去北山找我。你千万记住了,不到最危难的时候,你不能叫我。要是到了走投无路的时候,你连喊我三声,我会来帮你的。"说完就不见了。

公子思念三姐,一天比一天消瘦,饭也不吃,茶也不饮,也不学习了,黄皮蜡瘦的。家奴看到这个情景,马上禀告了老爷。老爷一听,赶紧请来大夫。大夫看完,说公子得了相思病。这老两口儿就琢磨:"我儿子整天在书房念书习字,怎么会得相思病呢?""噢!前几天家奴说雪地上有女人的脚印,莫非就和这个事有关?"这老两口儿就来问:"儿呀!你究竟想的是谁呀?你说出来,咱们家有钱,要是门当户对,就给你娶过门来。"父母怎么问,张生就是不说。没办法,员外只好去找邻院张生的叔伯嫂子来劝说劝说。这天,嫂子就来问张生:"老弟呀,你想谁呀,就跟嫂子讲好了,嫂子给你想办法,我跟老爷说明白了,把她娶回来,你们整日在一起不就好了吗。"公子听后,长叹一声道:"嫂子呀,我一言难尽啊……"他就把三姐怎么来的、怎么教他习字,一五一十地全说了。嫂子听罢,只好劝导他一番,又去和老爷商量。

有一天,公子实在坚持不了了,就跟父母说非要去找三姐。父母见儿子瘦成这个样子也心疼,没别的办法只好答应了,拿了金银首饰,牵了两匹马,叫来了见识广的老家奴,跟着张生一直往北走去,赶店住店,赶屯住屯,走啊走。老家奴年纪大了,也经不起这么折腾,就病倒死了。公子把他安葬了,钱也花光了,只好把马卖了,继续向北走。走到一片树林里,天黑了,他又渴又饿,实在走不动了,就坐在一个树墩上迷迷糊糊地睡着了。猛然间听到一阵吵嚷声,睁眼一看,只见有一帮砍柴的挑着挑儿,一溜烟就不见了。他想打听一下路,也不容工夫啊。过了一会儿,又过来两个挑担的,走到他的身旁就停下了,只听他们说:"咱俩在这儿歇歇脚吧,吃点儿干粮喝点儿水再走。"说完把挑子撂在地上,坐下就吃喝上了。张生本来就又渴又饿的,一看人家在那儿吃呀喝呀,更觉得饥饿难忍,就走过去深施一礼道:"两位大哥,我来讨个方便。我离开家好长时间了,钱都花没了,走了一天还没吃一点儿东西,二位大哥能否施舍点儿东西给我充充饥渴呢?"干粮递了过来,张生急忙接过干粮,咬了一口,又硬又涩,实在难吃,心想:"这也比没吃的强啊。"又咬了一口,觉得好一点儿,连着吃了几口,越吃越香,吃没了也觉得挺饱了。但是很渴,就要了水,一看小瓶里只有一个底儿。"唉!润润喉咙也好啊。"等把这一点儿喝完,张生一点儿都不渴了,觉得也有力气了。于是上前问道:"二位大哥,不知你们往哪里走。""我们是回北山的。""我也是去北山的,咱们结伴吧。""老弟,我俩不是不愿同你一起走,只是我俩走一个时辰的路,你一年都赶不上。不如这样吧,我带你走。你坐在我的柴挑上,把住了,闭上眼睛,千万不要睁开,一睁开就会掉到山涧里去。"张生坐在柴挑上就觉得两耳生风,嗖嗖嗖的,又过一阵,觉得风声小了,只听见:"到了,你睁眼吧!"他睁眼一看,自己坐在一个大树杈上。"哎呀!两位大哥呀,你们把我放在这上不见天、下不见地的树杈上,我是个书生,又没习过武,这让我怎么办呢?难道我命就该到此了吗?为了三姐,我死而无怨,只可惜临死也没能见到三姐一面啊。"说完悲凉地喊道:"三姐,你在哪儿呀?三姐!三姐!三姐啊!"他闭眼就跳了下去,只觉得飘飘悠悠地落了地。听到有个女子的声音说道:"公子,你来了。"他忙睁眼,一看,正是狐三姐站在身旁望着他微笑,又一看自己坐在一个门墩上。这下他可乐坏了,忙站起来抓住三姐的手说道:"哎呀,三姐呀!我找你找得好苦啊!""啊,公子,你一出来我就知道了。""三姐快跟我回去吧!""公子,这样走是不行的,这事我父亲已经知道了,你必须去见他。放心吧,你诚心来接我,我肯定跟你走,就这样走是走不了的。你看见那间青砖瓦房了吧,我父亲就在那里。你见了他就跪下,什么都别说,他不让你起来你千万别起来,让你干什么你就干什么。等让你回家的那天,他洗完脸你就用他剩的水洗脸,他给你一双新鞋,你就要他穿的那双旧的,他再给你什么你都不要,就朝他要西厢房墙上挂的第三个葫芦。这样我就可以跟你回去成亲了。"

张生听后,记在心上,忙往青砖瓦房走去。一进屋,就看见了一个白胡老头儿正在那儿闭目打坐,张生心想:"这肯定是三姐的父亲了。"就跪下了。过了好一阵,张生觉得腿也酸了,膝盖也麻了,老头儿还是不吱声。张生想:"我千里迢迢地赶来,好不容易找到了三姐,为了得到三姐,我就是死在这儿也甘心了。""你是张公子吧?起来吧!"这老头儿总算是开口了,张生乐坏了,赶紧站起来。一看这白胡老头儿,阴沉着脸,一点儿笑模样都没有,只听老头儿说道:"来人,把张公子领进东厢房,备酒上菜,好好伺候。"张生在这屋里仅一顿饭的工夫,就觉得外面一阵青、一阵黄、一阵白的。

又过了两天,在第三天早上,白胡老头儿来了,说:"公子,你在这儿的时间够长了,在你们那儿算是三年了,你该回去了。你家里有了大难,你母亲想你眼睛都瞎了,我不能再留你了,你收拾一下快走吧。"说完给他打来了洗脸水。张生让老头儿洗完了他才洗,给他一双新鞋,他偏要老头儿脚上穿的那双旧鞋,老头儿给了他,又说:"张公子,西厢房金银珠宝什么都有,你愿拿多少就拿多少,在路上用吧。""这些我都不要,我只要你西厢房墙上挂的第三个葫芦。"老头儿长长地叹了口气,说道:"唉!既然公子要,我只好送给你。可公子一定要记住,你把它背在身上,不到家千万不要放在地上。"张生答应着,一切收拾利落了,就往回走。

他不时往后望着,沉思着:"三姐说跟我回家,怎么没见影呢?"他嗖嗖嗖地走着,觉得比来时快却不累。走得天有点儿黑了,他觉得身上背的葫芦越来越沉了,也能看见张家屯了。他想:"就快到了,我把葫芦放下歇歇脚再走吧。"葫芦刚放下,猛然听见:"哎呀!公子你可真坑人啊!""啊!是三姐!"张生是又惊又喜。"公子呀!就剩这么一点儿路了,怎么不等到家就放下葫芦了呢?有葫芦我能隐身,这下我一个女孩家可怎么跟你走啊?"三姐为难的呀,那也不行啊,既然事已如此了,仗着天黑就走吧。

进了张家屯,再看,也不像从前那样了。一打听,说家人已经搬走了,在前面的小窝棚里住。张生领着三姐到了小窝棚前,敲门。"这么晚了,是谁在敲门呀?莫非是我的生儿回来了吗?""母亲!是我!你的生儿回来了。"老太太开了门念叨着,乱摸着。张生看见母亲如此光景,一下抱住了母亲大哭道:"母亲啊!你怎么到了如此地步?我父亲呢?""唉!生儿啊,你走后家里的马死光了,牲口都倒了圈。你父亲急火攻心,一病就没起来,我安葬了他,把剩下的家产都卖了,来到这儿,只等你早些回来。哭你父盼你归,眼睛都瞎了,可算把你盼回来了呀!""娘啊!孩儿不孝,让你受苦了。打这儿往后,你就要享福了。我给你带回来一个人。"这时,三姐过来了,搀住老太太叫了声:"母亲!""哎哟!这就是我那儿媳妇吧?我也看不见啊!"三姐忙从怀里掏出一个小瓶来,倒出水抹在老人的眼睛上,连吹了三口气,说道:"好了母亲,你把眼睛睁开吧!"老太太一睁眼,看见面前如花似玉的三姐,这下可乐坏了。"哎哟!真是祖上有德,谢天谢地给我这般天仙似的儿媳妇。好!好!儿呀,快快收拾收拾,今晚成亲。"这就是:

日夜思寻狐三姐，

千里迢迢双伴归。

孝敬老母重过日，

恩恩爱爱永不分。

讲述者：郑秀云

整理者：宫彦惠

黄蛤蟆

早些年在北大荒乌龙河东岸有个乌龙庄,当地有个财主家雇了一个小猪倌,姓黄,没有名字,光有个外号叫黄蛤蟆。他父母双亡,孤身无靠,今年十六岁了。别看他年纪小,头脑却很灵敏,聪明过人。

这一年新年快到了,东家领着他上街办年货。在年货摊上,他看中了一张年画。画上有一棵水灵灵的大白菜,葱绿的大白菜叶子上落着一只红肚囊的大蝈蝈,新鲜极了。黄蛤蟆越看越爱,就买了一张回来,贴在伙房自己铺位的墙上,每天晚上躺下睡觉时,都要欣赏一番。

冬去春来,快种完地的时候,没有雨。一天晚上,黄蛤蟆躺下睡觉时,和往常一样看着墙上的年画。突然,他怔住了。他忽地坐起来,使劲揉了揉眼睛,仔细看,发现大蝈蝈没了。哪儿去了呢? 再细看,发现大蝈蝈钻到大白菜叶子底下去了,他奇怪极了。就在这时,外面哗哗下起雨来。他意识到,大蝈蝈怕雨浇,跑到叶子底下避雨。大蝈蝈怎么知道天要下雨呢? 他疑惑不解。雨下了一夜,清早,天还阴着,他看到画上的大蝈蝈又站在白菜叶子顶上了。吃完早饭,天晴了。他觉出大蝈蝈确实知道啥时候下雨啥时候晴天。他观察着大蝈蝈。天若下雨，大蝈蝈准藏在大白菜叶子底下；天将放晴，大蝈蝈准站在大白菜叶子上边，准得很。他自己纳闷儿，但从不向外人说。

这年，在大忙季节，雨水勤得很，财主家地多，每天都要雇短工铲地。那时候有个规矩，早晨把短工领回来，无论能不能铲地，都要付工钱，还要供三顿饭。有一天早晨三点多钟，东家来到伙房说："猪倌，到市上领三十个短工来铲地。"黄蛤蟆被喊醒了，揉了揉眼睛，看了一眼墙上的年画说："东家，今天有雨呀。""胡说！"东家不在意地说，"天上万里无云，哪来的大雨，快去！"东家以为猪倌是不愿去。黄蛤蟆想："不信叫你吃点儿亏，尝尝滋味。"他穿上衣服走了，不一会儿领来一伙短工，早饭是玉米面大饼子、白菜汤。吃完饭，刚要下地干活儿，天空忽然浓云密布，雷雨交加。这回东家是扁担钩的眼——长长了。搭了三顿饭，还赔了工钱。大雨下个不停，第三天一早黄蛤蟆找财主说："东家明天可以叫人来铲地了。"东家瞪了猪倌一眼："你净瞎扯，这天还没放晴，咋能铲地。"黄蛤蟆强调说："明天不放晴，我赔工钱。"东家信了猪倌的话，第二天叫人来铲了地。东家心中纳闷儿，他问："猪倌，你咋知道天阴天晴呢？"黄蛤蟆只好说："我是做梦知道的。"从此以后，黄蛤蟆常常和伙伴们讲天阴天晴，大家也常问他是阴天还是晴天。

入秋以后，东家的老伴儿把金簪子丢了，急得直哭。东家想起了黄蛤蟆，晚饭后来到伙房说："猪倌，你大娘丢了金簪子，你给做个梦，算算丢到哪儿了，能不能找到。"黄蛤蟆刚要吱声，旁边的长工们跟黄蛤蟆挤眉弄眼，他心里明白，是伙伴们不叫他答应。可黄蛤蟆心里有道道儿，他说："试试看吧。不过，如果找到金簪子，东家得请大家的客。"东家只好答应了，长工们偷偷地笑了。晚上，黄蛤蟆琢磨着，东家老伴儿平常大门不出二门不迈，能丢到哪儿呢？忽然想到，她天天都打酱缸，能不能掉在缸里。于是，他悄悄地起来，走近酱缸，揭开酱帽子，用酱耙慢慢搅动，觉着缸里有"咯噔、咯噔"的声音，便用酱耙缓缓地贴着缸边往上捞，果然是那支金簪子。他乐了，把它又扔在缸里，盖好酱帽子，回屋睡觉了。第二天一清早，东家来了，问："晚上梦得咋样？"黄蛤蟆说："有门儿。东家得给伙计们一顿酒喝再说。"东家没招儿，只好答应了。黄蛤蟆告诉了东家，金簪子在酱缸里找出来了。从此，小猪倌的神机妙算传开了，越传越远。

在乌龙河上游有一家大财主，只有一个儿子，娇生惯养，游手好闲，嗜好玩鸟。一天，他养了三年的八哥突然挣断了绒绳飞走了。因为这八哥很聪明，会学人说话，会迎宾接友，少东家爱如至宝。这回八哥丢了，少东家立时病倒，卧床不起。老财主急了，倘有好歹，就会断后绝嗣，越想越急，就像热锅上的蚂蚁，不知如何是好。老财主的老伴儿也十分着急，说："光急不行，快想办法找八哥，听说乌龙河东岸有个猪倌会做梦，何不找来算算。"财主被提醒了，立即派人去请。黄蛤蟆开始执意不去，东家劝说催促，无奈去了。财主把他接进屋，热情招待。提到找八哥时，黄蛤蟆说："今晚做梦，要在你家院外找一处安静的屋子，十米之内不许有人走动，免得惊了梦。"财主照办了，在院外安排了地方。黄蛤蟆如此设计，是因为找不到容易跑。这时，他冷静地分析着，八哥飞走时间不长，被人抓住不太可能。日落归山，飞鸟归林，先找找看，找不到再跑也不迟。半夜了，他爬起来，借着月光向树林走去。夜静月明，万籁无声，他细心观察每一片树林和每一棵树，一连找了四片大树林，毫无踪迹。走出十余里路，进入一片大白杨树林子，仍是慢步轻足地走向林荫深处。忽然听到左边一棵树上有"吧嗒、吧嗒"的动静，趁着月光仔细一看，树上有个东西在动弹，他心里倏地一亮："是不是八哥呢？上去看看再说。"爬树是他的拿手好戏，他两手攀树，两脚蹬树，哧哧哧哧爬到树顶。正是那只八哥，腿上的半截红绒绳缠到树枝上不能动了，他便把红绒绳又紧了紧。于是，下了树按原路返回住处，一觉睡到太阳东升。等他醒来时，老财主正坐在他的身旁。他穿好衣服，洗完脸，财主开口说："黄先生昨晚梦得如何？"黄蛤蟆说："有下落了，快到东南大杨树林子去找。"财主二话没说，领着一伙人去找，果然在树林里找到了八哥。少东家的病立时好了大半，老财主感激不尽，送给黄蛤蟆十两银子，把他送回了乌龙庄，他把这十两银子分给了做长工的伙伴们。

好一个黄蛤蟆，从此远近闻名。

话说乌龙府总兵把一个金质官印丢失了，这可不得了，总兵懂得做官丢印有杀头之罪，还要全家问斩，他像热锅上的蚂蚁，坐立不安，但又要严守秘密，不能外传，只有他的心腹文吏知道。文吏献计说："老爷，事关紧要，应火速查找。听说乌龙庄有个姓黄的猪倌会做梦，可否找他来，或许有希望。"总兵同意了，立即派一抬小轿去接，可是黄蛤蟆说啥也不去。总兵听说，急眼了，说："凭我堂堂总兵叫不动一个放猪的！"他便下令把黄蛤蟆抓来，文吏拦住说："大人不可，他不来是不是因为要报酬？"总兵一想，也对，事到如今，保命要紧，一狠心决定：如能找到金印，把独生女儿许配给他为妻。于是又派小轿去接，黄蛤蟆一看这回来硬的了，便硬着头皮去了。

　　七十里路不近，两个轿夫累得呼呼直喘，汗流浃背。半路轿夫请求歇歇脚，便停下轿。黄蛤蟆没下来，他在轿里寻思着怎么找印这件事，心情十分烦躁。这时，两个轿夫挤眉弄眼地凑到黄蛤蟆跟前说："久闻黄先生神机妙算，你可知道金印被谁偷去了？"黄蛤蟆此时心情很不好，两个轿夫一遍遍追问，好不心烦，随口应道："不是张三就是李四。"两个轿夫一听，吓坏了，立即双双跪倒说："先生饶命，先生饶命。"黄蛤蟆一看，心里明白了，便说："你俩起来，只要你俩从实说来，我就可保你们性命，若有半句谎言，莫怪我无情。"张三先说："我俩偷了老爷的金印，放在后花园青石板下了。"李四说："黄先生千万不要露出我们俩，不然我们就没命了。"黄蛤蟆看两人说得像是真的，就说："好吧。"接着起轿登程，太阳落山时到了总兵府，总兵诚恳招待，备酒接风。酒席间，总兵说："黄先生如能找到金印，我愿将小女许配给先生。"黄蛤蟆说："就看今晚一梦了，但我要先看看你家的花园。"总兵应允了。黄蛤蟆细心观察前院后院，最后到了后花园，果见有块大青石板，但仍放心不下，半夜悄悄起身进入后花园，揭开青石板，果见金印在内。他放心了，安稳地睡了一宿好觉。第二天，果然找到了金印。总兵大喜，当即选择吉日为女儿完婚。

　　在拜堂前，新郎新娘站在天地桌前，新娘突然揭开蒙头红说："黄先生，你我结婚乃天作之合，可是我要领教一下黄先生的神机妙算。"说到这儿，她指了一下天地桌上扣着的一个大碗，继续说："黄先生必须算出这大碗底下扣的是何物。算对了，拜堂成亲；算不对，你就是个骗子，要拿下你的人头。"

听到这儿，黄蛤蟆可害怕了，心想：这回算完了，我哪会算呢，当初不该在买画后显露自己"神机妙算"，没承想自己会死在这里。于是，看着桌上的大碗，自己叫着自己的名字："黄蛤蟆……"三个字刚出口，旁边的一个丫鬟大喊一声："算对了。"接着把大碗一揭，一只肥大的黄蛤蟆蹦了出来。新娘笑了，说："黄先生果真是神人！"就这样，他们立即拜堂成亲了。

讲述整理者：于超

黄牛场的传说

在采油六厂东边有个地方叫黄牛场。据说，黄牛场这个地方还有一段动人的传说呢。

在很久很久以前，整个松辽平原一片荒凉，在这片荒凉的平原上，有一间茅草房，房中住着一对老夫妇。老妇纺线织布，老头儿夏天打鱼，冬天打猎，他们相亲相爱，日子过得清贫却快活。美中不足的是老两口儿没有孩子，而他们又非常希望能有个小孩儿。

一天，老头儿出去打猎，来到一片树林中，猛然听到有婴儿啼哭，他抬头一望，只见一棵大树上面的乌鸦窝里有个小孩儿。老头儿喜出望外，爬上树把孩子抱了下来。从此，那间茅草房里又多了一个孩子。老头儿把猎来的野肉给他吃，老妇把挤下的鹿奶给他喝。这孩子长得十分结实，老两口儿因此给他起名叫大壮。

一年一年过去了，大壮这年已长到十五六岁。老头儿给大壮买了一群大黄牛，大壮特别喜欢，尤其是那头两只角非常锋利、长得又大又壮的大公牛。这头大公牛每天都把那群牛带到草又多又嫩的地方。一天中午，这群牛吃饱了之后又都趴倒在地上，大壮也躺在草地上睡着了。突然，他听见牛在吼叫，睁眼一看，只见那头大公牛正狠命地用角顶一个年轻漂亮的女人。大壮一跃而起，紧紧抓住牛角，打了牛几拳，这头牛才老实。那女人赶忙向大壮施礼："谢谢大哥。"这件事过后，接连几天都出现同样的情况，大壮不免心生疑虑。这天中午，等牛吃饱卧倒之后，大壮也躺在地上装睡。过了一会儿，只见从西面荒草丛中蹿出一只大灰狼，张着血盆大口向大壮扑来，那头大公牛当即吼叫着用角顶大灰狼。大壮一下子坐了起来，就在这时，大灰狼已经变成了年轻漂亮的女人，娇滴滴地向大壮求救。大壮把牛拽住，然后问那个女人："你到这儿来干什么？"女人说："第一天我从娘家回来。"大壮又问："那么第二天呢？"女人说："我的包袱忘在娘家了，我回去拿。"大壮冷笑了一声，拿起放牛鞭狠狠地朝她身上抽去。被打倒在地上的女人又变成了大灰狼。这时，大公牛上来一下子把它的肚子挑开，这只狼四腿一蹬，死了。

从此以后，这一带非常太平，很多百姓又搬到这里住。大公牛救了大壮的命，大壮最喜欢它，也更喜欢养牛了。后来，大壮养的牛越来越多，人们为了纪念他和他养的这些大黄牛，就把此地起名为黄牛场了。

讲述者：贾希良

搜集者：于娜

整理者：孙淑兰

火烧发屯的来历

传说在很久以前,松嫩平原上来了一对逃荒的夫妻,男的姓许,有一手烧酒的好手艺。当初,他听说关东是个好地方,打粮多,烧酒的手艺就会大有用武之地。俗话说:树挪窝死,人挪窝活!

他们来到了松嫩平原上,看到大片大片无人种植的草地,高兴极了。打草和泥,盖个窝棚就是家,当年就开荒种地。可是野草丛生,粮食收成不好,做出的酒就更少。但夫妻二人仍然细心烧酒,从不骗人,受到方圆几十里人们的称赞。

到了第二年春天,他们继续开荒。一天,一个老太太领着孙于米上坟,叩头、烧纸……人走了,一阵风把草地点着了,许家夫妻的地也未能幸免。这对夫妻看看自己下过种儿的地被烧了,心里着急,直拍大腿。

大火过后,大地一片漆黑,夫妻俩在烧过的地上又补下了种子。不久,大地上长出了庄稼苗,绿油油的,一点儿杂草都没有。这一年,他家的粮食堆得像小山。他们白天黑夜地酿造人们喜欢的酒,酒香弥漫在整个大草原上。从此,人们管这家的酒叫"火烧发"酒,管这个地方叫"火烧发"屯。

搜集整理者:由昌忠

鸡为啥总刨地

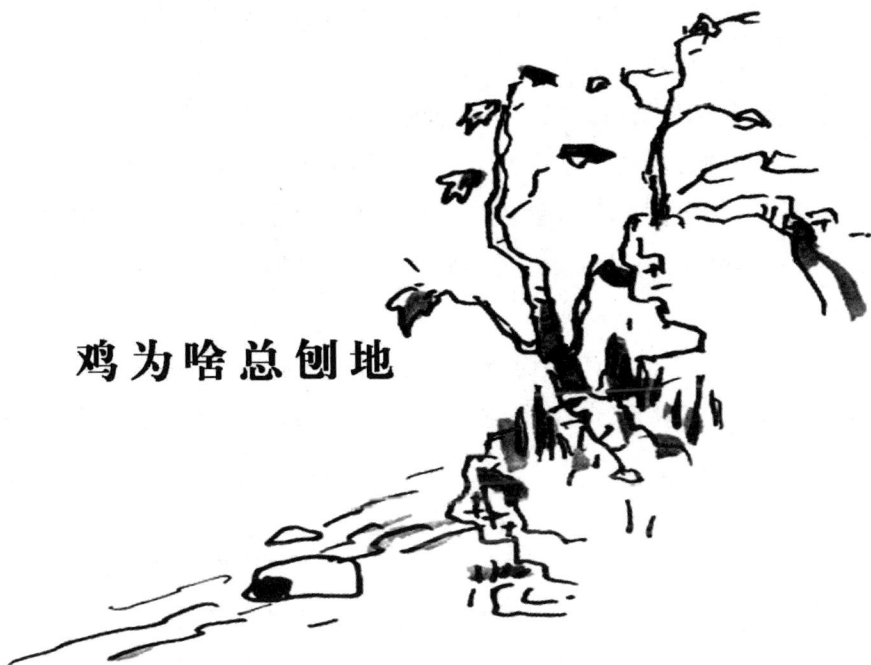

　　传说在很久以前,鸡和鹞鹰是非常要好的朋友。它们在一起玩,并一起找食吃,每次找食归来,总要把最好的东西拿出来共同享受。可是,后来它们为啥变成仇敌了呢?

　　有一天,鹞鹰来找小公鸡出去玩儿,小公鸡高高兴兴地同鹞鹰一起向大森林走去。正在它俩玩得高兴的时候,小公鸡不小心被一块石头绊倒,顺着山坡滑了下去。当鹞鹰赶过来时,只见小公鸡那件漂亮的衣服被刮了一个长长的口子,它正在难过地哭呢。鹞鹰说:“老弟,别哭了,你趴在我的背上,我送你回家吧。”小公鸡说:“我的衣服坏了,妈妈会骂我的。”鹞鹰说:“你不要怕,我那儿有针线,缝好以后会跟新的一样。”

　　一晃十多天过去了,小公鸡的衣服缝好了,腿伤也养好了。它正高兴的时候,鹞鹰来了。小公鸡忙说:“谢谢你,鹞鹰哥哥,我的衣服缝好了。”鹞鹰说:“鸡老弟,你的衣服缝好了,快把针还给我吧。”小公鸡这才想起针不知放在什么地方了。它屋里屋外找了个遍也没有找到,便难为情地说:“鹞鹰哥哥,真对不起,你的针不见了。”鹞鹰一听,冲着小公鸡瞪起了眼睛,说道:“你要知道,那针是我家祖辈传下来的东西,你必须还我。不然,我饶不了你!"

几天以后,鹞鹰领着它的家人又来到了小公鸡的家,一进门就大声嚷道:"小公鸡,快把针还我!"鸡妈妈哀求道:"孩子,看在我们多年相好的份上,你就原谅我们这一次吧。""不行!今天要不把针交出来,就得给你们点儿颜色看看!"说着,鹞鹰一家就动起手来,把鸡妈妈和小公鸡狠狠地揍了一顿。临走时,鹞鹰恶狠狠地说:"告诉你们,如果不把针交出来,我和你们永远没完!"

直到今天,公鸡也没有把针找到。每当它们看到鹞鹰从远处飞来时,就吓得四处乱逃;当鹞鹰飞走以后,它们就赶紧跑出来连蹬带刨地找那根"倒霉"的针。

讲述搜集者:白平

整理者:乔振东

金凤凰

现在的肇州县丰乐镇从前是北大荒有名的小城子,人们叫它古城。

相传有一年大年三十,一只金凤凰落在古城,惩罚了恶霸地主张守财,给当地百姓出了一口气。古城的大财主张守财掠夺民财、欺压百姓,逼死了不少的穷人。王大娘老两口儿无儿无女,劳动一辈子,心肠极好。她的老头子被张守财逼债,含冤上吊而死,从此王大娘的日子便无法过了。

在这年的除夕之夜,王大娘望着空空的屋子,听见财主悬灯结彩的大院那边放鞭放炮,甚是热闹。自己家连顿饺子都吃不上,若是老伴儿活着,这个年怎么也能好过点儿。这时,她突然看见窗外红光闪闪,惊讶地推开屋门一看,啊!一只金光闪闪的金凤凰正立在院子中央,把院子照得如同白昼,全古城的人都跑出来观看奇光。有的说:"财神下界。"有的说:"八成是喜神临门!"说也奇怪,那只金凤凰见王大娘出来,就点点头,扇扇膀,从口中吐出来十颗金珠子。然后,叫了几声,展翅翱翔,飞向天空,消失在夜幕之中。王大娘喜出望外,走上前去,连忙把十颗金珠子捡了起来。她想:"人到难处总有救星,这一定是金凤凰帮助我过年。但是,过不起年的不只有我一家。"她连夜把金珠子送到小城子里贫穷的人家,每户一颗。他们说:"真的来了财神爷!"第二天都到集上买了好多过年用的东西,欢欢喜喜地过春节。

可是,这件事被张财主知道了,他立刻带了很多家丁,来到王大娘家,硬说她老头子活着时欠了他很多钱,要她赶快把金珠子交出来还债。王大娘与他们分辩,张守财一使眼色,家丁们一拥而上,把王大娘毒打一顿,抢走了王大娘的金珠子。王大娘叫天不应,叫地不灵,只好忍气吞声。

转眼间又来到新年,王大娘想起去年的除夕。她老人家为了感谢金凤凰,便跑到当院儿,边磕头,边流下了辛酸泪。口里叨咕着:"金凤凰啊金凤凰,去年除夕把我帮,多亏您的好心肠。可恨财主太狠心,抢去金珠把我伤。"说着说着,一道红光从天而降。啊!又是金凤凰!金凤凰落在她的身上,向她点点头,又吐出了十颗金珠子。王大娘急忙说:"金凤凰啊金凤凰,谢谢您的好意。"第二天,张守财闻讯赶来,带家丁闯进屋里。只见张守财两眼通红,闪着贪婪的目光,大声喊道:"老王婆!快把金珠子给我交出来还债!"王大娘骂道:"你这吃人的魔鬼,抢夺民财是何道理?"张守财狠狠地说道:"不交出金珠子,给我吊起来打!"

家丁们像疯狗似的架起王大娘,刚要用绳子绑,金凤凰从天而降,落在院子中央,大叫三声。张财主一见,心中大喜,心想如果能把金凤凰抓住,何愁没金子呢?想到这儿,张守财叫道:"快!快抓住金凤凰!"可是,没等他的话说完,金凤凰已腾空而起,在半空中盘旋着。张财主望着头顶上的金凤凰,垂涎三尺。眼瞅着金凤凰直奔他飞来,落在他的脑袋上。他正想抓住金凤凰,他的左眼已被金凤凰衔在口中吞下。他"啊"的一声惨叫,用手一捂左眼,右眼又被金凤凰吃掉了,两股血水从张守财的眼眶里淌了出来。张守财急喊:"射箭!射箭!"家丁们才反应过来,急忙向金凤凰射箭。可金凤凰把羽毛一抖,箭噼里啪啦地落在地上,张财主躺在地上疼得嗷嗷叫。家丁们无计可施,又怕自己遭殃,七手八脚地将张财主抬回家去。张财主因流血不止一命呜呼。

穷人们都来看王大娘,王大娘手托金珠子说:"金凤凰又给咱们送来了金珠子,还惩治了张守财,为民除害了。"说完,把金珠子分给了大家。百姓们说:"这回咱们古城人就能过上丰衣足食的幸福日子了。"于是,古城改名为丰乐(凤落)镇。

搜集者:苗树义

整理者:赵成玉

九头鸟

　　在北大荒流传着九头鸟的故事。从前有一条乌龙沟,沟北漫川漫岗,岗上林木丛生,沟南是一片肥沃的土地。岗下有一个小屯,住着十几户人家,他们多是给财主家扛活、耪青的,过着半饥半饱的日子。屯西有一座乌龙庙,庙旁住着一家,只有母子二人。妈妈六十岁了,儿子名叫石义,十九岁,为人憨厚老实,勤劳能干,每天上山打柴。娘俩虽贫寒,日子过得却舒心。

　　石义天天上西岗打柴,中午带饭。妈妈每天早早起来,打发儿子上山。他带的中午饭是两个大窝窝头和一块咸菜。

　　这天中午,石义该吃午饭了,便拿出窝窝头,就着咸菜吃起来。一个窝窝头还没吃完,就见一个白胡子老人从岗上走下来,拄着一根拐杖,颤颤巍巍地来到石义跟前,气喘吁吁地说:"小伙子,我实在太饿了,再也走不动了,你有吃的给我点儿吗?"老人边说边坐在树墩上。石义挺为难,自己刚吃了一个窝窝头,还有一个。给他吧,自己没吃饱;不给他,看他可怜巴巴的,很不忍心。最后,石义宁可自己挨饿,把那个窝窝头给了老人。这老人接过窝窝头大口大口地吃起来,吃完,啥也没说就走了。这天,石义因没吃饱,就提前回家了。

妈妈问："儿啊,今天咋回来这么早?"

石义说："中午没吃饱,饿得干不动了。"

第二天,妈妈给石义多拿了一个窝窝头。中午吃饭,那老人又来了,还是向石义要吃的。石义想,今天多带了一个,给他一个自己也能吃饱。可他没想到,自己的那个还没吃一半,老人的那个早已吃没。不等石义同意,他就把另一个也拿过来吃了。石义心想,这老人可真够实在的了,让他吃饱了也好,自己饿点儿算不了什么。好心的石义,一连几天都遇见这老人。

第五天,妈妈问："孩子,这几天你咋这么能吃啊?"石义把几天来遇见白胡子老人的事向妈妈说了。妈妈说："老人怪可怜的,两个窝窝头不值几吊钱,明天你再带几个,让他吃饱了吧。"石义听到妈妈的话,高兴地笑了。

第六天中午,老人又来了。石义乐呵呵地拿出两个窝窝头递给老人,说："老人家,吃吧。"老人没接,看着石义说："小伙子,你的心眼儿太好使了。今天我不要你的窝窝头了,这几天麻烦你了。我没什么谢你的,只告诉你一件要紧的事。最近要涨很大的水,你要注意看屯西乌龙庙前的大石狮子的两个眼睛。左边眼睛红了的时候,你赶快扎个大木排,准备好吃的;右边眼睛红了的时候,大水立刻就到了。"石义一听,大吃一惊,心里还有点儿不信。老人临走时又说："记住,在水里救什么都可以,就是不能救人。"石义说："谢谢老人家,我记下了。"

老人走了,石义半信半疑,想着老人的话,心里犯起嘀咕了,就提前挑着柴火回家了。他把这个消息告诉了妈妈,也传给了全屯,让各家都做好准备。

从那天起,石义虽然心里划魂儿,可是每天打柴来回路过乌龙庙时,都注意看一下石狮子的眼睛。一天、两天、三天,一晃七天过去了。第八天,石义挑着柴经过庙前,习惯性地扫了一眼石狮子。不好!石狮子的左眼红了,吓得石义出了一身冷汗。他撂下柴担,走上前去仔细看,用手摸。红了!真红了!他二话没说,撒腿就往家跑,把事情告诉妈妈。娘俩急忙把准备好的木头扎在一起,做成一个大木排,把吃的用的都搬上木排,做好了准备。这样又过了两天,石义见石狮子的右眼红了,他急忙把吃的用的都搬上木排。刹那间,天空乌云密布,电闪雷鸣,风雨交加。大雨整整下了一小天,傍晚时候,就听西北方向随着风雨雷声,传来呜呜声。往西北一看,咆哮的洪水扬着三尺多高的浪头,白亮亮地翻滚而来。石义急忙把妈妈扶上木排,片刻浪头滚进屯里,家里的小草房冒一股烟,倒了,房盖、木箱、草垛漂在水面,顺流而下。但是听不见哭叫声,只看到各家都坐在木排上,感激地看着石义。

石义和妈妈的木排顺流漂动,一直漂了两天两宿。这天一清早,石义站在木排上,看着四面的大水,心里难过极了。家没了,房子没了,往后的日子可咋过呀。正在他犯难的时候,就见从远处漂来一根大树,漂近木排才看清,大树上密密麻麻爬满了蚂蚁。石义想,蚂蚁也是生命啊,他就把大树拽到木排上。这天半夜,石义见河心有忽明忽暗的亮光。这是什么呢?他把木排靠近亮光,原来是漂在水上的一个小草垛,上面有一窝萤火虫。他把聚满萤火虫的草垛拽上木排。

第四天傍晚,石义忽然听到水里有人喊:"救命啊,救命!"石义一怔,不容思考,救人要紧。立刻想起白胡子老人的话:"救啥都行,不能救人。"可是哪有见死不救的。石义把人救上来了,一看是财主家的少爷,叫王恩。王恩千恩万谢,石义给他些吃的就把他留在木排上了。

到第五天,大水撤了,石义他们落在一片苇塘中,这时才看清方向,离乌龙沟七十多里地了。怎么办?到哪儿安家?三个人一商量,回老家也没地方待了,就在这儿安家吧。就选了个高岗,王恩帮助砍来些木头,搭起个小马架,三个人就住下了,接着又搬来十几户人家。王恩没家了,就和石义住在一起。从此,石义仍以打柴为生,王恩虽然没干过活儿,但也勉强种点儿地,维持生活。

有一天,石义在去砍柴的路上,忽然从家的方向刮来一股大黑风,上顶天,下挂地。眼看到了跟前,就听大风里有女人的喊声:"救命啊!救命啊!"石义听到后,随手把砍柴的大斧向黑风中扔去,就听大风里"嗷嗷"狂吼几声,黑风急速飞去。石义睁眼一看,顺着黑风的去向,滴答着一趟血印,滴出好远。他顺着血迹找去,在岗后树丛中血迹断了,原来,这里是一个洞口。

他趴在洞口看，里边黑洞洞的，很深，什么都看不见。石义心想："这是什么东西作怪呢？一定要把人救出来。"于是，急忙回家去找人。

他回到屯里，听妈妈说屯东老李家叫巧凤的姑娘被黑风卷走了，家里人正四处寻找。她家人说："谁能把姑娘找回，就给谁做媳妇。"石义找王恩商量，王恩动心了，但又想："进洞救人是件危险事，弄不好会把命搭上。但真要救出来，就白得个媳妇。"他眼珠一转，计从心来。

石义和王恩找来绳子、大筐，还抓了两只鸽子，来到洞口。王恩想："进洞危险，得叫他下去。"就对石义说："弟弟，你心眼儿活，办事周到，你进洞吧，我在洞口接你。"石义同意了，用绳子拴上筐梁，抱着鸽子，坐在筐里。王恩在上面放绳子，慢慢放下去。不到半晌工夫，忽然飞出个鸽子，王恩知道石义到底了，就在洞口守候着。

再说石义，落到洞底，下了筐，放出第一只鸽子。洞里黑得伸手不见五指，阴暗潮湿。他走啊走啊，约有半个时辰，前方出现一个亮点儿，越走亮点儿越大，再往前走，看准了，是个出口。石义走出洞，四下一看，只见这里另有一番景象，天空晴朗，百鸟鸣叫。又往前走，出现一排青砖瓦房，砖墙大院，两扇黑漆大门，真是青堂瓦舍。石义纳闷儿，这里竟有仙境般的景致！正想着，忽然听到"啪啪"的响声，仔细一看，门前小河边坐着一个十七八岁的姑娘，正用木棒捶衣服。姑娘见有人来，先是一怔，然后站起来问："哎呀，这位大哥从哪儿来？"石义打量着姑娘，她长得很清秀，从两只红肿的眼睛可以看出姑娘是在哭。石义断定，她就是巧凤，走上前说："你就是巧凤姑娘吧，我来救你。"巧凤一听，走上前拉住石义，哭着说："好心的大哥，快救救我吧。"接着，她叙述了经过。

"它是个怪物，用黑风把我刮来，要我给它做媳妇。我借口父亲刚被淹死，不过百天不能结婚。它同意了，对我不算太凶恶。每天叫我侍奉它，做饭、洗衣、干零活。每晚睡觉前，我给它捶背，发现它脖后有八个小包。昨天它喝酒喝多了，现了原形，原来是有九个脑袋的鸟，怪吓人的。它醉醺醺地对我说：'我有九个脑袋，只有第九个脑袋怕碰，碰了就没命。'"

"咱们想逃出去，必须杀死九头鸟。"

石义说:"这样吧,你把我藏在它的屋里,准备一把大砍刀,等它睡下,我砍它的脑袋。"巧凤说:"这儿很危险,你可要当心。"石义说:"你放心,我不怕,拼死拼活也要把你救出去。"

他俩正说着,就听"呜呜"刮起了大风。巧凤说:"这是它回来了,快进屋。"她把石义藏到九头鸟的床下,返身走出屋子,假装热情地迎接九头鸟。此时的九头鸟是个颇有几分才貌的年轻小伙子,见巧凤迎接,笑着说:"你今天为啥这么高兴?"上前拉住巧凤的手,走进屋里。突然,九头鸟皱起了眉头说:"好大的生人气,好大的生人气,有人来过吗?"巧凤回答:"没有啊。"巧凤急忙岔开话头说:"你饿了,走,吃饭去。"九头鸟看巧凤那股勤劲儿,也就不再问了。

这天,巧凤热情劝酒,九头鸟又喝多了,早早睡下。石义悄悄地出来,见九头鸟现了原形。它有九个脑袋,大的如人头,小的像茶碗。石义照准它的第九个脑袋用足劲砍下去,只听一声怪叫,一溜火光飞出屋去。石义拎着大砍刀追出屋,在房东头发现九头鸟被砍死了,他为乡亲除了大害。

此时,巧凤也跟出来,上前拉住石义的手,激动得流出泪米:"谢谢你救了我。"石义说:"不要谢了,此地不可久留,快走。"他拉着巧凤奔向洞口,沿原道进洞,到拐弯处找到大筐。两人坐不下,石义就叫巧凤先坐上,他放出第二只鸽子。王恩见鸽子飞出来,知道石义回来了,急忙用力往上拽绳子。拽上来一看,筐里坐的不是石义,而是一个俊秀的姑娘。王恩想:我得想办法叫她给我做媳妇。他眼睛一眨巴,想出道道儿了。他打发姑娘先走了。随后,他把绳子扔进洞,把大筐扔得老远,找块大青石板把洞口盖死,追姑娘去了。

再说石义,在洞口干等不见大筐下来,忽听绳子下来的声音,左摸右摸也摸不到大筐。石义心里明白了八九,是王恩想害死自己。"王恩啊王恩,你忘恩了。是我从水里救了你的命,你反过来要害死我。"石义想着家里有六十岁的母亲,以后没人照顾,心里很悲痛,哭了起来。忽然,耳边传来嗡嗡嗡嗡的声音,漆黑的洞里亮了许多。原来,是一团团萤火虫飞旋着,发着亮光,照亮了洞里的一切。

又爬来好多好多蚂蚁，数不过来是多少，排成大队，帮忙扒土运土。一会儿工夫，扒进三尺多深。扒呀扒，一下午工夫就透亮了。这时，萤火虫给石义照亮，石义走出洞，想起船上的事，小虫知恩报恩，而王恩却如此无情。他想着，奔回家去。

王恩回到屯里，先到巧凤家。巧凤先问石义回来没有。王恩说："他回不来了，我干等不见人，八成叫啥吃了。"巧凤痛斥王恩阴险毒辣，决不嫁给这样忘恩负义的人。正在这时，石义回来了。王恩大吃一惊，对石义说："巧凤是我领回来的，她应该给我做媳妇。"没等石义说话，巧凤说："石义为人忠厚，心眼儿好使，我愿嫁给他。"王恩一听，像泄了气的皮球，一股急火，没几天就死了。

石义和巧凤成了亲，巧凤对老人非常孝顺。石义妈十分高兴，第二年抱上了大胖孙子。小两口儿亲亲热热、勤俭朴素，一家人的生活充满欢乐。

讲述整理者：于超

"救军草"的来历

在黑龙江南岸，从呼玛到同江，沿岸到处可见一种生长迅速的小草，高七八寸，七八片嫩绿细长的叶子围着一根茎，捧着一颗红褐色的形状像松塔似的小穗。微风一过，成熟的种子就从穗中飘洒出去，落地发芽、生长。这种草一片连一片，长得十分繁茂，据说这种草七天就能重生一茬。当地百姓把它叫作"救军草"。

关于这种生长极快的小草，有一个神奇的传说。

据说，当年朱元璋登基当了皇帝，把元朝推翻了，那些野蛮的蒙古贵族跑到北方称王称霸，欺压百姓，弄得百姓不得安宁，还时常勾结在一起骚扰明朝北部边疆。朱元璋很生气，就派燕王朱棣带领军队讨伐他们。燕王出师以后，战必告捷，势如破竹。胜利冲昏了他的头脑，认为那些蒙古贵族不堪一击，再加上求胜心切，就长驱直入，忘记了远离京师，马草、军粮接济不上的问题。当他的军队到了黑龙江南岸的时候，马草、军粮都没有了，蒙古贵族的军队又切断了他的归路，军队就被围困在黑龙江南岸了。一些将领几次突围都没有成功，死伤惨重。将士们个个垂头丧气，无计可施。

燕王独坐在中军大帐里，愁眉苦脸，心想："粮草是军中命脉，现在已经草尽粮绝，又被敌军重重包围，全军陷入绝境，都怪自己轻敌。如何能挽救败局呢?"他越想越烦闷，不知不觉睡着了。朦胧中，他看见从辕门进来一位白发苍苍的老婆婆，手里提着一个用柳条编得十分精美的花篮，未等通报就直入中军大帐。

燕王施礼道："不知老人家来此有何指教?"老婆婆从容地说道："我敬佩你宽厚仁慈，今特来相助于你。"燕王听罢，长叹了一口气说："咳!都怪我行事鲁莽，害得全军将士陷入重围。今已走投无路，不知老妈妈有何高见?"老婆婆指了指手中的花篮说："你不就是缺粮草吗?你不必发愁。你瞧，我这篮子里是草，你可以把这草籽发给各营将士，让他们将这草籽在五营四哨三军的帐外种满，尽够军马食用。至于军粮，从明天晌午开始，我每天给你送一批来，你可以派兵到江边去取。切记，不要误了时辰。"说完，转身向外走去，燕王赶紧起身相送。瞬间，老婆婆踪影皆无，惊得燕王目瞪口呆。醒来后，出了一身冷汗。

燕王揉了揉眼睛，果见一个花篮放在桌上。他半信半疑地将全军将领召集到中军大帐，命令各将领将草籽种在帐外。这些神奇的草籽落地生根，三天就长得郁郁葱葱，微风拂过，层层绿浪。燕王满心欢喜，又派兵到江边寻粮。到中午时分，就见那江水无风浪起，在波涛中出现了数不清的大鱼，几乎把江面挤满了。大鱼接连不断地跃出水面，顷刻之间堆满了江岸。众军士欢声雷动，担的担，抬的抬，把鱼弄回军营，用来充饥。

燕王与众将士高兴得无法形容，全军将士精神大振，一举打败了蒙古贵族，取得了辉煌的胜利，扫清了蒙古贵族的军队。从那时开始，黑龙江沿岸留下了这种神奇的小草。

讲述者:张显方

整理者:王凤友

库里泡的传说

　　肇州西北新福乡和大同交界处有一个大泡子。原来，这个泡子不大，周围的狐狸特别多，人们叫它狐狸泡。叫来叫去，叫白了就成了库里泡。说起这个泡子，还有一个稀奇古怪的传说呢。

　　清朝时候，这个无名的水泡子周围是蒙古族的游牧地。清朝末年，大批汉人来到这里，开始拉网打鱼。鱼的个头还不小呢，个个活蹦乱跳的。

　　有一年夏天，下起了瓢泼大雨，三天三夜的工夫，泡子就扩大了一倍。有的屯子进了水，墙被泡倒了，屯子被迫扔了。水泡子上沿有个狐狸洞岗子，到处是狐狸洞，有五六十只狐狸在这个岗子上洞居，水大，有的狐狸洞都进水了。

　　这年冬天，有个姓李的开荒户，家里来了一个白胡子老头儿，上下一身青，进屋找到当家的说："我叫胡大海，家住泡子边。来年再长水，我们家就要被淹了。求你帮个忙，出一台大车，帮我搬一趟家，将来我一定重谢。"老李头儿也是穷人出身，挺好说话的，就说："好吧，什么时间去？"白胡子老头儿说:"今天晚上就搬。"到了晚上,老李头儿亲自赶一辆四套马车,向水泡子沿走去。过了李巴子屯,就见前面青堂瓦舍,亮堂堂的,人来人往。老李头儿觉得有点儿怪,这是自己眼皮底下的地方,怎么从来没见过这个屯子呢?正想着,那白胡子老头儿出来,赶着车进了一家大院,不一会儿连人带东西装了满满一大车。老李头儿赶着车,走了小半宿,来到了一个非常大的村子里。进了一个大院,就见眼前是一栋新盖的大瓦房。卸完车,老李头儿不大会儿就回到了家。回来之后,老李头儿犯了寻思。天一放亮,他就顺着马车印去找那个村子。过了李巴子屯,找到了停车的地方。老李头儿大吃一惊,原来这里是狐狸洞岗子。老李头儿心里想:"我是给狐狸搬家呀,倒要看看它们搬哪儿去了。"他沿着马车印向前走着,只见马车在狐狸洞岗子不知走了多少个来回。到了狐狸洞岗子,一个狐狸洞洞口的马粪还没冻呢。

老李头儿给胡大海搬家的事在周围传开了,人们也就把这个无名的泡子叫库里(狐狸)泡了。

讲述者:刘起里

整理者:王树文

喇嘛甸草原的传说

相传很多年以前，大庆一带渺无人烟，草原上的草齐腰，野兔、黄羊、狐狸、狼成群结队。

奉天①有一位谙熟养奶牛的老把式，为了把北方这一带草原探个究竟，他决定只身一人牵着头黑白花奶牛闯闯。临行那天，老把式的老伴儿为他做了一桌丰盛的酒席，老把式的两个儿子每人为老人做了一把刀刃锋利无比的钢刀，老把式把两把刀插在腰带上。酒过三巡，老把式让儿子给牛斟酒。那牛也不拒绝，让人往嘴里倒，一连喝了五杯，"哞哞"叫了几声。

第二天天刚亮时，老把式牵着牛出发了。他们日夜兼程，风雨无阻，向东北方向走去。出了一个山丘，就到了广袤无垠的大草原了。老把式惊喜若狂，他放开牛，让牛尽情地吃草。每到晚上，老把式就开始挤奶，每走一天挤一次，每次挤完，老把式就用钢刀在铁桶里面刻上记号。老把式天天靠牛奶充饥。也不知过了多少天，老把式牵着黑白花奶牛来到了一片颜色墨绿

---

① 奉天：沈阳市旧称。

的草原上,草又高又壮。草原的中间是个大洼子,里面有一个大泡子,水发黄,浑浆浆的。老把式凭经验断定,这是个大碱泡子,周围的草一定含碱多,牛吃了保准出奶多。果不其然,那黑白花奶牛在草原上头也不抬,足足吃了大半天。晚上挤奶时,挤得比哪天都多,两只铁桶几乎满了。老把式兴奋地高喊起来:"好草!好草啊!"老把式兴奋得几夜没睡好觉。他决定赶快回奉天,同乡亲们报告这个好消息。可他又为难了,带着牛回去,要浪费很多时间,不带着吧,老把式也舍不得。正在他左右为难的时候,那黑白花奶牛摇了摇头,然后趴在地上不起来了。老把式说:"跟我回去吧,我再困难也舍不得丢下你呀!"那牛一个劲儿地摇头。老把式边说边掉下了眼泪,那牛也掉下了眼泪。

第二天一早,老把式含泪吻别了黑白花奶牛,一个人上路了。

老把式走了没有多久,一群饥饿的狼发现了趴在地上的黑白花奶牛。于是一拥而上,咬死了奶牛,吃光了肉。黑白花奶牛死后,遗骨就散落在死去的地方,也就是大泡子的南沿。时至今日,黑白花奶牛死去的地方寸草不生,人们说那些草是专为奶牛死去而死去的。

老把式发现的泡子,相传就是现在的让胡路泡。草原就是喇嘛甸草原,是广阔的红色草原的一部分。

第二年,老把式率领几十名乡亲,从奉天到大庆这一带扎根养奶牛。

讲述者:张国禧

搜集者:吴志平

泪泉河

北大荒有个村子,靠山环水。这山不算高,村民们靠它打猎、烧柴。这水也不算大,村民们用它做饭、灌田、饮牲畜。

这水只不过是一条不起眼儿的小河,外地人不知,当地人都叫它泪泉河。提起泪泉河,还有一段神奇的故事呢。

很早以前,这里住着几户人家,都以打猎为生,日子还过得下去,最使村民们发愁的是缺水。平常年景,水是够用的;若遇到连年干旱,吃水就十分困难,要到十几里以外去担水,要翻过几座山,非常艰难。加上那条河归财主贾善人管,他动不动就向吃水人勒索财物,逼得村民们难以聊生。

村中有一家,有母子二人。母亲多病,儿子幼小,母子俩哭哭啼啼地过苦日子,所以给儿子起名叫泪哥。泪哥虽小,但挺懂事,八九岁时就帮着妈妈做活儿,常跟妈妈一起去担水。担水的劳苦、财主的欺压,泪哥都看在眼里,记在心上。他常跟妈妈说:"我们挖个井不就好了吗?"妈妈一次又一次地跟他说:"孩子,你还小。挖井哪有那么容易? 你爸活着的时候和村民一起挖过井,挖了十几年,井不但没挖成,还搭上了性命。"听了妈妈的话,泪哥并不灰心,总是琢磨挖井的事。

泪哥十五岁那年,天天晚上背着妈妈一个人去村头挖井,妈妈问他去做啥,他总是说去向人家学字。半年过去了,井还是没有挖成。一天,泪哥挖着挖着,就听井底下有人说话,声音很小,听不清说什么。他继续往下挖,只听铁锹"咣啷"一声,用手一摸,下面是一块石板,挖不下去了。他就坐下来想办法,好半天也没有想出什么好办法。这时,又听到井底有声音。他低下头仔细听,隐隐约约地听到细细的女子声音,在说:"泪哥,石板你是挖不透的。"泪哥问:"你是谁? 怎么知道我的名字?"那女子又说:"我是泉妹,是龙王的侄女。因私自下凡,被贬在此,受罪百年。临走时,龙叔对我说,泪哥是我的救命恩人。果真是泪哥来救我。"泪哥问:"你快说,用什么办法救出你?"泉妹说:"办法只有一个,那就是用你的左手中指开石板左边的铁锁,每天开七次,每次中指在锁里左转七七四十九圈,再右转七七四十九圈,不许间断,一连开七天。"泪哥听了十分高兴,坚定地向泉妹表示:"泉妹你放心,我一定照你说的办法去做。"泉妹说:"谢谢你,泪哥!"泪哥再问下去,一点儿回声都没有了。泪哥又高兴又惊奇,就兴冲冲地回家去了。

说也凑巧,泪哥回到家里一看,妈妈病倒在床上了,饭不吃,水不饮。这可愁坏了泪哥。怎么办呢? 是在家看护妈妈,还是去开锁? 想来想去,没有办法。他当天晚上弄来了草药,熬了,给妈妈喝下,妈妈的病情有些好转。他最后决定,把妈妈托付给邻居大娘看护,自己毅然走出家门。

泪哥去开那把救命锁。

开第一次,手指肿了;开第二次,手指破了;开第三次,手指鲜血直流。第二天、第三天过去了,手指上的肉掉了,第四天手指的骨头被磨断了。开到第七天,泪哥已经筋疲力尽了,几次晕倒过去,再爬起来,继续开锁。到了开最后一次时,他昏过去了。朦胧中听到轰轰隆隆的响声,接着就是一声惊雷般的巨响。泪哥被惊醒,他急切地向石板看去,眼前出现一条光芒耀眼的彩带,像是一道彩虹。定眼细看,石板被掀开了,下面有个石匣,石匣里盛满了鲜红的血水,血水中有一条正在苏醒的金鱼。那金鱼摇头摆尾,好像是对他表示谢意。泪哥起身搬走那石匣,石匣下面突然涌出一股急流,和血水混在一起,刹那间便充满了井口,向远方流去。再看那金鱼,跃上天空,头也不回地飞走了。

泪哥看着那由深红变浅红,忽而变得清澈透底的泉水,喜上心头。喝上一口,顿时觉得全身血管里都充满了甜味。他站起身来,张开双臂仰天大叫:"水来了!水来了!"

等泪哥想起要回家时,疲倦的身子像一摊泥瘫在地上,直不起身来。但是,当他想到村里人再也不愁没水的时候,又打起了精神,踉跄地走回家去。这时已是半夜时分。

当他走进家门时,眼前的情景使他惊呆了,简直是不敢相信自己的眼睛了。是谁家姑娘站在妈妈面前?好漂亮的女子!大大的眼睛,鲜艳的上衣,粉红色的裙子,搭眼一看,活像那条金鱼。正在他发愣的时候,那女子说话了:"泪哥,你还愣什么,快进来!我是泉妹呀!"泪哥恍然大悟,急步走向前去。先是问妈妈好,接着便和泉妹唠个不停。

传说,他们俩成了一对夫妻。人们为了纪念他们,把这条用血和泪汇成的绕城河起名叫泪泉河。

讲述者:王凤

整理者:赛奎胜

林甸为何无林

在很久很久以前,林甸生长着茂密的原始森林。森林里生活着凶猛的老虎、狡猾的狐狸、灵活的野兔、跳来跳去的小猴、成天几乎一动也不动的蟒蛇……传说,在密林深处住着一只金凤凰。这只金凤凰不但世世代代保佑着林甸这片土地四季平安、风调雨顺,而且还是无价宝。人们只要得到它身上的一根羽毛,就可以随心所欲,要啥有啥。因此,许多年来,不少人冒着危险走进密林去寻找金凤凰。可河水不知冻了多少回,又化了多少回,那些找金凤凰的人一个都没回来。人们不知道他们在森林中迷了路还是遇着了什么危险,每逢年节,人们都点起几炷香,求金凤凰保佑他们平安……

就在森林边上,住着一家姓齐的大财主,他发誓要把金凤凰弄到手。可齐老财想尽了花招,也没有见着金凤凰的影儿。齐老财这个急呀,他想了三天三夜,终于想出了一个办法——用火烧。

齐老财想:"哼!你金凤凰再厉害,也架不住火烧,只要你一被火烧出来,我就能抓住你。"在一个伸手不见五指的黑夜,齐老财逼着十多个扛活的在森林中点着了火。

这下可不得了了！大火连天接地地烧了起来，森林中的鸟兽惊慌失措，四下逃命。齐老财可咧开他的大嘴乐了。他想："金凤凰这下可跑不了了。"大火足足烧了半个多月，可还没见着金凤凰出来。齐老财等不了了，忙三火四地朝森林深处走去。他刚刚走出去不远，忽然，一个火球落在他的身上，一下子烧了起来。齐老财吓得哇哇叫着四处乱跑，他越跑火烧得越大。最终，齐老财被活活烧死了。

齐老财死了，那片一望无际的大森林也被烧光了。金凤凰再也不能保佑这一带风调雨顺了。

讲述整理者：王志武

刘高手屯的来历

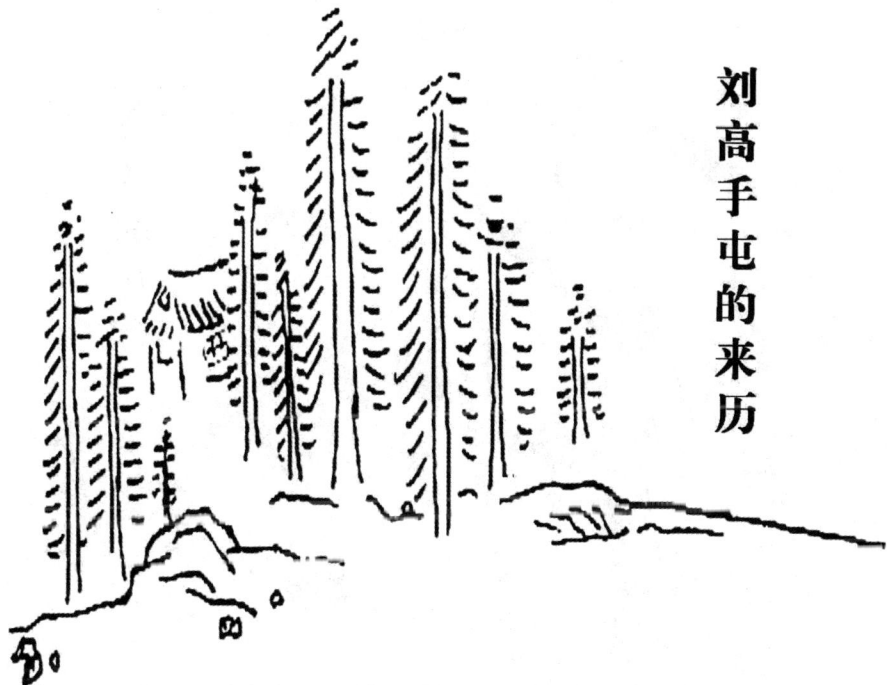

大庆市光明村以南,有个不太大的小屯叫刘高手屯。提起这个小屯,还有一段有意思的故事呢。

据说很久以前,这个小屯是一个生活富裕、水草丰盛、牛羊成群的好地方,很多人都从很远的地方搬到这里定居。就在人们生活安定、丰衣足食的时候,不知从什么地方来了一群强盗。他们像野兽一样,杀人放火、抢东西,使百姓的生活不得安宁。百姓们想尽办法也阻挡不了这些强盗,很多人不得不远走他乡。在小屯面临着毁亡的危急关头,从山东来了一伙人。领头的是一个姓刘的强壮的大汉,因为他有一身好武艺,人们都称他刘高手。当他得知屯里的百姓受到强盗迫害时,很是气愤,就把这些害人的强盗全部消灭,使这个小屯重见光明。这里的百姓很感激他,也很尊重他。为了表示对他的敬意,大家都提议这个小屯用他的名字命名。从此,刘高手屯这个名字就流传下来了。

搜集整理者:刘志琦

龙凤的传说

一

龙凤最初是由龙凤站而得名。早先,这里是一个没有名字、只有不到十户人家的小屯子。龙凤是咋来的呢?这里有一个奇特的、催人泪下的故事。

从前,在北大荒那片古老而又广袤的草原上,有一个小屯子,稀稀落落的不到十户人家。在那散乱的小屋之间都长着翠绿色、散发着清香的野草。每到春暖之时,青草繁茂,野花盛开,微风吹来,绿草、野花一齐摇摆,宛如彩锦,令人心旷神怡。

距离这个屯子六七里有一个董家屯,屯子边上有一个狐仙堂,有两个狐仙住在那里,一白一红。每天傍晚,他们就在狐仙堂里炼丹,他们相对而坐。火狐狸嘴里吐出一连串的蓝球,白狐狸嘴里吐出一连串的红球,每天炼二十分钟。

狐仙堂旁边有个小池塘,池塘里有各种鱼,还有青蛙,它们藏在水里,每当夜幕降临,这里便会出现一场混声大合唱,可动听了。

四屯八围的人都到这里求神仙保佑。这个小屯子里住着一家姓张的人家,男的叫张家仁,女的叫张王氏。他们十几岁就成亲了,到了三十多岁还没有孩子,两口子想孩子想得不得了。这可咋办呢?张王氏天天哭,把眼睛都哭成了风泪眼。张家仁和他的妻子过十几年,也打骂十几年。他大骂妻子不是好女人,妻子认为自己理亏,从不吭声,默默地忍受着侮辱,天天乞求神灵保佑,希望能早得一子,改变一下自己的处境。

张家仁急得像热锅上的蚂蚁,他四处求媒,想再说上一房。张王氏得知这件事,暗暗犯了寻思:"以前受气倒也罢了,总算就我一个,他打是打,该疼也疼,还算是知冷知热,上来一阵儿,对自己还不错。如果有了第二个,那自己的命运可就更苦了。天呢,得想个啥法子呢?"这一天,她正在犯愁,突然从门外传来了郎中的吆喝声,她无心去理会。这么多年,她也没少求医问药,都说包治包好,可哪个郎中也没治好她的病。一想到吃药的滋味,直往上反苦水,她早就灰心了,倒不是怕受罪。过了一会儿,郎中又走过来了,喊声更大了,直震张王氏的耳膜,好像扒在她耳朵上叫喊一样。张王氏此时正穷途末路,索性试上一试。她让郎中进屋,只见这个郎中鹤发童颜、白须飘飘,一脸慈善相。他上下打量了张家仁妻子一番,说:"药能治病,但治不了命啊,你去狐仙堂求神仙吧!他能帮助你。只要你心诚,会感动神灵的,他能赐给你一个儿子。"张王氏一听,甚是感动,忙给老郎中磕头。可当她一头磕下去,老郎中却不见了。她跑到外面一看,天上的一朵祥云之上传来老郎中的笑声……

张王氏挎着一篮子炒菜和馒头,拿着香烛上路了。她一路打听着,找到了狐仙堂。

她上了香,跪在地上,双手合十,拜了几拜,嘴里默念着:"狐仙在上,请你保佑我早得一个儿子。"一连几天,她都虔诚地去上香。有一天,她正在念叨,突然,一个声音从香案里传出来:"在你们家房后有一片树林,你在早晨太阳没出来的时候到那里去,在林中芳草里,有一朵奇异的红花,它红得特别,与众不同,你把它带着露水采下来,放进我堂旁边的池塘里。然后,你挖地三尺深,就会看到一个小铁盒,你把那盒里的东西喝下去,再用黄酒冲刷一下,也喝了,你就有孕了。"

"什么样的花呢?"张王氏自言自语着。

"你看!"张王氏寻着香案里的声音抬头望去,只见一朵水灵灵的大红花在香案上跳跃。张王氏一把抓过去,花一闪,没有了。

她禁不住心头大喜,牢牢地记住了。

第二天一大早,太阳还没出来,她就来到房后,只觉得寒气逼人。往树林里一望,沾着露水的野花争相开放,个个都很耀眼。她找啊,找啊,眼珠子都快掉到地上了,也没找着那朵大红花。太阳出来了,露珠消失了,张王氏只好回家了。第三天一早,张王氏又出来了,刚一进树林,"嗖"的一阵冷风吹来,她直打哆嗦。她全然不顾这些,一心一意地找那朵花。各种野花千姿百态,就是没有那朵奇异的花。她的眼睛瞪得生疼,扑通一下跪在地上,连连磕头,念叨着:"大慈大悲的狐仙啊,保佑我吧,让我找到那朵命根子花。"她的话音刚落,从树林里传出一个声音:"你的诚心已打动了神灵,那朵艳美的花正向你微笑,只是一层白雾遮住了你的双眼,使你看不到它,你赶快用清水洗一洗眼睛,那朵花就会显现在你的面前。"张王氏一听,心想,原来是这样。赶紧回家舀了一瓢凉水,反复洗了好几遍,顿觉眼睛一阵清凉,从结婚到现在,眼睛从没这么好受过。她一出门,啊!风泪眼好了,也不流泪了。她高兴地往树林里跑。可刚一进树林,太阳出来了,她只好失望地回去了。第四天,出来得更早,天黑得伸手不见五指。她坐在露水淋淋的草地上,耐心地等着,有几分忧虑,又有几分着急。露水湿透了她的裤子和鞋,她一点儿都没觉得凉。天刚一亮,她赶紧走进树林,比前几次更认真,也更紧张。找了半天,还是没有。心里直骂自己:"张王氏啊,张王氏,你人不争气,眼睛也不争气吗?"直觉四肢无力,差一点儿瘫倒在地上。这时,她想起了狐仙的话,强支撑起来,在杂乱的草丛中寻找着。突然,她眼睛一亮。啊!看到了!草丛掩藏着一朵水灵灵的大红花,花瓣上的露珠晶莹清澈,和堂中那朵奇花一样。张王氏一阵小跑直冲到红花跟前,刚要伸手去摘,竟人事不知。不知过了多长时间,张王氏睁开眼睛,只觉眼睛发涩,四肢酸软,用手一摸,花还在那里。张王氏按照狐仙的忠告，悄悄地把它送到池塘里。回来后，她找了一把铁镐，"咚咚咚"地刨开了，刨着刨着，只听"当"的一声金属撞击的响声。张王氏心头一喜，弯下腰来就用手扒，一个别致的四方金属盒出现了。颜色是银白色的，四面雕有人物图案，张王氏好奇地看着，正对着她眼睛的那一面，刻的是一个小脚女人盘腿打坐，怀里抱个小孩儿。她把盒子转过来，露出了和抱小孩儿的妇女正对着的这个面，刻的是一个新郎官模样的青年男子，头戴乌纱帽，身着红色长袍，做着请的姿势。张王氏疑惑不解，心想："这两个人是一家的吧。"急忙又把盒子转动了一下，露出了另一个侧面的图案，上面刻着一个蒙着头红、坐在凳子上的新娘。这个新娘肯定是抱小孩儿的妇女了。张王氏心里暗暗叫起苦来："看人家多幸福啊，当了新娘就抱孩子。"她急切地想知道最后一面是啥，便赶忙又转动了一下。出现在她眼前的是两个青年男女拥抱在一起，男的是那个新郎官，女的正是那位新娘。张王氏顿觉满脸火辣辣的，急忙把眼睛闭上。这时，一个声音响在耳边："赶快喝下去！"张王氏赶紧打开盖子，一股气体冲出，然后是一阵泡沫，吓得张王氏直往后退，不敢喝，有心重新埋上，一想盼子心切，怎能错过机会。她把眼睛一闭，一饮而尽，拿起镐回家去了。一进屋，直觉筋疲力尽，天旋地转，一头栽倒在炕上，脸上顿时连血色都没有了，躺在炕上折腾起来。

原来，那鹤发童颜的老人正是狐仙的化身，他吃了隐身丹，一直跟着张王氏。他见张王氏忘了喝黄酒，以至于折腾得面无血色，连连摇头道："唉，此人不可救药，灾难躲不了了。"正叹息间，一个红衣淑女飘然而过。"不好！玉凤投错胎了，这个无辜的女孩儿受母牵连，将蒙受大难。不行！得派人保护她。"狐仙一翻手，把一条青龙降到人间。

二

张家仁妻子怀孕了，二房妻子小天仙也娶进了门。一转眼已是十月怀胎。这一天，张王氏突然肚子疼，觉得肚子里有个东西一蹬一踢的，张家仁赶紧找来接生婆。接生婆一看要临盆，急忙吩咐家里人快点儿准备，把他们忙得团团转。张王氏躺在炕上痛苦地呻吟着。约有一顿饭工夫，接生婆说："要生了。"撺张家仁出去。起初，张家仁不肯出去，终究拗不过接生婆。约有半个时辰，一道红光落在院子里，照得满院通红。孩子落地了，哇哇地哭着，不知道她是不愿到人间来，还是给门外的父亲送信。当然，小孩儿一落地，总是要哭的，可是这个孩子的哭声竟让人起鸡皮疙瘩。人们都瞪大眼睛观察是女孩儿还是男孩儿，除了接生婆谁也没注意到那一瞬间的奇景。接生婆毫无顾忌地喊起来："啊呀！我的妈呀！敢情这女孩儿倒是个有福的人呢！"她还没唠叨完，忽听张王氏的笑声，赶忙住了嘴。

张家仁听到孩子的哭声，心里的石头落了地，拔腿就往屋里跑。

三

离这个无名屯十来里的地方，有一个刘家屯。这个屯子里住着李发财、李刘氏夫妇，他们和公公、婆婆一起过，一家四口，日子很和美。李刘氏很勤劳，街坊四邻都夸她是百里挑一的好媳妇。

一天，有二十个猎人一起追一个高大的东北虎。这只虎跑到一块沼泽地里，咋也跑不出去了，就像迷了路一样。这二十个猎人一起瞄准它，就在千钧一发之际，一个南方人从这里经过，捡起一块石头朝老虎正前方扔去。老虎惊起，顺路逃跑了。以前有句俗话："山洪暴，寒风暴，不如猎人的脾气暴。"这些猎人气得直跺脚，破口大骂。有一个人把南方人的脖领子拽住，对准他的胸口扬起了拳头。"且慢！"南方人喊着："听我说清楚。"那个人顺势一推，用鼻子哼了一声："好吧，等你说清楚了，老子再扒你的皮！"南方人稳了稳神，慢慢地说："这块地能成为风水宝地，但需要你们二十个人的命。把你们和老虎一起葬在这里，这儿就是宝地了。我不想让你们死，扔一块石头救了你们，就破了这块风水宝地。""胡说，我们咋会死，难道老虎会把我们吃了再自杀？""这位大哥，此话差矣。你们几个都能射中老虎，老虎会就地身亡，可子弹都得崩回来，你们也得死。"猎人们眼睛瞪得大大的，都听呆了。南方人瞅了他们一眼，又说："二十又一，这个一就是老虎，是头头儿的意思。

谁家在这里盖房子、挖坟茔,下辈子肯定能做官。"

　　猎人们不吱声了,都佩服地点着头,感激南方人的救命之恩。

　　老虎拼命地跑着,和来河边洗衣服的李刘氏迎面相遇。李刘氏吓得出了一身汗,猛一躲闪,老虎扭头把一口白烟喷到李刘氏的脸上,她只觉得有一股甜丝丝的东西灌进了嗓子里。这情景被南方人看在眼里,他自言自语地说:"哦,这风水让此妇人得了,她会生一个贵子的。"

　　其实,这口白烟正是那条降到人间的青龙,南方人、虎、猎人都是神仙安排来掩护青龙降世的。

　　就在张王氏生女孩子的同一天,李发财家生了一个男孩儿。

　　头天晚上,李刘氏的公公做了一个梦:一个鹤发童颜的老头儿送给他一条青龙。李刘氏的公公读过书,觉得很奇怪。第二天早晨,一道红光把他惊醒了,恰好从隔壁儿媳房里传出了小孩儿落地的哭声。老头儿意识到,这孩子不是凡人,起名李化龙。

　　李化龙是这个家里的头一个晚辈人,爷爷、奶奶喜欢得无可无可的,父母就更不用提了。这小子长得着实惹人喜爱,有一双蕴含着聪颖、智慧的大眼睛,连小嘴长得都那么逗人。家里人瞅着他,乐得眼睛都眯成了一条缝。

四

　　张王氏生了个闺女,不但没给她带来好运气,倒带来了灾难。张家仁顿时火冒三丈,劈头盖脸地打了张王氏一顿。这下可美坏了小天仙,她在一旁幸灾乐祸,还大模大样地吃着为张王氏月子里准备的食品。张王氏气得死去活来,哭得像个泪人似的,从生下孩子,不到半个月,瘦成皮包骨了。奇怪的是,孩子吃得胖胖的,长得就别提多俊了,一双美丽的凤眼亮亮的,圆圆的小脸蛋儿白里透粉,没满月就会哈哈笑,好像还会咯咯咯地和人搭话。特别是一冲张家仁笑,张家仁的心都被抓去了,乐得他不知咋样好,一下子勾起了父女之情来。无论咋说,到底是他的亲骨肉啊。他忽然感到对不起她们母女,也许是良心发现,开始对她们母女倍加爱抚,命令二房老婆小天仙端屎端尿,一天做五顿饭。把小天仙埋汰得一天吐好几遍,还得小心地侍候着。

张王氏命薄福浅,孩子刚满月,她就气绝身亡了。临死前,她求张家仁给孩子起个名字,说将来到阴曹地府好去寻找女儿。张家仁咋能不满足她这点儿可怜的要求呢?他想起了生这女孩儿那天,房前大树上有个凤鸟在叫,就给孩子起名叫巧凤。

五

巧凤刚满月就死了妈妈,开始还好,她爹可怜她,处处精心照料。小天仙可自认倒了霉,一天三遍牛奶,张家仁不让她碰女儿一手指头。可男的到底不常在家,等张家仁一走,小天仙不顺心就搡搭巧凤,但终究不敢给她气受,怕张家仁知道。可好景不长,巧凤刚两岁时,小天仙给她生了个弟弟,这下可苦了巧凤了,三天不挨一顿打,四天早早的。邻居们都看不下去,气得背地里直骂小天仙是女妖。但一家不管两家子事,谁也不好干涉。巧凤五岁时,后妈又生了个小弟弟。这下巧凤可倒了大霉了,弟弟的尿布都得她洗,连小天仙的内衣裤都得洗,收拾屋子,倒尿盆,她笨笨卡卡地干。等到她七八岁时,小天仙把做饭都推给她了。巧凤每天都累得腰酸腿疼的。

六

年纪小小的化龙聪明伶俐。爷爷和爹爹都有点儿文化,化龙刚咿呀学语,爷爷就教他识字,化龙一学就会,五岁就会作诗,亲戚和朋友没有不夸他有出息的。李化龙看起书来就像着了魔似的。七岁时,他突然提出让父亲给请个先生,他家虽然不算太穷,但要请个先生是咋也请不起的。化龙干着急没办法,背地里偷偷地流泪。

真是无巧不成书。化龙的一个做生意的远房亲戚押货路过刘家屯,就在他们家歇脚,排起辈来,化龙得管这个人叫表叔。表叔见化龙聪明好学,非常喜欢。于是,问李发财:"大哥,这孩子是做大事的料,不让他跟先生读书,不就误了吗?"听他如此说,李发财叹道:"没钱啊!""原来是这样。我有个不争气的儿子,比他大点儿,请了个先生在家教他,让化龙也一块儿去学吧。"

化龙的身下是个妹妹,家里就这么一个小子,大人们都有点儿舍不得他走。但想到孩子的将来,就千恩万谢地把化龙送去了。

化龙有了这样的学习机会,别提有多高兴了。他和表哥一块儿读书,特别努力,除自己学的书外,就连先生教表哥的书,他在旁边听着,也全都精通,把先生喜欢得当作自己的儿子一般。他看出这孩子一定会有出息,白天教他学习诗文,晚上教他习武。化龙不管学啥都那么认真,十五岁时,就文武双全了,初次应考就中了一个秀才。于是,辞别先生,回到了家。

这时的化龙已是一个才貌双全、风度翩翩的美少年了。久别重逢,全家人的高兴劲儿就甭提了。

父亲对他说:"化龙啊,我已替你找好了一个差事,从今以后,你就去看果园吧,白天、黑夜都住在那里,让你妹妹给你送饭。那里空气新鲜,而且肃静,没人打搅,你可以一边营生,一边用心读书,也好挣些盘缠,准备明年赶考。"化龙满心欢喜,打点行装,准备去看果园。

七

岁月如梭,巧凤也出落成一个十五岁的漂亮姑娘了。可真是人不养人天养人,巧凤挨打受骂,吃剩饭剩菜,整天干粗活儿,长得却十分标致。小天仙呢,啥也不干,倒也养得白白胖胖的,说她胖,倒不如说她臃肿更恰当。按理说,四十来岁的人了,胖是福分。可她却偏要老来俏,成天用巧凤的身材和自己的胖身子做对比,嫉妒得都快发疯了,于是整天变着法子刁难巧凤,天天寻机捉弄巧凤。她绞尽脑汁,终于想出了一个馊主意:她让巧凤出外去挖野菜。小天仙暗暗嘀咕:"哼,姑娘大了,跑出去哪有不惹出麻烦的,到那时我再收拾你。"她这样一算计不要紧,巧凤又多了一样活儿。

八

且说化龙背着行李、拎着书箱往果园方向走去。这时候,正是北国的春天,风和日丽,嫩绿的小草刚刚破土而出,树木的枝条已由黄变绿,大地孕育着一片生机。化龙慢慢地走着,贪婪地吮吸着春天的芳香,觉得浑身舒舒服服的。树林里的小鸟叽叽喳喳地叫个不停,远处池塘里传来青蛙的叫声,多么美妙的大自然啊,这里竟有这样和谐的音乐。他情不自禁地吟起诗来:

> 离别家乡岁月多,
>
> 近来人事半消磨。
>
> 唯有门前镜湖水,
>
> 春风不改旧时波。

吟诗的声音惊动了在路边地里挖野菜的巧凤,巧凤听得入了迷,竟站起来寻声张望,自言自语道:"这么动听的声音,好像在哪儿听过。"

化龙大摇大摆地向这边走来,觉得有一双灼人的眼睛在望他,猛抬头,正和巧凤的目光相对,两人不约而同地把头低下了。化龙默念道:"啊呀呀!莫不是仙女下凡。"巧凤身穿一套红色的家织布衣服,虽然补丁摞补丁,却干干净净、板板正正,显出柔和的曲线美来。化龙的心禁不住怦怦乱跳,想继续赶路,这脚咋也不听使唤,眼睛不由自主地往地里瞅。化龙知道,自己的心已经飞向姑娘。他索性站住,脸朝姑娘,高声吟道:

"窈窕淑女,君子好逑。"

说也怪,巧凤大字不识,却懂诗。她一听,顿时面红耳赤。其实呀,巧凤第一眼就看中了这个英俊的小伙子,只是出于胆小、害羞,她不敢抬头。听小伙子如此说,心里这个乐呀。她忙抬头瞅了化龙一眼,一股幸福的暖流倏地传遍了全身。

化龙认为会遭姑娘一顿骂,没想到姑娘给他的却是深情的一瞥。他胆子大了,信步向地里走去。巧凤听见脚步声,吓得心直翻个儿,拎起篮子,转身跑了。化龙失望地摇了摇头道:"无可奈何花落去,一片寂寞。"

巧凤连头也不回地往家跑。一进院门，禁不住回头瞅了一眼，一看后面根本没人，原来是一场虚惊，不免有些后悔。不知咋个鬼使神差，她又走出院门，往草地那个方向望去，连小伙子的影儿都没有了。她好像丢了魂儿一样，心里空空的。巧凤怕露了马脚，装作没事人一样，悻悻地进屋了，忙烧水做饭，来掩饰心里的不安。

九

话说巧凤自从那日见了化龙一面，咋也忘不了。每次到地里挖野菜都希望能和化龙碰上，有时竟忘了挖野菜，傻愣愣地朝大道上望……此时，化龙正在果园里，她哪里能见到他呢？

树叶落了，被北风刮得遍地都是，和大雪掺杂在一起。巧凤还是没有见到化龙。

巧凤日思夜想。这一天晚上，她刚一躺下，就不知不觉地睡着了。一只流着眼泪的蛤蟆说话了：

"凤大姐，救救我吧。"

"你咋了？"

"我得罪了东海龙王，它现在派虾兵蟹将追杀我。"

"我咋救你呢？"

"你找一个小铁盒，放上水，把我装进去。我在你们家待上一冬，就得救了。"

巧凤从梦中惊醒，隔窗一看，月落星稀，正是午夜。心里念叨："啊呀！这可是个灵梦啊！"心里有事，咋也睡不着了。

好不容易熬到了第二天早晨，巧凤出门抱柴火，发现了一只已奄奄一息的蛤蟆躺在柴堆旁。巧凤上前一看，正是夜里梦见的那只。她赶紧把蛤蟆捧进屋里，找了个小铁盒，装上水，偷偷地藏在厨房的旮旯里了。

蛤蟆住在家里，巧凤把饭菜省下给它吃。过了半个月，有一天，巧凤又给它送饭，蛤蟆说话了：

"凤大姐,等明年清明节,你就把我放了吧。那时,我会帮助你。"

转眼到了开春,巧凤用手指掐算着,还有十二天,蛤蟆就得救了。别提多高兴了,可又有点儿舍不得让它走。

哪知天有不测风云。这一天,小天仙犯了馋病,说巧凤做饭不好吃,自己到厨房做小锅吃。她平时根本不下厨房,找鸡蛋找不着,找鸭蛋也找不着。东翻西翻,一下子翻出了装蛤蟆的盒子。她眼珠一转,计上心来。当天晚上,等巧凤睡着了,她把蛤蟆捞出来,扔进了巧凤的被窝,张牙舞爪地把张家仁推醒了,恶狠狠地说:"看看你的闺女,给我们丢人现眼。"张家仁气得直翻白眼,厉声叫道:"给我滚。"小天仙一听,心里乐开了花,暗想:有你这句话就行了。忙去外屋取来菜刀,向巧凤右手砍去。钻心的疼痛惊醒了巧凤,还没等她明白过来是咋回事,小天仙又砍去了她的左手,随即把巧凤撵出家门。

巧凤迷迷糊糊地往前走,经过一片片草地和树林,累得两腿酸软,饿得肚子直响。上哪儿找点儿吃的呢?荒山野地,前不着村,后不着店,没有人家。她无可奈何,只好继续赶路。一阵大风刮得地动山摇,呼啸的风声夹杂着各种野兽的吼叫声,像山泉在呜咽,又像人的哀号,还像大海的咆哮。巧凤吓得直打冷战。

"哈哈,我没说错吧!老远就闻着有股美人味。"

巧凤寻声望去。"呀!"吓了个半死。在半空中悬着一个庞然大物,青面獠牙,长着九个脑袋,十八只绿色的眼睛把夜空照得通亮。巧凤的眼睛被刺得生疼。谁知,听到这声音,巧凤原本慌乱的心倒平静了,不怎么害怕了,心想:死就死吧,反正我也不想活了。死都不怕,还能怕啥?巧凤落到这个地步,还哪有心思活下去呢。她暗自说道:"妖怪把我吃了,我就能享福了。"索性把眼睛闭上,等着妖怪吃。

"哈哈哈,到底是小家碧玉,和大家闺秀就是不一样,大家闺秀就会大吵大闹。"妖怪说着,轻轻地吸了一口气,把巧凤吸到了半空中,用胳肢窝一夹,就把巧凤夹走了。

妖怪夹着巧凤越飞越高,妖怪飞到哪里,哪里就发出吓人的亮光。巧凤一路睁大眼睛看着。这景色真美！月亮、星星一会儿藏在白云里，一会儿又跑出来，它们保持着一定的距离，笑嘻嘻地互相望着。巧凤叹了一口气说："唉！天上多幸福啊，何必到人间来受罪呢！"想着，想着，不知啥时候睡着了。

"傻妹妹，醒醒。"一个披头散发的女人正推着巧凤。

"干啥呀！"巧凤揉了揉眼睛。她还在半睡半醒中，隐隐约约觉得有一个陌生女人在看自己，一下子清醒了，问那人道：

"这是啥地方？"

"妖精洞，你快跑吧，要不那老妖精回来就没你好了。"

"死了更好。"

"傻妹妹，它不让你死，让你活受罪。死也别死在这里。"

"大姐，你咋到这里来的？"

"别提了，我带着丫鬟去赶庙会，半路上被老妖精抢来了，它把我的腿筋抽去了，逼着我做它老婆。我让这妖精折磨得人不人，鬼不鬼的。"

"咱们一起跑吧。"

"我站不起来。"

"我背你。"

"不行，它给我吃了一种药，我一跑，它马上就会回来，你也跑不成。趁它现在还没给你吃，你快跑吧。"

那女人递给巧凤两块干粮，巧凤狼吞虎咽地吃了。又递给巧凤一篮子石头，对巧凤说："这石头能避邪。你挎着它，从后门出去，往左拐，再走一段路，有个十字路口，南、北、西路都有长虫，它们会缠住你。你只能往东路走，从东门出去。出门后，你就猛往前跑。"

巧凤顺着那女人指的路从后门出去了，往左一拐到了十字路口，又顺着东路朝前走，这是一个黑咕隆咚的地洞。她试着往前走，刚走出没十步远，一块石头从篮子里飞出来，砸向地面，立即出了一个大坑，里面冒绿泡，激起一股绿烟，她绕着走过去了。她又继续朝前走，走了一程，又飞出来一块石头，砸出一个大坑，紧接着里面像开了锅一样，冒着红泡，把黑洞照得通红。

原来这个东路是妖精布下的陷阱,她走了一段路,飞出一块石头,破一个陷阱,一个陷阱里有一种颜色,射出和这个颜色一样的光,除了绿光、红光,还有紫光、橙光、紫黑色光、白光、黄绿色光、粉红色光等。每飞出一块石头,巧凤就绕了过去,等石头飞完了,正好到了洞口。巧凤扔下篮子,使劲地朝前跑,她跑啊,跑啊,不知跑了多长时间。她越跑风越大,实在跑不动了,就一屁股坐在了地上。

一阵黑风扑面而来,刮得树叶哗啦哗啦响。"不好! 妖精追来了!"巧凤马上意识到。

"小美人,哪里跑? 我抓你那还不是老鹰抓小鸡,哈哈哈!"

只见这老妖精张着血盆大口,来抓巧凤。巧凤躲闪着,那妖精一把拽起巧凤的衣襟。正在这千钧一发的时刻,一颗红珠打在妖精的手上。妖精手一松,"啊呀!"惨叫一声。原来,一匹枣红马奔跑过来,那马腾空而起,嘶叫着和妖精打斗起来。枣红马甩起尾巴来个月打流星,对准妖精的十八只眼睛扫了一圈,把妖精打得直流眼泪。枣红马飞快地跑到巧凤身边,示意让巧凤上来,巧凤没有手,哪能使上劲呢? 她失望地摇了摇头。马急得用四蹄直刨地,把地刨了几个大坑。巧凤一急,站了起来,把脚轻轻一抬,就像谁在背后推了她一把似的,没费劲就骑到了马背上。枣红马没命地奔跑起来。

到了一个大果园边上,马停下来了,并示意让巧凤下去。巧凤看见水果,才觉又饿又渴,啃了好几个果子,顿觉又香又甜。

十

俗话说:"有缘千里来相会,无缘对面不相逢。"

化龙本想和姑娘说几句话,见她跑了,真是又灰心,又丧气,耷拉着脑袋回到了果园。果园里各种花含苞欲放,他无心理会这大自然的景致。那个姑娘的身影搅得他心烦意乱,在忧闷中混着日子。妹妹给他送饭,他只胡乱地吃一口。一天,他突然发现树已经结出小果了,仿佛大梦初醒,想起明春还要参加科举考试,只有半年时间了。他使劲地捶着自己的脑袋,叫道:"化龙啊,化龙,咋就鬼迷心窍了呢? 都说英雄难过美人关,我不敢自比英雄,可咋自作多情呢? 真浑呢!"想起刚来果园时的情景,暗自庆幸起来:"多亏那姑娘跑了,要不闹出风言风语来,岂不让我悔恨终生。我不能这样,要对得起先生,对得起父母。"化龙从此努力克制自己,把过去的事忘掉。从此,昼夜苦读。

闲着的人才会觉得日子难熬,忙碌的人总感觉日子过得快。转眼间,就到了第二年春暖花开的季节,迎来了科举考试的日子。化龙赶考归来,仍然看着果园。他一边等待着考试的结果,一边吟诗作画,日子过得挺有意思。

一等就是好几个月,一晃到了秋天,还没有一点儿消息。化龙不免有些焦躁不安。越是这样,他就越是吟诗作画,排遣着心中的烦恼。

这一天,他正在果园里作画,忽听一阵马蹄声,化龙疑惑不解:"哪里来的声音呢?"他顺着声音走去,看见一个姑娘正踮着脚啃果子。他满肚子火正没处撒,一看这场面,顿时升起一股无名之火。一把把姑娘推了个趔趄,口里骂道:"大胆贱人!"他这一喊把姑娘吓了一跳,回头一看,两个人都愣住了。这个姑娘正是曾使化龙心神不定的巧凤。巧凤一看化龙正怒气冲冲地瞪着自己,羞得满脸通红,躲又没处躲,藏又没处藏,恨不得找个地缝钻进去。一看姑娘的那个样子,化龙不免后悔起来,怪自己不该那么粗鲁。一看姑娘躲躲闪闪,他下意识地后退了几步。可是姑娘身上就像有吸铁石一般,把他的眼睛牢牢地吸住了。他上下打量着巧凤:姑娘长高了,比以前更苗条了,那似羞似怨的神态,更给她增添了几分妩媚,显得比去年更漂亮。

"手呢? 你咋没手? 去年不是挖野菜了吗?"化龙惊讶地叫出声来。

不提倒罢了,一提手,巧凤鼻子一酸,伤心地呜咽起来。说也怪,巧凤受后妈的虐待,从不在人前掉一滴泪,可见到了化龙,就像见到了亲人一样,眼泪像断了线的珠子,咋也止不住。她扑通一声跪倒在化龙面前说:

"这位大哥,我实在饿极了。"说着,把自己的遭遇讲述一遍。

化龙听了,气得胸口生疼,心想:"人间竟有这样的不公平,咋偏让这等善良漂亮的女子受罪呢?"呆愣了好半天,方想起给姑娘摘点儿果子吃。

巧凤吃饱了,慢慢平静下来。也不知咋回事,巧凤在化龙面前,像找到了一个避风港一样,觉得很安全。两人对视着,谁也不吭声。

枣红马看到这两个年轻人如此亲热,满意地点点头,后腿一蹬,飞上了天空。巧凤、化龙拔腿便追,哪里能追得上。

从此,巧凤住进了果园。果园里有两间房子,巧凤住在里间,化龙住在外间。

化龙每天教巧凤读书,她学啥会啥。化龙恨不能把自己的知识都教给巧凤。两人生活得很愉快。

一天,化龙对送饭的妹妹说:

"小妹,大哥科举考试考得非常好,很高兴,饭量也增了,你以后每天给我送两个人的饭。"

"嗯。"

时间长了,小妹犯了寻思:"以前我给他送饭,他总剩,现在多加了一个人的饭,却一点儿都不剩。咋回事呢?"

一天,小妹像往常一样,把饭盒放下,转身就走了。化龙见小妹走远,就叫藏在果园里的巧凤出来吃饭。其实,小妹留着心眼儿呢。她走出院门一拐,又转身藏在林子里。过了一会儿,便蹑手蹑脚地回来了,扒门缝一看,只见一个漂亮姑娘和哥哥一起吃饭,明白了八九分。

第二天,小妹捎口信,说让他回家一趟。

化龙知道母亲突然叫他回家一定有要紧的事,一路边走边琢磨,猜不出会有啥事。一问小妹,她只是嘻嘻地笑。

到了家里,化龙问母亲:"有啥事?"母亲淡淡地说:"龙儿啊,你也不小了,妈妈想给你说门亲事,把婚事办了,你的心也就拴住了。"化龙一听,忙摇头道:"妈妈,孩儿不娶亲。"听他这样一说,李刘氏气得脸都发白了,化龙长这么大,第一次对他发这么大的火。她说:"化龙,我养你这么大,你要给李家丢人,我有啥脸见你爷爷和奶奶!"小妹一看这阵势,赶紧解围:"嫂子很漂亮。"化龙一听明白了,知道小妹发现了巧凤。化龙只好把巧凤住在果园里的前前后后说了,求母亲让他们成亲。化龙的母亲是个善良的人,听了巧凤的身世,禁不住掉下泪来,答应了他的要求。爷爷一听,大怒道:"不行!化龙,你可不能败坏我们家的门风,干出让人笑话的事。"化龙再三求爷爷,爷爷才勉强答应,但必须得明媒正娶。

巧凤得知这个消息,好不欢喜,她仿佛觉得世界上只有她和化龙两个人,沉浸在幸福的海洋之中。

这天,巧凤无意中来到了枣红马喝过水的池子边。她蹲下来洗胳膊,刚一插进水里,手长出来了。巧凤一看,咋也不敢相信,使劲地把手往地上碰,很疼,自言自语地说:"咋回事呢?"

"大姐!大姐!"

巧凤四处张望着,不知谁在叫她。

"大姐,我在这儿呢。"

巧凤低头一看,一只蛤蟆在自己的脚边,正是自己救过的那只。蛤蟆的眼泪把地湿了一大片。

"蛤蟆弟弟,是你吗?我以为你死了呢。我后妈没整死你?"

"唉!别提了,你后妈把我扔到沙地里,我差点儿死了。多亏枣红马大哥救了我,我从它口中知道了你的消息,就一直在找你。"

"让我帮助你吗?"

"不是,凤大姐,我是来给你送手的。我在修行的时候,被可恶的小天仙搅和了,折了我一半的道行。我本想拯救你,如今却没有力量了,只能为你做这么一点儿事了。"

说完,一蹦一蹦地走了。巧凤感激地望着蛤蟆的背影,一阵心酸,一阵高兴。

原来,这蛤蟆和枣红马都是狐仙派来帮助巧凤和化龙的。

巧凤没有家,她的婆婆让她暂住在化龙的姑姑家,又请姑姑做媒人。结婚那天,吹着喇叭,抬上轿子到化龙的姑姑家去接,两人成了亲。

巧凤心灵手巧,上敬老下爱小,一家人相处得很好。婆婆看儿媳妇善良勤快,也很疼爱,一家人过着幸福美满的日子。

十一

李家真是双喜临门。两个月后的一天，忽然来了几个骑马报信的，一门子讨赏钱，引来了全屯人来看热闹。家人出来一问，才知道李化龙中举了，全家人乐得合不拢嘴，杀猪、宰羊，大宴宾客，全屯人都来贺喜。消息像长了翅膀一样传遍了四乡八屯，也传到了张家仁住的屯子里，小天仙嫉妒得发疯。李家庆贺完毕，化龙就和报子一起上路了。一去好几个月没有音信，巧凤既惦念又担心。

原来化龙一到京城就接了大印，到外省做了官，公务缠身，忙得给家里写信都顾不上。四个月后，化龙给巧凤写了一封家书，告诉她不要惦念，在家好好替他孝敬老人，安顿好后接全家进关定居。

早先时候，邮信不像现在，都是一家传一家的。这封信传到张家后，小天仙一看是邮给巧凤的，索性把信拆了。一看内容，妒火中烧，竟把信改了，说化龙升官了，不要巧凤了，休她回娘家。信是模仿化龙的笔体写的。正巧，信送到李家时，只有巧凤一人在家。她读完信，顿时昏厥过去。醒来后，她把信悄悄地烧掉了，趁家人没回来，偷偷地走了。

巧凤突然失踪，可把李发财一家老小急坏了。找了个天翻地覆，竟无一点儿踪影，家丑不可外扬，又不敢吵吵嚷嚷。化龙的爷爷把这事看作李家的奇耻大辱，大病了一场。

又过了两个月，李化龙派衙役接全家进关。化龙一看妻子没来，忙问母亲咋回事。不提便罢，一提，母亲立刻气得脸色发白，一句话都说不出来。化龙从小妹嘴里才知道实情，顿时如五雷轰顶，昏了过去。众人吓得又叫又捶，化龙好半天才醒来，对母亲说去找巧凤，便日夜兼程赶路。

一天晚上，他翻过一座山，走进了一片森林。突然，马号叫一声倒下了，把李化龙甩出老远。化龙还没明白是咋回事，就觉得有个毛乎乎的大手搭在自己的肩上。化龙回头一看，啊！两盏绿灯，是狼。化龙没多想，顺手抓起了狼的两只前爪，使劲往天上举，不让狼嘴靠近自己，并用力地把狼扔出一丈远，那狼一瘸一拐地走了。化龙心里想着巧凤，继续赶路，一看马站不起来了。原来，后腿被狼咬断了。正在化龙看马的工夫，那狡猾的狼又扑了回来，照化龙大腿就是一口。就在这紧要关头，只听狼"嗷"的一声号叫，倒下了。化龙回头一看，正是那匹枣红马。原来，狐仙算到了化龙今天要遭险，特意派枣红马相助，刚才那狼是被枣红马踢死的。化龙跃上马背，枣红马就四蹄一蹬，升上了天空。化龙只听到呼呼的风声。说话工夫，化龙已到了巧凤娘家的屯子边。枣红马指着屯边的一座新坟说："去吧，那是巧凤的坟，我和蛤蟆弟弟昨天埋的。"

化龙眼望着新坟，痛不欲生，只觉两眼冒火，胸膛在剧烈地燃烧，发疯般地扒着坟。枣红马叹了一口气，飞上了天空。

不知过了多少天，化龙也静静地死在了巧凤的坟上。屯子里的好心人动手把他们两个埋在了一起。

从此，这个屯子开始不消停了。每天晚上，屯子里的人都能听到化龙和巧凤在坟里的说话声，晚上都不敢一个人出门。

一天晚上，屯子里的人都做了同样的梦：说从化龙和巧凤的坟里飞出一条龙和一只凤。那个凤说："这间小屋就是驿站，以后你们邮信就不用家家传了，就来驿站送和取，有专人看护，这样坏心人就改不了信了。"凤说完，龙点了点头，然后从口中吐出个红球，这红球正好落在小天仙身上。小天仙身上顿时起了火，烧得她像鬼一样哭号。

第二天一早，人们就听到了张家仁院子里一片哭声。原来，小天仙真死了。人们再看化龙和巧凤的坟，竟变成了一个和梦里一样的小屋。

从此，这个房子成了驿站，人们用它邮信、取信。屯子里的人为了纪念化龙和巧凤，把这个站起名叫龙凤站，把这个屯起名叫龙凤屯，发展到今天，成了现在的龙凤城。

这个古老而辛酸的故事就这样一代一代地流传着。

讲述者：李树仁

整理者：李东杰

龙坑的传说

  在杜尔伯特蒙古族自治县泰康镇西北方向,有个叫龙坑的地方。相传这地方掉下来过一条龙,砸了一个坑。之后,这条龙升腾上天,这个坑长年积水不断,就变成了一个湖泊,盛产鱼虾。有个龙坑的故事,一直流传到现在。

  在很早很早以前,在坑附近有个大苇塘,在苇塘的上游,长着大片的芦苇。在这个地方传说存在一个龙女,每天在夜晚,特别在月明如洗、天晴气朗、风平浪静时,来找芦苇妈妈。芦苇妈妈有黄苇和凤苇两个姑娘,这两个姑娘陪伴着龙女玩耍。

  在龙宫里,老龙王看守很严,不让女儿随便出龙宫玩耍。为了控制他女儿的行动,特派黑鱼将军和狗鱼将军把守龙宫。他们除看守他们管的水域以外,还防守和他们观点不同的鱼、龟、虾、蟹等。

  龙女和芦苇是邻居,在湖泊、江边、河道都生长着大片芦苇。因此,成为密不可分的邻居,平常也是很友好的。芦苇妈妈非常喜爱龙女,叫龙女和女儿玩耍。在一个月明如洗的夜晚,她们玩得兴意正浓时,看见在苇塘边沿有个地窨子,门前站着一个浓眉大眼、高鼻梁、宽额头、四方大脸、身强体壮、动作敏捷、忠厚的青年。他父母双亡,是逃荒来到这里的。这地方有大片苇塘和甩手无边的大草原,盛产药材,因此,他在这里谋生。冬天打苇子,夏天打鱼、刨药材、种地,一年四季可以糊口度日。

他在年成好、时运佳的时候,力所能及地周济附近穷苦的孤寡老人。所以人们都喜爱他,他的名字叫柳青云,但大家都亲切地管他叫小柳。

这天夜里,可巧,柳青云在收拾网具的时候,被这三个姑娘看见了。躲闪不及,她们上岸见到了柳青云。他是个忠厚青年,见此光景就是一愣。龙女羞答答地抿嘴说不出话来,直愣愣地瞅着小柳,凤苇姑娘勇敢地上前去说:

"我们走渴了,请大哥给我们一碗水喝。"

"好的,好的……"

柳青云既忠厚又单纯,心眼儿实,忙进地窨子取一碗水给了凤苇姑娘。她请两位姐姐喝了水。

这时,柳青云借着月光偷看这三位美貌的姑娘。龙女穿着一身白缎子绣花、镶粉红边的衣服,举止典雅,秀丽端庄,抿着红红的嘴唇在喝水,水灵灵的大眼睛,鹅蛋形脸,轮廓鲜明,粉红的面容在月光下显得格外清晰,如天仙般美丽。他正瞅着发愣时,凤苇姑娘把碗拿过来了。他不好意思地接过碗,借着往地窨子里送碗才缓和了他的羞愧之情。当她们三人恋恋不舍地离开这个地方的时候,柳青云目送她们离开这里。三位姑娘静静地走到苇塘深处,各自回去了。

小柳白天捕鱼、刨药、卖柴,夜晚织补渔网,日夜忙个不停,仍过着贫困、仅可糊口的生活。龙女自那天晚上见到柳青云后,饭不思,茶不饮,心里放不下小柳,看这样忠厚、老实人受清苦,产生怜爱之心,想帮他忙。

一天夜晚,小柳织渔网,白天劳累,打了个盹儿。睁眼一看,网已织好,扣、眼儿、边织得干净、利落,胜过自己,百思不解。

这天,天气晴朗,小柳带点儿干粮早出刨药,没做饭,急匆匆地走了。可在日卡山时回到家里,热气腾腾的一锅大米饭已做好了。小柳感动得趴在地上磕了三个响头,感谢上方神仙赐给他好饭食。

有一天,小柳刚要举镐刨药,忽然想起把干粮口袋落在家了,于是回家去取。到地窖子前愣住了,满满三筐药材。心想:"是谁落下的?背不动寄存在这儿……"他耐心地等人来拿,一天、两天、三天仍没人来,无奈先拿集上卖了,等人来取给钱算了。

他岂知是龙女做的呢?但是这瞒不过慧眼的芦苇妈妈,她看出龙女这些天神态有些异样,就说:

"龙姑娘,我看你好像有点儿心事。"

"芦苇妈妈真逗,我整天在家,有什么心事。"龙女羞得脸绯红,不好意思地摆弄衣襟说。

"不要害羞,姑娘大了,看中可心人是正当的,芦苇妈妈给你做主!"开朗、善良的芦苇妈妈关心地对她说。

芦苇妈妈是爽快人,说到做到,她对女儿的爱情、婚姻从不加以干涉。

一天夜晚,芦苇妈妈领着龙女到小柳地窖子里,见着小柳时说走累了歇歇脚。小柳是忠厚青年,有助人为乐的心,当然满口答应了。接着,芦苇妈妈说:"我们借住一宿,明早就走。"

小柳把一件破棉被夹到外面,铺到地上刚要睡下,芦苇妈妈拽着小柳胳膊,叫他进屋一块儿睡,并说:

"我的年纪大了,这是我外甥女,住一块儿没关系,外边凉……"

小柳推说:"我年轻力壮,不怕凉,只要你们歇得好,我心里就热了。"

芦苇妈妈看样子说不通,眼珠一转,又说她有点儿事先走,办完再回来。

龙女留下,小柳不敢进屋,她扒门缝看小柳非常守规矩,目不斜视,耳不旁听。龙女更感动了,就说:

"小柳哥,我要喝点儿水。"

小柳急忙起身端水,送到门前。龙女接水时,两人目光碰到一起,都有爱慕之心。龙女想:有这样英俊的青年陪伴一生,多幸福啊!小柳想:我若能娶上这样一个媳妇,该是什么样的福气?

分手时,他俩留恋地对视着,依依不舍。小柳看着龙女向苇塘深处飘然而去。

这事凑巧被黑鱼、狗鱼两将军看见了,黑鱼给狗鱼使个眼色,小声说:"跟上她!"

一天夜晚,龙女一个人来到小柳处,没想到被黑鱼、狗鱼两将军跟踪了。龙女回来时被两将军截住,他们威胁说:

"你的行动我们已经看见了,这是违犯天规的,龙王爷不会放过你!"

"什么天规,我不怕!"龙女毫无惧色地说。

"好!好!我们找龙王爷去!"

"不要告诉父王。"龙女怕事情闹大了。

"你是龙女,不能和凡人在一起。咱们俩才是一对。"黑鱼将军趁机说。

"死也不嫁你!"龙女说完回龙宫了。

黑鱼、狗鱼两将军把龙女的事全盘告诉给龙王,龙王一气之下派龙太子去查问这件事。

这天,龙女又出来见小柳,龙太子在后面紧紧跟随。在没人处,快步赶上姐姐龙女说:

"姐姐,你要注意,黑鱼、狗鱼两将军已把你的行动向父王禀报了,你要好自为之。"

龙女很感激弟弟。

龙太子说:"好了,你去吧。"

"那你回去怎么向父王交差呢?"龙女为弟弟担忧。

"我就说你去岸边芦苇妈妈那里去了。"

果真龙太子向父王如此交差了。黑鱼、狗鱼两将军看龙太子从龙王那里走了后,溜进龙宫把龙女、龙太子的行踪详细地告诉给龙王。龙王大怒,立即下旨说:

"龙太子对父王不忠,派往连环湖,以观后效,速办。"

黑鱼、狗鱼两将军见事成,心中非常高兴,马上去办了。

龙王又叫黑鱼、狗鱼两将军把龙女传来。龙母听说后,也急忙赶来劝解。龙女来到龙宫,见母亲也在,心中平静多了,好像什么事都没发生似的。

龙王说："你不能和凡人成亲，我看你和黑鱼将军蛮合适的，你就和他成亲吧。"

龙女说："我死也不同意，黑鱼太坏，仗势欺人，咬芦根、吃小鱼、害百姓，我看不中。"

"你不应允，我非处置你不可！"龙王大怒。

几天后，在一个阴雨天，突然在泰康镇西北方向从天上掉下一条龙，这条龙两只眼睛没有了。柳青云万分悲痛地走到跟前，心想：这是龙女受惩罚掉到这里的。所以，他日夜跪在那里祷告苍天，保佑她鸣不白之冤。附近百姓闻讯赶来，男女老幼都为她鸣不平，给她搭个席棚，不叫风吹日晒。夏天炎热，这条龙身上有的地方生蛆虫，柳青云和百姓们争先动手挑蛆虫，纷纷烧香叩头、上供，求上天宽容龙女，让她重返上天。

龙宫里也炸开了锅，芦苇妈妈、黄苇和凤苇姑娘不断来求情，龙王整天闷闷不乐，龙母哭哭啼啼。但是，黑鱼、狗鱼将军这几天可骑驴吃豆包——乐颠馅了。他们经常来龙王处献殷勤、说坏话，亲自给端汤、熬药，细心侍候，目的是不叫龙王改变主意。

大家对黑鱼、狗鱼两将军恨之入骨，但又无可奈何。他俩这些天趁龙王心情不好，借巡逻之机为非作歹。听说百姓拥戴龙女，就搬弄是非，迫害黎民百姓，罪大恶极。

附近百姓也用上了劲。因为黑鱼、狗鱼两将军力大无穷，非常厉害，一般的捕鱼工具拿不住他俩，只好用竹竿摆迷魂阵，引诱他俩上钩，然后用钩子抓。大家把阵势布置好后，都躲藏起来。不久，他俩真的入阵上钩了，被渔民抓住后，被生擒活剥了。

这两个牙鱼将军被除掉后，龙王跟前没有说坏话的了，龙太子赶回家来，劝说父王对姐姐宽容，早日令其返回龙宫。龙王始终不出声，无言以对了。但心里也有些不忍，只是言已出口，事已至此，心中有愧，不好说话了。

龙太子和母亲商量后，决计先把姐姐的眼睛偷出来，再说服父王把姐姐抬回来。一天夜里，龙太子到水深处万宝洞，见把守洞口的大蟹爷爷睡熟，偷出钥匙，打开石门，看见五光十色的宝珠，一眼就认出姐姐的双眼放在那里闪闪发光。他小心翼翼地取出后,把钥匙又放回大蟹爷爷处,急忙走了。

柳青云跪了七七四十九天。又是一个雷雨交加的夜晚,一阵轰隆隆的响声过后,在阴雨蒙蒙、雾气腾腾中,龙女升腾起来了。有人站在窗台上见到柳青云骑在龙女背上,一同向西天飞去。霎时间,天气晴朗,霞光万道,空中出现一对年轻美貌男女,驾着彩云,飘然而去。而这个地方留下了一个坑,现在,人们叫它龙坑。

龙坑长年积水,岸边柳树成荫,风景秀丽。每当夏季,人们去龙坑游泳、野浴。坑里有味道鲜美的鲫鱼、鲢鱼、鲤鱼、白鱼等,这个地方故称鱼米之乡。

讲述者:李占魁

整理者:任孝先

龙须泡的传说

相传很久很久以前，萨尔图南边有一条大河。河里有两条龙，一大一小，大的黄色，小的白色。白龙为民造福，黄龙却和白龙作对，庄稼涝了它下雨，田地旱了它招风。百姓们恨透了黄龙，但又对它没有办法。白龙常和黄龙干仗，但年幼力小，始终不是黄龙的对手。每当它俩干仗时，附近百姓民不聊生，四方乞讨。为了让百姓安居乐业，白龙决心制服黄龙。一次，白龙趁黄龙熟睡之时，突然叼住了它的龙须，两条龙展开了生死搏斗。它俩从河里一直打到陆地，搅得天昏地暗，平地上滚出了方圆几里的大坑。虽然白龙力量小，但它叼住龙须死不松口，疼得黄龙嗷嗷直叫。叫声惊动了附近百姓，人们纷纷手持刀叉为白龙助战。经过两天两夜的激战，老乡们铲掉了黄龙的龙须，把它扔到了大坑中，黄龙死了。白龙经过一场大战也气喘吁吁了，老乡们赶紧从河中挑水，灌满了大坑，救活了白龙。

此后,白龙就利用这大水坑为民造福,年年风调雨顺,百姓们丰衣足食。为纪念白龙,人们就把这大水坑叫龙须泡了。

讲述者:关财

整理者:姚在兴

马鞍山的传说

在马鞍山有一棵弓形的山杏树。听老人讲,山杏树开始还长　树果,到后来什么果都没有了。它既不像杏树,又不像杨树,连个学名、俗名都没有。其实,知根知底的人叫它贪婪树。

很早以前,马鞍山下住着几户人家。有个叫树灵的小伙子,父母双亡,以打柴为生。

一天,他打完柴草后,累得腰酸背痛,只好歪斜在柴草垛上歇气。"唉!"他长长地叹口气,望着山坡上的一块麦地,自言自语道:"庄稼汉以土为本,我什么时候才能种上自己的地,吃上自己亲手打出来的粮食呢?"他想着、想着,不知不觉地睡了过去。他梦见一个白胡子老人把他领到一个很远很远的山洞里,洞口喷吐着妖气,又潮又湿,不时传来一两声怪叫声,吓得他浑身起鸡皮疙瘩。白胡子老人紧紧地拽着他,并用手一指,说了声:"变!"洞里都是金银财宝,他高兴地大喊:"发财了! 我还是树灵吗?"他醒了,使劲揉着睡眼,才知是南柯一梦。

他又冷又饿,抬头望了望星空,想凭借星斗的方位,辨认方向。忽然,他听到远处传来石磨的声音,还传来了几声虎啸狼嚎的声音,吓得他连柴草都顾不上了,朝着石磨的响声跑去。原来,这声音是从山背的夹缝里传出来的。他顺着夹缝往响声处走,终于看到了光亮。走近时,才知道这是一个比较宽敞的山洞。山洞里,一头小毛驴正拉着石磨磨面。

他站在洞口,四下瞅了瞅,也没看到主人,只好站在那儿等着。等了一阵,还不见主人出来。他便径直往里走去,发现在另一孔窑洞里堆放着许多珠宝玉翠、金银元宝一类的贵重东西。他心里一阵害怕,不由得直往后退。

这时,一个鹤发童颜的老头儿飘然而至,一边拂拭齐胸胡须,一边用手轻轻地拍着树灵的肩头,笑眯眯地安慰道:"小伙子,别害怕,看得出你不是贪财之人,我很喜欢这样的人。如果你不嫌弃的话,挑好的拿几件吧!"

树灵犹豫起来:"拿不拿呢?主人既然是送我几件,我就挑好的拿吧!"可他又一想:"地是刮金板,手勤值万贯。金银财宝是身外之物,用一件少一件,只要双手勤快,种地打粮,就能吃喝不完。"想到这些,他把伸出的手缩了回来,转身对老人说:"老人家,我什么都不要,你要给,就把那磨盘上的黑豆给我一把吧!"

白胡子老头儿就把他领到了另一间屋子里,指着地上摆满的一袋袋各种各样的豆子说:"这儿什么样的豆种都有,你就每样拿一点儿吧!"

树灵也不推辞,每个口袋里都抓了一把。老人就走了。

到家后,树灵拿出豆种一看,竟是黄澄澄的金豆。老实忠厚的树灵怪罪自己粗心,没看清豆种就动手,怪罪自己心太贪,不该抓来那么多金豆。要是让白胡子老头儿知道自己把金豆当成豆种拿来了,该有多伤心。这昧心之财不能要,他决心给白胡子老头儿送回去。

可他顺着原路往回走时,没见到山背的夹缝。他找啊、找啊,找得喉咙冒烟、脚底出泡,日落西山,还是没找到。他累得坐在山脚下的一块石板上,心里纳闷儿:"明明山上有条裂缝,怎么就找不到呢?要是再听到石磨声就好了。"他心里默默地叨念着。果然,听到了石磨声。树灵寻着石磨声又找到了白胡子老头儿,说明来意后,老人给他换了真正的豆种。

这一年,种别的庄稼都不行,唯独树灵种的黑豆获得了大丰收。村子里有个姓王的富户,感到很蹊跷,就想到树灵家问个明白。

一天,王富户见了树灵,敲山震虎地问起了树灵。树灵只好详详细细地说了一遍,听得王富户直咂巴嘴。

晚上,王富户偷偷摸摸地来到山脚下,肩膀上背着个大褡裢,坐在青石板上,等石磨声响起来就进去。为了不暴露自己有钱人的身份,也学着树灵的样子,打下一垛柴草,腰间缠着根草绳,穿着破衣,活像山野打柴人。

等了很久很久,哪有什么石磨的声音。他想大概是树灵故意编瞎话欺骗他:"好小子,竟敢在我面前撒谎,看我不打折你的腿。"他又气又怒,刚要往回走,真的听到了石磨的响声。他背着柴草,一步三晃,咬着牙,硬挺着找到石磨的地方。

刹那间,奇迹出现了,金银财宝堆了满满一屋子。黄的是金,白的是银,绿的是翡翠,红的是玛瑙,金钗玉凤、飞禽走兽、稀世珍宝应有尽有。他随手拿起一件,左看右看,舍不得放下。在这个世界上,他见的东西太多了,但是像今天的情景,他做梦都没有想到。他下意识地摸了摸肩头上的褡裢。褡裢在这堆金银财宝面前,显得那么小,那么单薄,就像纸糊泥捏的一般。他又看看身上的衣袋,显得那么浅小,浅得像人的眼窝,这能顶什么用?他后悔自己没多穿几件衣服、多拿几个大袋子。正在他盘算着怎么才能多拿时,白胡子老头儿走了过来,看着王富户发呆的样子,感到很可笑。

"你是哪里来的樵夫,怎么到我这儿来了呢?"

王富户把他如何过路,如何找到这儿,家中如何受穷,上有几十岁的老母,下有嗷嗷待哺的婴儿,都靠他一人供养的事,胡编乱扯了一阵。说着说着,竟一把鼻涕一把泪,伤心地哭了起来。

白胡子老头儿劝住了他,还答应送他一些金银珠宝,让他养家糊口,能拿多少,就拿多少。

王富户总算止住了眼泪,感激涕零地说:"要做牛做马,报答救命之恩。"

起初,碍于脸面,王富户只是一点儿一点儿地往他的褡裢里装。后来,竟大捧大捧地撮了起来。撮了一阵,褡裢里满了,可他看到地上还堆了那么多。他蹲在地上,伸出双手看看自己能抱起多少。他试了几下,恨不得把自己也变成一个大口袋,把地上的财宝统统装进去。

他终于满足了。身后背着满满的一袋,胸前搂着一抱,一步三晃地向外边走着。等他前脚刚刚迈出山背的夹缝时,太阳也露了头。只听轰隆一声响,大山的裂缝合在了一起,将王富户的一只脚夹在了裂缝里,凭他怎么用力,也拔不出来。慢慢地,他就变成了山上的一棵树,金银变成了沉甸甸的果实,玉石玛瑙变成了翠绿的树叶,那沉重的大口袋就变成了枝叶繁茂的树冠,那压弯的腰,自然就是那弓形的树干。

王富户的脚永远地夹在山的裂缝里。每当太阳出来时,那树冠就像朵绿色的云,挂在山崖上。那卵形的叶子,在晨风中哗哗作响,那是它在向人们诉说着一个贪婪的故事。听老人讲,只要把耳朵贴到树干上,仔细去听,准能听清它在说些什么。

搜集整理者:蔡保晨

马场狐仙

　　一百年前，马场大山树木茂盛，景色优美，是一个绝好的幽静场所。后来，色旺多尔济的父亲死了，连同王府祖辈的坟墓一同迁在这里。有了坟墓和死人，这里也就增添了一个家族——狐仙家族。狐仙家族的历史比较久远，经过几世几代的修炼，终于得道成仙。王爷的祖墓葬在此以后，王府安排了一家人来守墓，守墓人老白头儿享受王府的优厚待遇：种地不缴租税，并且王爷赐给他成群的马。这座山原本叫都格德尔山，因为老白头儿有了成群的马在此饲养，就这样，人们管它叫马场大山。

　　有一年，这里刮起了龙卷风，王爷的侄女丢了，王爷撒开人马四处寻找都没有找到。意外地听人说公主是去马场大山祭祖时丢失的，王爷就派人和老白头儿一同寻找，还是没有找到。王爷悲痛欲绝，认为侄女一定是死了，就举行隆重的葬礼，并在这里修了一座空墓。这件事就慢慢地平息下来。

　　老白头儿虽然居住在这与世隔绝的地方，但没有断了同外界的联系。为什么呢？因为他养了成群的马，需要雇人饲养和放牧。老白太太是远近闻名的接产婆,什么样难产的产妇经她手都能顺利地生下孩子。

有一天,来两个中年妇女接老太太,说家里有一位年轻产妇难产。老太太就上了马拉轿车。不知过了多长时间,走了有多久,到了一个地方。下轿一看,只见小溪清泉,树木葱茏,中间环抱着一幢房屋,青砖瓦舍,很是漂亮。进屋后,一家人彬彬有礼,小伙子赶紧递来奶茶,老太太急于见产妇,就由妇女引着她到了另一个房间。产妇正在炕上折腾,一见产妇,老太太吓了一大跳:这不是丢失的公主吗?她就暗想:这住处不是个好住处,这些人也一定不是好人。但她不敢说出来,就按接生程序把孩子顺利地接了下来。旁边的妇女并不让她多逗留,把她引回了客厅。一个白胡子老头儿指着墙上的画让她看,她一看墙上的画,画的是一个长胡子老头儿,手捋着胡须。奇怪的是,老头儿卜身各部位的穴位扎满了针。看看想想,想想看看,老太太终于想起来了:"这不是东吐莫的老德成吗?他的像怎么跑到这里了?"白胡子老头儿似乎看穿了她的心思,说:"你一定认识他,他就是老德成。老德成年轻的时候就特喜欢打猎,把我们这个家族坑苦了,我的子孙死在他手里的已经不知道有多少了。现在我终于想出了惩治他的办法,让他痛苦。我先从他的下身开始扎针,先让他瘫痪,然后再慢慢往上扎,一直扎到心脏,他就死掉了。"听了白胡子老头儿的话,老太太吓得出了一身冷汗,原来这是一个狐仙家族,公主不是丢了,是让他们迷住了。一想到老德成,她就联想到了自己的老伴儿,老伴儿没事的时候也爱打个猎,幸亏自己这次来了,否则老伴儿也会落一个同老德成一样的下场。越想越后怕,她就对白胡子老头儿说:"您也消消气,可怜可怜他吧。老德成的命也是挺苦的,他做错了事让他改正就是了,饶他一命吧,我求您了。"白胡子老头儿想了好一会儿,说:"你为我的儿媳妇顺利地接下了孩子,救了他们母子生命,有恩于我们,你提出要求,我们自然要答应。只是,我也有个条件,那就是老德成今后不能再打猎了。"老太太满口答应,这件事才算定了下来。白胡子老头儿又说:"麻烦你这么远辛苦了一趟,我们家没什么好拿的,这个你带上吧。"老太太一看,是一个土碗,里面装了满满一碗黄豆。要吧,没有什么用;不要呢,又没法推辞。想了一下,她只好扯开大襟把这碗黄豆兜了起来,向白胡子老头儿道了谢，然后就上轿走了。回想这次经历，她真的有些害怕，心想：公主怎么无缘无故变成了白胡子老头儿的儿媳妇，还有老德成怎么会惨遭毒手。想到这儿，她就低头看看豆子，满满一兜黄豆有什么用？猛地她又想：这一兜黄豆也许是不祥的兆头，因为它是狐仙家族的东西，带它回家会不会把灾难也带回去？越想越害怕，她就在道上把这一兜黄豆扬了。

轿子到家了，轿夫回去了。老太太进屋后，发现破衣襟缝里剩了几粒黄豆，老白头儿捡起来一看，是金豆子。问她缘故，老太太就把经过讲了一遍，老白头儿怪老太太不该把金豆子扔在半路上。老太太说："那些东西原本不是我们的东西，扔了也就扔了。只是，你以后不要再打猎了。"老白头儿问原因，老太太就把经过讲了一遍。老白头儿想了半天，说："老德成肯放下猎枪吗？说服他怕是不可能的。"老太太说："我去试一试看。"

第二天，老太太去了东吐莫，到老德成家一看，见老德成果真瘫痪，卧床不起。老太太说："你的病我能治好。"老德成一听赶紧作揖说："那你就救我一命吧，我老德成是硬汉子，不怕死。可是我若死了，这一家老小可怎么过？"老太太说："治你的病不难，只是你得改一个毛病，以后不能再打猎了。"老德成问原因，老太太只字不提，并且说："你别问原因，你对天发誓，做到病就能好。"

一个星期以后，老德成能下地走路了。

老太太猛然想起来，白胡子老头儿一再告诫她不要把这件事说出去，可是自己已经跟老头子说了，这可怎么办？越想越没主意，就对老白头儿说："咱们还是搬走吧，搬得越远越好。"然后就把她泄密的事说了。老白头儿说："我是王爷的守墓人，怎么能走呢？人活着有一生也有一死，慢说像咱们这年龄，就是年轻人又怎么样，死算什么？"他又向老太太问狐仙住的地方。老太太回答不知道，老白头儿让老太太讲一讲那里的特征。老太太告诉他那地方太远，坐轿还得走一天，然后又讲了那里的山和树。老白头儿哈哈大笑，说："你说的地方我知道了，就在山后，离这儿有几十步远。"老太太听了很惊讶。老白头儿又说："你领我去看看白胡子老头儿吧，和他讲讲情，也许这件事能过去。"老太太信以为真，就和老白头儿到山后去了。去了那个处所，老太太一看，山还是那山，树还是那树，只是那青砖房没了。正犯寻思呢，就看着树中间环绕着一座石头坟墓，墓前还有一座墓碑，细一看，原来是丢失的公主在此安葬的那个空墓，墓的北坡有一个洞。老白头儿常打猎，一看就明白，这就是狐狸洞。他从怀里掏出个纸包，放在洞口。老太太问："那是什么？"老白头儿说："这是我给白胡子老头儿带的糕点。"说着就划着了洋火，去点那纸包。老太太问："糕点怎么还用火点呢？"老白头儿说："这纸包里还有洋烟呢，是我孝敬他老人家的。"点着纸包以后，老白头儿领着老太太赶紧走，走出不远，就听后面"轰"的一声响，还有哭叫声。这下老太太明白了，大声说："你这老头子真作孽，这下可好，咱们两个都别想活了。"

后来，老白头儿病死了，王爷重新安排了守墓人。老太太把那群马卖了，也走了。从那以后，这里再也没有马群了。可后来人们提起这座山，都还叫它马场大山。

讲述者：陈世昌

整理者：任青春

马兰花

在早,有一个老爹领着两个闺女过日子。老闺女叫老丫头,大闺女因为脸上有几个麻子,就叫她麻丫头。

一天,老爹上山砍柴,两个闺女都要花。老爹说:"这回爹不给你们采了,你们谁要花,自己跟我去采。"麻丫头说:"我不去,我怕太阳晒、蚊子咬。"老丫头说:"我去,我不怕太阳晒、蚊子咬。"老丫头跟老爹上山了。这山里真是太美了,啥花都有。可是这些花,没有一朵让老丫头中意。她走啊,找啊,突然发现一片美丽的马兰花。她跑到这片花中,欣喜地采一朵戴在头上。这时,一个英俊的少年站在山坡上说:"谁采我的花,谁给牛郎来当家。"老丫头脸上一片红云。原来,牛郎小的时候放牛,人们便叫他牛郎。他长大了,独居在山上。一次,他在山中采药,突然一阵大风,刮来一个布袋,他打开一看,是一包种子。于是,他把这包种子撒在山坡下,很快便长出了一片马兰花。他高兴地躺在花中睡着了,他做了一个梦,梦见一个人告诉他:"一年以后,有位美丽的姑娘来采花,那就是你的妻子。"就这样,老丫头听了牛郎的话,她一眼就看中了牛郎,两人便结了婚,日子过得要啥有啥、甜甜蜜蜜。

一个月后，老丫头回到家了。麻丫头眼馋妹妹，她把妹妹叫到河边说："妹妹，咱们到河边照照，看谁长得俊。"天真的妹妹立即到河边。谁知她刚一照，就被麻丫头一把推进河里。

麻丫头来到牛郎家。牛郎一见媳妇有点儿变样了，就问："你的手咋这么大？"麻丫头说："是我们姐妹俩上山玩拍巴掌拍的。"牛郎又问："你的脸上咋有了麻子？"麻丫头说："我们家扒炕，我躺在高粱囤子里睡觉硌的。"牛郎相信了。

一天，牛郎走进马兰花丛中，一只小鸟突然飞进了他的袖筒里，他小心地把它放在笼子里，天天给它水喝、食吃。一天，牛郎又上山了。麻丫头在家梳头，笼子里的小鸟突然叫起来："麻子丫头不知羞，拿我木梳梳狗头。"反复叫来叫去。麻丫头一惊，但她立即镇定下来，她一把抓出小鸟，把它掐死扔进灶坑里。这时，一根雀毛飘飘荡荡落到水缸里，不几天变成一条大鱼。麻丫头来舀水时，鱼就摆起尾巴溅她满身满脸水。牛郎来舀水时，鱼却一动不动。麻丫头想：我把你吃了，看你还咋样？于是把鱼剁巴剁巴炖上了。吃饭的时候，牛郎夹一块净肉，麻丫头夹一块净骨头。麻丫头生气了，对牛郎说："你净吃肉，把骨头都留给我了。"牛郎觉得过意不去，把碗里的肉夹给麻丫头一块。可是一到麻丫头的嘴里，又变成了一块骨头。麻丫头一生气，使劲一咬，一根大刺扎在了她的嘴上。麻丫头痛得鱼也不吃了，把它埋在了房前的大树底下。谁知不几天，这棵树的底下，长出一朵美丽的马兰花来。牛郎非常喜欢，天天浇水。麻丫头由于被鱼刺扎了，嘴里经常冒脓，喘气都熏人。麻丫头越想越气。一天，牛郎又在浇马兰花，她就上前要把马兰花薅掉。这时，马兰花说话了："麻丫头好狠心，不说出亏心事，叫你从嘴烂到心。"牛郎见马兰花说话了，觉得这事蹊跷，一双锐利的眼睛盯向麻丫头。麻丫头知道躲不过了，喷着满嘴臭气一五一十地把害死妹妹的事说了一遍。牛郎立即放声痛哭起来，哭着哭着，他使劲往地下一蹲，立即不见了。不一会儿，在马兰花的跟前又出现了一朵马兰花。

原来，老丫头让姐姐推进河里后，她的冤魂漂浮在河面。这时，天上的王母娘娘正下来赏光，发现了老丫头的冤魂，便把她叫到跟前，封她为马兰花神,并叫她报仇。可她心软,又念同胞姐妹情意,没有治死麻丫头,只是让她的嘴永远喷着臭气。从此,牛郎和老丫头都成了马兰花神,他们把马兰花种子撒在大地上,大地上的马兰花越开越多。

讲述整理者:顾聚星

猫的来历

　　世上最初是没有猫的,那今天的猫是怎么来的呢? 这还得从头说起。在很久很久以前,有一个王国,国王叫莫桑,他不会治理国家,使整个王国处处呈现出凄凉的景象。

　　在这个王国的境内,有一座无人能够攀得上去的高山,山上有五只老鼠在一个山洞里修炼,那时的老鼠和现在的牛犊一样大。它们修炼了七七四十九年零九九八十一天,最后都修炼成功了。它们下了山,来到了莫桑居住的地方,它们向全国宣布:"从今日起,每天送童男童女一对到神庙。如若不然,叫你们不得安宁。"人们从来没见过这种会说话的怪物,吓得东躲西藏。

　　国王莫桑也很害怕,他立刻召集大臣们商议。大臣说:"陛下,这种怪物尖嘴猴腮,眼睛又那么小,依我之见,不必理它,您看如何?"国王叹气道:"好吧,先不去理它。"

　　到了第二天,五只老鼠来到了神庙,没见到童男童女。于是,它们施展妖法,刮起大风。顿时飞沙走石,天昏地暗,田间的小苗被拔起,百姓的房屋被刮倒,国王吓得躲到龙案底下不敢出来。风停了,街上传来了号啕大哭声。莫桑被大臣拉出来，他立刻向大臣说："快！通知全国，每天上交童男童女一对，上交者赏金千两。快去！"大臣立刻向全国宣布了这个消息。谁愿意为了一千两黄金卖自己的儿女呢。第二天，还是没有人上交。最后，莫桑下令，让兵卒每天到百姓家抓童男童女一对，如有违抗者，定杀不饶。这样，灾祸就降临到了百姓的头上。

一年后，整个国家再也没有小孩了。五只老鼠又宣布："每天送成人男女各一对。"这下莫桑可吓坏了，他怕那种怪物也来吃他，便再次召集大臣说："你们看如何是好呢?"大臣们也都吓得不住打战。这时，一个大臣站出来说："国王，我看只有求上天了。能够和仙人见面的，只有农历七月初七出生的、现在三十一岁、右耳下有一颗痣的人才可以呀。"于是，在全国范围内开始查找，最后在一个百姓家里找到了这个小伙子。

他听了国王的话后说："为了全国百姓，我甘愿冒杀身之祸去求上天。"他便在当天夜里，按照大臣的嘱咐，登上高山，坐在山腰的一块石头上，左转三圈，右转三圈。他迷迷糊糊地觉得石头升了起来。

不知过了多久，他突然醒了。只见自己站在一座富丽堂皇的宫殿里，见玉帝坐在皇座上。他立刻跪倒在地，说明来意。玉帝听后说："好吧，我可以帮助你。"

玉帝一挥手，过来一个侍从。玉帝对他说："你去叫来娥女七人。""是！"侍从应声而下。不一会儿，七个仙女悠悠而来。玉帝用手一指，七个仙女立刻变成一只像老虎一样的动物，但没有老虎大。

玉帝对这个青年人说："你把它带回去，就可以实现你们的心愿了。但你必须答应我一个条件，用完后，必须给我送回来。去吧。"

这个青年一惊，便从梦中醒来。见自己仍坐在那块石头上，只是身边多了一只像老虎一样的动物。

这个青年把这个动物放在自己的衣袖里，下山了，回到他的家，然后又来到王宫。

第二天，老鼠大摇大摆地来到了王宫里。这个青年人躲在了后面，抬起手来，那个动物发出一声吼叫，五只老鼠一哆嗦，抬腿想跑，可吓得腿都抬不起来。

那个动物的尾巴一摇一摇的,五只老鼠的身体也随之缩小。最后,那个动物从青年人的衣袖里蹿出来,每只爪子按住一只老鼠,又用嘴叼住了一只。可它的左脚不小心一动,一只老鼠便乘机逃跑了,其他四只都葬身于这个动物的肚里。

因为跑了一只老鼠,所以国王没有让青年人把这小动物送上天来。从此,那只老鼠和这只动物各自繁衍了后代,这就是今天的老鼠和猫。

讲述者:于云鹏

搜集者:于增德

整理者:孙实孝

猫头鹰的传说

猫头鹰是种益鸟,在东北地区,人们通俗地把猫头鹰叫夜猫子。为啥叫夜猫子呢?相传夜猫子是一个小姑娘的名字。

从前,一个村子里住着心毒手狠的张财主。他欺男霸女,无恶不作,霸占了很多很多土地,剥削很多穷苦人给他耕地、播种、收割。年年粮满仓、猪满圈,天天吃大鱼大肉。可还是不满足,穷人都恨透他了。

同村里有个老实憨厚的穷人,大家都叫他李六。李六起早贪黑,辛辛苦苦地挖了六分土地,靠着这块土地糊口度日。

每年秋收,张财主看见秋收果实,气得两眼通红,馋得满嘴流口水。

这一年春天,李六的老婆生了个丫头,孩子刚呱呱落地,不知啥地方钻出一只花猫。小猫不叫不嚷,老实地趴在小姑娘身边。李六和老婆一商量,孩子是夜间生的,又来了只小花猫,是吉利事,给孩子起名叫夜猫子吧。几年以后,张财主硬说李六挖了他家的地,老实的李六被打得半死不活,没过几天就死了。张财主还是不死心,为了斩草除根,放了一把火,烧着了草房。

这时,夜猫子姑娘和小猫挖野菜回来,见家里着起了大火,冲进草房里救出了妈妈。可她妈只说一句"为你爹妈报仇啊"就死了。夜猫子姑娘和小猫一起找张财主算账,想拼个你死我活。张财主一见夜猫子姑娘没有烧死,心想:如果不打死她,后患无穷。于是恶狠狠地举起木棒,向夜猫子姑娘头上打来。夜猫子姑娘挣扎几下,倒在血泊里。在临死时,她咬着牙对张财主说:"我就是死了,也要来吃你的肉。"于是,睁着愤怒的眼睛,咽了气。夜猫子姑娘的小花猫痛苦地大声叫,爬上了张财主家门前的一棵树上。

几年后,张财主得了重病。每天晚上,总有一只头部有团状羽毛、眼睛像猫眼睛一样大而圆的鸟,落在张财主家门前的树上,叫声像小孩子的哭声。村里人说那就是几年前屈死的夜猫子,夜猫子进宅,无事不来,是来吃张财主的肉的。张财主听了,病更重了。

后来张财主死了,夜猫子天天夜晚出来,叼碎了张财主的棺材,吃张财主的肉为爹妈报了仇。

夜猫子没忘了自己是贫苦人家的孩子,抓老鼠、麻雀等小动物,为人们做了许多好事。

讲述者:王占平

整理者:王振涛

庙里奇遇

在一个偏僻的小村庄里,住的都是平民百姓,离村不远的地方有一座破庙。院墙已经全部倒塌了,只有庙堂还没有倒,但也是破破烂烂的了。听村子里的人说,这里常常听到鬼的叫声,可没有人见过鬼。

村里有一家瓦盆坏了不能用,老婆就让丈夫去买个盆。早晨,她丈夫带着钱去集市买盆,集市离这村庄很远,他家又没马,只好走着去。买了盆往回走的时候,已经到了下午。这时天空阴沉沉的,打着雷,雨就要来了。他急急忙忙往回走,走到离家不远的那座破庙附近,就下起了大雨。雨下得很大,他只好找地方避避雨。他头上顶着盆,想到破庙里面去。破庙里有一个打柴人在里面避雨,破庙被雨打得哗哗直响,他很害怕。正在这时,买盆的那个人头上顶着瓦盆走进庙来。打柴人一看,吓坏了,心里想:这个大头鬼,我不打死你,你就会吃我。猛地抡起扁担向鬼的头上打去。打了几下,扔了扁担,撒腿就跑。买盆的人被扁担打倒在地,盆也被打碎了。"有鬼!"他从地上爬起来就跑,而打柴人早跑得没影了。买盆的人也一口气跑到了家。

这两个人跑回自己家后,都病了,告诉各自的老婆说:"我见到鬼了,一定得死。"他俩见鬼的事全村人都知道了。问打柴人怎样见到的鬼,回答说:"我把鬼给打了。"问买盆的人怎样见到的鬼,回答说:"我让鬼给打了。"

人们听了都大笑起来。

讲述者:徐文清

搜集者:周仁

整理者:刘敏

那布其公主

　　清末,朝廷的一位皇姑嫁给白音塔拉草原海拉图王府的一位蒙古王爷。谁也不知道这位皇姑叫什么名字,都叫她满晋太太。

　　满晋太太生两男一女,大少爷叫胡皮,二少爷叫沾王,都在德尔格图衙门当诺颜①。大少奶奶是当地沾皮斯扎兰②的姑娘金姬小姐。二少奶奶是棍都协理③的爱女布贝小姐。小女那布其公主十八岁那年,满晋太太把她许配给漠北阿拉善王。

　　那布其公主的婚期已近,满晋太太寄书召两个儿子和儿媳来帮着准备那布其公主的嫁妆。

　　胡皮、沾王两兄弟接到母亲的信,立即让金姬、布贝两位夫人梳洗打扮,回海拉图王府筹办妹妹的婚事。可是,两位夫人历来与其婆母满晋太太有隙,好歹随夫迁到德尔格图来,总算是避免了婆媳关系的破裂。让她们回

---

　　① 诺颜:官员。
　　② 扎兰:职衔。
　　③ 协理:职衔。

府,心中实在不愿意,金姬、布贝用低沉的声音哼着:

> 哈敦高勒的水往东流哟,
> 过午的太阳往西转哟,
> 出征的骏马向前跑哟,
> 分居的媳妇不回府哟。
>
> 高粱地里不能种棉哟,
> 白糖罐里不能掺盐哟,
> 婆媳之间不和睦哟,
> 分道扬镳不牵连哟。

胡皮、沾王听了,苦苦哀求道:"妹妹出嫁,兄嫂帮助料理,理所当然。凡亲手书在此,如果不回府,实在叫我俩为难。"金姬眉梢一挑,哼了一声:"有什么为难的,就说身体不适,不便前往。"布贝笑道:"嫂嫂说得在理,你们弟兄二人前去,在婆母面前美言几句不就完了。"胡皮、沾王无可奈何,只好如此。

走了七天,胡皮、沾王来到海拉图王府,按照金姬、布贝的主意向母亲请安、禀报。满晋太太一听,勃然大怒,命令二子立即回德尔格图去,与媳妇同来见她。

金姬、布贝听说婆母怒气冲天,也不敢过分,连忙整理行装前来叩拜。满晋太太厉声训斥道:

> 翠绿的松柏,修枝才能挺拔。
> 矫健的骏马,训练才能善跑。
> 美丽的山丹,浇灌才能鲜艳。
> 孝顺的媳妇,疏导才能贤惠。
>
> 条条小溪汇成江河湖海,
> 座座土山连成高原丘陵。
> 灵雀出巢还要成群结帮,
> 无名晚辈为啥不敬婆娘。

　　金姬、布贝听了婆母的训导，不敢违命，流下假惺惺的眼泪，哭泣求饶。满晋太太吩咐道："我已年迈体弱，公主出嫁不能亲自前去送行。你俩到府外请一位陪娘，来代我为公主送行。"金姬、布贝满心不高兴，但还是去了。她们走了九道湾，找了九道岗，碰上九十九位老妇，都未选中。最后，选中一位衣着褴褛、满面污垢、沿街乞讨的人，想以此招来众人对她们婆母的指责。

　　这位老妇名叫华格沁。华格沁老太婆胆战心惊地被领进王府，满晋太太一看，心中也有些犹豫。但是已经请进门，就不能怠慢。于是，对华格沁敬如上宾，立即为其沐浴洗漱，整发换装。不多时，便打扮一新，简直像一位贵夫人。然后，向她说明原委。华格沁为得到满晋太太的信任而跪拜谢恩。海拉图王府热闹了几天，一切置办妥当，各自归程。

　　婚期到了，那布其公主身穿白绫缎袍，腰系桃红锦带，脚穿鹿皮长靴，头戴姑姑帽，腕佩翠玉手镯，耳挂珊瑚环坠，像一朵盛开的巴达玛花，站在母亲身边。满晋太太望着女儿，满怀深情地唱道：

> 雏鹰出巢是因为有了飞翔的能力；
>
> 马驹撒欢是因为有了驰骋的能力；
>
> 工蜂恋花是因为有了酿蜜的能力；
>
> 公主出嫁是因为有了生活的能力。

　　那布其公主依在母亲身上，久久不语，把满晋太太从头到脚打量一遍。那布其公主眼含热泪唱道：

> 蜂蝶嗡嗡是望着花儿亲；
>
> 羔羊咩咩是奔着草原亲；
>
> 犊牛哞哞是舔着奶汁亲；
>
> 女儿啼啼是想着阿妈亲。

　　满晋太太望着女儿啼哭，也有些辛酸，便唱道：

> 荞麦种在田地里，到时一定收回来；
>
> 羊群放在草原上，到时一定赶回来；
>
> 鲜花开在绿丛中，到时一定采回来；
>
> 姑娘出嫁到远方，到时一定接回来。

贴心的话说了几箩,陪嫁的珍宝载了几驼。满晋太太又特别赠给女儿一柄防身鸳鸯剑和一双防毒象牙箸,这是那布其公主父亲的遗物。满晋太太对华格沁说:"一路安危,全由你来照料,让丫鬟水梅花、火梅花同去服侍左右,由笔扯其①吉尔格勒图抄写家书。"又派护卫、佣人各三十名。良辰吉日,送亲队伍离开白音塔拉草原向阿拉善旗出发了。

七天后,队伍途经德尔格图诺颜府时,金姬、布贝暗地设下圈套,跑出来拦住了送亲队伍,满脸堆笑地唱道:

清风吹过,还要拍打门窗。

春雨淋过,还要梳洗毡墙。

秋雁飞过,还要回首展望。

公主路过,何不歇脚用餐。

全羊烤得油汪汪,

奶酒酿得喷喷香。

山珍海味摆满盘,

妹妹出嫁同欢畅。

那布其公主对兄嫂的盛情一时难以谢绝,只好停车进府。胡皮、沾王、金姬、布贝大摆宴席,款待送亲队伍。那布其公主与华格沁、丫鬟水梅花、火梅花被邀至诺颜府后楼。金姬、布贝表面上对公主格外殷勤,背地里却把对婆母的怨恨都发泄在公主身上。两位少奶奶嘀咕了几句便走了。不一会儿,佣人端来了丰盛的喜餐和鲜美的奶酒。那布其公主刚要用饭,陪娘忙说:"别急,先用象牙箸试验后再吃。"公主很诧异。华格沁道:"满晋太太嘱咐,每餐都须慎重。"公主听说母亲有旨,只好照办。当她用象牙箸刚触到菜肴时,筷子"咔吧"一声立即折断。公主惊得目瞪口呆,气得脸色苍白。命水梅花把两位嫂嫂叫来,当面问罪:

---

① 笔扯其:秘书。

闪电击崖,是为灭蜈蚣。

雷公劈树,是为灭蜘蛛。

武松打虎,是为民除害。

嫂嫂害我,是为何故?

山鹿逃窜,是因为迷了路。

银杏落地,是因为离了树。

婆媳有隙,是因为不和睦。

姑嫂之间,有何不能相处?

说毕,她们相互争吵不停,轰动全府。胡皮、沾王闻讯赶来,问明缘由。姑嫂各说各的理。两位兄长不好断言,只说凡事要有证据,千万不可胡言乱语。这时,华格沁说道:"两位少爷说得在理,饭菜是否有毒,以犬试验,不是一目了然吗。"胡皮、沾王一听,立即叫来三条狗,喂上这席饭菜,眼见那三条狗吃了几口,没走几步便倒下死去。胡皮、沾王吓得直发抖,金姬、布贝早已溜掉。笔扯其吉尔格勒图看到事已如此,觉得此处不可多留,立即带领送亲队伍出发,向漠北阿拉善旗走去。

又走了七天,送亲队伍来到金色戈壁中的阿拉善王府。那布其公主与阿拉善王结成夫妻,设喜宴七天。

陪娘华格沁回到海拉图王府后,向满晋太太回禀了送公主的情况。当她说到少奶奶加害于公主一事时,满晋太太怒不可遏,决定下诏问罪。华格沁送女有功,赏银百两,又因她无家无业,无儿无女,满晋太太把她留在府里做了仆人。

按照家规,满晋太太每月要为公主写封书信,每半年要用二十峰骆驼为女儿赠送金银财宝、绫罗绸缎。连续送了三年,驼队每次路过德尔格图诺颜府时,都被金姬、布贝洗劫一空。她俩买通驼队的人,让他们在府里住上个把月,就返回海拉图,向满晋太太假报情况。金姬、布贝将截留的金银分别送给父亲沾皮斯和棍都那里,饱入私囊,大肆挥霍。

那布其公主到阿拉善王府三年,生了一女,取名其其格。她每月写一封家书,派人送往海拉图。这些书信与其母亲的书信一样,在德尔格图受到了同等命运。所以,满晋太太与那布其公主三年来互不通气,断绝了音信。

天长日久,那布其公主思家心切,望眼欲穿。阿拉善王也觉得奇怪,三年来岳母音信皆无,加上火梅花对公主的谗言,阿拉善王也有些疑虑。

初春的一天,那布其公主觉得很烦闷,便与阿拉善王商议,准备带领陪嫁来的家人,去赛罕草原春游、散心。阿拉善王平时与丫鬟火梅花勾勾搭搭,眉来眼去,这次夫人去郊外春游正是时机,便随声附和:"春暖花开之时正是游玩的季节,早去早归。不过府里无人照料也不行,把火梅花留下服侍左右就行了。"公主便带着家人去郊外赏春。

火梅花原是个轻佻女子,进了阿拉善王府后,总是找机会向王爷暗送秋波,一来二去,相互心领神会。一天,公主出游,阿拉善王趁机把火梅花带上阁楼,寻欢作乐。火梅花借机诬陷公主在海拉图王府行为不端,另有新欢,为免出丑,满晋太太才把她推给王爷。阿拉善王一听,觉得言之有理,不然怎么三年间家中音信全无呢?于是,阿拉善王要火梅花做明奴暗妻。这正中火梅花的心意,二人便推杯换盏,纸醉金迷,直到夕阳西下。

那布其公主春游归来,见主仆这般伤风败俗,怒发冲冠。阿拉善王见势不妙,便来个先发制人,说公主不贞不洁,有失体统,命卫士将公主押至后楼。

阿拉善王怕露出蛛丝马迹,来个调虎离山计,下书将笔扯其吉尔格勒图等随公主陪嫁来的人,全部送到三十里外的呼和草原去休假,让他们白天行猎,晚间饮酒,天天设宴。公主身边只留水梅花照顾。

事隔半载,公主和小女儿被关得身弱体衰,加之忧郁成疾,几乎丧命。水梅花看到公主的处境,偷偷掉泪,对阿拉善王和火梅花狼狈为奸深恶痛绝。火梅花唯恐好景不长,便给阿拉善王出主意道:

> 荒火烧大了草场受害;
>
> 洪水涨大了禾苗受害;
>
> 仙鹤放走了毒蛇受害;
>
> 公主出来了你我受害。

为了山兔的安全，

一定要把隼鹰除掉。

为了你我的幸福，

一定要把公主除掉。

阿拉善王想到海拉图王府的威力，对那布其公主十分惧怕，所以对火梅花说："害死公主，人命关天，满晋太太可不是好惹的！不如慢慢折磨她到死，到时送个信了事。"火梅花虽然与阿拉善王结发心切，但也怕事情闹大，后果严重。所以两人商议，还是把公主软禁在后楼，让她饥而无食，病而无医，慢慢死去。

一天，那布其公主问水梅花家人为什么一个不见。水梅花把阿拉善王的阴谋如实地告诉了公主。公主万万没想到阿拉善王与火梅花如此狠毒，两人便商议对策。水梅花急中生智，在夜幕降临时，她从后墙脚下的流水洞爬出，直奔呼和草原。一进院内，只见灯火通明，到处是欢声笑语，人们正在饮酒作乐。水梅花由于过急，迈进门槛就昏倒在地。人们都很惊讶，几十双眼睛盯着她。不一会儿，水梅花醒来，她定了定神，把公主的处境告诉了大家。吉尔格勒图等人听到这个消息，好似晴天霹雳，再也按捺不住心中的怒火。大家商议，决定让吉尔格勒图连夜赶回海拉图王府，其他人按兵不动，等候消息。水梅花天亮前返回王府。

吉尔格勒图挑选了一匹最快的铁骑，手持二龙吐须短鞭，腰插铅心布鲁棒，肩背月牙弓，马不停蹄地向海拉图驰去。走了七天七夜，已接近德尔格图诺颜府，吉尔格勒图唯恐碰到金姬、布贝找麻烦，所以刚踏进城郭便放开马嚼疾驰，想一跃而过。可是，事情偏又凑巧，金姬、布贝自劫持来往家信、财物以后，深怕走漏风声，所以，在阿拉善通往海拉图的路上一直有人放哨。这一天，金姬、布贝得到消息后，正好与吉尔格勒图相遇。两人上前扯住马缰绳问道："是从公主那里来的吧？""是的。"吉尔格勒图边答边跳下马。"怎么要越门而过？"金姬、布贝问道。吉尔格勒图随机应变，与金姬、布贝周旋，说一路上马累了，刚要进府就碰上了少奶奶。金姬、布贝一听，便说："那就走吧。"三人各怀心事,走进诺颜府。金姬、布贝想:要把他放回海拉图,一切全完了,一定得设法要了他的性命。吉尔格勒图想:进府如进毒蛇窟,多待一分钟,都有生命危险,必须设法逃走。瞬间,他们走进了客厅,金姬、布贝忙做饭、烧茶。吉尔格勒图冷静地思考着对策。饭快好时,吉尔格勒图说:"这几天赶路,人困马乏,不得休息。到此如到府,我出去把马鞍卸下来,回来喝酒,好好聊聊。"说完便往外走。金姬、布贝听了觉得好笑,心想:送上门来的蠢货,真是活该如此。吉尔格勒图走到马桩前,哪是卸鞍,相反,紧紧马鞍肚带,上马直奔海拉图而去。

一刻钟过去了,没见吉尔格勒图回来。金姬、布贝慌忙出门观望,一看便知道吉尔格勒图跑了,慌忙报告她们的父亲沾皮斯和棍都。沾皮斯不慌不忙地说:"没关系,把我的猎狗放出去就行。"棍都接着说:"随后我的人就赶到。"

说时迟,那时快,一条毛驴大的猎狗发疯似的向吉尔格勒图扑去。吉尔格勒图回头一看,这条不见人血不回头的猎狗就要扑到跟前了。他做好准备,把铅心布鲁棒攥在手中,霎时间,猎狗扑向马鞍,吉尔格勒图左一棒、右一棒沉着应战。就在这时,他的铁骑忽然停了下来,吉尔格勒图一怔,白马长嘶一声,向猎狗一尥蹶子,不偏不歪,正好踢到狗下巴上,把狗头踢了个粉碎。吉尔格勒图心里落了底。就在这时,后面尘土飞扬,群马奔腾,沾皮斯、棍都的家丁蜂拥而来。但是已经晚了,吉尔格勒图远远地把他们甩在了后边。

半月后,吉尔格勒图已经安全到达海拉图王府,向满晋太太回禀了全部经过。满晋太太气得火冒三丈,连向京城发函,调来精兵五千,向阿拉善旗进发。

一天,火梅花嬉皮笑脸地给阿拉善王送来奶茶说:"公主快上西天了,这回我也该成王后了。"阿拉善王坐在太师椅上,觉得眼跳心烦,说:"不要乐极生悲呀!"火梅花醋性大作,哼了一声:"你是在可怜公主吧。"阿拉善王忙改口:"不,不,我是说会不会走漏风声。"火梅花说:"公主和水梅花在后楼,房门不出,院门不进,怎么会走漏风声呢?""呼和草原那边呢?""那边整天饮酒行猎,哪有心寻思公主如何。"听到这里,阿拉善王也觉得疑虑多余,脸上露出笑容,二人对坐喝起奶茶来。

正在这时,忽然传来一片嘈杂声。只见旌旗招展,烟尘滚滚,大军已经压境。阿拉善王吓得目瞪口呆,不知所措。

在吉尔格勒图的引导下,满晋太太亲自率兵来到阿拉善王府。那布其公主看到母亲来到她的身边,好似做梦一样,一阵昏厥。当她醒过来后,激动地唱道:

> 洒在地的种子,秋天还要收回来。
> 散了群的马儿,晚间还要找回来。
> 借给人的银两,年底还要讨回来。
> 出了嫁的姑娘,为啥不来看看哟。

满晋太太伤心地唱道:

> 每月一封书信,鸿雁询问吉祥哟。
> 半年一次驼队,按时发送金银哟。
> 阿妈身上的肉,日日都在惦念哟。
> 听说毒蛇盘道,阿妈亲自来哟。

那布其公主被折磨得奄奄一息,吃力地向母亲叙述了一切,然后恳求妈妈:"对心狠手毒的金姬、布贝、阿拉善王、火梅花等人要严加惩罚,对心地善良的吉尔格勒图、水梅花要加倍奖赏,对无知的小女儿,望妈妈把她抚养成人。"说完便与世长辞了。满晋太太老泪横流,立即下令将阿拉善王、火梅花捆绑起来。然后,料理那布其公主的丧事。这天,满晋太太命人把公主的灵柩放在敖包岗松柏树下的高台上,灵前设一口九鼎大锅,羊油烧得沸腾。阿拉善王与火梅花跪在灵台前,向阿拉善旗的百姓交代迫害公主的罪行。满晋太太说:"阿拉善王与火梅花打得火热,死了也不委屈他们,让他们热热乎乎地去死吧!"说完,命人将他俩扔进油锅。接着,满晋太太向百姓宣布:"吉尔格勒图忠心耿耿、任劳任怨,为救公主,临危不惧,劳苦功高,加封为阿拉善王,掌管一旗之地。水梅花为人忠厚,陪伴公主形影不离,有难同当,成为我的干女儿,并许配给吉尔格勒图为夫人,共掌阿拉善旗。"

一切处理完毕,满晋太太带着两岁的外孙女打马回府。路经德尔格图诺颜府,查封了金姬、布贝的住宅,搜查出了所有劫留的来往信件。金姬、布贝供认了三年来劫留驼队所载金银财宝的罪行。当日,满晋太太将沾皮斯、棍都、金姬、布贝四人捉拿归案,革了沾皮斯、棍都的职,并说:"扎兰和协理平时爱财如命,死了也不委屈他们,让他们满肠金银而死。"说着,命卫兵将熔化了的银液灌入沾皮斯、棍都口中。接着又说:"金姬、布贝加害于我女,手狠心毒,我要看看她们的心到底啥样。"说毕,令人将金姬、布贝的心挖出来,祭奠了公主。

满晋太太为女儿报仇雪恨,带领千军万马浩浩荡荡地回海拉图王府去了。

讲述者:波尔固德

整理者:波·少布

南大岗子的传说

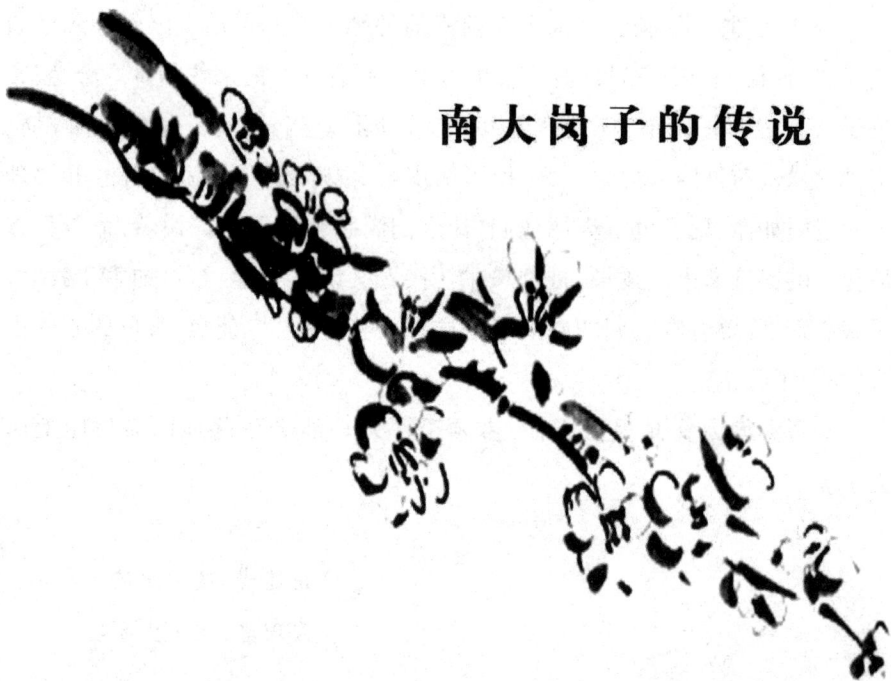

大同镇老山头乡永吉村的南大岗子,是有名的狐狸老窝,有关狐仙显灵的传说有很多,其中就有这样一个故事。

过去,屯里农民卖粮,都用笨重的花轳辘大马车运到安达粮站去卖,来回一趟得用两天两宿的时间。一年冬天,有两辆送粮车卖完粮空车从安达往回走,走到大同镇西门外时,天已黑了。老板吆喝着马,加快速度往前赶路,前辆车上的老板看见路旁坐着一个七十多岁的白胡子老头儿,慈眉善目的,身旁放两个纸箱子,用纸绳十字花捆着。车到他跟前时,他笑呵呵地跟老板说:"先生,捎个脚行不行啊?"老板看他年纪很大,又带着两个纸箱子,忙说:"不用客气,请上车吧。"说着把车停下了。老头儿连连表示谢意,把两个纸箱在前辆车上放一个,后辆车上放一个。老板说:"一个箱子能有多沉,放在一辆车上就行了。"老头儿说:"分着拉吧,可别累坏牲口。"他坐在了后边那辆车上。

车继续往前走,天越来越黑了。前辆车上的老板卷了一根蛤蟆烟,划火柴时,就着光亮回头一看,吓得把烟都掉了,见车上的纸箱子足有一间房子那么高！当火柴棍着完后,再看纸箱又变小了。他觉得奇怪,不敢告诉掌包的,赶着车往前走。

约莫半夜光景,坐在后辆车上的老头儿说:"谢谢众位帮忙,我的家已经到了。"话音刚落,跟前出现了一所大宅院,青堂瓦舍,灯火通明。从院里出来一帮人,姑娘、媳妇、小伙儿、孩子,足有百八十口。再看两辆车上装的纸箱,一个个都有一间房子那样高！这些人,搬的搬,抬的抬,把纸箱都卸到了院子里。老头儿对老板和掌包的说:"请进屋里吃点儿饭再走吧!"两个老板和两个掌包的谁还敢进屋吃饭,都说:"不打扰了,我们要赶回家呢。"老头儿说:"那改日再来吧。"回头进了院,扑通一声关上了门,灯光一灭,漆黑一片,什么都看不见了。他们四个人仔细一辨认,这里是永吉村的南大岗子,这才知遇上的求他们捎脚的是狐仙。

讲述者:李翰煜

整理者:石云龙

牛家街的传说

从前，有这么一家穷人，父子俩穷得实在不能生活，就赶辆破牛车外出逃荒。路上遇见一个算命先生，小伙子就问："我们父子啥时候能有头儿啊？"算命先生说："等牛吃房子的时候。"父子俩赶着破牛车走啊走。这一天来到了一个山坡上，山坡上有间破草房，房上长满了草，牛正吃房上的草呢。小伙子乐得一蹦老高，急忙招呼他爹看："这不是牛吃房子了吗？"从此，他就姓了牛，住在这间破草房里过起了日子。

父子俩在附近找了家财主给人家干活，年终小伙子去找东家要工钱，正巧赶上东家父女俩吵嘴。这家财主就这么一个闺女，都二十好几了还没出嫁。小伙子要讨工钱，东家一赌气，就对小伙子说："工钱不算了，你回去准备准备往家娶媳妇，我把闺女嫁给你了。一会儿就打发人给你们抬轿送去。"小伙子一听乐得够呛，急忙跑回去跟他爹说，老头子不相信："人家财主家的千金小姐，能嫁给咱们穷人做媳妇吗？"正说着，只听外边吹吹打打，花轿抬来了。怎么办？只好拜堂成亲。可是，来到了年关，家里没有一文钱，咋的也得买点儿肉和面包顿饺子呀。媳妇打开包袱，拿出一块金子交给小伙子,让他去买点儿年货。小伙子接过金子一瞧,问:"这就是金子？ 这玩意儿咱们家牛圈里有的是。"媳妇到牛圈里一看,可不是咋的,牛圈地下全是黄乎乎的金子。媳妇让小伙子套上牛车往城里拉,他们置了房子,置了地。剩下的花不了,小伙子就分给了当地的穷人。小伙子说:"我姓牛,谁愿意姓牛就把金子给谁。"于是,半个街道的人从此都姓了牛。

搜集整理者:张雷雷

诺恩吉娅

　　很早以前,在杜尔伯特草原上有一座保口浩特城,诺拉伯颜①就住在这里。诺拉伯颜和他的夫人桑吉玛年近半百,守着独生女儿诺恩吉娅,生活得很幸福。诺恩吉娅已经十八岁了,长得像草原上的萨日朗花般俊俏。从六岁开始,阿爸就教她读书吟诗,阿妈教她描花绣凤。现在长成大姑娘了,草原上的人无不夸奖,登门求婚的小伙子络绎不绝。在敖包会②上,小伙子没有不找诺恩吉娅唱歌跳舞的。诺拉伯颜和桑吉玛为了给姑娘找个门当户对的人家和才貌相当的小伙子,一直都没有给女儿定亲。后来,经过达尔罕的一位公爷说合,与漠北巴尔虎旗的王子石图梅林③定了亲。

　　石图梅林家资万贯,六畜兴旺,南沟有十万红马,北漠有十万灰驼,西川有十万黄牛,东山有十万白羊,家奴上百,佣人成千。老王爷死后,石图梅林

---

　　①　伯颜:牧主或富人。

　　②　敖包会:蒙古族的一种祭祀活动。

　　③　梅林:职衔。

继承了全部财产。

石图梅林在定亲当年就操办婚事,庞大的骑队簇拥着哈日特日格①来杜尔伯特草原接亲。

诺恩吉娅从小生活在阿爸、阿妈身旁,现在嫁到漠北,感到对故土难舍难离。她望着家乡的山水唱道:

> 脱缰的马哟,在嫩水东畔奔跑。
>
> 离家的诺恩吉娅哟,就要走向远方的大道。
>
> 离巢的百灵鸟哟,在草原高空啼叫。
>
> 出嫁的诺恩吉娅哟,就要奔向兴安岭山坳。

诺拉大妇对这门亲事虽然觉得很顺心,但是杜尔伯特离巴尔虎千里之遥。眼看着心上的肉远走高飞,不免伤心落泪。老夫妇抚摸着女儿唱道:

> 稷子地虽然远哟,能不去撒种耕田吗?
>
> 巴尔虎虽然远哟,能不让姑娘出嫁吗?
>
> 草场虽然远哟,能不去按季放牧吗?
>
> 女儿虽然远走哟,能不去按时探望吗?

老夫妇答应转年白月②去漠北探亲并接女儿回家,这才分手离去。

石图梅林和诺恩吉娅夫妇恩爱,日子过得很幸福。转年到了白月,诺恩吉娅盼望着二老来接亲,不时向东方的杜尔伯特眺望。一直等了十二年,未见故乡人影,心中惆怅。

石图梅林也觉得奇怪:当时约定转年接亲,为什么十二年杳无音信?因而疑虑重重,认为诺恩吉娅不是贵门之后,如果是伯颜的亲生女儿,绝不会出嫁十二载而不顾。所以,石图梅林对诺恩吉娅的感情逐渐淡薄,后来竟然另寻新欢,又娶一妾。他待诺恩吉娅如同奴隶,让她白天放羊,星夜碾米,拾

---

① 哈日特日格:结婚时新娘坐的轿车。

② 白月:蒙古族把正月叫白月。

柴捡粪,无活儿不干。诺恩吉娅处境艰难,日夜流泪,盼望亲人。

再说诺拉伯颜夫妇,自从姑娘出嫁,家中寂寞,激起对诺恩吉娅的想念。事情也凑巧,他们正准备去接姑娘之际,桑吉玛生了一个胖儿子。晚年得子,这给诺拉夫妇增添了无穷的欢乐。时光如梭,转眼间小儿子吐布丹已经十二岁了。聪明伶俐的吐布丹五岁就能放羊,六岁能骑马,七岁时三艺①精熟,老两口儿十分喜爱。

一天,诺拉一家三口正在喝奶茶,闲聊琐事。突然佣人跑来说去找马群的阿都钦②回来了,有事要向伯颜禀报。原来,一个月以前,诺拉伯颜的一群马被暴风雨刮丢了,阿都钦随着马群的踪迹一直找到巴尔虎旗,在巴尔虎草原遇到了诺恩吉娅小姐。阿都钦将诺恩吉娅小姐的遭遇向伯颜如实说了,同时禀报伯颜,丢失的马群已被石图梅林占为己有。

老两口儿听到姑娘的处境,几乎昏倒。原来,诺拉夫妇生下了吐布丹以后,把诺恩吉娅早已忘却了,转年接亲的事成了泡影。今天突然听到诺恩吉娅悲惨的消息和马群的下落,诺拉气得胡子都翘起来了。桑吉玛听完后,伤心地哭了,吐布丹听说自己还有个姐姐,而且姐姐在受苦,心中悲愤。诺拉伯颜准备连夜出发,接回女儿,要回马群。但是,吐布丹觉得老父年迈,路途遥远,不便远行,应由他去办。伯颜觉得儿子年幼,远征也不放心。所以,互不相让,最后伯颜争执不过,还是由吐布丹前往。

吐布丹来到牧场,把家里的马圈到一起,围着马群转了三圈,然后站在敖包岗上唱道:

> 阿勒泰山多高啊,成吉思汗的马登上去了。
>
> 哈敦高勒多宽啊,忽必烈的马涉过去了。
>
> 巴尔虎有多远啊,哈萨尔③的后裔也要去哟。

---

① 三艺:指骑马、摔跤、射箭。
② 阿都钦:牧民或马倌。
③ 哈萨尔:成吉思汗的弟弟,杜尔伯特人的先祖。

哪匹是真的蒙古马啊,赶快出来跟我走哟。

这歌声飘荡在上空,回荡在马群中。只见一匹红鬃红尾的枣红驱风驹跑出马群,昂首嘶啸,扬鬃刨蹄,站在吐布丹身旁。吐布丹给驱风驹扣上金鞍银蹬,手持马鞭,腰带弓箭,星夜出发,向漠北巴尔虎旗奔去。枣红驱风驹昼夜兼程,一直来到巴尔虎草原。吐布丹放慢了脚步,忽听远远传来了凄凉的歌声:

> 杜尔伯特草原哟,你是我出生的摇篮。
>
> 如今离开了你,日夜想念故乡。
>
> 清澈的嫩水哟,你是养育我的地方。
>
> 如今离开了你,日夜想念爹娘。

吐布丹顺着歌声漫步行进,渐渐看见了羊群。一位三十多岁衣服褴褛的女人唱着歌,吆喝着羊群向开拉里河①边走去。吐布丹上前向牧羊人问安,说明了自己的身世和来意。牧羊人听后,抱住吐布丹号啕大哭。原来,这就是吐布丹的姐姐诺恩吉娅。姐弟二人席地而坐,悲叙家常。吐布丹虽年纪小,但血气方刚,要立刻催马进府。诺恩吉娅劝弟弟,人地两生,不能蛮干。吐布丹哪里肯听,直奔巴尔虎王府。

巴尔虎王府是三层青砖瓦院,门前有两头石狮张牙舞爪,两对门勇分立两旁。吐布丹来到门庭下了马,让门勇回禀石图梅林,就说他的内弟从东方杜尔伯特来看望姐夫、姐姐。石图梅林听后很吃惊:当年诺恩吉娅无兄无弟,这是何人? 带着疑虑把吐布丹接进内室。吐布丹把父亲的手书递给石图梅林,石图梅林大吃一惊,吐布丹立即要见姐姐,石图梅林非常尴尬,忙说:"你姐姐出去有点儿事,一会儿就回来。"说完一面吩咐用人杀牛宰羊,大摆宴席,款待吐布丹;一面背地差人把诺恩吉娅从牧场找回,让她换了新装来见吐布丹。吐布丹见了姐姐,更激起了对石图梅林的愤恨。他提出:"这

---

① 开拉里河:即现在的海拉尔河。

次阿爸让我来,一是接姐姐回家住,二是把我家丢的马从你处赶回。"石图梅林眨眨眼睛,说:"接你姐姐回家住可以。但是,要从我这儿赶你家丢的马有何根据?"吐布丹毫不相让地说道:"我的阿都钦来,看见我家的马就在你的马群中。"石图梅林不承认,二人争辩不休。最后,石图梅林想出了一个诡计,便说:"你也不要说你的马在我的马群中,我也不说你的马不在我的马群中。我把马全都圈回,你能一匹不差地认出你的马,你就赶走。否则,那就对不起了!"吐布丹马上应道:"一言为定。"二人举杯为誓,饮毕而散。

第二天,石图梅林把马全部赶到巴尔虎草原上,让吐布丹挑马。吐布丹骑上枣红驱风驹,在马群中跑了三圈,然后站在马群中大声唱道:

> 哈萨尔的后裔哟,不要忘了祖亲。
>
> 杜尔伯特的马哟,不要忘了主人。
>
> 远在异乡的人哟,不要忘了族亲。
>
> 离乡散群的马哟,不要忘了回群。

听到歌声,吐布丹家的马个个抬起头,竖起耳朵。刹那间,一匹全鬃全尾菊花青①头马跑出了马群,在吐布丹面前竖了三个高,然后跑进马群中,将吐布丹家的马全部找出,领到吐布丹跟前。吐布丹将马鞭一甩,喊了一声"咚!"他的马立即离开了石图梅林的马群,由菊花青领路,向东方跑去。

吐布丹回到巴尔虎王府,二话没说,将姐姐扶上马背,二人赶着马群,直向杜尔伯特奔去。枣红驱风驹像刚离弦的箭,越过高山,踏过急流,穿过平川,直达杜尔伯特的保日浩特城。

诺拉伯颜全家团圆。枣红驱风驹累得汗水成溪,因劳累过度,昂首向兴安岭长啸三声而死。吐布丹失去了心爱的枣红驱风驹,大哭了三天。为了纪念它,把枣红驱风驹葬在召因鄂勒斯②的敖包岗上,并修了一座镇北塔,表

① 菊花青:白色毛上带有灰色斑花的马。
② 召因鄂勒斯:岗上的丛林。

示憎恨石图梅林。诺恩吉娅为了报恩,天天跪拜叩头。就在这镇北塔建后的第三年,突然从塔里飞出一只火红色的鸽子,在诺拉伯颜家的上空盘旋了三圈,然后向巴尔虎草原飞去。当鸽子飞到巴尔虎王府时,石图梅林嘴里叼着烟斗,刚走出门口,一阵风将烟火吹起。鸽子扇动两翅,大火顿时四起,形成火海。整个巴尔虎王府烧得片瓦未留,人畜皆尽,石图梅林受到了惩罚。

讲述者:哈·宝日少布

整理者:波·少布

披着人皮的狼

古时候,蒙古草原上野狼很多,一群·群的。狼凶恶残忍,不仅吃牛羊,还吃人,饥饿的时候,竟把它的同伴吃掉,成了草原上一大害。为什么人们把坏人叫披着人皮的狼呢? 说起来还有一段故事呢。

奴隶巴特尔逃出胡合王爷府,向东奔去。一天,他从狼口中救出一个人,名叫哈拉乎,两个人成了患难兄弟。为了学到武艺不受欺压,二人直奔乌拉庙投师去。

乌拉庙的主事大喇嘛名叫阿特恩,虽然年已古稀,却有一身好武艺。自从收下巴特尔和哈拉乎后,一边教武艺,一边教做正直勇敢的人的道理。一天,阿特恩大喇嘛带着两个徒弟直奔草原深处。正走着,"嗖"的一声,一只竹签子耳朵的白脸狼向阿特恩大喇嘛扑来,吓得哈拉乎回头就跑,巴特尔惊叫一声:"师父!"挺身挡住了白脸狼。阿特恩大喇嘛点点头,不慌不忙地一脚把白脸狼踢出去两丈多远,白脸狼断了气。阿特恩大喇嘛看了一眼勇敢的巴特尔,又看了一眼抱头逃跑的哈拉乎,长叹一声说:"没有骨气的人,虽然活着，但连棵牧草都不如啊。"回来后，哈拉乎总觉着师父对师兄亲亲热热，对自己却是寒冷如冰，疑神疑鬼起来。

一年过去了，哈拉乎把怨恨由师父身上移到了巴特尔身上，心想：患难的兄弟，真不够义气，你为了在师父面前讨好，就把我压下去呀，哼，走遍天下也不能受这个窝囊气。他背上箭，挎上腰刀，偷偷地离开了乌拉庙。

这一天，哈拉乎进入了白音草原。忽然，从深草中跑出一只野羊，他扬手就是一箭，正射在野羊身上，野羊带着箭向前跑去。哈拉乎去追，忽然跑来一些骑黑马挽弓插箭的人，齐声大喊："哪来的矮脚狼，敢闯王爷的围场？"没容分说抢过刀夺下箭，把哈拉乎推到白音王爷面前。白音王爷高声大骂："该死的奴才，我岂能容你！"哈拉乎吓傻了，哆哆嗦嗦地说："王、王爷，我是能人的徒弟，辞师下山从这儿路过。"白音王爷哼了一声说："你会武艺？"哈拉乎咧咧嘴说："王、王爷，我跟着高人学艺五年……"还没等他把谎话说完，白音王爷把头一摇，说："你和我手下人比试比试。"随着白音王爷的话音，跳出一个满脸大胡子的人，挥拳向哈拉乎打来，哈拉乎也举拳相迎。哈拉乎投师一年多，也学来几招真本领。满脸大胡子的人没投过明师，只会个三脚猫、四面斗，两三个照面儿，被哈拉乎上面一拳、底下一脚打趴下了。白音王爷连说："好！好！你别走了，就当我黑马队的梅林吧。"哈拉乎急躬身说："谢王爷！"从此，哈拉乎骑上了高头大马，威风凛凛地当上了白音王府黑马队的梅林。

草原绿了又黄，黄了又绿，两年过去了。巴特尔学到了满身武艺，一张弓三支箭，百步穿杨，精通七十二路滚刀法，神出鬼没。一天，阿特恩大喇嘛把他叫到面前说："徒弟，你的武艺已学成，去走你自己要走的路吧。"巴特尔背刀挎箭，拜辞了阿特恩大喇嘛，离开了乌拉庙。

巴特尔来到白音王府门前，看见墙上贴着王府的告示，上写："银花公主误入野狼岭，有能救回者，赏黄金千两，并将公主许配给他为妻。"巴特尔心中暗想：师父教我武艺是为民除害的，野狼岭就是刀山火海，我也去闯一闯。想到这儿，他伸手把告示揭了下来。管告示的正是哈拉乎，他一看揭告示的人原来是巴特尔,心想:他的武艺一定比我强,他一来对我太不利了。没办法,只好上前打招呼:"这不是师兄吗?"巴特尔心想:他怎么在这儿呢?哈拉乎把当梅林的事说了一遍,巴特尔也乐了。哈拉乎告诉巴特尔:"野狼岭在西方,那里野狼成群,公主现在不知死活,黑马队去救,反被恶狼吃了几十个人,也没救回来。"巴特尔沉静地说:"为民除害,管它什么野狼野虎。"哈拉乎连说:"好,我去禀报王爷。"

哈拉乎面见白音王爷躬身说:"王爷,我带领黑马队再去救公主。"白音王爷疑惑地问:"你还去?"哈拉乎忙说:"王爷,我已想出战胜野狼群救回公主的办法。"白音王爷沉思了一会儿说:"好,你去吧。"哈拉乎领着黑马队,巴特尔也骑上马,出发了。

人马走了三天三宿,眼前出现了层层叠叠的大沙坨子,风卷黄沙弥漫着天空,隐隐约约传来声高声低的狼嚎声。黑马队停住了,哈拉乎跟巴特尔说:"师兄,眼前就是野狼岭,我就在这儿等你救出公主。"巴特尔紧紧马肚带,"唰"的一声拔出腰刀,又抬头看了一眼太阳,跟哈拉乎说:"如果明天中午我回不来,你就回禀王爷另请高明吧。"说完,飞身上马连加三鞭。那匹马竖鬃拖尾,飞蹄亮掌,闯进了野狼岭。

巴特尔催马进了野狼岭,恶狼从四面八方向他扑来。他伏在马上一边挥刀砍杀,一边高喊:"公主——你在哪里?"一口气冲出了恶狼的包围,才仔细观察一下周围的景象。连绵不断的沙丘一眼望不到边儿,到处是狼洞,老狼小狼拖拖拉拉,进进出出,真是一个恶狼的世界。巴特尔又喊了一声:"公主——你在哪里?"随着他的喊声,又有十多只饿狼向他扑来,又是一阵砍杀。一只老狼把嘴朝向天空,呜——呜——地号叫起来。随着它的号叫,四周传来了呜——呜——的号叫声,这意味着又要有大群恶狼围来。巴特尔不敢停留,急打马猛跑起来。忽然传来呼救声,巴特尔顺着喊声奔去。

银花公主没死,她就藏在那片红柳子中的狼洞里。巴特尔走到洞前,公主已经站起来。巴特尔忙问:"您是银花公主吗?"公主点点头,巴特尔忙躬身说:"我叫巴特尔,奉王爷的命令前来救你。"边说边从怀中掏出王府的告示递给公主。公主接过来看了一遍，又抬头看了一眼巴特尔，见他身材魁梧，相貌英俊，心想：能有这样一个夫婿也就称心如意了。她忙躬身说："我和两个女奴误入这里，女奴和马匹都被恶狼吃了，我凭这把刀砍退狼群，藏在这里才保住了命。"巴特尔忙说："公主，快上马，咱们往外闯！"公主忙问："你呢?"巴特尔说："我步行保护你。"公主两眼流下泪来，她把手上的玉镯褪下一只，送到巴特尔面前说："我们能不能逃出这死亡之地，还说不准。这只玉镯你收下，以后要有玉镯在，就是奴隶也是夫妻，要是没有玉镯在，王侯也难成婚。"巴特尔把玉镯揣在怀里，随手从腰间摘下刀鞘，送到公主面前说："这个刀鞘请你收下，以后刀鞘对上刀，就是奴隶也成婚，刀鞘对不上刀，金枝玉叶也难成亲。"公主把刀鞘挂在腰间。

巴特尔又催公主赶快上马往外闯，公主忧虑地看了一眼巴特尔说："不，咱们都上马吧！"巴特尔连连摆手道："不行啊，两人骑一匹马，狼来谁也逃不出去。"呜——呜——狼嚎声四起，已有三五十只恶狼向他们扑来。巴特尔忙把公主抱起来按在马上，随手照马屁股就是两鞭子，马竖耳扬蹄向前冲去。银花公主伏在马上拼命地喊："巴特尔，你也快上马！"巴特尔回头看了一眼，后边已有大群恶狼号叫着向他们追来，左右也有三五成群的恶狼猛扑过来，如果稍一停顿，必将陷入恶狼的包围之中。巴特尔双眉倒竖，二目圆睁，远的箭射，近的刀劈，保护公主向外奔去。

哈拉乎在野狼岭外边，心中是七上八下。他想："巴特尔真把公主救出来，就成了王爷的姑爷，比我高一头，再把我的老底儿揭出来，我就完了。但愿他被狼吃掉，我可就万事吉祥了。"他正在胡思乱想，忽然野狼岭内传来狼嚎声，他上马仔细一看，但见狼群翻滚，公主骑在马上向外冲来。哈拉乎大喊："公主！公主！"公主伏在马上一声不出。原来，公主连吓带饿，又担心巴特尔，一着急昏过去了。哈拉乎叫两名黑马队员保护公主先走，又下令向狼群放箭。巴特尔已被恶狼围住，他奋力向外冲杀。哈拉乎趁乱向他连射三箭，眼见巴特尔倒在狼群之中。

白音王爷赏给哈拉乎一百两白银，哈拉乎躬身站在那里一动不动。白音王爷又问："你还有事吗？"哈拉乎忙说："王爷，你出的告示上还写着和公主成亲呢。"白音王爷"嗵"的一声坐在椅子上，心想：我的公主像一朵萨日朗花，哈拉乎却像一棵羊胡子草，怎么能成亲呢。想到这里，叹口气说："你不能和公主成亲，我再赏给你一群羊吧。"哈拉乎摇摇头说："王爷口中无戏言，和公主成亲是你告示上定的。"白音王爷没话说了，心想：是啊，告示是我出的，难怪人家不服啊，这也是公主命该如此，怨不得别人了。想到这儿，他说："好吧，选个吉祥日子，你们就拜天地成亲吧。"

银花公主时刻想念着巴特尔，现在巴特尔就站在她的身边，她偷偷掀开蒙头红一看："啊？不对呀！巴特尔是一个身高体壮的小伙子，哪来这么一个瘦小枯干的矮个儿呢？"她一把扯掉蒙头红，急问："你是谁？"哈拉乎支支吾吾地说："我——我——"公主只觉天旋地转，大喊一声："把他轰出去！"哈拉乎冷笑一声说："我和你成亲是王爷的命令，谁敢轰我？"气得公主又昏倒了。哈拉乎奸笑一声说："快把公主扶入洞房！"女奴扶起昏迷不醒的公主，慢慢地向洞房走去。忽然，有人大喊一声："慢着！"哈拉乎猛抬头，大吃一惊，语无伦次地说："巴特尔！你、你没死？"

巴特尔保护公主，眼看就要冲出野狼岭，忽听箭带风声向他飞来，急闪身躲过。猛抬头看见哈拉乎正弯弓搭箭向他猛射，他只好就地卧倒，施展他的绝招——一路滚刀法。恶狼迎着死，碰着伤，血肉横飞。巴特尔冲出狼群，躲进狼洞藏起来。天渐渐黑下来，群狼还在蹦跳着，号叫着，像鬼火一样的眼睛放着凶光，贪婪地争抢着，把死伤同伴的尸体撕扯成碎块吞咽下去，直到下半夜才渐渐散去。巴特尔这才悄悄地逃出野狼岭，赶到王府。

银花公主来到白音王爷面前，把巴特尔救她的事从头到尾说了一遍，最后拿出玉镯和刀鞘说："谁能对上玉镯和刀，我就和谁成亲。"白音王爷说了一声："好！"转过脸来问哈拉乎："你能对上吗？"哈拉乎吓得满脸流汗，结结巴巴地说："我——我——"巴特尔躬身说："王爷，我能对上。"说着，把玉镯和刀送到王爷面前。白音王爷全明白了，他手指哈拉乎说："我把你当成一只金鹿，原来你是一只披着人皮的狼。铜鞋侍候！"奴隶们答应一声："喳！"

立即把一双头尖发亮的铜鞋送到王爷面前。白音王爷穿上铜鞋,一步一步向哈拉乎逼近。哈拉乎恐慌地磕头大喊:"王爷饶命! 王爷饶命!"白音王爷照准哈拉乎的身子上中下三处,连踢数十脚。哈拉乎惨叫着倒在地上,断了气。

从此,草原上的人们便把像哈拉乎这样的人叫作披着人皮的狼了。

讲述者:张洪有

整理者:李成贵

葡萄花屯的传说

从前,这里是一片沙漠,茫茫的沙海掀动着一排排沙浪,人走进去,稍不留心,就会迷路,再加上没有水喝,最终会被无边无际的沙漠吞噬。一个勇敢的小伙子发誓要征服这暴虐的沙漠。他听老人说过,在这沙漠的外面,有一种叫葡萄的植物,它不怕风沙,不畏酷热,能防风固沙,只要它在这里安了家,就再也不怕沙漠里的大风沙了。小伙子决心出去寻找这神奇的葡萄苗。

他历尽千辛万苦,终于走出了沙漠,找到了葡萄秧,用两头骆驼驮着,带着足够的水,又走进了沙漠。开始几天很顺利,小伙子精心照顾着葡萄秧,宁可自己不喝水,也要按时给秧苗浇水。想到不久以后这些葡萄苗就要在家乡生根发芽,他心里就像喝了蜜一样甜。过了几天,沙漠上刮起了大风。他叫骆驼趴下,把秧苗放在骆驼身旁,自己也在骆驼旁趴下,静等风沙过去。风沙终于过去了,小伙子起来继续赶路。可他哪里知道,风沙把沙丘移动了方向,他认准的方向已经错了。就这样,他又走了几天,等发现自己的错误时,已经晚了。要折回到正确的方向,水已经不够了。虽然他自己忍着不喝,也不给骆驼喝,把省下来的水都浇在葡萄秧上,但葡萄秧还是渐渐干枯。

人也渴得时常眼冒金星,多次晕倒在地。

眼看着就要到家了,水也没有了。一株株葡萄秧苗都低下了头。照这样下去,葡萄苗非死不可。小伙子急得团团转,骆驼轻轻地用头蹭着他,似乎在安慰他。忽然,一个念头出现在小伙子头脑中——杀骆驼取水。谁都知道骆驼可以贮存大量的水,所以它可以很多天不喝水。小伙子抚摸着骆驼,他真不忍心啊!骆驼是他多好的朋友啊!给了他多大的帮助啊!在风沙里全靠它保护自己啊!骆驼仿佛也明白了主人的心意,眼睛里满是恳求的神色。可当小伙子看到秧苗那焦渴的样子时,终于下定了决心。他对骆驼说:"为了使沙漠的人不再受风沙的侵扰,为了使大伙不再被沙漠吞噬,只好牺牲你了。"他毅然举起了刀……

又过了两天,离家乡十分近了,小伙子再也走不动了,焦渴很快就要夺去他的生命。他把葡萄苗从那仅剩的一头骆驼背上解下来,放开了骆驼的缰绳,指着家乡的方向,把骆驼放跑了。等到人们跟着骆驼来到小伙子身边时,人们发现小伙子躺在葡萄秧的旁边,而碧绿的秧苗都变成了紫红色,正生机盎然地生长着。原来,是小伙子用自己的鲜血浇灌了它们。

人们含着热泪把小伙子和秧苗抬回村,把小伙子埋葬在葡萄苗的旁边,让他永远守卫着这些用他鲜血救活的葡萄苗。以后,这些葡萄苗就永远成了紫红色,它们手拉手肩并肩地抵挡着风沙。一阵阵风吹来,葡萄秧发出沙沙的响声,似乎在向长眠在地下的小伙子倾诉着它们的感谢之情,又像在向小伙子诉说它们战胜风沙的决心。

人们为了纪念这个为家乡献出生命的小伙子,便把这个地方叫作葡萄花屯。

讲述者:刘宝昌

整理者:李英伦

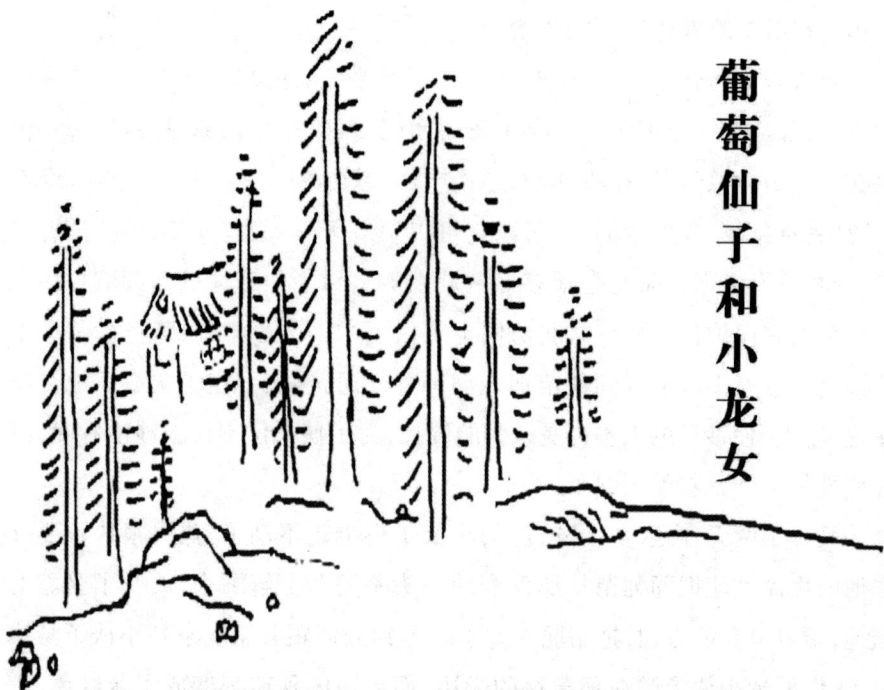

葡萄仙子和小龙女

葡萄花屯，现在是大庆油田采油七厂的所在地。然而，石油地质专家们只能揭示关于其储量和开发的某些秘密，却很少有人知道葡萄仙子和小龙女的一段美妙的神话传说。

相传在古代，这里是北海龙王的领海，鱼鳖虾蟹特别多。北海龙王仗着兵多将广，想统治东海、南海和黄海等海域，于是大动干戈。几个龙王联合起来也打不过，便联名告到玉皇大帝那里。玉皇大帝一怒之下调动天兵天将和所有的山神土地，将北海硬给填死了。北海龙王和鱼鳖虾蟹全被埋在了深深的海底，腐烂后就变成了石油。可北海龙王的小女儿却幸免了，因海岸东山葡萄沟里的葡萄仙子钟情于她，把她救了出来。北海虽被填死了，小龙女却不肯离开这里，于是，他们就在这里生活。但小龙女离开水是无法活下去的，乡亲们见她怪可怜的，就集中往她身上泼水。水多了，就形成了一个个泡子，小龙女还可以去洗澡呢。葡萄仙子非常感激乡亲们，看这里太荒凉，便种了好多好多葡萄，并且很快就开花了。然而，好景不长，小龙女的事被东海龙王知道了。东海龙王刮起了一阵龙卷风，将小龙女抢跑了，正开花的葡萄也被龙卷风卷光了。葡萄仙子气愤不过，又回葡萄沟去了，留下来的只是一个个水泡和一片片盐碱滩。

小龙女虽被抢到东海龙宫里去了，但她始终没有忘记这块土地，没有忘记自己给乡亲们带来的灾难和乡亲们给她带来的好处，常以自己的眼泪给这里洒些甘露。葡萄仙子虽然离开了这里，但经常托梦给乡亲们，并以一首诗慰问乡亲们：

> 仙子不是无恋意，龙女之情定报答。
>
> 葡萄自有花开日，珊瑚变成铁枝珠。

这首诗乡亲们一时谁也解释不明白。后来，这里来了一个牵骆驼的南方人，给解释了这首诗，说："将来这里不但葡萄花能重新开花，而且能结出金色的果实。"

如今，这里成了大庆油田的一部分，葡萄花不但真的开花了，而且真的结出了金色的果实。那海珊瑚似的采油树都长着铁枝珠。夜晚油井架上串串电灯亮起来，看上去多像那一串串闪光的葡萄啊！也许，这就是葡萄仙子和小龙女对这里的回报吧。

讲述者：陈希华

整理者：王觉民

七月七为啥没燕子

每年一到农历七月初七这天，无论是房前屋后，还是草原森林，看不到一只燕子，这些燕子都去哪儿了呢？

原来是到银河上给牛郎和织女搭桥去了。

在很早很早以前，有一户人家，父母早亡，只给两个儿子留下几间砖瓦房、十几垧地和一头老得没牙的黄牛。哥哥娶了妻子以后，妻子害怕弟弟娶了媳妇分家产，一再鼓动哥哥分家。枕边风把耳朵根子软的哥哥吹得心活了，他把山坡上的两间破草房、几亩薄地和一头老黄牛分给了弟弟。

从这以后，弟弟赶着老黄牛日出而作，日落而息，人人都管他叫牛郎。有一次，他正在山坡上耕地，一只燕子呼扇着翅膀围着他转。牛郎直起身来一看，一只凶恶的老鹰在扑击燕子。牛郎捡起一块石头狠狠地向老鹰砸去。老鹰一飞躲开了，又一次扑下来。这时，燕子一头扎在牛郎的脚底下，悲惨地叫着。牛郎急忙拿起四齿叉子对着老鹰，老鹰每扑一次就叉出去一次。老鹰不敢再扑下来，绕空飞了几圈后飞走了。牛郎抱起燕子一看，燕子的翅膀已经让老鹰叼断了，鲜血染红了羽毛。牛郎把燕子抱回草房，给它敷上了草药，包扎上，编个笼子养了起来。原来，这只燕子是蓬莱岛上凤凰仙女手下专管天下燕子的仙燕，这次随丈夫出去安排燕子南飞。半路上，凶恶的鹰魔吃掉了丈夫，叼伤了自己。燕子的伤好了以后，对牛郎说："好心的牛郎，为了报答你的救命之恩，我告诉你一个秘密，你家的老黄牛是被玉皇大帝贬下来的仙牛，你有什么为难的事，只要拽住牛尾巴，用手拍三下牛脑门子，老牛就会告诉你怎么办。"说完，燕子飞出笼子，绕着牛郎转三圈，临走时叼下一根羽毛交给牛郎说："需要我的时候，把羽毛点着，对着西方喊三声蓬莱仙燕，我就能来帮助你。"

仙燕飞走后，牛郎仍然和老黄牛一起辛勤地耕耘着。有一天，牛郎望着山下大哥家越来越宽阔的房子，拽着牛尾巴，拍着牛脑门自言自语道："我现在老大不小了，什么时候才能娶上媳妇成个家呢?"老牛突然开口说话了："牛郎啊，七月初七半夜时分，你到湖边藏起来，天上下来七个仙女到湖里洗澡，你看哪个好就抱着她的衣服往回跑。"听了老黄牛的话，牛郎半夜时分藏到湖边。一会儿工夫，天上下来七个仙女，一个比一个漂亮。牛郎看穿绿衣服的仙女最好看，于是抱着她的衣服就往回跑。这七个仙女都是王母娘娘的女儿，这天背着王母娘娘下到凡间洗澡，穿绿衣服的是七仙女。七仙女被牛郎的勤劳善良感动，和牛郎一起回到草房，成了一家人。从这以后，牛郎和老黄牛一起种地，七仙女在家织布，织出来的布又好又漂亮，大家都叫她织女。一年后，织女生了一对胖娃娃，一家人和和美美地过着日子。

有一天晚上，牛郎到牛栏加草，老黄牛突然叼住牛郎的衣服袖子说："我就要回天庭了，我死了以后，把我的皮扒下来，将来需要的时候披在身上就能飞上天。"没几天，老黄牛就死了。牛郎伤心地按照老黄牛的吩咐，扒下牛皮，挖个坑把牛身子埋起来，天天到坟上看一看。凡间是一年，天上才一日。天庭上，王母娘娘一天不见七仙女，急忙问其他仙女，才知道七仙女嫁给了凡人，急忙派雷神把七仙女抓了回来。牛郎急忙用一根扁担挑起两个孩子，披上牛皮，一跺脚，飞到天上追七仙女。王母娘娘一看，从头上拔下一根钗子，在空中一划，划出一道天河，把七仙女和牛郎隔住了。

七仙女想念牛郎和孩子，天天哭。王母娘娘无奈，只好准许七仙女和牛郎一年见一次面,但过河的办法让牛郎自己想。牛郎是凡间俗子,披着神牛的皮到天河边,再也没有办法过天河了。突然,他想起仙燕的嘱咐,拿出羽毛用火点着,向着西方连喊了三声:"蓬莱仙燕。"不一会儿,仙燕飞来了。牛郎把自己的难处向仙燕一说,仙燕就下令天下所有燕子到每年农历七月初七这天去天河上搭桥,让牛郎织女一家子相会。

从这以后,燕子每年农历七月初七这天到天河上搭桥,所以这天找不到一只燕子。现在,银河这边有三个排成一行的星星,中间是牛郎,两头是两个孩子,银河那边最亮的星星是织女,他们隔河相望,盼着农历七月初七这天燕子来搭桥呢。

讲述者:艾凤兰

整理者:张亚贤

奇妙的姻缘

　　在很久以前,有一个叫郑直的孩子。他家中很穷,只靠他父亲一人给地主家干活儿养活他们娘俩。

　　郑直长到十二岁那年,他的父母相继去世,只剩下这孤苦伶仃的孩子。为了度日,他只好到一个姓张的员外家干活儿来养活自己。

　　这个员外是一个非常吝啬的老家伙,他怕小直偷懒,就给他安排了很多活儿,每天天刚蒙蒙亮,小直就起床担水、喂猪、倒便盆。员外家有一个儿子,十四岁了,什么活儿都不会干,又傻又呆的。小直每天起来还要给他穿衣服,喂他吃饭,然后送他到学堂念书。员外儿子的胆子特别小,路上有什么动静,吓得他抱住小直的胳膊直哆嗦。就这样,只要他有点儿不如意,就回家告诉他爹,小直就遭到一顿毒打。小直常常被打得身上青一块紫一块的。

　　有一天早上,小直伺候少爷穿衣服、吃饭,送他去学堂念书。路上遇见一个骑马的大汉,马蹄扬起的尘土和马的嘶鸣声吓得这个少爷"妈呀"一声就滚到路边的草丛里去了。小直赶紧闪到路边让骑马的人过去。这个大汉过去后,小直忙把少爷从草丛中扶起来,帮他拍掉身上的草梗。少爷骂道:"该死的小直子,那……那……个人过来,为什么……不把他的马拦……拦住,你这该死的!"小直子连哄带说地送少爷去学堂。忽然,小直发现路边有一个褡裢,拿起来沉甸甸的,打开一看,竟是白花花的银子。傻少爷不知银子是干什么用的,就拿起一块玩着,冲着小直傻乎乎地说:"哎!该死的!这石头怎么是白的?怪好玩的!"小直心想:"这一定是刚才那骑马的汉子掉的,他掉了银子一定很着急。他会回来找的,如果我们走了,褡裢就放在这里,准会被人捡走。可是这么多银子我也背不了啊!对了,我放在一个地方,等一会儿再来等他。"于是,他哄着少爷把褡裢抬到草丛里用草盖上,然后把少爷送到学堂,就急忙回到刚才的地方,坐在路边等着。路上的行人渐渐多了起来,但始终没有看见早晨骑马的汉子来。小直饿着肚子,一直等到太阳快要落山了,才见一个牵着马的人低头寻找着什么。小直的眼睛一亮,他飞快地跑过去问:"大叔,你在找什么?"那汉子哭道:"早晨我从这儿路过,因回家心切,走得急些,把银子丢了。那是我在外面五年的积蓄啊!本打算回去养家用,谁知……"那汉子说着又止不住哭了起来。"大叔,你别哭了,你的银子是用什么装的?"汉子说:"是用褡裢装的,一共二百两。"小直把汉子领到草丛中,拖出褡裢对汉子说:"是不是这个?少了没有?"那汉子呆呆地看了半天,忽然给小直跪了下来:"小恩人,你可救了我的命啊!"小直赶紧把他扶了起来说:"大叔,你别这样。早晨你从这里过,我看见有一个褡裢掉了下来,我想你一定很着急,就在这儿等你。好了,我该走了。""小恩人!"汉子一把搂住小直说:"我还不知道恩人的尊姓大名呢。""我叫郑直。"那汉子拿出五十两银子要送给小直,小直说:"大叔,我不要,我要是想要就不在这里等你来找银子了。"那汉子非常感激,两人互道姓名就分手了。

光阴似箭,小直已经十八岁了。长得非常英俊,因经常陪少爷去学堂念书,小直又聪明过人,看文章过目不忘,所以琴棋书画无所不通。那时的男孩子到十六岁就该成家,小直因贫苦,寄人篱下,到十八岁还没有成家。这时,傻少爷也二十岁了,他生性呆傻,媒婆见了就头疼。老员外两口子也很发愁,于是下令:"谁能给这个傻儿子牵个好姻缘,就赏银子一百两。"一听此言,媒婆四下打听,要给傻子找姑娘。

有一天，老员外两口子正在吃午饭，忽然，王二婆进来说："离这儿五十里地有一户人家，姑娘十七岁，我找她求个婆家。"她凭三寸不烂之舌，把傻少爷吹得跟花似的，人家已同意了，约定正月初八见上一面。老员外听了非常高兴，转而又非常犯愁：人家要见上一面，咱这儿子这样，可怎么办呢？这时正好小直进来收拾碗筷，老员外瞅着小直的身影，忽然想到一个主意。他站了起来，说道："小直，我有一个亲戚想托我找一个教书先生，你是我家的人，我自然向着你，给你找一个美差，一个月可挣几两银子，你看怎么样？"小直听了非常高兴，心想总算离开这里了，但表面非常冷静。他说："全凭老爷做主。"老员外听了哈哈大笑道："好！过几天人家来看人，你准备一下。"随后，让用人按小直的身材做了一身华贵的衣服。

　　到了这一天，姑娘的母亲和哥哥来到了老员外家。一阵寒暄过后，老员外唤出小直，小直过去给姑娘的母亲和哥哥请安，然后站在一边。姑娘的母亲和哥哥一看，果然是一表人才，又问了一些四书五经、天文地理，小直一一回答，老夫人为此十分高兴。老员外让小直退下，与老夫人商量如何让姑娘过门，定下良辰吉日。老夫人告辞回府。

　　到了这一天早晨，老员外把小直叫来，给他梳洗打扮一番。忽见老员外给他跪下了。小直不知是怎么回事，吓得赶紧跪下磕头道："老爷，我实在不敢当。"老员外赶紧把小直扶起来，对他前前后后一五一十地说了出来。小直犹如当头一棒，呆住了。这时，老员外又说："小直啊！我早时对你不薄，你就帮老夫这一把。事成后，我给你纹银千两。如果你不答应，老夫的脸就丢尽了。"说完，又给小直跪了下来。小直一看没办法了，强忍着怒火答应了下来。小直自己也想好了，等把姑娘接过来，就去死，只有死才能洗清这骗人的名声。

　　花轿来到姑娘家门前，小直拜见姑娘的母亲和哥哥，跪下行礼道："岳母，哥哥。"老夫人十分高兴。这时，街坊四邻前来祝贺，都要见见新姑爷。老夫人把小直叫到众乡亲面前。小直说："各位叔伯、大婶、兄弟姐妹，晚生有礼了。"老夫人乐得嘴都合不上了，对众人说："各位先到前厅等一会儿，等我家老爷来了就给他们完婚，我家老爷今早有急事，一会儿就回来。"说着就请各位进厅。此时家人来报："老爷回来了。"众人忙起身相迎。只见一位年过五旬的老人走进客厅,冲人施礼道:"让众乡亲等这么长时间,实在抱歉,老夫出门耽误了,请见谅!"众人嘻嘻哈哈地推着小直,让他与老人见面。小直怀着十分内疚的心情走到老人面前,跪下行礼道:"岳父大人,小婿这厢有礼了。"老人一听愣住了:"你叫什么?""小婿郑直。""抬起头来。"老人有些激动地说。小直不知哪里来的勇气,一下子抬起头来。老人定睛一看,"哎呀"了一声,"啊!恩人!"便要跪下行礼。这把小直吓得扑通一声又跪了下来,不住地说:"折杀小婿了。"老人哈哈大笑,叫过夫人、儿子,又唤出姑娘,与小直一一施礼。就在小直与众人不解之时,老人笑着说:"小直啊,你可记得六年前有一个骑马的汉子遗落银子之事?"小直一听,抬头认真地看了看老人,说道:"莫非……""对!就是我。""夫人,你们可记得我六年前回来时说过的事吗?"老夫人说:"老妇终生难忘啊。"老夫人和儿子姑娘重重施礼,小直忙跪倒还礼。老爷哈哈大笑道:"老天有眼,让我们爷俩成为一家人了,贤婿起来。"他一手拉住姑娘,一手拉住小直,对外边喊道:"奏乐!鸣炮!恩人与小姐完婚!"在欢乐和炮声中,小直怀着十分羞愧的心情与小姐对拜天地。

新人上轿,准备起程。忽然家人来报:"外面下起了大雨,江面上迷茫,船无法行驶。"老人听后,想了一下说:"不要紧,既然走不了,今夜就送二人入洞房。"小直一听,急得抓耳挠腮。在不得已的情况下,小直就把事情的来龙去脉说给老爷和夫人听,最后跪倒在地对两位老人家道:"晚生并不想欺骗你们,我实在没有办法呀!"老人一听就愣住了,与夫人商谈了一下,对小直说:"儿啊,我的姑娘与你拜了天地,再者说,冲着你的人品,我还求之不得呢。现在我做主把小女许配给你为妻,你看如何?"在众人的再三劝说下,小直跪下行礼道:"谢岳父大人成全。"众乡亲齐称赞这对新人。这正是:

奇人奇事奇姻缘,妙在一颗正真心。

姻缘美好众人牵,姻缘美满佳话传。

讲述者:陈氏

210

乔大老爷

  肇州城南十多里有个乔家围子,创业者叫乔焕章。因为他是清末最后一批秀才,又是肇州著名的荒揽头,所以人称乔大老爷。

  乔焕章原是双城市上台子屯的小地主。听说郭尔罗斯后旗开放蒙荒,二十八岁的乔焕章和二十几位地主来到了卜奎①,递上呈子,要求揽荒。在省城住了半年,呈子也写了不少,但官府一直没批。大伙非常着急,有钱有势的韩大麻子说:"大秀才,你写一份呈子试试,批下来给你十方八方荒,就我一句话。"这些人中数乔焕章岁数小,他听了就说:"试试吧。"他铺上毛头纸,刷刷地写了起来,写完,大伙看看都说:"写得好!写得好!"事也巧,他写的呈子递上后,不到两天,就批了下来。乔焕章是个小地主,没有钱,因他写呈子有功,在安字段老城基南给他一块方圆三里的荒地,这就是乔家围子。

  韩家、潘家等有钱有势的都买下大块荒地,然后回江南招农民垦荒。乔焕章没有那么多钱,他就给官府丈量荒地。荒务局有规定:每丈量五十坰,

---

  ① 卜奎:今齐齐哈尔。

给请丈人五垧荒地。当时的肇州是一片荒草地,野兽出没,丈量土地随时都有被野兽吃掉的危险,有的沼泽陷进去齐腰身,几百里能见到几户牧民,想喝点儿水都不容易,只能喝水泡子里的水。乔焕章丈量了几年荒地,得到了几块荒地。老城基北有一块荒地,他在平字段建立了小乔家围子,以后又在一顺招段建起一处窝棚。经过几年的时间,乔家已经拥有土地五六千垧,在老城基开设了几处买卖,成为肇州四大家族之一。

讲述者:高焕

整理者:王树文

青马沟的传说

　　在松花江之北、松嫩平原中部，有一条东西走向弯弯曲曲的大沟，名叫青马沟。要说这青马沟的由来，还有一段鲜为人知的传说呢。

　　很久很久以前，在沟南沿有一个屯子，只有几十户人家。虽然人穷地薄，人们倒也和和睦睦、平平安安的，祖祖辈辈男耕女织，生息繁衍在这块土地上。不知什么时候，屯里来了一户姓万的地主。他一到此就结交官府，横行乡里，到处跑马占荒，建庄园，筑炮台，抢男霸女，把好端端的屯子搅得天昏地暗。此人心毒手黑、无恶不作，人们对他恨之入骨，都叫他万扒皮。

　　话说村东头的小草房里住着一个勤劳善良的小伙子名叫张金哥。金哥年长二十，死了父母，无依无靠，是苦水里泡大的。金哥秉性忠厚，心眼儿又好使，谁家有个大事小情，他都帮忙跑在前面。因此，人们都夸他是个好小伙儿。

　　在屯西头两间小房里住着父女俩，姓李。女儿这年十八岁，取名叫玉姐，长得俊俏貌美。白中透红的瓜子脸上长着一双水汪汪的杏眼，人又聪明手又巧，织出的布真是人见人夸。李老汉视如掌上明珠，非常宠爱她，父女俩相依为命,过着清贫日子。金哥常来帮助干些力气活,两户处得情同一家。乡亲们都说金哥和玉姐是天生的一对,并盼着能早日喝上他们的喜酒。

谁想到,祸从天降。这天,万扒皮带着狗腿子出来打猎,不巧碰上玉姐从井边洗衣服回来。万扒皮从来没见过如此美貌的姑娘,眼睛都看直了,眯着贼眼在玉姐身上转来转去。"这是谁家的姑娘啊!"一句话吓得玉姐掉头就跑。狗腿子一看万扒皮动了邪心,就献媚说:"这是屯西李老汉的独生女,名叫玉姐,这可是上等的黄花闺女啊!"万扒皮听后,咧着鲇鱼嘴嘿嘿一乐:"你马上跟老李头儿说,让他明天把闺女送到府上来,让老爷我好好乐和乐和,玩几天。"管家摇头说:"不行啊!人家已经有了主儿了。"

"许给谁家了?"万扒皮迫不及待地说。

"人家是长工张金哥的未婚媳妇,定在今年五月端阳成亲。"万扒皮恨不得一把将玉姐搂在怀里才好呢,一看到嘴的肥肉要飞出,就红眼了,让管家帮他想招儿。管家贼眼珠转了两转,来了鬼点子,趴在万扒皮的耳朵上说:"老爷你何不如此这般,这般如此,保你美貌佳人送上门来。"一番话让万扒皮眉开眼笑。

话说万扒皮一声令下,让管家把金哥唤到面前。万扒皮一脸奸笑,向金哥说道:"张金哥,你跟老爷这么多年,老爷没少照顾你,今儿个派你个活儿,你得给老爷完成。"金哥忙问啥活儿。"你明个儿替老爷把北岗那十亩地耕完,不过,这里有个条件,限你一天时间,一不许使牛,二不许使马。你要耕完了,老爷重重有赏;耕不完,哼!没别的,把玉姐让给老爷我做小。"金哥一听,肺都气炸了。可胳膊扭不过大腿啊!

金哥来到李老汉家跟玉姐一说,玉姐也哭了,两个人心里明白,凡是被万扒皮看中的俊姑娘、俏媳妇,没有一个逃出他的手掌心的。前年,有个外乡来的姑娘,让万扒皮生拉硬拽抢到家中,活活给糟蹋了。最后那个姑娘跳井死了。李老汉病倒在床,哭也没用啊。第二天,小鸡刚一张嘴,玉姐就顶着星星来到北岗帮助金哥拉犁耕地。犁沉土硬,两个人拉了一头晌,累得筋疲力尽,抬头一看,还没有耕出院子大的地方。金哥看看玉姐,玉姐看看金哥,生离死别就在明天,两个人抱头哭了起来。就在这时,金哥、玉姐忽听耳边一阵风响,风过后,从沟里冲出一匹大青马。这匹马青鬃青尾,高有七尺,身上好像锦缎,长得要多精神有多精神。大青马跑到金哥和玉姐面前就停住了,围着金哥和玉姐左转三圈右转三圈,扬着脖子咴咴直叫。最后,双腿一跪趴在金哥和玉姐面前。金哥和玉姐看着大青马,都愣住了,心想:"这匹大青马跪到这儿咋不动了呢?你看它那个模样,一动不动地趴在那儿,八成是来帮助我们耕地的吧?"金哥摸着大青马的脑门儿,说道:"大青马啊,大青马,如果你是来搭救我们的,就点点头。"这时,只见大青马冲金哥和玉姐一连点了三下头。金哥和玉姐可乐坏了,把大青马套在了犁上,不用吆喝不用喊,转眼之间,十亩地就耕完了。大青马耕完地,抖抖鬃毛、甩甩尾巴,跑回沟底,一眨眼就不见了。

晚上,万扒皮满心欢喜地等着玉姐入洞房呢,他来到地头一看,眼睛长长了,只见这十亩地耕得笔直成线,平平整整。"不对劲儿呀,就凭你张金哥和玉女再大的劲儿,三天三夜也耕不完啊,这里一定有说道儿。"万扒皮是个头顶上长疮、脚底冒脓、坏透气了的坏家伙,他贼心不死。"张金哥你今天耕完这十亩地,老爷是试试你,不算数。你不是有力气吗,明天给老爷再耕十亩,老爷加倍赏赐。"

第二天,金哥和玉姐在地头上正在为难的时候,大青马又来了。一会儿工夫,就帮助金哥和玉姐把十亩地耕完了。耕完地,大青马又走了。这节骨眼儿,万扒皮偷偷派来监视的狗腿子在暗地里看得一清二楚、明明白白。回去跟万扒皮一说,万扒皮鼻涕泡都美出来了。晚上,他特意让厨房炒了两个菜,烫了一壶酒,把金哥请来。金哥一看这场面,知道万扒皮没安好心。酒桌上,万扒皮把金哥奉承了一番,最后说道:"金哥啊,老爷我说话算话,明天你最后再给老爷耕十亩地,老爷我不但要酬谢你,还要高搭彩棚,雇吹鼓手大操大办,让你和玉姐拜堂成亲。"金哥一听万扒皮的话,不知万扒皮葫芦里卖的什么药,有点儿丈二和尚摸不着头脑。

话说第三天,大青马又从沟里跑出来了,十亩地刚耕完一半,万扒皮和狗腿子们冲上来,吵吵嚷嚷,把金哥、玉姐连同大青马包围了。万扒皮让人先把玉姐拉住了,说道:"别让小美人跑了。"金哥双拳难敌四掌,最后也让狗腿子们摔倒在地。万扒皮在一旁哈哈大笑道："这回老爷我晚上搂着美人睡，白天骑着大青马玩，财色双收。"万扒皮说着就去摸大青马的脑袋，想要和大青马套套近乎。说时迟，那时快，只见大青马大吼一声，扬起双蹄把万扒皮扑倒在地，一阵蹄蹬嘴咬，眼看着万扒皮在地上变成了一条死狗，咧咧嘴儿，伸伸腿儿，玩儿完了。大青马又冲向管家和狗腿子们，吓得这帮家伙屁滚尿流，哭爹叫娘，放开金哥和玉姐逃得无影无踪了。

这时，大青马把金哥和玉姐驮在背上，长啸一声，冲出沟底，化作一朵彩云，向天边飞去。从此，人们把这条沟叫青马沟，一直流传至今。

整理者：刘树祥

青蛙儿子

很久很久以前,在一座山上住着一对农民夫妻,都五十多岁了,无儿无女。老头儿叫周义,老太太娘家姓张,邻居都叫她周张氏。

随着年岁的增长,他们盼孩子的心情也越来越迫切了。于是,老夫妻到处求医拜神。听说山下有一座娘娘庙,求子者如果心诚,则上天会赐给孩子。老夫妻千辛万苦地来到娘娘庙里许了愿。在回家的路上,天黑了,他们坐在一块巨石上,不知不觉便入睡了。恍惚中,周张氏看见顺着小溪飘来一位银发老婆婆,只见她手拄拐杖。白发婆婆来到周张氏面前问道:"你真想要一个娃娃吗?"周张氏点点头说:"哪怕像青蛙一般的孩子!"白发婆婆微微一笑说:"你善良忠厚,心诚意切,就赐予你们一个青蛙儿子吧!"说罢,就不见了。周张氏醒后,把刚才的梦告诉了老头儿,于是老夫妻作揖叩头。

回到家后,周张氏发现自己果然怀孕了,老两口喜不胜喜,天天盼望着儿子快快出世,左邻右舍也来贺喜。转眼到了产期,不料周张氏竟生了一个小青蛙。周义一看可傻眼了,他把小青蛙扔到屋后的池塘里,转身进屋。小青蛙却又跟了回来。扔了几次又都照样回来了。当周义又去拿起小青蛙时，小青蛙突然开口讲话："爹爹为什么三番五次地要扔掉我？"周义惊奇地盯着小青蛙，问周张氏："它怎么会讲话？"这时小青蛙又说："我是你们的儿子，我可以帮你们干活，我还能为你们养老送终。"说罢泪如雨下。老夫妻一看这小青蛙知情理、知人言，而且又是自己的亲生骨肉，管它是什么呢！哪有不心疼的理。从此，小青蛙就被二老视为掌上明珠。当老夫妻去种地时，小青蛙还能看家，左邻右舍都叫它"小青"。

一晃一年过去了。有一天，小青蛙看见老母亲做饭艰难，就三蹦两跳地来到母亲面前说："母亲，我想给您娶个儿媳回家，帮您做饭干活，行吗？"周张氏苦笑了一下，看了看小青蛙说："我的丑儿子，不要胡思乱想了。"说罢，只是摇头叹息。第二天，老夫妻醒来，发现儿子不见了，便慌忙寻找儿子。邻居们也帮助寻找。

原来，天还没亮，小青蛙就顺着山道下山了。小青蛙心想："山下村庄哪一家姑娘最漂亮呢？"正在这时，从山下走来一个打柴农夫，边唱歌边沿山道走上来。走到小青蛙身边时，小青蛙大声喊道："喂！农夫，问你一件事好吗？"农夫四处瞅瞅没有人，就惊慌地往后退了几步。小青蛙看到农夫那害怕的样子，禁不住哈哈大笑起来。农夫这才看清是青蛙在说话，便惊恐万分地跪在地上叩头，连声说道："蛙神饶命！"小青蛙止住了笑声问道："这个村哪个姑娘最漂亮，最善良？"农夫想了想，哆哆嗦嗦地说："这个村倒没有什么漂亮的姑娘，听说县官家有三位千金，个个如花似玉。"小青蛙说："谢谢你。"小青蛙腾云驾雾，一会儿工夫就来到县官家府门前，看见了把门的，小青蛙高声道："喂，把门的，请通报一声县官老爷，就说有客人要见他。"卫士四处看了看，并喊道："谁在与我说话？"青蛙跳到卫士脚上道："是我。"卫士低头一看，惊叫道："啊？癞蛤蟆！"小青蛙说道："快去通报。"说着跳下来。卫士慌忙进去报告县官，不一会儿，县官带着差人、卫士拥出大门，差人分列在两边，县官在中间。小青蛙跳到他面前问道："你就是县老爷？"县官点头："正是。"小青蛙拜了两拜，说道："老爷，我要娶你的一个最漂亮的女儿为妻，快把她叫出来，跟我回家。"县官一听顿时大怒："你这个畜生，竟敢戏弄本官。来人！把它给我碎尸万段。"这群差人围了上来，一捕一个空，抓也抓不着，打也打不到，累得满头大汗，都趴在地上起不来了。县官无可奈何地喊道："这群笨蛋！"说完转身就要回府。青蛙跳到他面前说道："你要不答应，我可要哭了。"县官说："你哭？你死了才好呢！"小青蛙张开大嘴就哭了起来。没想到这哭声惊天动地，县官站也站不稳，摔倒在地。县官看性命难保，才大声喊道："不要哭了！不要哭了！我答应了。"小青蛙马上停止了哭泣。县官慌忙回府，将此事告诉了大女儿。他大女儿精通武艺，心黑手毒，脾气暴躁。一听此事，便同父亲合计了一番，县官点头称是。大小姐收拾利索，腰挂宝剑出了府门。小青蛙闪目一瞧，啊！果然出来一个美貌姑娘。小青蛙说："跟我走吧！"大小姐默不作声尾随在后面，走了一段路，大小姐偷偷地抽出宝剑猛地向青蛙刺去。小青蛙一跳没刺着。大小姐拼命地拿宝剑左右刺着，小青蛙左闪右跳，她就是刺不着。小青蛙猛转过身来，厉声喝道："住手，你想杀我，我还不要你了呢！赶快回去再换一个。"小姐柳眉倒竖，大声喊道："姑奶奶宰了你再说！"说着举剑便砍，小青蛙只是躲闪，累得大小姐粉面惨白，这才愤愤回府告知父亲。县官一听，脑袋"嗡"的一声，心想二女儿又笨又蠢，三女儿聪明伶俐，诗书琴画无所不会。所以只能让二女儿去了。二小姐收拾一番，刚一出门，小青蛙举目一看，见出来一个五大三粗、满脸横肉的胖姑娘，小青蛙就喊了起来："丑八怪！我不要！不要！再换一个！"二小姐高兴地转身回府了。县官说道："不要？没有了。"小青蛙说："没有？那我可要跳了。"县官发疯似的说："跳吧！跳吧！"小青蛙跳起来喊："啊！"比上次还厉害。县官无力地瘫倒在地上，叫道："别跳了！我叫我小女儿出来就是了。"县官回府跟小女儿说了，谁知小女儿听后很敬佩小青蛙的本领，竟高兴地答应了。小女儿与父母洒泪告别，走出府门。小青蛙抬头一看："啊！好漂亮的一个美人。"小青蛙说道："跟我回家吧！"县官让家人牵出一匹白马，让三小姐骑上，小青蛙在前面领路。走了一会儿，小青蛙突然问："三小姐，你真的愿意嫁给我吗？"三小姐羞涩地点了一下头，说道："以后不要这样称呼我了，你叫我名字莹丹好了。"莹丹和小青蛙一路上聊得很投缘。天黑时到了家，小青蛙跳到院里喊道："母亲，你儿媳妇来了。"老夫妻找了一天小青蛙，已经急得不得了，一听喊声可乐坏了。出来一看，只见一匹白马旁边站着一位如花似玉的女子,他们急忙把莹丹让到屋里。第二天,左邻右舍听说小青蛙领回一个俊俏的姑娘,都来观看,赞不绝口。

莹丹非赏贤惠,对公婆非常孝敬,老夫妻也视莹丹如亲生女儿一般。从此,一家四口和和气气的,倒也美满,这样过了两个多月。有一天,山下举行赛马会,小青蛙对莹丹和父母说:"你们看热闹去吧!我看家。"当他们三人来到赛马场时,赛马已经开始了。赛马场上人山人海,热闹非凡,三个人挤进人群观看起来。莹丹看见高搭凉棚下,自己的父母和姐姐们坐在里面。莹丹不愿让父母看见自己,也不愿同父母说话。忽然,沿赛马道上跑来一匹银白马,马上一位年轻英俊的后生,翻身下马,报名挂号,然后,翻身上马,一溜烟跑上赛场。县官的大小姐偷偷地爱上这位后生。这后生得了第一名。比赛结束后,县官急忙把后生叫到跟前,刚要问话,这后生却微微一笑,一拍马,转眼消失了。

莹丹同公婆回到家,小青蛙急忙说:"我知道那里发生了什么事,比赛谁第一。"莹丹不相信地说:"你说说看。"小青蛙摇头晃脑地把他们的所见所闻说了一遍。莹丹惊讶地说:"你怎么知道的?"小青蛙得意地说:"我会算。"接着问:"你是不是看上了那后生?"莹丹脸一红,说道:"你胡说什么?"小青蛙哈哈一笑道:"只是玩笑罢了,怎当真了呢!"

第二天早晨吃完饭,小青蛙又说:"快去看吧!"莹丹和公婆走了。走到半路,莹丹越想越难受,那个风流俊美的后生总是在眼前晃动,又想起小青蛙的话,心中更加难受。她再也不想见那后生了,于是她跟公婆说头痛就回家了。莹丹回到家中一拉门,门挂着,便偷偷地抠破窗纸,一看,惊呆了,只见小青蛙变成了那个美貌后生,正在脱下腿上的蛙皮。脱下之后,转身就往外走。莹丹急忙躲了起来,只见那后生出门之后,拍了三下巴掌,就从远处飞来一匹白马,马背上放着披风。他随手披上,翻身上马,眨眼间不见了。莹丹这才进了屋,她看到蛙皮,很难过地自言自语道:"你明明是人,何必披这蛙皮,欺骗为妻。"心想:"我何不把蛙皮烧掉,这样,他不就不再穿这蛙皮、好好过日子了吗!"想到这里,她就用火将蛙皮烧了。

日头快落时,绿衣少年骑马回来,翻身下马,匆忙进屋。当他看到莹丹时,吃了一惊。他一看蛙皮没有了,顿时脸色惨白道:"我就是小青蛙,你已经知道了吧!"莹丹满眼含泪,拉住他的衣袖摇晃着说:"你是人,何必披张蛙皮,难道你讨厌我吗?"青蛙后生着急地说:"我要是没有蛙皮就会死的。还给我吧!"莹丹一听,浑身颤抖地说:"蛙皮让我烧了。"青蛙后生一屁股坐在地上说:"完了,明天鸡叫时我就要死了。告诉你吧,我是这神仙佛祖的徒弟,犯了戒规,我师父看妈妈心诚意切,就让我身披蛙皮,投胎人世,而且答应我在一千天过后,就可脱去蛙皮,恢复人形,服侍二老,度过凡世一生。"莹丹哭得跟泪人似的,说:"就没有一点儿办法了吗?"他长叹一声:"如果你真想救我,你就骑上那匹白马,把五百个写着天字的纸块贴在五百家门上,然后沿着巨石旁边的小溪走,你会碰上我师父在龙石上梳头。你见了她,她会指点你救我的办法,但你必须在鸡叫前赶回来,我会复活。那时,我就不用再披那讨厌的蛙皮了。"莹丹擦了擦泪水,说:"我非要救活你!"青蛙后生拍了三下巴掌,白马又来到面前。他便昏死过去。这时,公婆回来了,老夫妻俩就抱着儿子痛哭不止。莹丹忙拿出笔砚,写下了五百个"天"字,用袋子把纸块装上,放在马背上,翻身上马,出门就开始挨家贴"天"字。等贴完了五百个"天"字时已经半夜了。莹丹心急火燎般地拍马沿小溪飞奔,跑了很长很长时间,大约过了两个时辰。忽然,在黑暗中有一物在闪光。莹丹心里一亮,心想:"这下可好了!"等米到近前才看清楚,有一位白发婆婆正拿着一把闪光的宝梳在梳理白发。莹丹一阵欢喜,急忙滚下马来,跪在地上失声叫道:"老人家救救命吧!"老人吃了一惊。在宝梳的神光下,老人看见一个美丽的女子。老人一问才知道徒儿遇难,又疼又气。急忙从口中吐出一颗黄豆般大小的红丹丸。老人把它交给莹丹,并再三叮嘱她务必在鸡叫前给徒儿服下。莹丹已经精疲力竭,连上马的力气都没有了。老人轻轻地吹一口气,她就飘身上马。老人拍了白马一下,马就飞驰起来。到家时,天已快亮了,莹丹拼命地下了马,跌跌撞撞地跑进了屋,取出红丸放进丈夫的口中。这时雄鸡叫了第一声,她也无力地昏了过去。到了中午,莹丹和丈夫都苏醒过来,老夫妻高兴得不得了。第二天,莹丹和丈夫一起去看望父母。小夫妻骑着马来到县官府,县官一听小女儿同丈夫回来了,虽然讨厌青蛙,但毕竟心疼自己的女儿,就同夫人、大女儿、二女儿一起来看望小女儿,一出府门,县官便惊呆了。只见小女儿身旁站着那位赛马第一的绿衣少年。小女儿把事情的经过一五一十地告诉了父母。县官这才如梦初醒,可乐昏了,急忙把女儿和女婿让到府内。大小姐一听此事也只能怨自己的命不好。

讲述者:王艳忠

整理者:郭志

让胡路的由来

相传,有一家兄弟二人为了谋生,双双带着妻子儿女从山东逃荒到东北。他们搭起了草棚,开始了以种地、种菜、打猎、采药为生的日子。生活很艰苦,特别是一些生活用具奇缺,给他们的生活造成了很多不便,但他们之间和睦相处,互相关心,互相爱护。

为解决生活中出现的各种问题,他们想尽了办法。生活用具不足,他们决定种葫芦,用葫芦瓢代替盆碗。春天他们播下了种子,期待着秋收。由于自然条件不好,秋天只收了一个葫芦。

秋去冬来,草原生活更为艰苦,为保证一家几口人的生活,兄弟俩商量,要分开生活,以利于多开荒、多种地,扩大耕种面积。兄弟俩简单地把家业一分为二,每人一份,情深义重。在分到葫芦时,他们为难了,只有一个葫芦。兄弟俩谁也不愿把它据为己有,互相推来让去,都想办法让对方得到葫芦。最后决定此葫芦为兄弟共有,第二年在此地再种葫芦。春天来了,他们在原有的草棚种了很多葫芦。他们的故事被人们传为佳话,所以他们住过的地方就被人们称为让葫芦,也许就是如今的让胡路吧。

搜集整理者:董淑杰

人参孩的传说

很久以前,我国北部大兴安岭深处坐落着一个偏僻的小村庄。整个村被一个凶狠、好色的大财主霸占。

村里的老百姓当牛做马,到头来还是不能养家糊口。财主经常霸占、欺辱民女,迫使不少刚刚走上这个黑暗世界的少女却又匆匆地离去了。百姓被逼得上天无路,入地无门,只好忍受着折磨。

有一次,村里来了一个陌生的小女娃,和穷苦人家的孩子在一起玩,连续数日,神乎其神地在白天出现,夜晚就不见了。财主家的狗腿子发现了,告诉了财主。这小女娃长得好似天仙,财主听后,兽性大发,叫狗腿子把小女娃抢过来。当天晚上,财主大摆酒宴,为他能得到这么漂亮的小姑娘而开怀畅饮。酒宴刚散,他就醉醺醺地走进房内,小女娃看时机已到,便施展法术,拔下一根头发,用嘴一吹变成了一把亮晶晶的宝剑,紧紧地逼在财主的脖子上。财主一怔,酒劲已醒,觉得势头不对,心中暗想:这小女孩不是凡人,竟然会变魔术。想到此便跪地求饶,小女孩大声喝道:"我可以饶了你,但你一定要答应我的条件,否则……"此时,那个往日凶暴的财主跪在地上,头磕得就像鸡叨米,连声说:"不论什么条件,我都答应,都答应,都……"小女孩说:"从今以后,你不得再胡作非为。如果不听,我随时来结果你的性命。"说罢,小女娃就不见了。

有人发现一道红光奔山里去了。人们沿着她走的路线找去,最后发现在山林深处有一个圆形空地,半径约十米,无一棵杂草,在圆心处有一独枝独花,在向百姓们微笑。

从此,这个财主再也不敢剥削、欺辱百姓了。

年纪大的人说:"就是这个宝参变成小女孩,解救了我们啊!"

讲述者:沙玉春

整理者:沙喜

人命岗子

在肇州县万宝乡中华村的东博尔拉屯南甸子上有个不太大的漫山包，人们叫它"人命岗子"。说起"人命岗子"，还真有一段来历。本来，它是个无名岗子，只因五十几年前，老八万和戴金臣两家地主为争夺岗子上的土地，闹出了人命，才得名"人命岗子"。

老八万原名包长明，蒙古族人，是郭尔罗斯后旗第一任公爷第三个儿子的直系后代。虽然说姓包的是蒙古族的贵族，但由于老八万祖辈坐吃山空，在其年幼时，家境已不富有，十九岁时曾给人放过马，到三十几岁时才又有所复兴。当时正值郭尔罗斯后旗开始大量垦荒种地，老八万见种田已明显强于放牧，便雇用一些人，大量开垦起荒地来。

当时法令条文规定，郭尔罗斯后旗的大荒片①，绝大多数为蒙古公爷及其后代所占有。当时有"跑马占荒，指鞭为界"之说，老八万就占有相当大面积的荒原。开垦后的土地分为好几片，东部青马沟一带，中部八万小城子一

---

① 大荒片：即草原。

带,西北部葡萄花一带,各处都设有窝棚,派专人管理,最多时土地六千多垧。有人以为他有八万垧土地,所以才叫八万,那是误传,其实是因为他的长相像八万牌上的八万而起的绰号。他的面目确实像牌上八万(朱仝)一样,也有三绺胡须,平时也愿抱个孩子,所以就得了这个名。

由于老八万荒原面积大,一时开垦不过来,又急于将它尽快变成熟地,为了多赚钱,他就来个"开放政策",允许外地人来开荒,但必须有"荒揽头"从中引见兼作保人。

这样一来,外地的农民纷纷到这里开荒。要开荒,必须投靠八万。八万的子女中,儿子小,姑娘大,三个女儿中两个小的已出嫁,大女儿是"家姑老"①。有些人见机行事,跪地磕头,认八万为"干老"。八万也不介意,总是笑着欣然接受。有人统计过,他有一百零八个干儿子,能说会写的戴金臣、被胡子剜眼割舌的乔八疯子都是他的干儿子。

他这些干儿子,有的给他当管事的,有的给他跑外、记账、跟大车,有的当打头的,有的当马弁、炮勇。

戴金臣是老八万干儿子中的佼佼者。此人大高个儿、倭瓜脸、红赤面子,相貌英武,在家排行老四。投靠八万时,无任何财产。但他知书写字,伶牙俐齿,也懂一些蒙语,又写得一手好呈子,遇事无理辩三分,人们背地叫他"刀笔邪神"。又由于他善于溜须拍马,骗得了八万信任,充当了八万管事的,一切从优待遇,诸事说了算。几年光景,自己置了很多地。又过了几年,辞去了管事的,成了有地上百垧、骡马几十匹、用人伙计一大群的财主了。

后来,老八万因不善经营,加上连年花重金雇人打官司,他的干儿子们又吃里爬外,合谋侵吞他的财物,家境一天不如一天。几年间,卖了两三千垧地,势力也渐渐削弱。继之而起的戴金臣却一天天强盛起来,大有压倒老八万之势。

南土岗子在距东博尔腊南四里地的甸子上,地是八万开的,有六十多垧,开垦为成熟地后,当给了赵天九,赵家又租给了周大克郎。这块地,戴金

---

① 家姑老:指终生不出嫁的姑娘。

臣早就垂涎三尺。为了达到目的,就在这块地的西边挨着垄买了一条。赵、戴两家曾为地边起过争执,还动过枪,但没出人命。后来赵家一看干不过戴家,就让八万把地抽回去了。

戴金臣居心叵测,年年向东,往八万那边"滚垄""啃地瓣儿",拼命往东挤,蚕食鲸吞。几年光景,八万的土地被吃掉不少。开始八万不在乎,觉得只为一点儿地,不好打破"父子"情面。然而,戴金臣却得寸进尺,竟撕破脸皮,扬言说这块地就是他的了,并且暗中通过贿赂弄到了地照。

八万忍无可忍,正式到衙门去打官司,但总打不赢。他是花钱雇人打的,人家为了混时间挣他钱,不肯使劲儿,结果被一拖再拖,几年不见上下。

当时有四大家:齐、赵、戴、邹。那三家暗中支持戴金臣和八万打官司,川合谋说,打赢了对半分。

八万气极了,曾派人雇大排兵邹凤令去打死戴金臣,邹不敢干。又用重金雇邹老八,邹老八有点儿动心。后来,老八万因事关重大,他又不让邹老八行动了。

两家为这块地,年年起争执。一九二九年这年春天,八万在南边的土岗子上种上了麦子。几天后,戴金臣就用大犁全给搅了,并种上了豆子。过了些日子,老八万一看自己的地长出了豆子苗,就知道是让戴金臣给毁了,心里想:你好小子,我不毁你苗,到时捡现成的。故此,到铲地时,他就派人铲。而戴金臣也这么想:这苗是我的,你铲也白铲,到时我割庄稼。所以,该割地时,戴金臣便派人割地。

转眼到了农历八月,这时八万到南岗子开镰割豆子。戴金臣听说八万来割豆子,于是,派弟弟戴老七和几个炮勇带着大枪,保护着伙计、工匠,也到南岗子去割庄稼。他知道,这次要起大争执,所以告诉戴老七先到东博尔拉一家大地东的家探听一下消息再去割地。戴老七来到大地东家,听说老八万已向大排兵排长吴大唠子告了状,打算明天前来交涉。回去将此事转告给戴金臣,戴金臣说:"来了更好,咱们去迎战。"第二天起早,戴老七带几个炮勇先到东博尔拉,一看,老八万没来,他就到老张家喝酒去了。

老八万也知道戴金臣绝不能消停,决定派人前去交涉。临行前一天,八万用给土地和奴才的手段来收买乌勒基莫、牪子哥俩去打死戴金臣。乌勒基莫和牪子见主人给这样的好处，便一口答应了，他俩决意给八万干掉戴金臣。第二天，乌勒基莫又把八万二姑爷——何龙耀的一颗七星子偷偷弄出来，这是一种单个发射能打七发子弹的短手枪。弄出后，乌勒基莫将其放在佛龛里供了一宿，请老佛爷保佑事情成功。

第二天临出发前，乌勒基莫和牪子分别拿连珠枪和一把套子枪，乌勒基莫又秘密地把那颗七星子掖在腰里，气势汹汹地直奔东博尔拉。两屯之间只隔七八里路，一会儿工夫就到了。

来到大地东院子前，乌勒基莫和牪子下马，要前去评理。进了院，发现当地大排兵来了很多，排长吹着牛角"口溜子"集合，他们怕出事，前来维护。还有几个"屯大爷"进进出出，气氛十分威严。这时，远处一辆套着两匹骡子、前后各有一个"顶子马"①的斗子车姗姗驶来，片刻就进了院。刚一停住车，后帘一掀，身高体胖的戴金臣慢慢地下来了。只见他拿着一张地照向众人一晃，傲慢地问八万的两个奴才——牪子、乌勒基莫："你有地照没有？"回答道："没带来。"戴金臣接着说："什么没带来，你有没有？我问你，你不能不知道这规矩吧？谁有地照，地就是谁的……"哥俩一时被问住了，但还是不服，仍旧据理相争。那些大排兵和"屯大爷"，有的婉言劝解，有的观阵看热闹。

这时，乌勒基莫和牪子用蒙古语的隐语暗中合计说："让这猴子睡了。"——意思是打死他。那些只懂一般蒙古语的戴金臣等人，不知是没听懂，还是没听清，根本没有反应。戴金臣一看局势僵持不下，急于脱身，转身偷偷地对身边的戴三炮(戴金臣的侄子)和大排兵一使眼色，并低声说："把他们的枪下下来！"戴金臣的炮勇平时训练有素，见戴金臣招手，炮勇、大排兵一下子拥上去，把乌勒基莫等人围住，把枪给下了下来。乌勒基莫等人全愣住了。戴金臣得意地对管事的说："你滚不滚？不滚，咱们上县里打官司……"这时，牪子趁双方唇争舌战之机，偷偷地溜走了，到大地东家的东南

① 顶子马：车前车后的骑马保镖。

炮台里埋伏下来，观察动静，以防不测。

此时，戴金臣回过头来一边告诉赶车的戴三炮起车到县城去，一边赶忙上了车。斗子车刚走到屯子东头大道上，大排兵排长吴大唠了从后边撵上来说："我看今天不早了，明天再去吧！"戴金臣一想，明天去也行，就让戴三炮把车拐回来了。车进屯正走着，乌勒基莫见机会已到，不慌不忙地绕到斗子车后面，从腰里掏出七星子对准戴金臣的后背就搂开了，每勾一下，只听扑哧一声，车子里的戴金臣就喊一声"我的妈呀！"只疼得他用手直抓后背。霎时，人们全都惊呆了，不知出了什么事，也不知怎么办才好。等乌勒基莫把七颗子弹全打完上马要跑时，赶车的戴三炮慌忙地从屁股底下拽出匣枪，对准乌勒基莫开了枪。牸子一下子下马来，倒地死去了。

这时，乱营了。在老张家喝酒的戴老七听着枪响，急忙拎着枪跑出来，举枪就往乌勒基莫的院里射击。牸子在西南炮台里拿起一把大枪，瞄准戴老七，一枪把肚子打穿了。人们顾不得别人，纷纷围住车子，见戴金臣在车子里呻吟着。他咬着牙，有气无力地吩咐赶车老板赶快往回跑。他知道自己伤到了致命之处，如果快走，还可以赶回去。那车飞快地往回跑，七八里路，不到二十分钟就到家了。一进屋，他就叫家人马上研墨取笔，要亲笔写个呈子。这是因为县衙门的大小官吏都和他有交情，认识他的笔体，他写的呈子格外好使。待笔、墨、纸拿上来时，他已十分吃力了，由家人扶起，拼命坚持着，哆哆嗦嗦地写了起来。等写到一半，实在执不住笔了，摆手示意，让管事的上来替他写。管事的赶忙上前，模仿他的笔体继续写，没等写完，戴金臣就瞪着眼睛、咬着牙咽气了。

这工夫，他外出串门的小老婆得知凶信，跌跌撞撞地赶回来。刚一进屋，看到的却是死尸一条，就一头扑上去，趴在戴金臣的尸体上呼天喊地，号啕大哭起来，几次昏厥过去。醒来后，一边哭一边念叨："你呀，你呀！早听人话，哪有今天……可惜你走南闯北，最后造了一肚子铅弹呢……"

古语说："两强相斗，必定两败俱伤。"事实果真如此。这次械斗，老戴家死了两个，失去了他家的主心骨——戴金臣和腰杆子——戴老七，戴三炮逃跑在外多年。从此，戴家群龙无首，家业衰败，一蹶不振。

而老八万也死了一个奴才。为了打官司，又卖了好多地，也弄得人死财空。

老八万和戴金臣两家大地主为争夺博尔拉南岗子六十多垧土地，出了四条人命，所以人们给这个土岗子起个名字叫"人命岗子"。

讲述者:何龙耀　何包氏
　　　　邹万令
搜集者:韩义

萨尔图的传说

关于萨尔图的名字，有种种传说。这里说的是其中的一种。

很久很久以前，一个孩子被后娘赶出家门，后娘只给他两只羊，让他靠这两只羊过活。那年，正赶上大旱年景，遍地一片枯黄。莫说一个孤苦的孩子，就是这两只羊也没啥吃的，饿得"咩咩"直叫，孩子只好眼巴巴地看着两只羊。

一天，不知从哪儿来了一位白头发、白胡子、白眉毛的老人，笑眯眯地走到孩子身边。两只羊也可怜巴巴地跟过来，围着老人，乞望着。老人从肥大的衣袖里掏出块干粮递给孩子说："吃吧，孩子。"

孩子不忍心自己吃，眼睛盯住两只羊。

老人看出孩子的心思，又掏出两棵青草，扔给两只羊。

孩子吃得肚子发胀，不见干粮变少。两只羊肚子也吃得鼓鼓的，两棵草连片叶子也没见少。

老人摸着孩子的头。孩子吃饱了，望着老人，要把干粮还给他。老人说："孩子，见你老实，又不贪心，这干粮和两棵草先借给你，你赶着羊往东走,等到了要去的地方,就有吃的和住处了,羊也会有草吃的。"

"……"孩子还要问什么。

老人又说:"……不过,要走很远很远的路,还要过几条河。"

"我能走到。可是,什么时候还给你?"

"我们会见面的,去吧,诚实的孩子。"

孩子赶着羊,揣起干粮和两棵青草,朝着老人指点的方向走去。他走起路来不觉累,也不觉饿。两只羊的肚子总是鼓鼓的,撒着欢儿地跟他黑夜白天地跑。

不知走了几天几夜,也不知走了多少路、越过几条河。一路上不见一个人影儿,也没遇上一个村落。

走着走着,在一个漆黑的夜里,他突然发现前方远处升起一轮圆月。他就朝着月亮升起的地方奔去,越走越快,不觉来到月光下。就着月光,影影绰绰地看见一片泛着光亮的草地,随风飘来股香味儿。

再往前走,发现一幢茅草屋。上前一看,房子里走出一个人。细看,原来是那位白头发、白胡子、白眉毛的老人。

"孩子,你来了。"

"你!——"孩子高兴地叫起来。

"啊!我等你呢。这是一块宝地,以后还会有好东西……"

孩子一路上总想着老人的好处,一见面儿就感激不尽,忙掏出干粮和两棵青草,给老人递过去。老人没有接,只说:"你拿着干粮,还得吃啊!青草就栽到地上吧。"

"你不是说借给我的吗?"

"真是个诚实的孩子,现在给你了。"

"我不能白要别人的东西。"

"那好,等以后你再给饥饿的人。"

老人和孩子说着话,月亮悄悄地升到天空。孩子仰头看月亮,看得正高兴。又去看那白头发、白胡子、白眉毛的老人。可老人不见了。

不知多少年以后,在蒙古族牧人中流传着一个叫作萨尔图的地方,那里有肥美的草,牲畜吃了格外肥,也特别壮。萨尔图方圆几百里的地场,也成了牧人最向往的地方。

传说中,谁向蒙古族牧人打听哪儿的草最好,他们准会答道:"萨尔图。"就是传说中月亮升起的地方。

再后来,真的应了白头发、白胡子、白眉毛老人的话:这儿真是块宝地,地上是肥美的草,地下还有更好的东西——石油。

搜集整理者:苗遇春

萨日朗花的传说

　　每到盛夏季节，在杜尔伯特草原上开放着红艳艳的萨日朗花。细嫩碧绿的长叶，娇美鲜红的花朵，使人心旷神怡。据说萨日朗花原来是白色，为什么变成了红色呢？说起来这里边还有一段故事呢。

　　在很早很早以前，杜尔伯特草原上有个白音王爷，皇帝钦赐四品顶戴，威震白音草原。王府内有男女奴隶上百名，牛羊满坡马满沟。他只有一个女儿，名叫乌兰棋棋格，长得像花一样美，像玉一样白，性情刚烈，心地善良，从不打骂下人和奴隶，白音王爷和福晋太太爱如掌上明珠。

　　白音王爷想给乌兰棋棋格找一个门当户对的女婿，可是总也没有合适的。一天，福晋太太向白音王爷说："咱们的女儿岁数也大了，应该找一个夫婿了。"白音王爷叹口气说："哪有合适的呀！"福晋太太嘿嘿地笑了一阵说："我看就把女儿嫁给我妹夫的儿子哈拉胡吧。"白音王爷看着福晋太太，没出声。福晋太太没管白音王爷同不同意，继续说："我妹夫是个诺颜，有万贯家财。咱们也算是门当户对，再说这叫亲上加亲呢。"白音王爷哼了一声说："看看女儿的心思再说吧。"从此，在福晋太太的唆使下，哈拉胡总往乌兰棋棋格屋里跑,有时还说些不三不四的话。乌兰棋棋格看见哈拉胡那五短身材、尖嘴猴腮、上蹿下跳的样子,打心眼儿里恶心。每次都把他撵出去。

乌兰棋棋格已有了意中人,就是王府里的阿都钦①图力古尔。乌兰棋棋格和图力古尔是从小一起长大的。春天,乌兰棋棋格和图力古尔一起到草原深处去挖狼崽,去套小马驹;夏天,乌兰棋棋格和图力古尔一起去采萨日朗花,在一望无边的大草原上追逐玩耍;秋天,乌兰棋棋格带领丫鬟们到牧场上和图力古尔一起唱牧歌、跳安代舞;冬天,乌兰棋棋格和图力古尔一起骑上牧马,在茫茫的雪原上去追赶三五成群的草兔……

草原上的牧草黄了又绿,绿了又黄,他们的童年生活随着岁月的流逝已经过去。但是,他们之间的爱慕情丝,就是用五头犍牛也是拉不断的。

乌兰棋棋格是王府高贵的公主,吃、穿、住、行都有丫鬟、女奴侍候,平时很少走出王府大门。图力古尔是王府的一名雪上无踪、纸上无名、牛马不如的奴隶。高贵和低贱之别,像一座大山把他们分开了。一天,管家把图力古尔叫到面前说:"乌兰棋棋格公主要看萨日朗花,你要每天采一束萨日朗花送到公主房中。如有一点儿差错,我就剜了你的双眼。"图力古尔答应一声"喳!"

图力古尔手捧一束洁白的萨日朗花走进乌兰棋棋格房中,低头躬身说:"公主,我奉命给你送花来了。"乌兰棋棋格猛地站起身来,喊了一声:"阿哥!"图力古尔高举萨日朗花不敢动身,乌兰棋棋格一边接花一边说:"阿哥,你快坐下。"图力古尔低头说:"公主,我是一个低贱的奴隶,不敢坐,没有事我就走了。"边说边往后退。乌兰棋棋格一把拉住图力古尔的手说:"阿哥,你忘了咱们小时候……"图力古尔颤声地说:"我、我没忘,那是过去的事了!"乌兰棋棋格把图力古尔按在椅子上,轻声说:"阿哥,过去是那样,今后还要那样!"图力古尔摇摇头说:"公主,我是个牛马不如的奴隶!"乌兰棋棋格气愤地说:"什么公主、奴隶?我只知道咱们都是一样的人。我去和阿爸说,让咱们俩成亲!"图力古尔呜——呜——地哭起来:"阿妹,你真好,我一

---

① 阿都钦:牧马人。

辈子也忘不了你。阿妹呀,可惜我是个奴隶,今生咱们不能成亲,来世我一定要和你成亲!"乌兰棋棋格猛地把图力古尔搂在怀中,眼泪像断了线的珍珠:"阿哥,别这样说,阿爸一定会同意我们婚事的!"二人正在难分难舍地说着知心话,忽然进来一个人:"哈哈!你们这是干啥好事呢?"乌兰棋棋格和图力古尔同时"啊"了一声,愣住了。进来的人原来是哈拉胡,他一屁股坐在椅子上,两眼直勾勾地看着乌兰棋棋格说:"这事只要我到前厅一动嘴,叫王爷知道了,你们的下场……嘿嘿……"图力古尔吓得差一点儿倒在地上。乌兰棋棋格却满面带笑地说:"不用那样,你过来,我有几句体己话和你说。"这下可把哈拉胡美坏了,只觉得轻飘飘的,浑身发麻,骨头都酥软了,站起身来把脸贴近乌兰棋棋格的脸:"阿妹!啥体己话?"乌兰棋棋格伸出左手照准哈拉胡的脸上挠去。哈拉胡的脸上出现了四道血印子,鲜血哩哩啦啦地往下淌。疼得他又喊又叫,又蹦又跳,双手捂住脸跑出屋去。图力古尔抬起头来说:"阿妹,我也想通了,一个奴隶大不了就是死,我能遇到你这样一个像金子一般心肠的人,我死后也能闭上眼睛了!"他说完迈着沉重的脚步向外走去。乌兰棋棋格大声说:"阿哥,你放心,就是天大的事情我去顶!"

白音王爷知道这件事以后,叫管家把图力古尔立即处死。福晋太太忙说:"不可,这要是声扬出去,你的脸面也不好看。"白音王爷哼了一声说:"你说该咋办?"福晋太太冷笑一声:"我看咱们当着女儿的面,把她和哈拉胡的亲事定下,死了她和图力古尔成亲的心。至于图力古尔,慢慢地处置他。"白音王爷低头想了一会儿说:"好,就这样办。"

白音王爷和福晋太太决定招哈拉胡为女婿,乌兰棋棋格哭天喊地不答应,但无济于事。她饭不吃,茶不饮,不多日子就病倒了。人常说急中生智,这话却也不假,乌兰棋棋格在急难中想出一个办法来。她提笔写了一封信,命丫鬟偷偷地交给图力古尔,叫他把信送到白音庙,交给查干大喇嘛。

白音王爷为了女儿的事又恨又急,唉声叹气地坐在大厅里。管家走进来禀报说:"查干大喇嘛要见王爷。"白音王爷把手一挥说:"请。"查干大喇嘛和白音王爷互相问候,女奴送上清茶。查干大喇嘛看了一眼白音王爷说:"王爷,为何面带不悦?"白音王爷叹口气说:"我的女儿病了,请大师父给指指迷途。"查干大喇嘛合手念了声："阿弥陀佛,请把公主的生辰八字告诉贫僧。"白音王爷忙说："小女是牛年八月十六日生。"查干大喇嘛闭目掐算一会儿说："公主时逢灾星照命,必有一场大灾难。"白音王爷忽地站起身来："大师父!你看这、这可怎么办?"查干大喇嘛又念了一声："阿弥陀佛,我有一法可解此难。"白音王爷躬身说："请大师父指教。"查干大喇嘛伸出二指,说出一个解难的方法——要选一个吉祥的日子,叫公主挑选一名奴隶,要头戴白帽,足蹬白靴,身穿白袍,骑上白马在前引路,公主骑红马跟在后面,围着王爷府左转三圈、右转三圈,然后再向东方走一百步,就可免去公主的灾难,这场灾难就落到引路的奴隶身上了。白音王爷高兴地说："感谢查干大师父的指教!"

解难的日子到了。乌兰棋棋格选了图力古尔做引路人,这正随了白音王爷的意,省了无故杀奴隶的事了。转完左右三圈后,乌兰棋棋格对图力古尔小声说："快,咱们逃出去!"图力古尔会意地答应一声："是!"二人连连加鞭,两匹马竖鬃拖尾,四蹄蹬开,嗒、嗒、嗒……向东方奔去。

白音王爷猛然醒悟,心想:哼,想要逃走?回头向护院的黑马队喊了一声："快给我追!"黑马队答应一声："喳!"上马加鞭,尘土飞扬,追赶过去。前边马快如飞,后边马快如箭,追了一程又一程,白音王爷在马上眼睛都红了,既恨这个大胆的奴隶,又恨自己的女儿,他气急败坏地大喊一声："给我放箭!"黑马队又答应一声："喳!"马上举弓搭箭,一齐向图力古尔射去。

图力古尔在马上拼命加鞭向前奔跑,马连中数箭倒下,图力古尔也随着落马。乌兰棋棋格赶来大喊："快上我的马!"图力古尔飞身上了乌兰棋棋格的马,继续向前奔去。两个人骑在一匹马上,马的速度就慢了,不多时就被黑马队赶上抓回王爷府。

白音王爷回到王府,命令丫鬟和女奴把乌兰棋棋格看住,不准她外出一步。又命管家把王府的男女奴隶聚到一起,把图力古尔绑在拴马桩上。白音王爷高声大骂："你们这些牛马不如的奴隶,都不想活了!"男女奴隶跪在地上,浑身发抖,不敢抬头。白音王爷手指图力古尔大叫："你、你吃了熊心豹子胆了?胆敢胡作非为!"图力古尔两眼怒视白音王爷,一声不出。白音王爷又大喊一声:"给我打!"下边答应一声:"喳!"上来五六个彪形大汉,棍棒齐下,霎时间图力古尔已是血肉模糊昏死过去。一桶凉水浇下去,图力古尔醒过来了。白音王爷又大叫一声:"你这个低贱的奴隶,不怕死?你说!你说!"图力古尔仍是两眼怒视,一言不发。白音王爷冷笑一声:"好!赏给他三碗火酒。"下边又答应一声:"喳!"立即在地上摆上三个大碗,倒满酒,用火点着,三大碗酒呼呼地燃烧起来。两个人把住图力古尔的头,用铁棍把嘴撬开,端起冒半尺高酒火的酒碗灌了下去。三碗火酒灌完后,图力古尔的鼻子、嘴一齐冒起火来。他连一声都没叫出来,就嘴唇崩裂,鬓发燃焦,面目全非了。男女奴隶们跪伏在地上,哭不敢哭,叫不敢叫,只能把悲愤的血泪吞入腹内。但是,图力古尔仍然是二目圆睁,怒视着杀人的王爷,含恨离开了人世。

乌兰棋棋格从丫鬟口中得知图力古尔被处死时,大叫一声昏死过去。她醒过来后,睁大了眼睛,恐慌地向四周看了一下,猛地向外扑去,双手拼命地敲打房门,口中狂喊:"图力古尔,快、快上马逃出去,逃出去呀!"丫鬟忙把她按在床上,她又挺身而起,双手把丫鬟搂在怀中,亲热地说:"阿哥,这回可好了,阿爸同意咱俩成亲了,走、走,咱们拜天地去!哈、哈、哈……"她疯了。

又是一个盛夏季节,杜尔伯特草原上,洁白的萨日朗花又争芳斗艳了。

乌兰棋棋格的病好了,白音王爷和福晋太太高兴地来到她房中。福晋太太拉住乌兰棋棋格的手说:"孩子,你的病也好了,过几天就和哈拉胡成亲。"白音王爷接着说:"你是我的宝贝,和哈拉胡成亲后,我的王府、我的牛羊、我的奴隶都是你的。"乌兰棋棋格满眼泪水,伏首躬身说:"阿爸、阿妈生我养我,我无可报答,只有答应这门亲事,叫二位老人欢喜。"白音王爷和福晋太太齐声大笑,说:"这才是我们的好女儿呢!"

乌兰棋棋格再也不哭了,她沉默寡言,平静如水。一天,她穿上鲜艳的服装,戴上珍贵的宝珠首饰,挎上腰刀,骑上牧马,带领两名丫鬟,向草原深处奔去。七月的草原弥漫着牧草、野花的芳香,使人身心欲醉。主仆三人在图力古尔的坟前下马。图力古尔的坟上开满了萨日朗花,洁白如玉的花朵随风摆动,好像点头微笑迎接尊贵的客人。乌兰棋棋格把马交给丫鬟,满面微笑地走到坟前,伏首躬身说:"阿哥,我来看你了!"她吻了一下坟头的花朵:"阿哥呀,你生前和我说过,今生不能和我成亲,来世一定要和我成亲。现在咱俩该成亲了!"两个丫鬟大吃一惊,齐说:"不好!公主要犯病。"乌兰棋棋格伸手采了两朵洁白的萨日朗花说:"阿哥笑了,是啊,我们该放声大笑!"她猛然抽出腰刀自刎了! 殷红的鲜血洒在洁白的萨日朗花上。从此,杜尔伯特草原上的萨日朗花就变成了人人喜爱的红色。

讲述者:孟合毕图

整理者:李成贵

三棵树的传说

大同乡有个大黄土岗子,过去岗子上有三棵奇形怪状的榆树,流传这样一首歌谣:"一条龙,一只凤,一个小孩在那儿蹦。"意思说这三棵树一棵像龙,一棵像凤,一棵像个小孩。

有一年,这里一家大户修了一所宅院,落成那天,大摆酒席,请全村的人喝酒,过路的人赶上也被拉到桌上。正好有一位南方的客商路过这里,他自称懂得龙脉风水,主人忙把他请到席上,当上宾招待。喝酒当中,他对同桌的人说:"你们这里可是块宝地啊。"说着他举起手中倒满酒的杯子,念了几句咒语,叫大家朝杯里看。众人一看,见杯里清清楚楚地映出一条龙、一只凤凰、一个小孩的影子,都觉得奇怪。这个南方客商说:"这就是那三棵树的原形,金龙、玉凤、小红孩都是宝物,就在地底下。"大伙又问他:"能得到吗?"他说:"不易得到,找不到钥匙,打不开宝库的门啊!"这里有宝从此就传开了。

据说,此后有个孤老头子,在村边搭个窝棚,种了瓜。瓜下来后,有一个戴红肚兜的小男孩常来吃瓜,老头问他是哪儿的人,他说:"我家就在附近屯子里。"老头儿也没细问这个小孩是谁家的,很喜欢他,每次来时都叫他吃个够。一天,又有一个懂风水的外地人路过老头儿的瓜地,碰到了来吃瓜的小孩。他两眼直勾勾地盯着小孩,一直盯到小孩走远看不见了。外地人在老头儿的瓜地找了一遍,最后指着一棵蔓很长、果实最大的香水瓜对老头儿说:"明天那个小孩来时,你把这个瓜给他,叫他带回去吃。另外,我再给你一道符,趁小孩不注意,贴在他背后。千万记住,事成了,好处咱俩对半分。"老头不知这个外地人要干什么,带信不信地接过符。

第二天中午,小孩又来了。老头儿把那个大香水瓜给他摘下来,叫他带回家去吃。小孩说:"天气这么热,把我都渴坏了,还带回去呢!"说着就要吃。老头儿心眼儿很好,把那个外地人的话也忘了,就说:"乐意吃就吃吧。"躲在窝棚里的外地人可急了,从里面出来,边跑边喊:"别叫他吃瓜,快抓住他贴符!"他跑到跟前,晚了一步,小孩已经把瓜掰开,吃掉一半了。外地人看老头儿还在一边发愣,就扑过去要抓那个小孩。只见哧溜一道火线,小孩不见了。外地人连连跺脚说:"完了,钥匙毁了,宝也没了!"说完就走了。以后这个小孩再也不来吃瓜了。

之后,那棵像小孩的树不知什么时候被人砍掉了。现在岗子上另外两棵也没了,但多了一口油井。

讲述者:李翰煜

整理者:石云龙

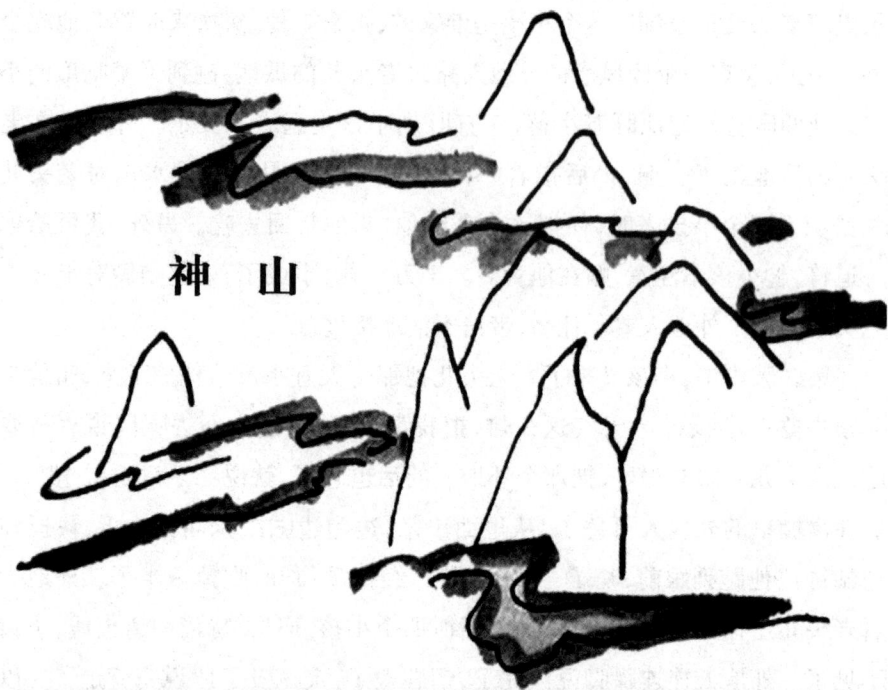

神 山

多克多尔山在杜尔伯特草原的西北,山高得抬头望不见顶峰。在很早很早以前,这座山上松柏如海,獐狍狐鹿满山皆是。山的阳坡上有一棵十搂粗、二十丈高的大神树,树旁边有许多狐狸洞。那时候,人们常到神树旁祈祷,以求消灾灭患,还可以讨到灵药;人们走迷了路,到神树旁祈祷,可以找到方向,到达目的地。久而久之,人们都说多克多尔山上有狐仙、蛇神、鹿王,这座山便以神山远近闻名。

就在这座山的东山脚下,有个珠恩苏木草原,这里住着一个残暴的公爷,名叫莫胡列,他是珠恩苏木草原的一霸。莫胡列饱食终日,游手好闲,每天骑着一匹大走马,背着弓箭,带着猎犬,游猎于多克多尔山。这山上不知有多少狐狸、蟒蛇、梅花鹿、獐子、狍子、黄羊死在他的弓箭下。他有时碰不到野物,索性把牧民的牛、羊当靶子射死,百姓对他恨之入骨,敢怒而不敢言。

一天深夜，万籁俱寂。忽然有一辆毡篷车停在乌都根①额吉②刚莱玛家的门口，车夫叩门，请刚莱玛额吉接产。刚莱玛是个厚诚的老妇，为了抢救产妇，她不顾一天的劳累，立即登车前往。夜黑得伸手不见五指，篷车出了村直奔西方，向多克多尔山行进。不一会儿，篷车停在一棵大树下，刚莱玛下车仔细一看，正是那棵大神树。不过，大神树旁边新添了一个整齐的大院和一座漂亮别致的青砖瓦房。刚莱玛诧异地步入了正房。走进屋里，只见一位白胡子老头儿正在焦急地踱着步，看到乌都根额吉到来，脸上勉强露出一丝笑容。他述说了产妇的情况，并恳求刚莱玛设法抢救。刚莱玛来不及多想，立即动手接生。不一会儿，一个新生命降临了，母子安然无恙。白胡子老头儿高兴得一再向刚莱玛致谢，并摆下酒宴款待刚莱玛。席间，刚莱玛看见墙壁上挂着一张人体画像，人身上从膝盖到脚趾，等距离地扎着绣花针。刚莱玛对这幅画像非常面熟，但一时想不起在哪儿见过。于是，刚莱玛好奇地问："老哥哥，您那墙上的画像画的是谁啊？为什么扎着绣花针？"白胡子老头儿沉默了好长时间才说："实不相瞒，这是一个残暴的人，我们家族死在他手下的不计其数，现在只剩下我们老小五口。他还在继续威胁着我们的安全，所以我要设法治死他。从脚开始，一天天扎针，一直扎到头顶，他就死了。"这时，刚莱玛突然醒悟过来，这画像上画的正是经常打猎的莫胡列公爷。想到这儿，刚莱玛便向白胡子老头儿求情道："老哥哥，你饶他这次，回去后我一定劝他改邪归正，让他安分守己过日子。"经刚莱玛的一再求情，白胡子老头儿沉思了半天才说："看在救命恩人的面上，饶他这一次。"说完，把画像上的针拔掉，并嘱咐刚莱玛转告莫胡列以后不得残杀生灵。刚莱玛一一允诺，当夜回村。临走时，白胡子老头儿顺手拿起一个两寸长的布袋，装了一把黄豆送给刚莱玛作为礼品。刚莱玛接过布袋便告辞了。

　　第二天醒来，刚莱玛感觉好像做了一个梦。她从头到尾回忆着昨晚的

---

① 乌都根：接生婆。
② 额吉：老妈妈。

事情，心里有点儿害怕，摸摸衣兜，小布袋还在里面。倒出来一看，哪里是黄豆，原来是一把发光的金豆。刚莱玛额吉明白了事情的真相，便直奔公爷府。

再说莫胡列公爷，几天来身体一直不舒服，从脚趾到膝盖越发疼痛，卧床不起。昨夜突然好转，出乎意料的是今天早晨已经能走了。所以，他高高兴兴地坐在红毡上，呷着香甜的奶茶。正在这时，刚莱玛来拜见公爷，并述说了自己看到的画像，苦心劝说公爷今后不要围猎多克多尔山的狐狸，以免山神发怒。莫胡列听后，先是一惊，两眉紧锁，沉默不语。后来，他哈哈大笑，并向刚莱玛表示谢意。

第二天早晨，莫胡列照样骑上他的大走马，背上弓箭，带上猎犬，直奔多克多尔山。他找到刚莱玛说的地方，把神树旁的狐狸洞，用干柴和牛粪塞满，然后点燃，用浓烟来熏。莫胡列站在一旁观察洞里的动静。只见过了半个时辰左右，突然从浓烟中跑出一条白狐狸，直奔西南草地跑去。莫胡列带着猎犬步步紧追，没追出多远，就看不到白狐狸的踪影了。莫胡列只好返回多克多尔山神树旁边。他把狐狸洞掘开，结果发现洞里熏死了四只狐狸，其中有一只刚出生的狐狸。莫胡列觉得出了一口气，洋洋得意地收拾好猎物回家了。事后三天，莫胡列突然七窍流血而死。

三年后，刚莱玛到北京雍和宫进香，然后到前门胡同游览，路经一家门市很大的药店门口时，听到身后有人打招呼："刚莱玛，你好！"她回头一看，是一位白胡子老头儿，很面熟。刚莱玛一下子想起了到多克多尔山神树旁接生的场面，心里一时觉得有些歉意，不知该怎样才好。这时，白胡子老头儿又问："珠恩苏木草原的莫胡列怎样了？"刚莱玛急忙说："他三年前突然死了。"白胡子老头儿笑道："那就好了。"刚莱玛心想：这是怎么回事呢？就问："老哥，你怎么到这儿来了？"白胡子老头儿把事情的经过告诉了她，接着说："大姐，你是好心办了坏事，几乎使我族遭到灭顶之灾。"刚莱玛哑口无言，她默默地想着……

从此,多克多尔山的山神便没有了,树木干枯了,五颜六色的花草凋谢了,獐狍狐鹿四处奔命,多克多尔山变成了现在这样光秃秃的石山了。

讲述者:波尔固德

整理者:波·少布

一、铁拐李大战龙太子

在很久很久以前,有一条河,由于河里住着一条白龙,得名白龙河。白龙是北海龙王的小儿子,龙王对它很宠爱,因此养成了它娇惯成性、横行无忌的毛病。它住在白龙河里,三天两头兴风作浪,闹得白龙河两岸不涝就旱,庄稼年年收成不好,百姓只能吃树皮、草根过活。龙太子托梦告知沿河官吏要在河岸边建一座白龙庙,每年雨水这一天,百姓要给龙太子上供,方能保证风调雨顺。第一年雨水这天,官吏委派巫婆、神汉置办了山珍海味、琼浆玉液上供,当年就风调雨顺。龙太子也是个贪得无厌的家伙,第二年又提出了新的要求——每月农历初一、十五都要上供。这可够百姓受的,加上官吏、巫婆、神汉层层克扣,一年收的粮食还不够交供。到了第三年,龙太子的胃口更大了,要求每逢三、六、九月要上供九次,沿河岸每十里设一个供点,使虾兵蟹将都跟着沾光。让人们更难忍受的是,龙太子还要求每月农历初一、十五各选一名美女送到白龙庙,称送喜娘,供它淫乐,弄得民不聊生。有钱的人家就远走高飞,没钱的人家就提心吊胆、度日如年,不知横祸何时降到自己头上。

有一天,从外地来了一位云游道人,身背个大葫芦,手拄铁拐杖,走路一瘸一拐的。他就是太白金星的徒弟、八仙之一的铁拐李,专门为这里的百姓除害的。这时正值农历初一,赶上百姓为龙太子置办供品、送喜娘,他就变成喜娘的模样,由众人吹吹打打地送到白龙庙。夜半三更,龙太子带着虾兵蟹将来了。它先看看满庙堂摆着丰盛的酒宴,又看看送来的年轻貌美、如花似玉的喜娘,心里就像喝了杯甘露醇,甜丝丝、麻酥酥的。只见喜娘移动莲步如风吹彩云,来到龙太子面前,飘然下拜称:"王爷千岁,万福!奴婢接驾来迟,万望恕罪!"声音如莺声燕语,很是动所。它心想:以前送来的喜娘不是被吓死,就是被吓瘫,如今这个喜娘千娇百媚,闭月羞花,人有人才、貌有貌像,声音甜润,真是天赐良缘。龙太子吩咐虾兵蟹将说:"今天我大喜临门,官不分大小,年不分长幼,尽欢尽乐,一醉方休。"喜娘又娇滴滴地说:"请王爷千岁洞房饮酒!"龙太子正想避开众人耳目,听到喜娘这些话语,忙唠叨:"甚合我意!甚合我意!"边说边三步并作两步搀扶喜娘进入洞房。

洞房内摆着合欢宴,喜娘先斟了满满一大碗酒,端起说道:"王爷千岁,良宵美景,酒逢知己,奴婢先敬你三碗,祝你享尽人间欢乐,福如东海,寿比南山!"俗话说:"良言一句三冬暖。"这一席话,使得龙太子已是酒未沾唇醉三分了。它一连喝了三大碗,已有几分醉意。喜娘又与它推杯换盏,喝了约一个时辰,龙太子已是酩酊大醉,忙拉着喜娘就寝。铁拐李看时机已到,变回原形,打开火葫芦口,让龙太子把它当成喜娘去搂抱。这一下可了不得了,只见烈火飞腾,龙太子的手指烧焦了三根,只痛得它哇哇乱叫,出了一身冷汗,打了两个喷嚏,才醒了酒。它定睛一看,眼前的不是喜娘,而是铁拐李,骂道:"铁拐李,你我井水不犯河水,为何与我过不去?"铁拐李也骂道:"小孽种!你不遵天规,搜刮民财,残害良民,罪该万死!我替天行道,为民除害。"两人话不投机,龙太子拔出龙泉宝剑,铁拐李抡起拐杖就打了起来,双方大战三百回合不分胜负。龙太子一只手受了伤,看着在陆地上打不过铁拐李,便现出原形,使出腾云驾雾的本领来,张开血盆大口,舞动利剑向铁拐李扑来。铁拐李也驾起祥云,舞动铁拐杖劈头盖脸地向龙太子猛砸。又是一场恶斗,双方又大战三百回合不分胜负。铁拐李想:用兵器相斗,难以取胜。就摘下火葫芦,念着咒语,一股烈火直刺龙太子。龙太子也不示弱,张开大口喷出水挡住烈火。一个喷火,一个喷水,水火相撞,谁也伤不了谁。龙太子看着这样打下去自己凶多吉少,便一头扎进白龙河不再出来,认为铁拐李无能为力了。铁拐李追到河边,可不会避水咒,自己下不了河。他想烧热河水,逼出龙太子。他打开火葫芦,对着河水就烧,烧了半天也烧不热。因为火在上,水在下,效果不大。这岂能难住铁拐李,他想了绝妙的办法——不直接烧水,而是烧河岸边山上的岩石,岩石熔化了流到河里,把龙太子的水晶宫门给堵死了,龙太子想出也出不来了。铁拐李烧了三天三夜,烧化了九座山,岩浆流进了白龙河,把河道堵住了,把白龙河煮开了。虾兵蟹将都翻了肚皮,龙太子被活活煮死了。铁拐李只顾烧化岩石煮河水,却把药园山烧了个精光。这药园山是玉皇大帝的御药园,山上长满了人参,这些药是专供玉皇大帝、王母娘娘滋补强身用的。铁拐李烧了御药园,惹下了大祸。

二、玉皇大帝怒沉火葫芦

每年农历九月初九是重阳节。这一天,玉皇大帝就派众仙女到御药园挖人参。这天众仙女来到药园山,一看变了样,大吃一惊。往日那满坡百花盛开的情景不见了,看见的只是断岩残壁和光秃秃的熔岩石龙。鲜红的人参果和又白又大的千年参王没有了,有的只是满目焦土和块块秃石。看了这种景象,众仙女很生气,忙唤来土地神问个究竟。只见一个白胡子老头儿向仙女行礼道:"参见。"打头儿的仙女是玉皇大帝的二女儿,她问:"御药园为何成这等模样?"土地神说:"启禀公主……"土地神就把龙太子如何作恶,残害百姓,铁拐李又如何火烧九大山煮沸白龙河的事情说了一遍。二公主听后心想:看来龙太子作恶多端,罪有应得,但铁拐李为民除害,误毁御药园,只怕惹恼父王,也凶多吉少啊! 二公主还有点儿正义感,好人坏人分得清,她同情铁拐李,忙说:"土地,我看铁拐李伸张正义,必不是恶人,招他来见,好设法相救。"土地神领命而去。不大会儿工夫,铁拐李来见,揖首说:"罪民铁拐李,参见二公主!"

二公主说:"免礼,你的火葫芦能烧化九大山、煮沸白龙河,有何妙处?"铁拐李答道:"此物乃天地灵气所聚,能大能小,能软能硬。"说着,他打开火葫芦,葫芦里喷出炽热的火焰,他把葫芦放在地上叫一声"长",只见这只葫芦渐渐变大,上触天下触地;叫一声"小",葫芦又小到花生一样大,放在手里,滴溜乱转;又叫一声"软",葫芦像棉花一样软;又叫一声"硬",葫芦像钻石一样硬。二公主见了连称:"宝葫芦! 宝葫芦!"转身对铁拐李说:"你烧毁御药园,父王必然怪罪,你只有这般如此,方可保全性命。"说完就率领众仙女回天宫去了。

玉皇大帝正在逍遥宫养神,二公主进宫上奏:"回禀父王,儿臣奉命下界采挖人参,看到百姓正在打造金匾。"玉皇大帝问:"所为何事?"公主道:"为了称颂父王的功德。百姓说有孽龙作祟,民不聊生。是父王派天兵天将火烧九大山,煮沸白龙河,煮死孽龙,为民除害。这是其一。"

玉皇大帝无功受褒奖,便得意地问:"这其二呢?"二公主道:"为民除害,误烧了御药园,父王不怪,这是其二。"玉皇大帝听说烧了御药园,勃然大怒,厉声说道:"谁说不怪? 给我拿下砍了!"二公主劝道:"父王息怒,百姓称颂你的功德,况且烧御药园的是一只火葫芦,这铁拐李又善种人参,若让他带领百姓广种人参,每年送人参上天庭,不免了孩儿下界之苦?"玉帝道:"言者不差,我自有道理。"

玉皇大帝在灵霄殿议事,北海龙王得知白龙太子被煮死,上灵霄殿哭诉道:"陛下,臣子白龙奉命镇守白龙河,受一妖道铁拐李侵扰。他火烧御药园,煮沸白龙河,龙太子被活活煮死。望陛下为臣做主。"玉皇大帝听后大怒道:"传铁拐李,并白龙河土地来见。"不大会儿,铁拐李和土地上殿参拜玉皇大帝。土地参奏道:"陛下,小神受万民之托,送功德金匾一块,敬呈陛下。"玉皇大帝命人收下,打开一看,是一块大红匾,刻着"爱民如命"四个金光闪闪的大字。玉皇大帝一看,心里甚是高兴,怒气消了一半。又听土地说白龙太子如何作威作福,残害百姓,铁拐李如何替天行道,伸张正义,为民除害,怒气又消了一半。于是,对北海龙王说:"你还有何话要讲?"龙王道:"全凭陛下明断。"玉皇大帝道:"白龙太子不遵天规,为非作歹,罪有应得。你教子无方本应治罪,看你两眼昏花、无能为力,下界去吧!"龙王为儿申冤不成反受奚落,只好含着眼泪下界去了。

玉皇大帝又问铁拐李:"你可知罪?"铁拐李答:"小民知罪。"玉皇大帝又道:"毁了我的御药园,本当斩首,我念你替天行道,为民除害,免你死罪。"铁拐李赶紧谢恩。玉皇大帝又说:"慢!火葫芦可曾带来?"铁拐李回答:"火葫芦笨重,不敢带上天宫。"玉皇大帝又说:"烧毁御药园是火葫芦的罪过,命大力神将其沉入松辽湖底。你死罪可饶,活罪难免。命你下界与百姓广种人参,每年将上等参王进贡天庭。"铁拐李说:"小民遵旨。"就这样,一场大祸就结束了。在民间有这样一条规矩:挖参人发现了人参,马上用红线拴上,表明是进贡天庭的,否则一转脸人参就不见了。

三、火葫芦重见天日

不知道过了多少年,浩瀚无垠的松辽湖变成了松辽平原,火葫芦一直在湖底沉睡着。到了一九三一年,日本帝国主义在我国东北杀人放火,强抢掠夺,使东北人民处于水深火热之中。日本帝国主义为了抢夺中国人民的资源和财富,妄想找到沉睡多年的宝藏。日本侵略者调来地质勘探队、钻井队进行勘探寻找。他们哪里知道,这只火葫芦是一只宝葫芦,他们的钻头要是钻到葫芦上,葫芦就变硬,钻石也钻不透。他们的钻头要是钻到葫芦边上,葫芦就变软,钻头就滑过去了。就这样,他们折腾了十二年,钻了七七四十九个眼儿,什么也没捞着,只好溜走了。

讲述者:周仲连

整理者:韩秀成

石油的传说（二）

传说在很久很久以前，有一座高山，山上绿树成荫，百花盛开。山上有个寨，寨里住着幸福的人们，他们过着无忧无虑的生活。在山顶上有一家，家里有位老爷爷，领着兄妹过日子，哥哥叫阿志，妹妹叫小花。虽说不富裕，但还算过得去。老爷爷和哥哥阿志白天在高山上砍柴，妹妹小花在家里织布绣花，一家人和和美美。而且小花很漂亮，人又温顺，因此深受乡亲们喜欢。

但是上天怎样安排一个人的生活，这是没有人知道的。就在一天夜里，正当人们熟睡的时候，只听见霹雳般的响声，这响声还伴着一道蓝光。人们从睡梦中惊醒。惊醒的人们都被眼前的情景吓呆了，只见在山尖上站着一个魔鬼，它青面獠牙，眼睛像饭碗那么大，头发一根根地立着。声音就是从它那血盆大口中发出来的。它对乡亲们说："将来这座山就由我来统治，如果有人违反我的命令，我就立刻吃掉他。"

从那以后，百姓再也没有安稳的日子过了。那魔鬼每天到寨里抓走一对童男童女作为晚餐。有许多做父母的因为受不了失去孩子，都相继死去了。这一切使得山上的阿志一家愤愤不平。

一天，小花在提水回来的路上正遇见了那个魔鬼，那魔鬼见小花如花似玉，就立刻向小花扑去。小花吓得扔掉了水桶，拼命往家里跑。但是她又怎能逃掉那魔鬼的手掌呢？只见那魔鬼长臂一挥，一把就将小花抓住了。此时，小花已经吓昏过去了。那魔鬼将小花带到了洞里，小花醒来后，魔鬼硬要小花给他做夫人，小花死也不从。魔鬼大怒，将小花扔进了油锅。

这时天已经黑了，老爷爷和阿志正在家里焦急地等着小花。也不知等了多久，老爷爷实在等不及了，就让阿志出去找。阿志将整个山几乎都跑遍了，也没有见到小花的身影，他有一种不祥的预感，精疲力竭地坐到了地上。突然，他觉得身子底下有件软绵绵的东西，他拿起来一看，原来是一件带血的女孩的外衣。经过仔细辨认，他傻了，原来这是妹妹的外衣。这是魔鬼和小花打斗的时候，被魔鬼扯掉的。一种复仇的念头使阿志失去了理智，他实在受不了这样大的打击，大叫着："我要妹妹，我要复仇。"被他唤醒的乡亲们和已经苦等了一天孙女的老爷爷都禁不住流下了泪水。又过了几天，阿志逐渐清醒了。他和老爷爷找来了乡亲们，和他们商量怎样除掉魔鬼。阿志说："我们决不能再容忍这个魔鬼继续害人了。"有人说这个魔鬼特别怕火，想用火将它烧掉。经过周密的计划，乡亲们开始行动了。他们顺着小花留下的血迹找到了魔鬼洞，刚到跟前就听见了魔鬼的打鼾声。乡亲们迅速地将魔鬼洞的周围点着了火，没过一会儿，就见魔鬼惊慌地从洞里跑了出来，似乎还带着睡意。乡亲们趁着魔鬼还没明白，就一拥而上，将它绑了起来。这时，它才知道眼前发生的事，它拼命地挣脱绳索，但是怎么跳呀蹦呀都没有用。没有办法了，它现出了原形，原来是一条大鲸鱼。人们商量了一下，决定将它嵌在山尖上。可是没想到，当人们把它嵌好的时候，突然从它的排水孔中冒出来一股股黑色的非常稠的东西。有人说这是因为它太坏了，连血都变成了黑色。从此以后，这种黑色的东西整日整夜地流。后来这座山逐渐下陷,最后陷到了地下。而鲸鱼所在的地方就是大庆,因此大庆的地下就埋藏了许多石油。

讲述者:李英伦

搜集者:刘宝昌

整理者:马凤财

石油的传说（三）

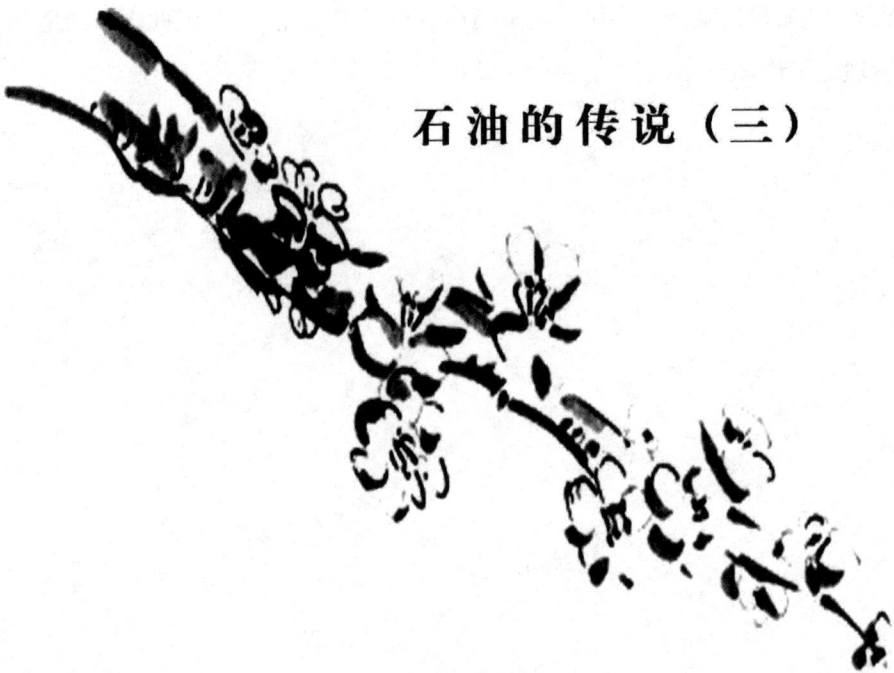

这个故事不知发生在多少年前,也不知流传了多少年,但它总使人们思索,使人回味无穷,感叹万分。

相传,四海龙王中的东海龙王有两个儿子,这两个儿子不但身体颜色不同,一黑一白,而且性情、品格也是天差地别,黑龙性情温柔、善良、勇敢,而白龙却凶狠、自私。但是,俗话说孩子是父母身上的肉,因此,老龙王对这两个孩子也都视为掌上明珠,十分钟爱。随着岁月的流逝,黑龙和白龙渐渐长大了,出落得英俊、潇洒。但他们都有件心事,就是长这么大,却从来没有离开过龙宫,龙宫虽富丽堂皇,但在他们心目中这里的一切东西都看厌了、玩腻了。"外面的世界该是什么样,一定是美丽、多彩而富有魅力的吧。"两个孩子对老龙王说。老龙王一想:孩子不能一辈子留在父母身旁,应该让他们闯一闯,见识见识。黑龙、白龙听到这个消息高兴得嘴都合不拢。第二天它们就动身了,临行前老龙王对两个儿子说:"孩子,外面的事情比龙宫中的事情复杂得多,那边有奢侈、豪华的生活,也有贫穷、饥饿。你们出去就要有所收获,要时刻记住,尽一切可能为受苦的人解除痛苦。"黑龙听后严肃地点点头,白龙却不屑地笑笑。

两兄弟从东海出发,在泰山看到过正赤如丹的太阳缓缓升起,看见过汹涌澎湃的黄河,还有那滚滚东去的长江,看见过人间天堂苏州,看见过北京城的天坛,石头城的金山。山清水秀的动人景象吸引了两兄弟。黑龙想:这些景色比龙宫不知美多少倍,我若能和普天下的劳苦大众一起生活、劳动在这片土地上该有多好。白龙也在想:若把这迷人的景色搬入龙宫里享受有多么快乐。两人想法不同,但每当要离开一个地方时都恋恋不舍。

一天,他们来到了一个地方,只见纷纷扬扬的雪花正散落人间,两兄弟这才想起,现在已是冬季,在不知不觉中已度过几个月。此时,两兄弟的肚子已饿得咕咕叫了。兄弟俩想吃点东西,找来找去什么也没有。一打听才知道这儿的老百姓是为了逃避官府征税逃到这荒凉的地方的,虽没有官府逼租,但由于连年灾荒、风沙袭击,还是连年歉收。夏天,炎热的阳光照射在人们头上;冬天,刺骨的寒风呼啸而来,挣扎在死亡线上的人们为了生存夜以继日地劳动着。年轻的小伙子过早地出现了白发、皱纹,漂亮的姑娘们眼圈熬得发黑,生活太艰辛了。筋疲力尽的白龙对黑龙说:"走,我们找不到食物,只有以老百姓为食了,因为我们也要生存。"黑龙心痛地喊道:"万不可这么做,你看这本是荒凉的,没有高山、绿水,但被白皑皑的雪层装饰又显得妩媚多姿。再看,在这么寒冷的天气里,老百姓仍在劳动,不足的是没有战胜寒冷的东西。你还记得父亲说的话吗? 我们要帮助人类啊! 我同情他们,也很想帮助他们,宁愿用我的躯体。可是,该怎样帮助才能使他们永远不会挨冻呢?"白龙听到黑龙说的话后惊奇地睁大了眼睛:"黑龙,你千万不要救老百姓,这些事情是玉皇大帝所管,你想想龙宫的生活多么舒服,你又何必……"他们的谈话被玉皇大帝听见了,玉皇大帝很佩服黑龙的为人,就对黑龙说:"你想帮助凡人,使他们不再受冻,只有一个办法。"黑龙迫不及待地问:"什么办法?""用你的躯体。你死后,你的躯体就会留在这里,它会变成油,像火一样燃烧,帮助人们烧饭取暖,而且将永远用不完。"白龙一听,吓得直往后退,黑龙挺身说道:"我愿意。"随即便倒下了。玉皇大帝被黑龙的行为感动,不禁长叹道:"东海龙王养了个好儿子。"白龙一听惭愧地溜回了东海。

从此,这个地方有了油,优质的石油已广泛地应用于各行各业。每当看到那像黑龙皮肤一样黑的石油时,人们就会想起为人类献身的黑龙。为了报答黑龙的大恩,生活在这片土地上的人们更加辛勤地劳动着。

讲述者:古延君

搜集者:李英伦

整理者:马凤财

双榆树村的传说

大同乡民生村又名双榆树村，这里地势高，是个岗子。据说，过去岗子上长着两棵老榆树，每当早晨有雾的时候，人们常常看见，从每棵树下出来一头牛，它们走到一起顶架。牛是什么颜色，谁也没看清。

屯里有个老阴阳先生，替人看了一辈子风水，他认为这两头牛大有来历，这个岗子是块宝地，决心在自己入土以前，把宝找出来，留给儿孙后代。

这年他得了重病，临死前嘱咐三个儿子："我死以后，一定要给我穿上衣服，从头到脚，哪儿都不能光着。抬棺材要用铁索链子，在岗子上，铁索链子在哪儿折了，就把我埋到哪儿。"

他这三个儿子平时根本不听他的话，他说东，他们偏往西。老阴阳先生是想让儿子别给他穿衣服，所以在咽气前对他们说了句假话，叫儿子给他穿衣服，哪曾想这次儿子真听了，给他穿了衣、戴了帽，就差鞋没穿。又按他的嘱咐在铁索链子折的地方，打墓下葬。

百天以后，屯里来了一个南方老客。他站在老阴阳先生坟前，前后左右打量了半天，连连点头。然后到屯里一打听是谁的坟，别人告诉了他。他就把哥仨找来了,当面出价,要破墓开棺看看。哥仨一想:打开棺材看看有什么了不起的,这不是干捞一笔钱吗。于是就讲妥了。南方老客雇人打开老阴阳先生的棺材,一看,愣住了,棺材里没有尸体,只有一双金靴子。他觉得奇怪,找哥仨一问,才知他们给爹穿了衣服戴了帽,就是没穿鞋。南方老客把他们好顿埋怨,说:"如果当时你们什么都不给老先生穿戴,他就整个变成金的了!唉,这里的宝以后谁也别想得到了。"

以后,两头牛再也不出来顶架了,只留两棵老榆树。

讲述者:王树彬

整理者:石云龙

谁是偷马贼

仁钦扎布有一匹枣红马长得又高又大，胖得油光闪亮，浑身上下没有一根杂毛，真像一匹枣红色的锦缎。它跑起来四蹄蹬开，立鬃拖尾，又稳又快，像在草上飞一样。人们都称赞这匹马是"日行千里，夜走八百"的宝龙驹，它在白音草原上远近闻名。

呼合王爷早就看上了仁钦扎布的枣红马，一心想把它弄到手，可是没想到好办法。因为仁钦扎布是阿拉巴图①，不是包勒②，对他还不能为所欲为。最后，只好派人在黑夜里把枣红马偷走。仁钦扎布知道后，去找呼合王爷要马，不但没要回来马，反而挨了一顿鞭子，被赶出了王府。

仁钦扎布站在王府门外，正在喊着要和王爷拼命的时候，那日勒经过这里，他问明事情的经过后，气得双眉倒竖，二目圆睁，搓手跺脚。他对仁钦扎布却说："不能拼，王爷有枪。"仁钦扎布气愤地望着那日勒说："枣红马就这

---

① 阿拉巴图：平民。
② 包勒：奴隶。

样被王爷偷去了?"那日勒沉思了一下说:"这样吧,三天后你在百草坡等我,我把枣红马给你偷回来。"那日勒是一个豪爽勇敢有智慧的人,白音草原上贫苦的阿拉巴图和包勒们,最信赖和尊敬他。仁钦扎布高兴地答应了一声就走了。

这天,那日勒大摇大摆地走进王府,见了呼合王爷躬身敬礼。王爷一看是他,惊奇地说:"你来干什么?"那日勒满脸带笑地说:"听说仁钦扎布的枣红马被王爷派人偷来了?"呼合王爷大怒,高声说:"我是神圣的王爷,岂能做贼?"那日勒毕恭毕敬地问:"那么仁钦扎布的枣红马为什么在王爷府的马棚里呢?"呼合王爷一愣,支支吾吾地说:"对啊,他、他的马在我这儿拴着。可——那日勒你要知道,在白音草原上我是王爷,我如果需要这匹枣红马,派人在黑夜里牵来就是了。"那日勒瞪着一双智慧的眼睛盯住王爷,冷笑一声说:"王爷是高贵的,不能偷枣红马,只能在黑夜里没人看见的时候,把枣红马牵来。我是一个穷阿拉巴图,我要在三天内把枣红马偷回去。"呼合王爷心里想:不知死活的那日勒,我不惹你,你倒找上门来了,竟敢提出在三天内把枣红马偷回去,就凭我这枪,别说三天,就是三十天也休想把枣红马偷回去。想到这里,他扬起脸来说:"那日勒,三天内你要是偷不回去呢?"那日勒躬身说:"王爷,如果三天内我偷不回去,不但枣红马归您,我也给您做包勒。"呼合王爷把手一挥说:"好。如果在三天内你把枣红马偷回去,不但枣红马归你,我还承认我是偷马贼。"那日勒又躬身说:"尊敬的王爷,一言为定。"说罢,转身走出了王爷府。

呼合王爷虽然把话说出去了,但是总觉得心里发慌。他知道,那日勒在白音草原上不仅是阿拉巴图和包勒的靠山,而且是个能耐大、智谋多、说到做到的人,和他打交道决不能大意。他立即把管家叫来说:"那日勒要偷我的枣红马,你要领着带枪的包勒看住府门和枣红马。如果在三天内丢了枣红马,我就穿上铜鞋把你们都踢死!"管家答应一声:"喳!"就跑出去了。这下王府内可紧张起来了,府门口有四个带枪的包勒站岗。枣红马两边一边一个带枪的包勒看着,一炷香的工夫一换班。管家还带领四个带枪的包勒到处巡查,出入行人都要注名挂号。想要把枣红马偷出去,真比登天还难。

第一天白天平安地过去了。晚上，王府内灯光明亮，站岗的包勒端着枪，瞪着眼，管家带领带枪的包勒各处查看。三更过后，站岗的包勒忽然大喊："偷马贼来了！偷马贼来了！"管家带着人立刻赶来问："在哪儿！在哪儿？"站岗的包勒指着枣红马的方向说："我、我看见往那边去了。"管家领着人往后边跑去，不大一会儿，就听后边有人喊："偷马贼往前边跑了，截住！"后边喊，前边应，霎时间王府一阵大乱。呼合王爷也披着斗篷慌慌张张地跑出来喊："给我抓住偷马贼，不要叫他跑了。"一直闹腾到天亮，究竟偷马贼来没来，谁也说不清楚，反正是没抓住。有一点是肯定的，人们已经头晕眼花、迷迷糊糊了。呼合王爷很高兴，因为枣红马没被偷走。

第二天白天仍然没有什么动静，晚上王府里仍然灯火通明。虽然头天夜里大伙儿都没睡，上眼皮和下眼皮总打架。但是，站岗的包勒仍然端着枪，瞪着眼，管家仍然带着人前后巡查。上半夜平安无事。下半夜，王府大厅右边的一间小房子忽然着火了，火光冲天，王府内一片喊声："救火呀！快去救火呀！"站岗的、巡查的都往着火的地方跑。正在这时，忽听呼合王爷大喊一声："站住！都不要乱！"他冷笑一声说："那日勒想把人都调出去救火，趁机把枣红马偷出去。哼！岂能上你的当！"他立即吩咐管家说："站岗的、巡查的都不要去救火，看住府门和枣红马。""喳！"管家答应一声，带着包勒们继续端枪、瞪眼地站岗、巡查。火被救住，天也大亮了。尽管只烧了一间小房子，可是众人都觉得忽忽悠悠、劳累不堪了。但是，呼合王爷很高兴，因为枣红马没被偷走。

第三天下午，那日勒懒洋洋地走进王府，站在呼合王爷面前躬身说："王爷，枣红马偷不回去了。"呼合王爷抬起头来，瞪着一双布满血丝的眼睛，心里想：你害得我两宿没合眼，还烧了我一间房子，这回我叫你拿头来还！想罢，说："我谅你也偷不回去，现在你还有什么要说的吗？"那日勒摇了摇头说："王爷，我原来定下三个偷枣红马的办法，由于王爷智谋高，第三个办法我不想用了。"管家在一旁搭话："什么三个两个的，就是十个也休想把枣红马偷回去。"那日勒连连摆手说："不，不，如果不是府门把得紧，枣红马看得严，我的第三个办法一定能把枣红马偷回去。"呼合王爷一听，心里很不痛快,便高声说:"那——我倒要看看你的第三个偷枣红马的办法。"那日勒又躬身说:"王爷,您就别看了。"呼合王爷本来对那日勒就恨之入骨,现在竟敢对他的话"打拨回儿",真是蛤蟆鼓肚子——气大了。他把手往桌子上一拍,大声说:"那日勒,你要知道你的身份,你现在已经是我的包勒了,再敢违反我的命令,先把你的舌头割下来!"那日勒赶紧躬身说:"喳!王爷,我就遵照您的吩咐,把第三个偷枣红马的办法做个样子给您看看。"周围的人听说那日勒要做样子,都聚精会神地看着他。那日勒说:"我的第三个偷枣红马的办法是这样的。"他边说边把枣红马从马棚里牵出来。"还得备上鞍子,拿起鞭子。"边说边把鞍子放在枣红马的背上,扣紧三条肚带,随手拿起了马鞭子。人们都张大了嘴,用好奇的眼光看着他。那日勒翻身上马,看着王爷和管家说:"这就是我的第三个偷枣红马的办法!"说罢,连加三鞭,枣红马鬃尾竖立,一声嘶叫,四蹄蹬开,嗒嗒嗒嗒地冲出了王府大门,那真是快如风、疾似箭,只见枣红马后卷起一股烟尘,转眼间就消失在茫茫的草原上。

呼合王爷猛然醒悟,大叫:"我上了那日勒的当了!"

他头发晕、眼发直,语无伦次地说:"我、我、我是偷马贼? 不、不,那日勒是偷马贼!"他眼前一黑,扑通一声坐在了地上……

讲述者:白福银

整理者:李成贵

水仙公主

　　很久以前,有个十五六岁的孩子叫马小,长得浓眉大眼,很叫人喜欢。这孩子家里很穷,老早失去了父母,靠上山打柴为生。

　　山上有个老头儿说:"凤凰落在哪儿,哪儿就有宝。"有一天,马小正在山上砍柴,突然看到一只凤凰从头上飞过去了,只见那只凤凰在山顶盘旋几圈就落下了。他跑到山顶一看,什么也没看到。马小心想:也许宝贝在这山石下面呢。一挖果然挖出了两个铁球子。他觉得也没什么用,就拿着玩。有一天,他正拿着那两个铁球子在街上弹着玩呢,两个南方人看到了,问琉琉是在哪儿买的,他就把事情的经过说了一遍,两人没说什么就走了。过了几天,这两个人到他家要买那两个铁球子,马小想反正没啥用,就想送给这两个人。但一想:"不对,如果没有用,这俩人为啥急着要?"马小说:"哎呀,那玩意儿让我弄丢了。"两人听了心疼地说:"既然丢了,就告诉你吧,这对铁球子可是宝贝啊,扔到河里河干,扔到海里海干。这海干了还了得,海龙王就会把你请去,会给你很多宝贝。到那时,你啥也别要,就要海龙王桌底下那只小花猫。"两人说完就走了。

有一天，马小想试试这两个铁球，就到黄财主家借车。这财主眼珠一转说："借车可以，你今天得给我打三车草。"马小一听，心想："这哪能行呢？别说三车，就是一车也得打到天黑，我这事情也不能办了。"又一想："管他呢。"就答应了黄财主的要求，套上大车打草去了。因马小身上带有宝器，今天的草就好像有什么东西吹着一样，不到半天工夫三车草就打够了。财主没啥说的，就把车借给了马小。他赶车到了海边，把一个铁球扔到海里，不大会儿，海水就翻腾开了。老龙王一看不好，连忙传令，把煮海人请来。巡海夜叉使了个分水法把马小背到水晶宫里。老龙王说："小伙子，你为什么煮海呀？你是不是想要点儿宝贝？我这里金银财宝啥都有，任凭你选。"马小说："我就要一样东西，不知你能答应不？"老龙王说："只要你不煮海，我什么都可以答应你。"马小说："我就要你桌子底下的那只小花猫。"老龙王看看桌子底下的小花猫，很难过，半天才说："你要这只小花猫，就给你吧。"马小就把小花猫抱走了。

一天，马小打柴回来，刚要动手做饭，一掀锅，只见锅里满是山珍海味。马小喜出望外，就吃了起来。谁知一连几天，总是这样。马小就想把事情弄明白。一天，他假装去打柴，要到做饭的时候，悄悄地来到了家门前，抬头一看，只见一个十七八岁的美貌女子正在那儿做饭。马小看到这种情景，急忙跑进了屋里，把小花猫的皮抢过来，要烧了它。这个姑娘急忙拦住他说："这个可不能烧，如果烧了，我就完了，它是我的护身宝贝啊！"原来，这小花猫是海龙王的女儿，叫水仙公主。从此，他俩就结为夫妻，过上了好日子。

村里有个老财主，爱吃鸟肉，一天派两个小长工专给他打鸟。正好这两个小长工从马小家门前路过，听到马小的媳妇在轻声唱歌。她的歌声把这两个孩子迷住了，天快黑了，这两个孩子才想起给老爷打鸟的事，急得哭了。一个长工说："我们忘了给老爷打鸟，老爷非打死我们不可。"说着他俩又哭起来。这时，马小的媳妇听到了，忙走过来问，他俩把事情说了一遍。马小媳妇说："不要急，你们俩到外面给我捡几根鸡毛来。"不一会儿，他俩就把鸡毛捡来了。只见马小媳妇用嘴一吹，就飞出了好多鸟。两个小长工拿着鸟回老财主家去了。老财主说："天这么晚了，你们俩打了多少鸟呀？"他俩说：

"今天打的鸟又多又大。"老财主说："快拿来，我看看。"老财主看完非常高兴，忙问这鸟是在哪儿打的。两个小孩支吾半天也没说明白，财主越发怀疑，就命令家丁打他们，小孩没办法只得说了实话。老财主听后，就对家丁说："把马小找来。"不大一会儿，家丁就把马小找来了。财主对马小说："你老婆能变出鸟来，就让她住在我这儿。"马小说："那可不行。"财主大怒："不行！你头上顶的是我的天，脚下踩的是我的地，我花二百两黄金把你媳妇买了。"马小更是生气，坚决不答应。财主眼珠一转说："明天咱俩比赛骑马，你要是跑不过我，就算输，把你老婆给我。"马小回家后把这件事跟媳妇说了一遍。媳妇说："不要愁。"马小说："咱家连一根马毛都没有，还能和人家比吗？"他媳妇说："你到我父亲那儿把一个红盒拿来，路上你不要打开。"马小来到海里，对老龙王说："水仙公主要红盒。"老龙王听后，拿出小红盒交给马小，马小高兴地回来了。走到半路，他忘了媳妇的嘱咐，把红盒打开了。刚一打开，只见各色各样的骏马直往外奔。他一看是马，赶紧把盒关上。回到家一看，就剩下一匹老瘸马了。她媳妇说："不让你看你偏看，你就用这匹老瘸马去比吧！"到了赛场，财主一看乐了，心想："马小这匹老瘸马怎能跑过我的高头大马呢？"赛马开始，马小的这匹马一动不动。马小一看财主的马都跑老远了，就狠狠地给那匹瘸马一鞭子。只见那匹瘸马横空一跃，嘶叫着，几步就追上了财主的那匹马，胜了财主。

财主一看这招不行，就说："你得连胜我三次才行，明天咱们比老牛顶架，如果你输了，你老婆归我。"马小回到家，又犯了愁，心想："我家猪都没有，上哪儿弄老牛去呢？"媳妇说："不用愁，你今天晚上就到龙宫，把我父亲的黄盒拿来。记住这回可别看了。"马小把黄盒拿来了。走在路上，心想："这里面是什么呢？我再看它一回吧。"就打开了盒盖。结果，只见成群的老牛一个劲地往外蹿。马小一看是牛，连忙把盒盖盖上，到家一看，只剩一头没角的牛。这可怎么同人家顶架啊！公主说："不让你看，你非看，就用这头老牛去顶架吧。"财主一看，又乐了。心想："这老牛没角，它怎能顶架，今天我一定能赢。"比赛开始，只见财主这头牛一个劲地顶，顶了好半天，马小那头牛也不动一下，直到把马小那头牛的脑袋顶出血了，马小的牛才来了急劲。只见它几个躬身，一甩头就把财主的那头牛掀了起来，没几下，就把那头牛顶死了。

财主又说："明天咱们比公鸡斗架。如果你家的公鸡能赢，你就算赢。"媳妇听到马小的话说："不用愁了，再到龙宫把那绿盒拿来吧。记住，半道上别看。"马小又到龙宫把绿盒拿了回来，路上马小又看了。结果，绿盒里的公鸡扑扑棱棱地往外飞。马小急了，紧走慢走，到家一看，可傻眼了，只剩下一只半拉嘴的瞎眼睛公鸡了。公主说："唉，不让你看，你非看，你就拿它去比吧。"到了比赛场，财主一看，这下可高兴了。心想："这样的鸡还能斗架？"比赛开始，只见财主的公鸡上来就连蹬带咬，马小这只鸡头上的毛都被啄光了，也不动弹一下，后来财主家的鸡一口啄到马小那只鸡的瞎眼睛上，这只鸡可急了，就一下一下地啄了起来，不一会儿就把财主家的公鸡咬死了。财主一看他的诡计落空了，就大喊一声："来人啊！快把马小的媳妇抢来！"马小一看大事不妙，连忙跑回了家中。公主说："你不要怕，我来治他们。"正说着，财主领着人马来了，公主连忙拿出那张小猫皮，一晃就穿上了。公主摘下发簪，吹了一口仙气，发簪变成了一把七星宝剑。水仙公主冲出院门，只见七星宝剑上下翻飞，把这帮狗腿子杀得哭爹喊娘。可是财主人多势众，围住公主不放。公主忙叫马小赶快上树，公主也几步蹿到树上。财主的人马围上来，要活捉马小和公主。只见公主高喊一声："给我发水。"霎时，大水铺天盖地滚滚而来，财主的人马全被淹在水里。公主又说了一声："给我封冻。"结果，财主和他的人马全被冻死了。这时，水仙公主轻轻地吹了一口仙气，眨眼间冰河开化，大水退去。马小和水仙公主过上了幸福美满的日子。

讲述整理者：张志加

松花江向南滚的传说

据说,当年松花江里有一条几丈长的独角龙。这独角龙非常厉害,它从江里腾空而起,就能带来狂风,它尾巴在江面上摆动,就能带来雨,它一高兴,腾云驾雾就能毁坏大片庄田,它一生气,来到岸上就能吃掉很多猪羊。

岸上的人们都恨透了这条孽龙,可是谁也没有办法,奈何不得。

江北岸有个老于头儿,是个铁匠。他看到独角龙给人们带来的灾难,非常气愤,决心制服独角龙。他学了七七四十九天游泳技术,练了七七四十九天武功,用了七七四十九天时间炼出一根降龙铁棒。

这一天,独角龙游到岸边,刚要上岸,老于头儿早已在这里等候,就把准备好的绳索抛过去,不偏不歪,正好套在独角龙的角上。老于头儿扯着绳索,"噌噌"几步来到独角龙身边,一跃蹿上龙背,拽住绳索,骑在恶龙的脖子上。独角龙摇头晃脑,怎么甩也甩不掉,就转身向水深的地方游去。老于头儿举起降龙铁棒照独角龙的角上打去。"当"的一声,独角龙的头被震得"轰"的一下,独角龙眼前直冒金星,疼得它"哞"的一声怪叫,向南蹿出一里多地,江水就随着向南滚出一里多地。又一棒把独角龙的头震得轰轰直响,它眼前直冒金花,"哞"的一声怪叫,又向南蹿出一里多地,江水又向南滚出一里多地。就这样,老于头儿一连打了七七四十九棒,独角龙向南蹿出七七四十九个一里地,江水随着向南滚动七七四十九个一里多地。最后,独角龙的角被打掉了。独角龙没有了角,再也不敢逞凶狂,就潜入江里不出来了。

老于头儿也累坏了,最后掉进滚滚的江水里,变成了"老头鱼"。人们为了纪念这位勇敢为民除害的老于头儿,又把"老头鱼"起名为"长寿鱼""还阳鱼"。

讲述者:王作好

整理者:王化武

糖葫芦的来历

　　糖葫芦就是小市上卖的冰糖葫芦，是北方的一种小吃。当年慈禧太后偏爱它，那是因为冰糖葫芦曾有这么一段传说。

　　在南宋绍熙年间，宋光宗最宠爱的黄贵妃有病，她面黄肌瘦，不思饮食。御医用过许多贵重药品，都不见效。皇帝无奈张榜招医。一位江湖郎中揭榜进宫，他为贵妃诊脉后说："只要将山楂与红糖煎煮，每饭前吃五至十只，半月后病就会好的。"贵妃按此方服用，果然如期病愈了。后来传到民间，就成了冰糖葫芦。

　　据明代名医李时珍所著的《本草纲目》记载："山楂，性微温，无毒，有消积、化滞、行淤的功效。"

　　　　　　　　　　　　　　讲述者：朱文海

　　　　　　　　　　　　　　整理者：姜秀云

踢乌兰的传说

很早很早以前,成吉思汗在漠北打了胜仗,统一了塔塔尔、蔑兜乞惕、泰出兀惕、克烈亦惕等部后,开始西征乃蛮。

乃蛮部主塔阳罕,听说成吉思汗要来攻城,便在阿尔泰山麓两侧埋伏了三万弓箭手。只要成吉思汗的兵马一到,就一举歼灭。一天,成吉思汗的大队人马浩浩荡荡地向西前进。当先头人马刚进入阿尔泰山麓时,突然跳出一群黑虎,挡住大军去路。成吉思汗非常气愤,命军士万箭齐发。说也怪,这黑虎一抖毛,箭头全掉下来了。成吉思汗非常惊讶,认为这是天意,不能再前进,马上退兵。

再说,塔阳罕的三万弓箭手埋伏在阿尔泰山北麓。一天,远远地看见成吉思汗率军队扬刀跃马,前来攻城。但一会儿工夫,天空骤变,竟下了一场黑雾,对面看不见人。等云消雾散之后,阵前兵马皆无。督战的塔阳罕也觉得奇怪。

过了三天,成吉思汗整顿了兵马,再次发兵进攻乃蛮。塔阳罕得知军情,立即调兵遣将,在塔米尔河谷埋伏下三万刀斧手,准备伏击来敌。成吉思汗并未因为上次的不利对乃蛮部的埋伏引起注意，只见他率部数以万计，耀武扬威，长驱直入，很快进入塔米尔河谷。这时，只觉迎面吹来一阵凉风，不时掀起一片尘土，再往前去，只见一群白鹿挡住了大军的去路。成吉思汗立即下令："发箭射之。"顿时，万箭齐发，但是所有的箭头都未能射中白鹿，纷纷落在了自己的马前。成吉思汗深感震惊，便下马向天祷告，决定立即退兵回营。

塔阳罕的刀斧手亲眼看见成吉思汗率军进入河谷伏击圈，突降一场白雾，仍然是看不见人。雾散之后，又是兵马皆无。塔阳罕更为惊奇。但他没有放松警惕，继续部署了埋伏的兵马。

成吉思汗回营后，召见文武众臣道："乃蛮乃大部落，我蒙古攻占它，不是黑虎拦路，就是白鹿挡道，看来不可轻举妄动，要另寻时机才是。"事后聚餐，空中忽然飘来一块黄绢，落在蒙古包前。成吉思汗拾起一看，上面写着"踢出髌骨①，见耳②则进"八个朱红大字。成吉思汗大喜，向众臣道："天助我也！"这时，本部大臣木华黎正啃着一个牛髌骨，随即献到成吉思汗面前。成吉思汗在蒙古包前一脚将牛髌骨踢出，一看不是"耳"。众人不语，成吉思汗决定按兵不动。连续三天，都是如此。成吉思汗只好耐心等待。第四天，在蒙古包前摆了祭坛，成吉思汗向天三拜九叩，然后将牛髌骨一脚踢出，果然踢出个"耳"。消息传开，整个部落都知道军士要出征了，有的唱起祭天歌，有的跳起安代舞，军士们整装待发。

再说，塔阳罕见成吉思汗两次攻城都半路而退，曾怀疑有诈，不敢妄动，因此又继续埋伏了三天，仍未见人影。于是，塔阳罕笑道："铁木真横行一时，对我却如此胆怯，可算鼠辈之流。我乃蛮部已是威震天下，岂有不惧之理。"说完哈哈大笑，传出命令："立即回营，休整三天。"

然而，几乎在同一时间，成吉思汗的军队，列成龙蛇阵，如同猛虎下山，直插阿尔泰山，一举攻占了乃蛮部。接着，成吉思汗乘胜出击，统一了漠北

---

① 髌骨：俗称"嘎拉哈"，也叫膝盖骨。牛的髌骨有四面：宽凸面叫背，相对的面叫心；窄凸面叫目，相对的面叫耳。

② 耳：指牛髌骨的窄凹面。

草原各部。这次出征,可以说是出师得胜。挥师回营后,成吉思汗当即杀牛宰羊,祭祀上天,然后把出征前踢的牛髌骨端正地摆在祭坛上,斟酒祈祷,全体将士向天三拜九叩。当时,为了纪念这次出征的成功,成吉思汗把牛髌骨的"耳"用血染成红色,表示这是永生之火,是成功的象征。从此,蒙古族的百姓把这种祈祷活动变成了纯粹的体育活动,每年都要举行踢牛髌骨的活动。人们把整个牛髌骨都染成了红色,把这项体育活动叫作踢乌兰。

讲述者:波尔固德

整理者:波·少布

图勒呼尔

在很早很早以前，诺尼江东畔草原上有一位蒙古可汗叫吉雅，他治国有方，受到牧民的爱戴。他的邻国里，有一个叫哈图的可汗，是个贪心的人，仗着自己兵强马壮，经常侵犯邻国。吉雅可汗与他势均力敌，所以边境尚可保持暂时的安宁。

一天，吉雅可汗躺在床上思索："我的独生子蒙合虽然思想纯正，但无智，有朝一日我过世，谁来治理朝政呢。"于是，可汗决意为儿子讨一个聪明的媳妇，以便将来协助王子料理国事。

事情就这样决定了，他召集大臣，命令道："在我管辖的汗国内，要为王子选来一个聪明的哈敦①。"

大臣们随即纷纷走访村寨，调查民宅。经过数日探访，也没找到一位有智慧的姑娘，尤其是没有找到吉雅可汗要求的才貌双全的姑娘。

第一次出访没有收到效果，第二次出访同样没能选中理想的姑娘。第

---

① 哈敦：指娘子、王妃。

三次出访时,大臣们走到一个破旧的蒙古包前,下了马,绕来绕去,找不到拴马的地方。正在这时,一个姑娘从蒙古包里探出头来唤道:"诸位诺颜在门外站着做什么? 快请到包里坐坐。"

"我们不是不想进包,可是没地方拴马。"大臣说。

"这儿是春天,那儿是冬天,把马拴到这儿不就得了。"姑娘指指这儿、指指那儿,说完就把头缩回蒙古包里去了。

大臣们听了姑娘的话,四处寻找,也没理解她的意思,什么春天、冬天,还能拴马,气得打马回朝了。

大臣们朝见可汗时,吉雅可汗问道:"这次出访,选中可心的姑娘没有?"

大臣道:"这次我们把汗国所管辖的地方全部走遍了,实在选不到可汗所说的姑娘。"

可汗又问:"贫困的蒙古包,你们也到了吗?"

大臣忙上前一步回话:"我们最后一程就是到一个村前无树、圈里无畜的破蒙古包。包里有一个姑娘,语无伦次,别人也听不懂。"

"姑娘说了些什么?"可汗反问道。

"我们站在包前,找不到拴马桩,这个姑娘从包里探出头说:'这儿是春天,那儿是冬天,把马拴上吧。'我们寻思半天也没懂。"大臣们这样回答。

可汗听了大臣们的回话,大声笑道:"你们没有见到蒙古包旁边的杭爱车和雪橇吗?"

大臣们互相对视,你看我,我看你,突然想起了什么:

"敬爱的可汗,你怎么知道在蒙古包旁边有杭爱车和雪橇?"

"那就是指冬天和春天,"可汗接着说:"你们虽然是我最聪明的大臣,但也是一个连普通姑娘说的话都理解不了的蠢人。那个姑娘在什么地方? 我亲自去看看。"

大臣们为吉雅可汗准备了鞍马,众人向那座破旧的蒙古包走去。

吉雅可汗一路艰辛。来到蒙古包旁,下了鞍,将马拴在杭爱车上,走进了蒙古包。蒙古包里坐着一位美丽的姑娘,她在做着针线活,坐在旁边的是她的父亲。

可汗看了姑娘一眼，被她举世无双的容貌惊呆了。心想："这不是世上最漂亮的姑娘吗?""你叫什么名字?"可汗问姑娘。

"图勒乎尔。"姑娘回答。

"你父母为什么给你起了这样的名字?"

"因为我像钥匙，什么锁都能打开。"

"那你给我拿一条用灰拧成的绳子。"可汗说。

她父亲听了可汗的话，吓得心都要跳出来了。

图勒乎尔笑道："尊敬的可汗，请你稍等，我去给你拿用灰拧成的绳子去。"说完便出去了。

不一会儿，图勒乎尔拿来一条草绳，放在可汗面前，然后用火点燃，刹那间出现了一条蓝色的灰绳。

"尊敬的可汗，请你把灰绳拿走吧。"姑娘恳求道。

可汗看了非常惊讶，便又提出一个问题。

"你能用三个熟鸡蛋给我孵出三个鸡雏吗?"

姑娘听了可汗的话，笑道："可以。"说完便舀来三碗炒米放在可汗面前，说："请把这三碗炒米带回去，种在地里，等收了谷子好喂养这三个熟鸡蛋孵出的小鸡雏。"

这时，她父亲为女儿在可汗面前说了些不在行的话感到不安，便训斥女儿，恳求可汗宽恕。

可是，可汗不但没生气，反而笑了起来，可汗觉得从未见过这样聪明美丽的姑娘。于是，当即为自己的儿子向她的父亲求婚。

老汉听了可汗的话，简直不敢相信自己的耳朵，扑通一声跪在地下央求道："尊敬的可汗，我是一个贫苦牧民，怎敢与可汗攀亲。再说图勒乎尔是我的独生女，她走了谁来照顾我的生活。"

可汗道："汗国里的人不分贫富、贵贱，都是一族之属。我可以照顾你。"

老汉无言以对，只好说："那问问我姑娘吧。"

图勒乎尔毫不犹豫地说道："我愿意。"

就这样订了这门亲事。可汗回皇宫，做了必要的准备，选良辰吉日，将图勒乎尔接回宫廷。

吉雅可汗为蒙合王子娶亲时,举国欢庆。喜宴上肉成山、酒成河,亲朋好友无数,整整举行了九天九夜。

吉雅可汗为有一位聪慧的儿媳妇而心满意足,蒙合王子为有一位美丽的妻子而感到幸福,图勒乎尔姑娘也为自己这位虽不聪明但心地善良的丈夫而感到骄傲。

吉雅可汗阖家欢乐,一家人和和气气地过着幸福美满的日子。

一天,晴空万里,天高气爽。可汗与王子备了两匹最好的马,游猎于多克多尔山中,不一会儿,可汗便猎获了一只鹿,向王子道:"我去山北坡猎鹿,你留在这儿把鹿肉煮熟了等我。"

"来时没带锅灶,怎么煮肉?"王子问他父亲。

"森林里木材那么多,用木灶煮还不行吗?"可汗说完便打马行猎去了。

蒙合望着父亲的身影,叹了一口气,只好把马拴上,到森林里砍来一棵粗大的桦木,便用牧刀刻起锅来。费了九牛二虎之力,只抠了一个饭碗大的窟窿。

这时,吉雅可汗又猎了一只鹿回来。看王子在那里抠木锅,累得满头大汗,可汗气得眼睛发直,拿起马鞭子猛劲地抽了王子一顿。

可汗上了马,命令王子立即回家。因为蒙合晚走了一步,所以被他父亲落下一程。可汗回头一看,王子还没跟上来,便喊道:"快扯马尾。"

王子听后,立即下鞍,去扯马尾。可汗看到这种情景,脸都气白了,来到王子跟前,又是一顿马鞭。

父子俩双双无语,一直到皇宫,各自下榻休息。

蒙合遍体鳞伤地躺在床上,疼得哭了起来。图勒乎尔很奇怪,问他为何啼哭?

王子说:"今天行猎,父王打了我两顿鞭子。"

"父王为什么打你?"图勒乎尔问。

"不知道,我看父王好像得了疯魔病了。"接着,王子讲述了父王让他用木锅煮鹿肉的事。

图勒乎尔听后说:"好吧,那么第二次又因为什么打你?"

王子又向图勒乎尔讲述了扯马尾的经过。

图勒乎尔听了丈夫的诉苦后说:"父王没有着魔,是你没有理解父王的指教。"

王子感到非常诧异,便问:"那你说父王说的都是什么意思?"

图勒乎尔道:"父王让你用木锅煮鹿肉,是让你在木火上烤鹿肉;父王让你扯马尾,是让你加鞭快些赶路。"

事后,吉雅可汗听到儿媳的一番解释,豁然开朗,只觉得压在心头的一块巨石落了地。他想,图勒乎尔是个聪明绝顶的人,我手下的大臣没有一个能比得上她的,有这样才华出众的儿媳妇,汗国的未来也就不用担心了。

一天,邻国的哈图可汗邀请吉雅可汗参加庆典。吉雅叮汗领两位大臣前去,只见哈图可汗的皇宫里送礼祝贺的人络绎不绝。

哈图可汗一贯骄横,从不把邻国放在眼里,只对吉雅可汗惧怕三分,因为吉雅可汗的实力与他不相上下。尽管如此,哈图可汗一直在图谋吉雅可汗的疆土。这次邀他就是一计。

在金碧辉煌的宫殿里,哈图可汗要与吉雅可汗比比智慧。每人提出两个问题,如果谁输了,谁就要拿出国土给对方。

接着哈图可汗提出:"是鸟不飞跑着走,是鱼不游爬着行。"

吉雅可汗连想都没想就说:"这是鸵鸟和鳄鱼。"

接着,吉雅可汗提出:"太阳什么色? 月亮什么形?"

哈图可汗以为吉雅可汗能提出什么怪问题,原来是这么简单的问题,便不假思索地脱口而出:"太阳是白色的,月亮是圆形的。"吉雅可汗当即反问道:"太阳既然是白色的,那么为什么早晨红? 月亮既然是圆形的,那么月牙又是什么形的?"这下问得哈图可汗张口结舌,无言以对。

两个可汗在众目睽睽之下僵住了。哈图可汗终于忍不住内心的嫉妒、气愤之情,恼羞成怒,于是当即下令,将吉雅可汗捆绑起来。只见吉雅可汗双手上铐,脖颈拴套,身上三道绑,被关进牢房,由狱卒看守,定于三天后处死。

吉雅可汗感到死亡的威胁,苦思苦想脱险的办法。眉头一皱,计上心来。于是,向哈图可汗道:"你们砍我的头很容易,但是没有什么用,如果用万贯家财赎我的命,岂不是你我都有好处。"

哈图可汗说:"怎么个赎法?"

吉雅可汗说:"只要我写封信,你派三个军士送去,我汗国所有的财产全部归你。"

哈图可汗心想这倒是偏得,便召集诸臣商议,臣下也认为:"如果砍他头,我们一无所得;如果他能写信,汗国财产全部归我们所有。这个主意很好。"

哈图可汗决定如此办理,便命令吉雅可汗写信。

吉雅可汗便在信上写道:"我与两位大臣来到尊敬的哈图汗国参加庆典,已被挽留。夜宿绿锻褥,盖着三道金锁绳被,哈图可汗又赠我一副黑玉手镯和一条白银项链,并委派心地和善的人日夜为我服务。如此盛情,实感不安。为对哈图可汗表示谢意,我儿见信要为哈图可汗所派差人备足厚礼。命长角牛领路,短角牛随后,带上家中全部珠宝玉器前来;宫中的三只狗处死两只,留下一只送给哈图可汗。此信要我儿媳用钥匙打开来看。"

哈图可汗拿过信草草看了一遍,又给大臣们读了一遍,说:"原来吉雅可汗是个傻瓜,事到如今,还写什么长角、短角、钥匙呢。不管他说什么,只要把他的家财拿来就行了。"

就这样,哈图可汗派了三名军士,把信送给邻国的蒙合王子。王子看了信不解其意;交给大臣,大臣看了信不明其理。王子、大臣只懂得照可汗的话去办,于是宫内宫外忙个不停,有的赶着长角牛,有的去抓短角牛,有的收拾珠宝,非常热闹。这时,一位大臣突然想起可汗在信尾说的:"此信要我儿媳用钥匙打开来看。"于是急忙把信送给图勒乎尔。

图勒乎尔看完信后,命宫中卫士立即捆缚三个送信的军士,然后召集全体大臣,当即宣讲父王来信的含义:"父王来信的大意是,哈图可汗背信弃义,以邀请为名,借故将父王扣留。父王现已身陷图圄,夜宿牢房,周身被捆绑三道,戴着手铐和脖套绳,被人日夜看守,失去自由。"

听到这里，王子和大臣无不惊讶，佩服图勒乎尔的智慧。

她接着说："父王命令，长牛角即我们的长枪队和弓箭手在前面开路。短牛角即我们佩带短刀的士兵跟在后面。带上所有的珠宝即所有的军队都出动，给哈图可汗一个突然袭击，一举救出父王。"

最后，他们按父王所示，杀了两个送信的军士，留下一个为他们领路。队伍就这样浩浩荡荡地出发了。

就在哈图可汗盼望来送珠宝财物的人快快到来的时候，吉雅可汗的大军压境，鼓号齐鸣。未等哈图可汗整兵迎战，哈图可汗已经束手就擒。

军士们押上哈图可汗，走到图勒乎尔面前。图勒乎尔问道："尊敬的哈图可汗，你对送来的礼物有何感慨？"

哈图可汗吓得没说一句话。图勒乎尔命令军士们把这个贪得无厌的可汗捆绑起来示众。

吉雅可汗得救回国后，召开了属民大会，正式宣布："世上再没有图勒乎尔这样聪明而有智慧的女人，因此，我放心由图勒乎尔继承我的汗位。"

后来，图勒乎尔真的当上了可汗。因为治理有方，她的汗国闻名遐迩。

讲述者：杜尔固德

整理者：波·少布

土地老和财神爷打赌

一天，财神爷下界，碰见了土地老。

土地老埋怨财神爷说："世上如今贫富不均，富的越来越富，穷的越来越穷。你处事太不公道了，为什么不帮帮穷人呢？"

财神爷说："你有所不知，现在的富人都见钱眼开，你就是把钱藏起来，他也能得到。穷人根本不想财，钱放在他眼皮底下，他也不拿，不是我不帮穷人啊！"

土地老不信。财神爷说："不信咱俩打个赌，谁输了，谁掏钱打酒喝。"

他俩来到一座小桥上，看旁边来了两个推车捡粪的穷乡下人。财神爷从袖子里摸出一个大元宝放在桥上，对土地老说："你看看，钱就放在这儿，保证他俩不要。"放完就和土地老隐在一边了。

那两个推车的穷人走到桥上，前面的人对后面的人说：

"这路我太熟了，就是闭着眼睛，我也能把车推过桥。"说着闭上眼睛，推着小车过了桥。后边那个人说："你能过去，我就不能过去吗？"他也闭上眼睛把车推了过去。结果，元宝明晃晃地在桥上放着，两个穷人谁也没捡。

财神爷和土地老下了桥，走到一丛马兰花前。这时，旁边过来一个骑马的阔商人。财神爷把那个元宝埋在马兰花的土里，对土地老说："这回看你信不信，元宝不露面，他也能寻摸走。"财神爷埋好了元宝，又和土地老躲在一旁。

那个阔商人来到这儿，想撒泡尿，就下了马，腆着大肚子到马兰花前撒尿。刚系好裤腰带，他突然发现马兰花底下的土被人挖过，就不管干净埋汰，蹲下用两只手把土扒开了。一扒扒出个金元宝，乐颠颠地抱在怀里。

土地老服气了，请财神爷喝了酒。

讲述者：高振忠

整理者：石云龙

托古屯名的由来

　　托古屯原名脱龙骨屯,人们叫常了,省去中间一个"龙"字,剩下了"脱骨"两个字,天长日久,写白了便成为现在的"托古"二字。要说托古屯名的由来,还有一段神话故事呢。

　　话说松花江向南滚以后,独角龙在人间祸害百姓的事被玉皇大帝知道了。玉皇大帝大怒,立即派天兵天将把独角龙抓上天宫问罪。玉皇大帝历数独角龙的罪孽,然后把它贬到它祸害百姓的地方悔过自新。

　　一个阴雨天过后,有一条四五丈长的巨龙降落到托古屯南的草甸子上。一个放马的看见了,吓得往屯里跑,找人看看是什么东西。屯里人拿着钩杆铁齿来了,人多势众,胆子也壮了,凑到跟前一看,原来是一条秃龙趴在那里。只见它吧嗒吧嗒直掉眼泪,趴在那里不能动弹。天晴了,它热得呼呼直喘粗气。看来它并没有伤害人的意思,大伙儿也没有打它。上年纪的人说:"这大概就是被老于头儿打掉角的独角龙,因犯了天条被贬到人间受罪。"

　　一连两天两夜,秃龙趴在那里不动弹,只是掉眼泪,呼呼喘粗气。后来身上都生蛆了。大伙儿可怜它,就往它身上浇水。同时,全屯人都来到这里敲锣打鼓,烧香磕头,求上天饶恕它。

又过了两天,天忽然阴了。天边飘来一块黑云,来到秃龙趴着的地方,只听"咔嚓"一个响雷,秃龙腾空而起,飞走了。地上只剩一堆龙骨头。人们说这是玉皇大帝对它的惩罚,让它脱胎换骨,改恶从善。

此后,这里果然风调雨顺,人们就把秃龙降落的地方起名为脱龙骨屯。几代以后,人们叫白了,就叫托古屯。

讲述者:王作好

整理者:王化武

托诺依

很早很早以前，在我国的北方草原上，居住着一个庞大的杜尔伯特部落。部落里有一个年轻牧人叫托诺依①。他从小失去双亲，孤身度日，生活很贫困。为了寻找人间的幸福和欢乐，他踏遍了草原的每一个角落，询问过许许多多的头人、长老、安达②，得到的回答总是："你去问问宝格达③吧！"

托诺依下定决心，继续长途跋涉，一定要找到宝格达，问明怎样才能得到幸福。于是，他骑上快马，挎上腰刀，背上弓箭，带着马鞭，离开了杜尔伯特部落，向遥远的孙布尔山④出发了。托诺依整整走了九九八十一天，来到了宝尔罕山南麓，在巴彦草原的一个蒙古包里歇脚。蒙古包的主人是一位温雅、娴静的牧羊姑娘。托诺依说明了自己的去向之后，姑娘对他说："我生

---

① 托诺依：指成吉思汗先祖道蛙锁乎尔的长子，杜尔伯特人的先祖。
② 安达：朋友。
③ 宝格达：传说中的活佛、圣贤。
④ 孙布尔山：传说中最高的山，也是神、佛住的地方。

下来就没有一丝头发,难以见人。你去孙布尔山如能会见宝格达,求你帮我问一下,巴彦草原的秃头姑娘什么时候能长出乌黑的头发。"

托诺依离开姑娘,又走了九九八十一天,来到宝尔罕山山顶,在峡谷中的一个蒙古包里歇脚,蒙古包的主人是位纯朴、善良的额吉①。他向额吉说明了自己的去向之后,额吉忙说:"孩子,我们这山顶上没水源,牛羊都要渴死了,你去孙布尔山如能会见宝格达,求你帮我问一下,这山谷什么时候能流淌清泉。"

托诺依继续前进,他又走了九九八十一天,来到宝尔罕山北麓,在柴达木②的一个蒙古包里歇脚。蒙古包的主人是一位勤劳、勇敢的阿爸③。托诺依说明了自己的去向之后,阿爸便对他说:"这里的牧草稀疏,牲畜都要饿死了。你到孙布尔山如能会见宝格达,求你帮我问一下,柴达木什么时候能长出茂盛的牧草。"

托诺依又向前走了九九八十一天,终于来到了孙布尔山脚下。他过九涧、涉九溪、攀九峰、爬九坡,整整越过了九九八十一个山巅,登上了孙布尔山山顶的日月峰。日月峰上有个金碧辉煌的佛龛,宝格达正在佛龛里的莲花坛上端坐。托诺依上前合手施礼,跪拜叩头,然后虔诚地向宝格达询问:"宝尔罕山北麓的柴达木什么时候能长出茂盛的牧草?"宝格达答道:"从赛罕草原取回草籽,撒遍柴达木,就会长出茂盛的牧草。"托诺依记在了心里。又问:"宝尔罕山山顶的峡谷什么时候能流出清泉?"宝格达道:"把蒙古包前的老槐树连根拔掉就会流出清泉。"托诺依又记在了心里。接着又问道:"巴彦草原上的秃头姑娘什么时候能长出乌黑的头发?"宝格达道:"只要见到她的心上人,就会长出乌黑的头发。"托诺依听完,又记在心上。他想,这回该

---

① 额吉:老妈妈。
② 柴达木:盐碱地。
③ 阿爸:老伯。

问问自己的事了。他连叩九个头，清清喉咙。话还没有说出口，只见一道金光闪过，宝格达无影无踪了。原来，宝格达只能回答三个问题。托诺依一时茫然，因为他还没有得到什么是幸福的答案，但他还是决定先把已经得到的三个答案告诉给途中遇到的人们。于是，他兴冲冲地下了山。

当他路过柴达木时，就到阿爸的蒙古包里，告诉阿爸如何使柴达木长出茂盛的牧草。阿爸高兴地说："可找到了好办法。"但又满面愁容地说："去赛罕草原要跋山涉水，路太远了，我这把老骨头扔到那里也取不回这草籽啊！"托诺依是个好心肠的人，听阿爸说得如此伤心，便起身向赛罕草原驰去。他翻越九座山、涉过九条河、穿过九片沙漠，终于将赛罕草原的草籽取回，向柴达木撒去。霎时，那绿油油的碱草破土而出，整个柴达木像铺上了一块碧绿的绒毯，牛群、羊群就像五彩斑斓的宝石布满草原。

托诺依又来到了宝尔罕山额吉的蒙古包里，告诉她："宝格达说只要把包前的老槐树连根拔掉，就会流出清泉。"额吉听了连声叹气，她想："我体弱年迈，用尽所有的力气，也拔不掉这棵老槐树啊。"托诺依也看出了额吉的心思，便亲自动手挖起树来。整整干了九天九夜，挖了九丈九尺，才把槐树连根拔出来。只见一股清亮的泉水缓缓地流淌出来，弯弯曲曲地流过草原，奔向远方。额吉把这水叫作脑温江，后来人们称它为嫩江。据说现在的嫩江就是从那里流出来的。草原上有了水，羊群多得像飘洒在草原上的朵朵白云。

托诺依离开峡谷，路经巴彦草原，又来到了牧羊姑娘的蒙古包。他告诉姑娘："宝格达说你的头发只有在你与你的心上人会面时，才会长出来。"托诺依的话音刚落，姑娘会心地笑了，顿时姑娘的头上长出了黑亮黑亮的长发。姑娘情窦初开，高兴地唱起了"出嫁歌"，唱完后以身相许，与托诺依成亲。托诺依喜出望外，欢快地跳起了安代舞。于是，他们套鞭结缘①，结为伴侣。

他们双双乘马，赶着他们的畜群，沿着脑温江向南走去。从此，在脑温江东畔的杜尔伯特草原上，托诺依夫妇生儿育女，饲养牛羊，过上了幸福的日子。至今还流传着关于托诺依是杜尔伯特人的先祖的传说。

讲述者：波尔固德

整理者：波·少布

---

① 套鞭结缘：古代蒙古族男女青年相爱、成亲时的一个标志，即把各自的套马杆插在地上，然后将两个鞭子结在一起，表示已经结婚。

王大仙遇"仙"记

王大仙是个有名的"活神仙",无论谁家有个天灾人祸或是不顺意的事,都要请王大仙来家跳上一跳。王大仙就可以借此机会吃个"沟满壕平",然后哼着小曲往家走去,兜里自然也装满了银两。

话说这天傍晚,王大仙在王家吃饱了、喝足了,背着一只杀死了的鸡,洋洋自得地往家走去。天渐渐黑了,月亮还没有升起来。他走在阴森的林间小道上,只听那风吹着树叶"沙沙"响,远处不时传来几声鸟的怪叫声。他有点儿发毛,不由自主地加快了脚步。突然,"咯"的一声怪叫从他背后传来,有点儿凄惨,王大仙吓得一激灵。"什么声音?"他在心中发问。还没等他往下想,又是一声。在这荒郊野外,这种声音让人毛骨悚然。王大仙吓出了一身冷汗,不由自主地回头看去,什么也看不见。于是,他撒开双腿,向前跑去。奇怪,他跑得越快,"咯咯"声响得也越快。他跑到哪儿,这声音也跟到哪儿。"我的妈呀,是不是我请的仙没送回去,来找我算账了!"这时,他的酒劲荡然无存了,"扑通"一声跪在地上,不住地磕着响头,带着哭音念叨着:"大慈大悲的神仙,请您饶了我吧!我装神弄鬼骗人,是我财迷心窍,我该死,我该死!饶了我吧,我再也不敢了!"说罢,他站起来,跌跌撞撞地跑回了家。进到院里,把装鸡的袋子往地下一摔,敲开房门,一头扎在床上,人事不省。妻子吓得号啕大哭,惊动了左邻右舍,大家纷纷前来看望。有人慌忙请来医生诊病,医生叹口气说:"这是惊吓所致。"经过好一阵折腾,王大仙才慢慢苏醒过来,这时天已大亮。在大家的询问下,他"呜呜咽咽"地说出了事情的经过。他说:"等我磕完头往家跑时,就不响了。"众人一起来到院里,把那只鸡从口袋里取了出来。医生看后"哈哈"大笑。原来,这鸡死后,肚子里还有一股气,随着王大仙走路时的颠动,鸡肚子里的气就一股一股地往外冒,于是就发出了"咯咯"的响声。当他跪下磕头时,气已经冒完了,自然就不再有"咯咯"的声音了。这正是:装神弄鬼骗人,自己反被"鬼神"骗。

搜集整理者:唐亚英

王老五请丧门神

早些年,在松嫩平原的北边有个小小的村庄,叫三马架子。

三马架子里住着三十六户人家。最富的是赵老大,他选种的庄稼对头,年年都调开了茬口,加上风调雨顺,年年丰收,成了庄子里的大粮户。最穷的要数王老五了,他人单力薄,总是种不对茬口,种啥啥不收,几年光景就弄得卖房卖地。最后只剩下离家较远的三坰岗地了,他在地边搭了一个小草棚子,凑合着混日子。

这一年大年三十,王老五在草棚子里闷闷不乐。他上午到庄子里去了一趟,人家对他躲躲闪闪,生怕他张口求借。王老五见家家都买了对联、办了年货、置办好了请喜神的供品,心想:"家家请喜神、财神,可这二位大神也太势利眼了,偏偏只往那富人家里送喜、送财。反正我王老五与那喜、财无缘,我年年请他们干什么?想那丧门神年年受到冷落,过年的时候一定也很难受,我何不求人写个请帖,请他来和我做伴?"想到这里,王老五走了五里路,求一位教书先生写了个请帖,回来后又打了一斤白酒,把自己过年打算吃的猪腿作为供品,连同白酒摆在香案上,敬请丧门神光临享用。他自己却喝着苞米碴子粥、就着咸菜过着大年。

且说这丧门神也不是个坏了心肝专使人家丧门的坏神,他也有心有肺,只不过他的心冷一些罢了。自从有他以来,从来无人请他去家里过年,这回突然接到请帖,他感到十分意外。来到王老五家一看,更是深受感动,只见香案上摆着白酒、猪肉,茅草堆里坐着的王老五却在喝苞米碴子粥。这冷心肠的丧门神一下子流出了热泪,他草草地喝了两口酒,吃了两口肉,挨着王老五就躺下了。

半夜时分,王老五做了一个梦。天空中飞来一个白胡子老头儿,两眼闪闪发光,说话声音洪亮。他对着王老五说:"王老五,我向你泄露一点儿天机,今年风调雨顺,三月多雨,七月干旱,你把那三垧地全种上麦子吧! 记住,全种上麦子!"

王老五一惊,睁眼看看,什么也没有,草棚子里一股干草味。外边刮着飞雪呼呼响,但是梦境却清清楚楚,尤其是那句嘱咐仍然响在耳边:"全种上麦子!"王老五喜形于色,从草堆里坐起来,高喊:"全种上麦子!"

王老五这人,要说他心肺好,那是没比的,要说他肠子短,那也是装不了二两香油的。做梦的第二天,他就到庄子里把这话照实向每一家说了。人们当然不信,尤其是赵大粮户,听了他的故事以后,哈哈大笑,说:"你大概是穷疯了吧!"王老五辩解说:"真的! 我记得真真切切!"赵大粮户手心一拍:"咱打赌!"王老五也不示弱,照着赵大粮户的手心一拍:"赌就赌! 赌什么?"赵大粮户把眼皮一翻说:"谁输了就冲对方叫一声爷!"

"好!"

这年春天,王老五求爷爷告奶奶,向庄邻借了三斗麦种,播在三垧岗地里。一点儿没错,三月里刚种上麦子就下了一场春雨。到了五月,又下了一场透雨,六月灌浆的时候天气也不错。到了七月,在割麦、打麦的一个多月里天气干旱,王老五顺顺当当地收了二十石麦子。因为去年麦收前后下了一个多月的雨,麦子歉收。今年种麦子的很少,麦子就越发珍贵。这样,王老五就发了个小财。

麦收以后,没用王老五找赵大粮户,赵大粮户就找王老五来了。他恭恭敬敬地向王老五鞠了个躬,笑嘻嘻地说:"爷!王五爷!你跟那丧门神挂上了钩,咱也借点儿光。你告诉我是怎么供的,我也请请他老人家!"

王老五是直肠子的人,哪能对人保密?何况赵大粮户还叫了他声"爷"。他一五一十地告诉了赵大粮户。

这年过年的时候,赵大粮户如法炮制,向丧门神供了一只猪腿、一斤白酒,把大花被褥全包起来放到炕头上,自己蜷缩在炕梢的草堆里。

半夜时分,丧门神来了,见赵大粮户这等状况,就生气了。心想:"你一个大粮户装这副穷酸相,往年你根本不理我,这会儿听说我有用了,弄这点儿东西来对付我,我偏不让你发财!"

第二年,赵大粮户对谁也不宣扬,自己偷偷地照着丧门神的指点把二十垧岗地全种上了大豆。结果,这一年大旱,他闹了个颗粒无收。

讲述者:张喜禄

搜集者:曹建华

整理者:蔡鸿宾

五星羊场

　　几百年前,萨尔图东南二十多里远的地方有一片大草原,水肥草美,是一块天然的牧场,好多人到那里放牧。后来,有两户人家干脆建起房子,过起日子。一户姓张,一户姓李,两家各有三百只羊,日子过得很红火。老张贪心,老李老实,虽然他们来往不多,但关系处得还不错。有一天,老张起了坏心眼,夜里偷偷地在李家的二百只肥羊身上做了个三角形的记号,在自家羊身上也做了同样的记号。事情凑巧,他的举动和心思全被一个过路的倒骑毛驴的白胡子老头儿知道了。老头儿破衣烂衫,装出十分可怜的样子求老张给口饭吃。老张心黑手狠,不但不给,反而用鞭子把老头儿打倒在地。老头儿的呻吟声惊动了李家,他们把老人搀扶到家中,用酒肉招待,又给老人换了一身新布衫。

　　第二天,李家羊倌赶着羊群刚出门不远,忽见张家的羊发疯似的闯入了自己家的羊圈,他左拦右拦,无济于事,只听老张嘿嘿笑道:"老李兄弟,不用着急,我家的羊身上有记号,让我来挑好了。"就这样,李家只剩下一百只瘦羊了。老李当然不干,两人争吵不休。正在这时,远处传来了鸣锣开道声,县太爷驾到。两人急忙上前跪倒告状。县太爷听了两人的述说后,宣布:"谁家羊身上有记号,谁就领。"老张可乐坏了,边说自己家羊身上的记号是三角形,边朝羊群走去。可是,他瞪圆了眼睛竟一个记号也没找到,他傻眼了。这时,只见李妻领着白胡子老头儿来了。李妻说:"我家羊身上有五星记号,是我昨天画的。"县太爷命手下人察看,结果六百只羊身上个个有五星记号。县太爷说张羊倌犯了诈骗罪,把他捆起来,李家人看着这六百只羊笑了。他们赶紧去找白胡子老头儿,可是白胡子老头儿早已无影无踪了,只听见远处传来阵阵驴蹄声。

从这以后,李家精心放养羊群,羊越繁殖越多,五星羊场从此出了名。

讲述者:马季
整理者:姚在兴

虾为什么总是弯着腰

相传很早很早以前,东海龙王贴出皇榜,要举行跳龙门比赛。消息一传开,报名参加比赛的可多了!

小虾也想参加比赛,便约好友螃蟹一起去报名。螃蟹摇摇头说:"鲤鱼跳得又高又远,咱们怎么能和它比,你那两下我还不知道吗?还是别去了吧!"

小虾眨眨眼睛说:"螃蟹哥,你真是个死心眼儿,咱们不会想想办法、找找窍门吗?"

螃蟹说:"本领是苦练出来的,哪有那么好的办法?算了,我看你就别在大家面前出丑了!"

小虾见说服不了螃蟹,就说:"好了!你不去,我去,到时候你看我的吧!"说完,头也不回地走了。

比赛那一天,看热闹的里三层、外三层,黑压压的一片。螃蟹好不容易才挤到前面,它看见来参加比赛的都是跳高能手。鲤鱼特别显眼,它粗壮结实,脑袋圆圆的,尾巴是红色的,穿着一身闪闪发光的衣衫,大家齐声称赞:

"鲤鱼多健壮、多威武、多漂亮呀！真不愧是跳龙门的能手！"

这时，不知是谁讽刺地说："大家快来看啊，这只又矮又小的虾仔，竟想与鲤鱼争高低，真是自不量力！"螃蟹听到有人揭好友的短，就像说自己一样，难过极了，低着头不敢看人。

"当！"一声锣响，比赛开始了。螃蟹回头一看，只见鲤鱼一马当先，直向龙门冲去，黄鱼、青鱼、鲫鱼……都远远地落在后面，唯独小虾急起直追，紧紧跟在鲤鱼尾梢。螃蟹暗暗使劲，巴不得小虾能赶到鲤鱼前边。

一转眼到了龙门口，只见鲤鱼猛地一跳，用力将尾巴往上一翘，准备翻越龙门。螃蟹急得大声呼喊："小虾加油！加油！"正在这紧要关头，小虾轻轻地向上一跳，比鲤鱼跳得更高、更远，第一个跃过了龙门。顿时，台下一片喝彩声。大家把小虾围了起来，跳呀，蹦呀，有的还把小虾抬起来。"你看小虾摇摆着长长的虾须，滚动着圆圆的眼睛，多神气呀！"螃蟹站在旁边，也感到无限光荣，它高兴极了，真想上去夸小虾几句，可惜插不上嘴，只好等大家散了，才向小虾祝贺一番。它们肩并肩，高高兴兴地往回走。半路上，螃蟹突然想起了"找窍门、想办法"的话，便说："小虾弟弟，今天你得了跳龙门的冠军，真威风啊！"

小虾听螃蟹在夸奖它，便得意地说："是啊！是啊！"

螃蟹说："比赛的时候，我真替你担心！"

"为什么？"小虾觉得奇怪。

螃蟹说："我担心你会输给鲤鱼，那多难看呢！"

"不用担心！"小虾说："我完全有把握，今后再比赛我还有把握！"

螃蟹听了直眨眼睛。小虾见它不相信自己的话，便神秘地说："螃蟹哥哥，老实告诉你吧！我知道鲤鱼是个跳龙门的能手，所以我就站在它旁边，等比赛一开始，我便用我这对虾钳轻轻地钳住它的尾巴，让它带着我走。到龙门口，我看它尾巴向上一甩，就顺势松开钳子，所以毫不费力地跳到它前面去了，得了第一名。"

"啊！"螃蟹听了，感到浑身不舒服，大声叫嚷起来："这不是投机取巧吗？算什么本事！"

小虾见好朋友螃蟹这样说，气得头也不回地走了。没料到，它们说的话被躲在礁石后面的鳗鱼婆听去了。鳗鱼婆是个好传闲话的家伙，它立刻跑到鲤鱼面前，把刚才听来的话，一五一十地全讲了出来。鲤鱼听了，只是点头笑笑，便鼓足气力，一个鱼跃，跳得老高老高，继续练起来。

　　到了第二年的跳龙门比赛，小虾还是用它的老办法，钳住鲤鱼的尾巴往上跳。快到龙门口的时候，鲤鱼回头一看，果然如此，它气往上冲，突然把尾巴往下一甩。"砰"的一声，小虾被甩在龙门石壁上，立即昏了过去。螃蟹大吃一惊，慌忙上去扶起小虾，可是小虾的脊梁骨已经摔断了。从此，小虾总是弯着腰，再也伸不直了。直到现在，虾还是弯着腰走路。

讲述者：杜斌

整理者：杜生坤

贤孝碑

　　传说有个年轻的寡妇，守着一个瘫痪的公公过日子。儿媳妇贤惠、孝顺，很多好心人都劝她改嫁。可儿媳妇一想到可怜的公公病倒在床上无人侍候，便不忍心离去。

　　眼看公公病得不行了，儿媳妇拿一把黄香冲南天默默许下心愿：如果公公能病愈，我情愿两肋插刀，一步一个头，明年三月三到娘娘庙去还愿……

　　果然，公公的病好了，转眼到了第二年的三月三。儿媳妇对公公说："我今日得去还愿了。"公公说："好吧，让邻居家的伙计赶车送你。"儿媳妇两肋插上钢刀，一步一个头，磕了十八里地，来到娘娘庙。还完愿，烧完香，只见儿媳妇一个跟头跌到山下。人们一看跌死了人，就告诉了庙主。邻居家的伙计认领了尸体，将其转回家中。一看儿媳妇早已回到了家中，大家伙都愣住了。人们把棺木打开一看，却是一块金铸的"贤孝碑"。

讲述者：陈余昌

整理者：张雷雷

想儿山

　　很久很久以前,有这么一家,住在大深山里,自耕自收,过着闭塞却悠闲的生活。这家夫妻二人年过五旬,膝下一子,年方十岁。他家房前有一棵核桃树,究竟多少年了谁也记不清。这棵核桃树年年结核桃,可这年,这棵树竟一个核桃也没结。第二年,树上只结了　个核桃,有拳头那么大。夫妻二人惊异不已。

　　有一天,从山脚下走来一个拄拐棍的老者,他白须白眉,走到这家门前时,对夫妻二人说道:"这树上的核桃卖给我吧!""多少钱?"妻子急切地问。"五百两银子。""那你得告诉我们为啥买它。"老者为难地说:"那你们一定得卖。""好!"夫妻二人异口同声地回答。

　　"南去十里有座山,里面有个洞,放着金银财宝。这个核桃后天熟,这是个宝贝,用它撑开山,就可以把金银财宝拿出来。"说完,这个白须老者忽然不见了。夫妻二人惊奇不已,想得财宝,怕财宝被老者弄去,于是夫妻二人带着儿子,把核桃摘下就上路了。到了那座山上,丈夫把核桃往山缝里一扔,只听一声巨响,山裂开一条大缝,里面闪着金色的光。夫妻二人仔细观察,看见许许多多财宝。妻子忙叫儿子下去取,儿子拿了很多珠宝,要往上爬时,山突然合上了,儿子被关在洞里。因为核桃还没成熟,经不住长时间的挤压。妻子惊呆了,坐在山顶一动不动,时间久了,化成一块石头,她丈夫也化成了石头。从此,人们就把这座山叫想儿山。

讲述者:夏树林

整理者:王发昱

小城子的来历

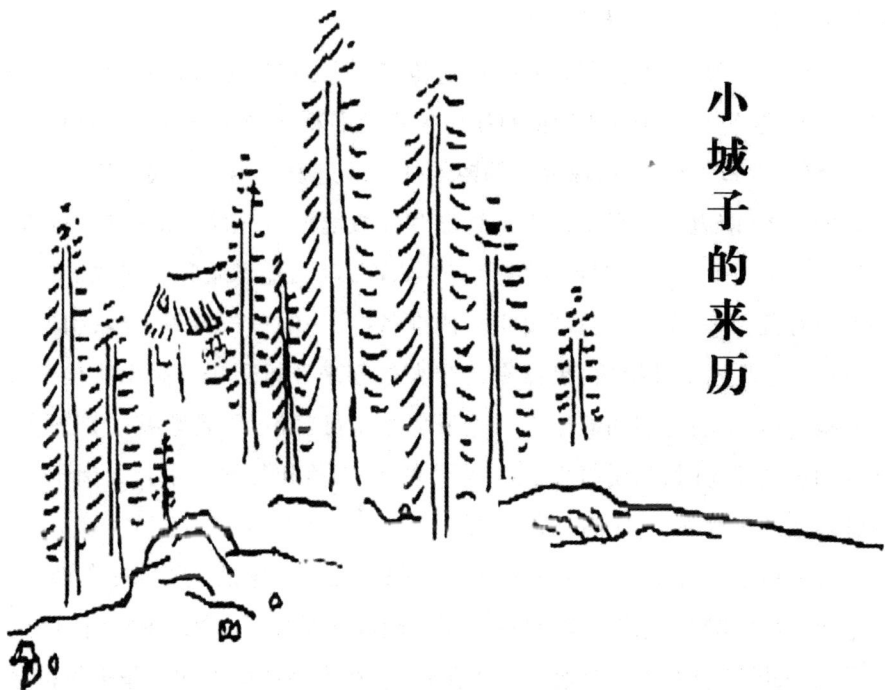

提起小城子的来历,还有一段故事呢。

在民国初期,小城子所在的地方是一片大草甸子,人烟稀少,人们都管那儿叫二十四万垧,意思是这片大草甸子有二十四万垧地。有一位财主叫张恩,他经常到江南(现松花江南岸)做买卖,其间结识了一个财主叫韩殿池。在喝酒的时候,张恩露出了想卖地的打算,韩殿池这时也想到江北做买卖。他俩一拍即合,当即找中间人写了契约。张恩把地卖给了韩殿池。

到了秋天,韩殿池就坐上带篷的小马车往江北进发。他来到大岗子(现托古乡境内)附近的时候,被一户姓包的和一户姓白的人家用老套筒子和连珠炮给打回去了。韩殿池一看过不去了,就转过车头回到了江南。回到江南后,他觉也睡不好,饭也吃不好,整天寻思上江北的事。韩殿池有个管家叫高山,他见东家整日愁眉苦脸的,就问东家怎么了。韩殿池把心事讲给了高山。高山听后说:"东家请放心,眼看快到腊月了,等过了年,我领你上江北。"

韩殿池高兴地说:"现在家里的事不用你管了,你就准备上江北的事吧!"高山说了声"行",转身出了屋。

高山出屋后,心里想:"人家手中有枪,咱们也得用枪打,不然是不能过去的。"想到这儿,高山从护院的打手中挑选七名精明强干、枪法准的组成了一支队伍,等过了正月,就保卫着韩殿池往江北进发。当来到离大岗子二三里地的时候,前边又响起了枪声。高山对韩殿池说:"东家,你在这儿等着,我们哥几个先上去。"当时岗下的草有半人高,高山他们就爬了过去。当离高岗还有五十多步的时候,高山叫大伙准备好,并叫一位枪手开枪,引两户人露头。这位枪手开枪后,果然有几个人站起来开枪还击。高山叫枪手瞄准开枪,一阵枪响打倒四五个人。这下那些人可害怕了,赶紧喊:"别打了,让你们过去!"这时,高山打发赶车的回去赶车,他和其他人来到大岗子上,等韩殿池的车过来后,他们一齐往北走。

天快黑了的时候,一行人来到了一个只有几户人家的屯子。一打听,这个屯叫古城(现归丰乐镇管辖),就找了几间破房子住了下来。由于屯子小、房子破,韩殿池没看中这个地方。开春后,就在古城西南方向一里多远的地方建了房,把江南的人接过来开荒种地,又做起了买卖。这个屯子发展得越来越大。后来,念过书的人看这个屯子紧挨古城,又比古城建得晚,就给这个屯起名叫小城子。

讲述者:姜显贵

采录者:单奇

小鸡的来历

究竟是先有鸡后有蛋呢，还是先有蛋后有鸡呢？这个谜多少年来也没有人能够弄明白。

传说在很早以前，有兄妹二人。后来哥哥娶媳妇成了家，常年在外干活，家中只有姑嫂二人在一起扎花绣朵、说话唠嗑。日复一日，姑嫂二人有尊有让，倒也和气。

一天，妹妹跟随嫂子到郊外挖野菜，挖着挖着，妹妹觉得有点儿累，就跟嫂子说："咱们歇会儿吧。"于是，她就在一块界基石上坐了下来。

事也凑巧，她坐的这块石头，由于在荒郊野外，世世代代风吹雨淋，受了日精月华。姑娘往这石头上一坐，竟怀上了身孕，在不知不觉中竟越来越显怀了。哥哥在外乡干活回来后，一进家门就发现妹妹有些异样。晚上回到自己的房间，他小声问夫人是怎么回事。夫人说自己和妹妹整天待在家中，并没发现有外人同她来往，自己也纳闷儿妹妹的身子怎么会越来越笨重了呢。第二天，哥哥把妹妹叫到跟前进行盘问，妹妹只是红着脸流泪，什么话也说不出来。哥哥气不过，盛怒之下把妹妹痛打了一顿。到了晚上，他越想越气,便对夫人说:"干脆把妹妹处死算了,免得日后孩子生下来,这伤风败俗的事张扬出去,全家大小都没脸见人。"夫人闻听此言,便替妹妹求情,丈夫念姑嫂二人要好,便答应宽限三天,并拿出一包药、一把刀、一条绳子,让媳妇先告诉妹妹,让她咋死都行。

再说,连日来妹妹独自一人闷坐厢房,珠泪涟涟,吁叹不止,心想:"自己命苦,不明不白地摊上这等见不得人的事,即使是浑身长嘴,也难以说清,自己还有什么脸面活在世上?"想到此,她含泪系好了绳子,心一横,把身子悬在了屋内梁上……

次日清晨,夫妻二人过来一看,妹妹已经气绝身亡。哥哥吩咐夫人道:"给妹妹换一身新衣服,别让她穿那身旧衣服走了。"当夫人给妹妹换衣服时,刚把妹妹的裤脚解开,竟滚出两个圆蛋蛋来。在装殓妹妹的时候,夫人对丈夫说:"我同妹妹要好一场,这两个玩意儿我就留下做个纪念吧。"哥哥没把这件事搁在心上,抓紧料理完妹妹的后事便又到外乡干活去了。

自从妹妹死了以后,当嫂子的心里总觉得不是个滋味儿。心想:"妹妹整天跟我在一起,那一日我们姑嫂二人到郊外挖野菜,妹妹坐在界基石上歇息了片刻,回家后并没听妹妹说有何不适,这到底是怎么回事呢?"她天天思念妹妹,便天天用手摆弄从妹妹身上掉下来的那两个圆蛋蛋。就这样,转眼二十余天过去了。这天她正在手抚圆蛋蛋思念过世的妹妹,不料这蛋蛋的壳竟裂开了,从里面钻出两个毛茸茸的小东西,在她身前身后"唧唧"叫个不停。她看着眼前欢蹦乱跳的小东西跟自己的这份亲热劲儿,又想起了妹妹,禁不住流下两行热泪。

两个小东西渐渐长大了。这天丈夫又从外乡归来,见了它们不免诧异,夫人便把事情的来龙去脉述说了一遍,丈夫也觉得这事蹊跷。便问夫人它们叫什么名字。夫人道:"这两个小东西是妹妹用一条命换来的,它们也证明了妹妹的清白。你听它们'唧唧'叫个不停,这倒提醒我一件事来。"丈夫追问道:"夫人想起什么事来?"夫人说:"妹妹生前大门不出,二门不进,为人很是正派。只是那一天我们姑嫂二人到郊外挖野菜,妹妹在界基石上小坐了片刻,回来后身子就一天天笨重了起来,最终酿成这场人命风波。今天这两个小东西'唧唧'叫个不停，或许是妹妹的冤魂在向我们申诉着她的清白。"丈夫不解地问："莫非毛病出在那块界基石上？"夫人点头答道："我想合该如此。为了纪念咱那含冤的妹妹，就给这两个小东西起个鸡（基）名吧。"丈夫说："既然这两只鸡是妹妹用性命所换，日后孩子们应该叫它们姑姑。"

　　这就是小鸡的来历。以后人们在呼唤鸡时都习惯地叫"咕咕"（姑姑）。直到如今，母鸡下蛋后，总是高声啼叫"哥哥打，哥哥打"（咯咯哒，咯咯哒），向人们申诉着不白之冤。

讲述者：刘凤祥

搜集者：乔振东　王亚东

整理者：乔振东

杏树岗的传说

在大庆油田南部的大草原上，突起一座小山，山坡上长满了杏树，一片片，一丛丛。有的树皮皲裂，盘根错节，枝丫百态，像个龙钟老人；有的高大挺拔，生机勃勃，似俊秀少年。方圆百亩，远看荫荫郁郁，近看草木葱茏。山坡的背面有一个断崖，崖高数丈，崖下有一潭清水。每逢风和日暖、草萌花绽，山坡上更成了花的世界。粉红的杏花，一团团、一簇簇，拥满枝头，浓郁的花香溢向四方。碧水衬着山花，早看像一团五彩的雾，晚看如一片粉色的霞，称得上草原奇观。因为山坡上长满了杏树，所以人们把这美丽的山坡叫杏树岗。在这周围十里八村流传着这样一个传说。

在很久以前，小山上十分荒凉，在山的南面有一个小村庄，村里住着十几户穷苦的人家，他们以种地、放牧为生，家家都是吃了上顿没下顿，脱了棉衣没单衣，日子过得比黄连还苦。人们把汗水洒在碱土地里，勉强糊口。不知是受日月精华，还是神灵有知，小村庄中竟出落了一对美貌英俊的少年男女。小伙子叫李贵，身材魁梧，能骑善射，每天给地主放羊。他的性格像草原一样宽广，坦荡无私，疾恶如仇，好打抱不平，被地主恶霸视为眼中针、肉中刺,穷苦的人却称他为草原上的鹰。姑娘长得眉清目秀,面似三春的杏花,一双灵巧的手能绣各种花鸟、裁剪各种服饰。姑娘有个小名叫杏花,是远近出名的巧姑娘,人们都说张老汉夫妇不知哪辈子积下了阴德,生了这样一个好闺女,真是鸡窝里飞出了金凤凰。

杏花和李贵一起长大,相互间产生了深厚的感情,十里八村都说他们会有美满的婚姻。可谁会料到,就在他们要成亲的时候,厄运来临。

从小村往东五里有一个大村寨叫张家围子,围子里有个恶霸叫张有德,他身高三尺,横宽二尺八,人送外号大冬瓜。大冬瓜平日里抢男霸女,掠地占田,无恶不作。他家里妻妾成群,良田百顷,牛羊满坡,是方圆百里出了名的大财主。李贵就是给他家放羊的小长工。杏花姑娘的名字早就传到了大冬瓜的耳朵里,但他怕李贵,不敢随便下手。于是,他想出了一个办法:派王媒婆带着彩礼到杏花家说亲。

张老汉夫妇一听大冬瓜派人来说亲,吓得目瞪口呆,颤抖着说:"她大婶,孩子早有人家了。实在对不起,让您费心了。"

王媒婆冷笑几声说:"你们还是放明白点,方圆百里谁不知道我们老东家财大势大。和李贵小子一刀两断,嫁给我们老东家,保你们全家有享不尽的清福。就看你们会不会办事了。"这时,在里屋做针线活的杏花跑了出来,她气得两手发抖,抓起彩礼从窗户扔了出去,嘴里骂道:"大冬瓜有钱有势,你为什么不嫁给他? 快滚!"王媒婆被杏花赶了出来。

大冬瓜一计不成又生一计。一天,李贵放羊回来,大冬瓜硬说丢了两只羊,李贵不服,大冬瓜叫狗腿子把李贵打得死去活来。乡亲们把李贵抬到家时,他已经奄奄一息了。杏花听到消息,如同晴天霹雳,哭成了泪人。乡亲们看着苦命的杏花,陪着她掉眼泪。这时,外边冲进来一群如狼似虎的狗腿子,扬言李贵死了,用杏花抵债。不由分说地把人抢走了,乡亲们敢怒不敢言。

杏花被抢走后,被锁在后院的屋子里。大半天了,她水米未进,已经没有眼泪了,唯一的念头就是为李贵哥报仇。这时屋门一响,王媒婆走了进来,嘴里不停地叨叨着:"看这些人,一点儿不知轻重,怎么这样待杏花姑娘!"她给杏花松开了绑绳,温柔地说:"杏花姑娘,你如果嫁给我们老东家,那真是从火坑里进入了天堂,吃的是精米白面,穿的是绫罗绸缎,使奴唤婢,这是神仙过的日子啊。"王媒婆一想到大冬瓜的赏赐,心里别提多高兴了。尽管王媒婆磨破嘴皮子,杏花只是哭个不停,一句话也不说。王媒婆自己也泄了气,便没好气地说:"我看你也没这个福分。"便给大冬瓜回话去了。

整个院子静了下来,杏花停止了哭泣,回想一天来发生的事情,不由得怒火中烧。她下意识地用手摸了摸怀里的剪刀,想着脱身报仇的办法。

这时,有人轻轻地敲了几下窗户,杏花吓得一哆嗦。窗外有人轻轻地说:"杏花,别怕,我是你刘大爷。"杏花一听是打更的刘大爷,胆子顿时大了起来。正准备逃走,门外传来沉重的脚步声。杏花吹灭了油灯。

原来,大冬瓜把杏花抢来之后,大摆酒席,一群狐朋狗友都来贺喜。在众人的恭维下,大冬瓜两眼笑成了一条缝。他一边喝酒,一边等着王媒婆来送好消息。天已过半夜,一个个酒足饭饱,露出了倦意。这时王媒婆走进来,附在大冬瓜的耳边悄声地耳语了几句。只见大冬瓜酒劲直往上涌,两眼通红,晃晃悠悠地站了起来。砰!一只酒杯被他摔得粉碎。大冬瓜心想:"我万贯家财,方圆百里谁不怕我。我不信制服不了一个黄毛丫头。"想到这里,他淫意顿生,带着满身的酒气,踉踉跄跄地向后院走来。真是凑巧,正赶上刘大爷来救杏花。大冬瓜把锁打开,借着酒劲冲进屋来。杏花在黑暗中,一见仇人分外眼红,忘记了害怕,心里只想着为李贵哥报仇。她端起剪刀向大冬瓜刺去,大冬瓜一声惨叫倒在了地上。杏花在刘大爷的帮助下逃出了张家围子。

大冬瓜的叫声惊动了前院的人,狗腿子打着灯笼一看,大冬瓜倒在血泊中,已经断了气。杏花刚跑出不远,便听到后边有人喊,知道狗腿子追来了。她心里发慌,又不熟路径,深一脚浅一脚地跑到了一座小山上。后边追赶的人声越来越近了,杏花跑到断崖前没了路。再往回跑,来不及了,狗腿子已经追上来了,前进不行,后退不得。杏花想:"前进是死,后退也是死,不如死个干净,对得起李贵哥。"她理了理杂乱的头发,喊了声:"李贵哥,等等我!"纵身跳下去。

第二天,乡亲们在崖下找到杏花的尸体,只见她面色如生,如同熟睡一样安详。人们被他们未婚夫妻忠贞的爱情感动,就把他俩安葬在小山上。第二年春天,在他们的坟头长出了一棵杏树,长得枝繁叶茂,人们都说这棵树是杏花变的。日复一日,年复一年,山坡上长满了杏树,人们便给这个地方起了名字,叫杏树岗。每逢春暖花开时,人们看到杏花,便想起了杏花姑娘的故事。

讲述者:万秀玲

整理者:陈仰军

雄鹰与山丹

　　蒙古族人民把雄鹰与山丹叫作哈尔其嘎少布和萨日朗其其格。传说在很早很早以前,空中没有飞禽,地上没有花朵,阿拉坦山①刚刚形成,蒙根河②刚刚汇集成溪流的时候,成吉思汗的十二世祖道布莫尔根和阿伦高娃夫人率领他们的部落西迁,到额尔古纳河上游宝尔罕山麓的草原扎寨。那里牛羊遍野,水草丰美,人丁兴旺。

　　在这个部落里,有个年轻的勇士叫哈尔其嘎少布,善骑善射,英勇无敌。他能镫里藏身,飞马牵羊,弯弓射月。他聪明的未婚妻萨日朗其其格聪明贤惠,智勇双全,能独牧百群,巧理膳食。他们为部落的兴旺和安宁屡建奇功,所以,道布莫尔根赏赐给哈尔其嘎少布一匹能翻江倒海的白龙驹。阿伦高娃夫人赏赐给萨日朗其其格一只能吟歌寄语、传书递笺的神鸟。哈尔其嘎少布和萨日朗其其格每天骑着骏马,挎着弓箭,带着腰刀,时时刻刻守护着

---

　　① 阿拉坦山:金山。
　　② 蒙根河:银河。

这广袤无垠的草原。

在宝尔罕山的密林里，穴居着三个蟒古斯①。为首的叫嘎伦蟒古斯②，另外两个分别叫初伦蟒古斯③和乌孙蟒古斯④。一天，它们商议把道布莫尔根部落的人畜吃光。于是，它们每天夜里出没于草原，残害人畜。眼看着群群肥羊、沟沟牛马、户户属民被蟒古斯吃掉了，部落受到了极大的威胁。

道布莫尔根召集全部落属民，燃起九堆篝火，向九天祷告，呼吁自己的属民齐心除害。他说："谁能杀死蟒古斯，就是真正的巴特尔⑤，他将受到全部落人的尊敬。"这时，许多人的眼睛都自然地投向哈尔其嘎少布。只见哈尔其嘎少布挺身而出，向道布莫尔根合手施礼，随即站在祭坛上，举起双手，连声高呼："除掉蟒古斯，为民除害，保住草原！"人们一齐欢呼起来，争先恐后地向哈尔其嘎少布献马奶酒。萨门朗其其格把亲手缝制的荷包系在哈尔其嘎少布的腰带上。道布莫尔根把先祖传的穿石宝剑赠给了哈尔其嘎少布。哈尔其嘎少布骑上白龙驹，背上弓箭，佩带宝剑，向宝尔罕山出发了。

哈尔其嘎少布来到宝尔罕山，在密林中机警地搜寻着蟒古斯。走着走着，耳边突然响起一阵狂涛怒浪之声，随着响声，乌孙蟒古斯披着蓝大哈⑥骑着一头蓝鳌，提着蓝光水刀，涌向草原。眼看半沟牛马被劫走，哈尔其嘎少布立即冲出山来，拦住了蟒古斯的去路。乌孙蟒古斯抬头看，发现是一个年轻勇士，便喝道："我是乌孙蟒古斯，有眼者让路，否则让你尝尝我的厉害。"哈尔其嘎少布不等它说完，拉弓就是一箭。蓝鳌一闪，躲过去了，乌孙蟒古斯回手就是一水刀，和哈尔其嘎少布的刀刃相对，足足战了三天三夜。乌孙蟒古斯筋疲力尽，无奈使出了最后一招，它张开大口喷出一股蓝水，这水遮天盖地。但水助龙势，龙驹在水里掀浪翻腾，哈尔其嘎少布越战越勇。乌孙蟒古斯喷出的水越来越大，草原上的人畜就要被淹没了。突然，龙驹显了威

① 蟒古斯：恶魔。
② 嘎伦蟒古斯：木魔。
③ 初伦蟒古斯：石魔。
④ 乌孙蟒古斯：水魔。
⑤ 巴特尔：英雄。
⑥ 大哈：大衣。

风,把乌孙蟒古斯喷出的水全部吸干。乌孙蟒古斯狼狈逃跑,哈尔其嘎少布一箭将它射死在山口。乌孙蟒古斯变成一条干枯的小溪,永远躺在那里不动了。

初伦蟒古斯得知乌孙蟒古斯遇难,骑着一头黑麒麟,锁着黑甲,擎着两个黑锤,驾着黑风连夜而来。哈尔其嘎少布迎头而上,短兵相接,又战了三天三夜。初伦蟒古斯用五百斤重的黑锤锤向哈尔其嘎少布,哈尔其嘎少布手有千斤之力,一掌将锤打落在地。初伦蟒古斯又变成了一个百丈高的石人,向哈尔其嘎少布扑来,想活活把他压死。哈尔其嘎少布抽出穿石剑,向初伦蟒古斯的心脏击去。一剑穿透心,初伦蟒古斯瘫成一堆黑色的碎石。

哈尔其嘎少布两次胜利,属民杀牛宰羊,饮酒庆功。草原上的兄弟姐妹为哈尔其嘎少布敬献哈达,萨日朗其其格把自己的红色头绢披在哈尔其嘎少布的肩上,全部落的人们都高兴地跳起了安代舞。

正在欢乐之时,嘎伦蟒古斯骑着一头三角红牝牛,披挂红绒,提着红戟,驾着红风,在草原上横冲直撞。哈尔其嘎少布和萨日朗其其格双双提刀上阵,与嘎伦蟒古斯对面交锋,又整整战了三天三夜。嘎伦蟒古斯被打得只有招架之功,没有还手之力,便趁乱劫走萨日朗其其格。哈尔其嘎少布见萨日朗其其格被劫走,回手一箭,正中嘎伦蟒古斯左臂。嘎伦蟒古斯夺路而逃,钻进密林深处。

嘎伦蟒古斯回穴后,用绳绑住萨日朗其其格,准备伤愈后,先吃掉她,然后再去斗哈尔其嘎少布。聪明的萨日朗其其格心想:"哈尔其嘎少布迟早会来救她,现在只能斗智,不能硬拼,到时里应外合,杀死嘎伦蟒古斯。"一天,嘎伦蟒古斯喝得八分醉,萨日朗其其格便试探地问道:"嘎伦蟒古斯,你要不放我回去,哈尔其嘎少布是不会饶你的。"嘎伦蟒古斯听了哈哈大笑:"我嘎伦蟒古斯天下无敌!"萨日朗其其格说:"既然如此,你为什么跑回来了?"嘎伦蟒古斯说:"这是缓兵之计。"萨日朗其其格趁机将了一军:"施什么计都没用。"嘎伦蟒古斯又喝了一缸酒,晃了晃脑袋说:"乌孙蟒古斯是水的化身,被白龙驹战死了;初伦蟒古斯是石的化身,让穿石剑战死了;而我是火的化身,谁也灭不了我。宝尔罕山第三峰上有两面镜子,那是我的眼睛,上面有一个火球,那是我的脑袋,也是我的生命,只要它在,我永远是胜利者。过几天伤养好了,我要把哈尔其嘎少布烧化,解我心头之恨。"说完又哈哈大笑起来。嘎伦蟒古斯越高兴越喝酒,越喝越醉,最后呼呼地睡着了。萨日朗其其格忙把衣襟扯下一片,按照嘎伦蟒古斯的自述,画了一张图,然后在一个晴朗的早晨,叫神鸟把图送给哈尔其嘎少布。

再说哈尔其嘎少布,自从嘎伦蟒古斯抢走了萨日朗其其格,他万分焦虑,不分昼夜地四处寻找。在一个晴朗的早晨,一只神鸟突然把衔着的一块丝绢扔下来。他拾起一看,立即认出这是萨日朗其其格的衣襟,上面画着清晰的图解。他顿时明白了一切,跨蹬催马直奔宝尔罕山第三峰。刚到山脚下,哈尔其嘎少布弯弓就是一箭,射中了左面的一块镜子。这时,正在睡觉的嘎伦蟒古斯突然大叫一声,一跳几丈,左眼瞎了,它才想到准是萨日朗其其格泄露了秘密,恨不得一口把萨日朗其其格吞掉。可是,萨日朗其其格已经脱绳逃跑了。嘎伦蟒古斯驾风追上来,一箭射中了萨日朗其其格,鲜血直流。哈尔其嘎少布急忙迎上去扶她上马,白龙驹驮着受伤的萨日朗其其格向草原飞奔而去。这时,哈尔其嘎少布又射中了右面的那块镜子。双目失明的嘎伦蟒古斯疯狂地向他扑来。刹那间,哈尔其嘎少布对准火球射箭,嘎伦蟒古斯随即化作一团大火,向哈尔其嘎少布扑来。哈尔其嘎少布在烈火中升腾,变成了一只黑褐色的大鸟,展翅向草原上空飞去。

白龙驹为了使萨日朗其其格脱险,跑遍了茫茫草原。萨日朗其其格的血迹变成了朵朵红花,点缀着千里草原。她仰望着蓝蓝的天空,追逐那褐色大鸟的身影。而那盘旋在草原上空的褐色大鸟,总是俯瞰着草原上的红花,留恋着畜群和牧人。后来,人们都说这红花是萨日朗其其格,而那褐色的大鸟就是哈尔其嘎少布。所以,直到现在,蒙古族人民一直把山丹花叫萨日朗其其格,把雄鹰叫哈尔其嘎少布。

讲述者:哈日少布

整理者:波·少布

鸭子为什么扁扁嘴

在早,鸭子和公鸡是磕头兄弟,鸭子排行老大,鸡排行老二。那时鸭子和鸡一样,也是尖尖嘴,头上长着鲜红的冠子,金红的羽毛,黑中透绿的长尾巴,尖尖爪子。公鸡却没有冠子,灰色带花的羽毛,短尾巴,有两个像桨一样的巴掌。别看鸭子长得漂亮,可是它的能耐却一般,嗓子沙哑,不会游泳,飞不高。别看鸡模样不怎么样,可是它的衣服是避水衣,鞋是分水鞋,虽然不能飞,但是游泳好手。更难得的是它有一副金嗓子,在家禽中唱歌是没比的。不光人们喜欢,鸟儿佩服,就连海里的龙王爷也喜欢听它唱歌。每年农历二月二,东海龙王都要下请帖,请公鸡去赴宴,让公鸡在宴会上唱歌。

鸭子很眼气,恨自己衣服虽然鲜艳,可是不能见水,嗓音又叫人讨厌。它几次央求公鸡兄弟把避水衣和分水鞋借它,这样它也能到东海水晶宫开开眼界。公鸡被鸭子哥哥缠得没办法了,只好答应再到农历二月二东海龙王下请帖时,叫鸭子替自己赴宴。

一晃,二月二龙抬头的日子到了,公鸡和鸭子换了衣服和鞋。公鸡再三叮嘱鸭子:"鸭子大哥,你到那儿对龙王爷说我生病了,不能前去赴宴。请你代我向龙王爷问候,喝酒不要贪杯,要客气一些,别多讲话。"又特意提醒鸭子:"睡觉时千万要脱下避水衣和分水鞋,不然就长在身上脱不下来了。""放心吧,公鸡老弟,我全记住了。"鸭子说完就一个猛子扎进水里。

东海龙王在水晶宫请来各海龙王,龙子龙孙,还有龙宫将军、大臣,大摆宴席,庆贺抬头之日。鸭子大摇大摆地赶来了,东海龙王和公鸡是朋友,对它的鸭子哥哥也很客气,特地拉鸭子坐在自己身边。

奏完龙宫乐曲就开席了。各种山珍海味,佳肴美酒,鸭子平时都没见过,这回可解馋了,把公鸡的话全忘了。它一筷子接一筷子,一杯接一杯,连吃带喝,把肚子填得溜溜圆。这时,东海龙王说:"鸭子老弟,今年你来赴宴,能不能给大伙唱几支歌,助助酒兴?"

鸭子忙说:"唱不好!唱不好!"

席上的客人也说:"你是公鸡的哥哥,哪能不会唱呢?别客气,来一支小曲吧!"

鸭子被酒灌得不知天高地厚了,它想:"旱地的人们和鸟儿不乐意听我唱,兴许海龙王会喜欢呢!今天露一手。"它就站起来说:"那我就唱一支吧。"鸭子平时声音那么难听,这会儿一喝酒,更哑了。它扯着脖子费了好大劲,才"嘎嘎"喊了两声,龙王爷和满桌的客人都笑了。这是哄它,鸭子还以为是夸它呢,又用劲喊了几声:"嘎嘎……"它吃了那么多东西,这么上气不接下气地喊,肚子受不了了,"扑哧"一泡稀屎蹿出来了。也赶巧,全蹿在东海龙王的龙袍上了,龙王爷急了,抬脚就把鸭子嘴给踩扁了,本想杀了它,看在公鸡的面子上,才饶了它的命,命令虾将军把它轰出水晶宫。

鸭子又害臊又吃惊,拼命地游上岸,酒劲上来,扎进草窠就睡着了。一直睡到第二天才醒,避水衣和分水鞋全长在身上了。从此,鸭子嘴扁了,嗓子更哑了,还落个拉稀的毛病。它觉得没脸见公鸡了,就经常独自钻到水里打些食。遇到公鸡时,它更不好意思了,只能嘎嘎地向公鸡赔不是。

公鸡和鸭子换了衣服后,鸟儿都说公鸡太美了,母鸡更是羡慕。它十分得意,睡觉时也舍不得脱,结果也长在身上了。不过,公鸡再也不能到东海龙宫去了,想到东海龙王给自己的好处,就每天早晨向着东海高喊:"龙王爷,我给你唱歌!"

讲述者:王淑贞

整理者:石云龙

冶铁祭祖的传说

居住在杜尔伯特草原的蒙古族人，每逢除夕之夜，一家老小聚集在一起，搭起露天炉灶，燃起一堆木炭，架上一块生铁，拉起鼓风箱，把铁烧得通红。原来，这是不知多少代传下来的冶铁祭祖仪式。冶铁怎么能祭祖呢？传说，在两千多年以前，在中国北方有一个游牧部落，部落中的人逐水草而居，六畜兴旺，一派生机，正如《敕勒歌》中写的：

敕勒川，

阴山下。

天似穹庐，

笼盖四野。

天苍苍，

野茫茫。

风吹草低见牛羊。

后来，这个部落与其他游牧部落发生了冲突，彼此厮杀。结果战败，百姓遭到其他部落的极其残酷的杀戮。最后只剩下四个人，两男两女，悲惨绝望之余,他们组成了两个家庭,欲避之深山。他们走了七七四十九天,终于来到了一个叫额尔根涅滚的地方。这座山很奇特,拔地而起,四周全是悬崖峭壁,找不到一条能够上山的路。他们为了生存,决心爬上顶峰。一天天,一月月,不停地攀山跃涧,披荆斩棘,一步步向上攀登。他们磨破了手指和脚趾,以野菜充饥,以泉水解渴,终于登上了顶峰。

山顶上,古木参天,流水潺潺,鲜花盛开,百鸟啼鸣。山坳里有一块宽敞的土地,绿草如茵,平展如镜。他们四个人便点燃篝火,参拜九天,开始了新的生活。

这两家,一个姓乞颜,一个姓讷古。他们以牧、猎为生,过着丰衣足食的日子。随着岁月的流逝,乞颜氏、讷古氏不断繁衍生息,形成了许多分支,这一部落又兴旺起来。后来,额尔根涅滚竟容纳不下了。因而,他们产生了迁回祖先居住过的大草原的愿望。但是,这么庞大的家族怎么能下山呢? 原来进山的路早已布满乔灌、荆棘,难找难寻。于是,全部落的人开始计议下山的办法。

一天,乞颜氏的一位老猎人在一个山洞里发现了几块用火烧焦了的矿石,有的已经成为铁疙瘩了。他边看边想,认为很早以前一定有人在这里居住过,并且会冶铁。老猎人像得到什么宝贝一样,匆匆赶回部落,向大家阐述了自己的见解。他说:"古人可以冶铁,我们完全可以冶铁熔山,打开通路。"大家听了认为有道理,于是,在乞颜氏长者的带领下,大家开始昼夜不停地伐木烧炭,杀牛取皮,制作鼓风匣,然后把木炭堆放在冶过矿石的山洞口。在一个良辰吉日,全部落的属民聚集,用奶酒祭拜山神土地,拜叩九天,由部落长点燃篝火,选拔数十个健壮的小伙子轮流拉鼓风匣,不大一会儿,烈焰熊熊,火光冲天,整个额尔根涅滚红光普照,歌声四起。大家围在山洞口,大火整整烧了七七四十九天,矿石熔化了,铁水流淌出来,像一条火蛇。烧着烧着,只听到巨雷般的轰响,山石坍塌下去一大块,险峻的峭壁出现了一个大缺口,为下山的人们铺设一条道路。人们奔走相告,互相祝福,高兴地跳起了安代舞,唱起了祝酒歌。

三天后的一个晴朗的早晨,乞颜氏的全部属民告别了客居几百年的高山,向自己祖先生活过的大草原迁徙,重新过上了游牧生活。

千百年过去了,蒙古族为了纪念祖先冶铁熔山的奇迹般壮举,总要在每年的除夕之夜冶铁祭祖。不过,由于年深日久,这种原始的冶铁祭祖仪式逐渐被点燃一堆篝火替代。

讲述者:波尔固德

整理者:波·少布

夜明珠和月明珠

从前,在东北山上有条巨大的白蟒,一口能吞进一头牛,方圆几百里的地方都受它的残害。官府下了告示捉拿,可是谁也不敢去东北山。

有个小伙子,家里很穷,以打柴为生。这天,他揭了告示,拿着板斧就上了东北山,去寻找白蟒。一连三天也没见到这条白蟒的影子,小伙子砍了些木头,架起了窝棚,住在窝棚里等。又过了三天,白蟒还是没有出来。小伙子急了,夜里不能入睡。忽然,小伙子见到在山顶上有两道光柱,如同月亮般的光亮,他知道这是白蟒下山了。他就劈些柈子,架起一堆火,等着和白蟒搏斗。白蟒来到他的跟前,不容分说地张开血盆大口想把他吞进肚里,小伙子抡起板斧和白蟒对打起来。他们在一起滚打了两个时辰,谁也胜不了谁。这时,他们都累了,白蟒卧在一旁喘息,小伙子也坐在火堆旁休息,火越烧越旺。小伙子突然想到一个好计谋,他准备了几根四棱八股的柈子点着,不一会儿,白蟒又来拼命了,它张着通红的大嘴,死命地向小伙子扑来。小伙子看得准确,拿起四五根烧红的柈子塞进白蟒的嘴里。白蟒想吐又吐不出来,火在白蟒的肚里燃烧,白蟒支持不住,在地上打起滚来。小伙子拿出匕首把白蟒的肚皮划开。白蟒临死前,对小伙子说:"勇敢的小伙子,你真了不起,我死在你手里了。现在告诉你吧,我是修炼了五千年的白蟒,我的眼睛是珍宝,还没有炼成,你这一把火把它炼成了。你可以用刀把它挖出来到京城献宝去,记住左眼是夜明珠,右眼是月明珠。不过,你得把腿肚子用刀割开,把宝放进去才能带走。到京城里,要把宝放在金盘子里。"白蟒说完就死了。

小伙子真的把大腿肚子用刀割开,挖出白蟒的两只眼睛,放在两个大腿肚子里来到了京城。京城里正赶上各国献宝,外国都拿出了各种各样的宝贝,唯独本国没有。皇帝就下了一道圣旨:"如有献出国宝者,召为东床驸马,官封万户侯。"小伙子揭了皇榜,来到金銮宝殿,对皇帝说:"我这里有两颗宝珠,一颗是夜明珠,一颗是月明珠。"说罢,找来两个金盘子,又把大腿肚子割开,取出两颗宝珠。顿时,皇宫里黑夜如同白日,宝珠闪闪发光。那些来献宝的人一看,都目瞪口呆,齐声赞:"好宝!好宝!"

小伙子被招进皇宫做了驸马,官封万户侯。从那时起,就有了夜明珠和月明珠这两个国宝。

搜集整理者:张雷雷　顾聚星

月亮泡的传说

这是一个很久很久以前的故事,是对勤劳的赞美,对善良的歌颂,对幸福的向往,对丑恶的针砭。它虽然不见史书记载,却流传在人们的口头和心间。

自古边塞地广人稀,真是天苍苍,野茫茫,风吹草低见牛羊。人们以放牧为业,过着半原始的生活。在这前不见山,后不见河,左不见城,右不见镇的地方,住着一户姓王的人家。王老汉为人随和,整天勤劳地操持着家务。老太婆却蛮横泼辣,信神信鬼,凶得像个母夜叉,让人望而生畏。儿子大勇为人忠厚勤快,家里、外边的活样样拿得起放得下。小姑娘叫凤仙,真是名不副实,她刁钻古怪,嫉妒心强,长得又黑又丑,平日里好吃懒做,一眨眼一个坏主意,招人厌恶。这一年的正月十五,王家吹吹打打,王老汉从百里外为儿子娶来了媳妇。说起这个媳妇,真是百里挑一,心灵手巧,洗衣做饭干净利落,做得一手好针线活,绣出来的龙能生云,绣出来的凤能展翅。人又长得俊俏,更有一个好名字——珍珠,真如同这百里草原上的一朵鲜花。来往行人、过往客商没有一个不夸的,都说草原上飞来了金凤凰。可是一看见又黑又丑的凤仙，人们便皱起了眉头。凤仙对刚过门的嫂子非常嫉妒，又没有原因发火，只好在心里忍着。不讲理的老太婆对新媳妇横挑鼻子竖挑眼，但是有为人憨厚的老头儿拦着、护着。小两口相敬如宾，如蝶恋花，相亲相爱。一家人过着幸福快乐的日子。

大勇年轻好学，多少年来一直想学皮匠手艺，结婚之后，家里多了帮手，正可以实现多年的愿望。和家里一讲，全家都同意。珍珠虽然眷恋不舍，但羞于出口，悄悄地含泪为丈夫打点行装。当春风又绿杨柳枝的时候，大勇上路了。珍珠送了一程又一程，大勇向她承诺八月初一回家，十五过团圆节，这才洒泪而别。

大勇走后，王老汉又拿起了扔下多年的放羊鞭，每天起早贪黑地放羊。珍珠白天洗衣做饭，夜里做针线活，闲下来难免思念出门在外的丈夫，日子过得倒也安静。这天下午，天气突变，瓢泼大雨从天而降，草原上白茫茫一片。王老汉放羊淋了雨，便一病不起，一家人急得团团转。那年月缺医少药，没多久，王老汉便病死了。老太婆平时就信神信鬼，老头儿一死，心里便犯了嘀咕："老头儿身体好好的，怎么淋了场雨就死了呢？准是这小媳妇把公公克死了。别看这小媳妇模样好看，准是一个败家的扫帚星。有她，这个家没好。"这么一想，怎么看珍珠都不顺眼。凤仙本来就是满肚子怒火，这下可找到了发泄的机会了，整日在老太婆跟前添油加醋，更激起了老太婆的不满，趁儿子不在家，决心除掉珍珠。

王老汉死后，老太婆便把放羊鞭交给了珍珠。她白天到草原上放羊，晚上还得纺羊毛、做针线活，吃的饭是半糠半菜，那母女俩把所有家务活都推给了她。这还不算，老太婆还故意找茬，不是打就是骂。珍珠不敢说个不字，只得忍气吞声，默默地忍受着，一心盼望自己的丈夫早日归来，好救自己出火坑。时间流逝，转眼到了七月末，大勇快要回来了，珍珠还没有被除掉，老太婆急得团团转。这时，凤仙又出了一个更恶毒的主意。这天傍晚，珍珠放羊回来，饭没吃，水没喝，老太婆就吆喝起来："羊还没吃饱就赶回来了，你是成心偷懒。快到磨坊里推磨去，这一石麦子明天早上要是没磨成面，小心我扒了你的皮。"珍珠吓得大气不敢出，只好饿着肚子去推磨。白天她赶着羊群跑了一天,又饿又累,现在推着沉重的石磨,越转头越晕,最后累得两眼冒金星,晕倒在地上。第二天早上,老太婆来到磨坊,一看珍珠睡在地上,拿起鞭子,雨点般地打在珍珠身上,嘴里骂着:"贪睡的懒鬼,太阳都这么高了,还不去放羊!"珍珠只好又去放羊。

离家四五里远的地方有一个水泡子,泡子边上,草长得又好又旺,羊看见青青的嫩草贪婪地吃了起来。珍珠渴了,就与羊同饮泡子里的水,饿了就挖野菜充饥。她望着天上的百灵鸟,流着伤心的眼泪。她怎么也想不明白自己错在哪里,婆婆为什么这样对待她。傍晚,她赶着羊群回家,还没有进大门,老太婆就叫了起来:"你这个懒鬼,天还没黑就把羊赶了回来,别想吃饭。"并且指着地上的一堆羊毛说:"今天夜里不把羊毛纺成线,小心我抽了你的筋。"这回珍珠不敢大意,从天黑开始不停地纺,累得腰酸臂痛,一直忙到东方发白,羊毛只纺了一半瘦,不用说又挨了一顿毒打。珍珠赶着羊群在泡子边徘徊,水里倒映着她消瘦的面容。她望着蓝天上飘着的白云,喃喃自语,看着自由飞翔的鸟儿,独自哭泣。她痛恨那可恶的母女,为什么那样狠毒;她怨恨丈夫大勇,为什么还不回来。眼看天又黑了,珍珠一想到回家,心里就打怵,不知愁的羊群一边吃草一边往家的方向走去。珍珠万般无奈,迈着沉重的脚步回到家里,老太婆站在门口一只只地数羊,最后发现少了一只小羊羔,又是一顿毒打,硬逼着珍珠连夜把羊找回来,跟她说找不回羊就别回家。珍珠又来到白天放羊的地方,这里水深草茂,藏起一只羊,别说是夜晚,就是白天也很难找到。珍珠漫无边际地奔跑着,呼叫着,远处不时传来狼的嚎叫声,吓得她身上直起鸡皮疙瘩。直到明月东升,也没有发现羊的踪迹。最后累得她筋疲力尽,瘫坐在泡子边上。她望着眼前的景色,惊呆了,一轮明月浮在水面,点点繁星如同碎银撒在水面上,远处烟波浩渺,水面上传来鸟叫声。人间竟有如此仙境,她简直忘记了一天一夜的疲劳和婆婆的虐待。夜深了,身上感到了凉意,可是珍珠一想,没有找到羊羔,还得挨顿毒打。她抚摸着累累的伤痕,眼里已经没有了泪水,只有仇恨。实在没有活路可走,不如死在这里清净。她嘴里说:"大勇哥,我对不起你,我先走了。"她抿了抿鬓角蓬乱的头发,整了整衣裳,向大勇去的方向拜了三拜,一步步地向泡子深处走去,越来越深,在她的身后留下了一道道涟漪。

外出学手艺的大勇无时无刻不惦记着珍珠,怎奈路途遥远,又有约在前,不到八月初一,艺没学成不能回家,真是度日如年。等到大勇手艺学成,也快到八月,大勇辞别了师父,急急忙忙地往家赶,真是归心似箭。两天的路程一天走,渴了喝口水,饿了打打尖继续赶路。一连走了三天三夜,正好八月初一回到家,进门就喊:"珍珠,我回来了!"可是,前来迎接的是满脸皱纹的老太婆和凤仙。他奇怪地问:"珍珠呢?""还提她呢!"老太婆变了脸色:"自你走后,她不好好过日子,饭也不做,衣也不洗。后来让她放羊,掉在水里淹死了。"大勇一听,如同晴天打了个霹雳,呆呆地站在那里,泪水流了下来。"这么大的人还哭呢,以后妈给你找个好的。她是短命的鬼,你爹也是让她克死的。""我爹怎么了?""就是你娶的这个扫帚星把你爹克死了。"大勇一听,真是痛上加痛,雪上加霜。从听到这个不幸的消息开始,大勇如同变了一个人,目光呆滞,整天茶不思饭不想,只是流泪。别人都以为大勇疯了,但大勇心里明白,他怎么也不会相信珍珠会是那样的人,他们虽然结婚时间不长,但是他了解她,她的体贴、她的温柔、她的容颜萦绕在他的心头,她怎么会舍得离我而去呢?他一会儿想珍珠,一会儿又想爹爹。他知道妈妈为人狠毒,但不知道她和妹妹怎样把珍珠折磨死了。真是一日夫妻百日恩,珍珠牵动着他的万缕情思,大勇整日里昏昏沉沉的,几天之间变得骨瘦如柴,蓬头垢面。这天,半夜三更,他一个人对着孤灯垂泪。忽然,门开了,珍珠走了进来,站在他的面前,流着泪对他说:"大勇哥,要是不忘你我夫妻情分,明天夜里到泡子边上见我。"大勇扑向珍珠,可是珍珠忽然不见了。大勇大声地喊:"珍珠别走! 珍珠别走!"突然醒来,原来是南柯一梦。

第二天正是八月十五,大勇一反常态,梳洗整装。晚饭后,明月东升,正是合家团聚、烧香赏月的时刻。大勇带上葡萄、月饼、西瓜,来到泡子边上,找块干净的地方,摆上带来的果品,眼睛直直地望着水面。只见水面波光粼粼,不时有鱼儿跃出水面,微风吹动着苇叶,似有竹箫之声。大勇看着水中的月影,好像又看到了珍珠的面容。他大声地喊:"珍珠,我来了。"声音刚落,水泡子顿时波涛翻滚,浪花飞溅,水里好像传来珍珠的喊声:"大勇哥,救救我！大勇哥,救救我!"大勇不顾一切地向水泡子深处扑去。

第二天,泡子里出现了奇迹。在秋天,水面上竟开了一朵并蒂莲,一边粉红,一边雪白,开得异常艳丽,光彩照人。消息传开,人们蜂拥奔来,要观赏这百年不遇的奇景,传颂着大勇和珍珠这对夫妻悲欢离合的故事。

第二年春天,泡子边上格外热闹,以前从没见过的仙鹤、鸳鸯成双成对地游嬉于水上。苇塘里、草丛中,各种鸟儿一群群、一片片,水也变得格外清澈。人们还发现,小伙子在泡子里洗过澡,会变得聪明、有智慧。姑娘在泡子里洗过澡,会变得皮肤白嫩、容貌清秀、心灵手巧。每到八月十五这天,人们从四面八方赶来,络绎不绝,人流不断。人们在这里庆祝丰收的节日,欢赏仲秋明月。因为这个水泡子圆如明月,人们便给它起名叫月亮泡。

时间到了二十世纪六十年代初,月亮泡来了千军万马。冰封的泡子上竖起了高高的钻塔,机器的轰鸣声唤醒了沉睡的大地,千古荒原一时间沸腾起来。穿着棉袄的小伙子、大姑娘,在这刚刚被开垦的土地上,开始了新的生活。又是一个春暖花开的季节,泡子上架起了一道道栈桥,像巨龙一样浮在水面,油井房里走出了采油姑娘。朝霞染红一片春水,姑娘迎着朝霞梳理着晨装。

在绘制油田版图时,在这个地理位置上标上了三个醒目的大字——月亮泡。

搜集整理者:陈仰军

扎木棵为啥满山跑

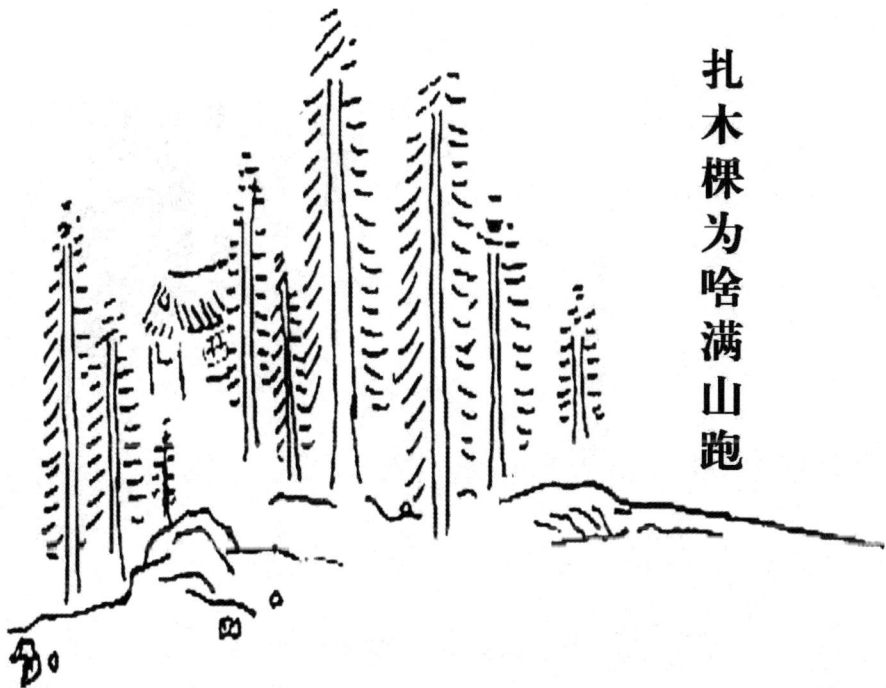

传说,在秦始皇修长城的时候,天上有十二个太阳,每天得吃十二顿饭,劳工被累死、饿死了无数。玉皇大帝派杨二郎拿着赶山鞭赶太阳。十一个太阳被杨二郎赶到海里去了,只剩一个太阳到处躲、到处藏。就在这个太阳走投无路的时候,忽然发现扎木棵挺大,它就一头钻到扎木棵的身子下面藏了起来。杨二郎找了半天没找到,就回天宫去了。

太阳一看杨二郎走远了,撒腿就跑,跑了半天站住了。它心想:"刚才是谁救了我,我得回去看看,日后好报答人家。"它回来一看,扎木棵不见了,只剩下一棵马士菜。太阳说:"是你救了我,以后我不晒你。"从此,太阳啥都晒,就是不晒马士菜,所以马士菜被割下几天都不死。扎木棵听说这事以后很委屈,被太阳晒死以后,气得满山跑。

讲述者:刘凤祥

搜集者:乔振东　万兴

整理者:乔振东

扎那兄弟

在古尔古勒台村,住着扎那、巴勒吉尼玛兄弟二人,家境贫寒,好打抱不平,左邻右舍有个大事小情,兄弟二人主动去帮忙,大伙都很敬佩。

一天,旗王爷请来了麦德尔葛根诵经,为了巩固他的王位而祈祷,麦德尔葛根占卜出来的结果出人预料:王爷掌旗的时数已到,很快就要归天,新王爷出自古尔古勒台村。

王爷听后吓出一身冷汗,忙求麦德尔葛根赐教。麦德尔葛根翻阅半天经卷,然后闭上眼睛思考了一会儿说:"只要在双胡尔苏木山修造一座十三层佛塔,就了结此事了。"

旗王爷按照麦德尔葛根的指点,大兴土木,开始修筑。建塔的银两按人数摊派,修塔的贪官污吏从中盘剥,层层加码,逼得老百姓走投无路。

扎那、巴勒吉尼玛兄弟二人看到王府这样重的捐税,很不满,便和父亲元宝商议后,走出家门,与村民结伙,给百姓报仇。

消息很快传到王爷耳中,王爷听了,心里一惊,因为与他作对的人,果然出自古尔古勒台村,这就验证了麦德尔葛根的判断。王爷心里想:"这不是存心要夺我的王位吗？一不做，二不休，还是早下手为强。"于是，王爷立即下令，让额尔敦必力格统领追捕扎那兄弟。王爷亲自对额统领说："如果你能铲除这两个祸害，赏你白银千两。"额统领接受任务后，愁眉不展。因为扎那、巴勒吉尼玛兄弟二人有一手好枪法，捉住他们两个不是一件容易的事，需要花费相当大的代价。可是又一想，那一千两白花花的银子，数目可不小啊。于是他又咧嘴笑了。他足足想了三天三夜，没想出办法。一天，他正在兵营里散步，突然看见部下西民管岱，计上心来。西民管岱是扎那的舅舅，何不利用他呢。于是额统领把西民管岱请到家里，大摆宴席，说明事情的原委。三两酒下肚，两个人便设下了恶毒的圈套。

一个春天的早晨，一片乌云悄悄掠过，把刚刚升起来的太阳遮住。扎那叫醒了十三岁的妹妹八月去烧奶茶，兄弟二人在屋里擦拭枪械，父亲在院里喂牛犊。突然，从村东来了一队兵马，细看是扎那的舅舅西民管岱，领着王爷府的兵，直奔扎那家来。元宝一看，便看出了几分，立即叫扎那、巴勒吉尼玛逃走。扎那兄弟闻讯，持枪刚迈门槛，让妹妹八月拦住："哥哥，你们要干什么？"扎那说："打！"妹妹说："既然舅舅来了，也可能有什么情况要说，何不请他们进来谈谈。"巴勒吉尼玛主张拼个死活，元宝说："王府里没好人，他们来了，凶多吉少。"可是八月却坚持说："自己亲舅舅来，不会有事的。"一家四口，默默无语。此刻，西民管岱已来到扎那院庭，事到如此，一切都来不及了。元宝只好迎上去应酬，外甥们向西民请了安，便放桌喝奶茶。就在这时，额统领带兵从包西一字排开，也来到扎那家，一进门，二话没说，便将扎那兄弟捆绑起来。扎那气得开口骂道："要杀就杀，何必设圈套。"元宝和八月在西民面前求情，可是西民脸一沉说："他俩造王爷的反，你们还敢求情。"额统领受赏银心切，又怕夜长梦多，立即下令将扎那、巴勒吉尼玛兄弟二人就地处决。

哥哥们的死像一声霹雳，沉重地击在八月的头上，她伤心得无处容身，因为是她反对哥哥们开枪反抗，是她没让哥哥们逃跑，是她轻信了舅舅。总之，是她害了自己的哥哥们。现在一切都完了。为了赎过，为了悼念兄长，为了反抗这些黑心肠的人，八月在额统领和西民管岱面前，撞墙而死。元宝看到这种情景,悲痛欲绝,泣不成声。

事后第三天,元宝收拾了家当,凑齐了盘费,便踏上征途,赴衙门告状。经过五年的周折,官司总算打赢了,额尔敦必力格统领被撤职,可是王爷还是王爷,他只耗费了一千两银子,而元宝一家却家破人亡。

讲述者:波尔固德

整理者:波·少布

张三变狼的传说

在东北,人们把狼叫作张三。要问来历,有这样一个故事。

过去,有个姓张的财主,在家排行第三,人们当面称他张三老爷,背后骂他张三狗子。因为他什么坏事都干,不知害了多少人,才积攒了好大一个家业。可他还嫌家底薄,总想赚大钱,直到快咽气时,还一再叮嘱子孙,一定要给他烧些纸钱,到阴曹地府买通阎王爷,好让他来世托生个大富大贵的人家。

阎王爷果然被他的钱财打动了,对他说:"念你对我孝顺,给你个人情,你提提条件,打算托生什么人家?"

张三连连叩头谢恩,他对阎王爷说起了自己的要求:

> 父当宰相子高官,
>
> 家有万顷好良田。
>
> 山珍海味顿顿有,
>
> 金银珠宝用不完。
>
> 夜夜陪伴嫦娥女,

寿命赛过活神仙。

他还没说完，阎王爷拍案喝道："快住口！"

他见阎王爷也为难了，只好放宽条件，说："如果这样的人家世间没有，还得求阎王爷给我找个说得出的人家。"

阎王爷说："这么办吧，你自己挑。"说着叫鬼卒从库房里拿出各种各样的衣服，叫张三挑一件。张三一看，绫罗绸缎，各色俱全，他想："穿这样的衣服，顶多是个有钱人，和大富大贵还差得很远呢。"就摇摇头，一件也没相中。阎王爷又吩咐："再拿来一批。"

这次拿来的全是皮的、毛的，张三想："这还差不离。"他一件一件地挑了起来，最后选中一件长毛、青灰色的大皮袄，穿在身上正合适。他对阎王爷说："就这件吧。"

阎王爷马上叫牛头马面带领张三去托生。到了阴阳界奈何桥上，牛头马面把他抬起来，"嗖"的一下扔了下来。张三像云一样，迷迷糊糊地过去了。

等他醒来时，睁眼一看，自己正躺在一片荒草地上。他爬起来刚要往前走，一步还没迈出就"扑通"一声摔倒了，摔得好疼，想伸手揉揉。这时他才发现，这哪是手啊，是两只毛爪子。又看看脚，也是两只毛爪子。他慌了，想喊，可是嘴和舌头也不好使了，话也不会说了，只能号叫。他爬到前边水泡子边上，一照，可毁了！原来他已经变成一只大青狼。

讲述者：付墨亭

整理者：石云龙

真花与玫花

很早很早以前,天上的太阳并不能按时升落,有时一落就不升起来,有时一升起来就不落下去,给人间造成了很大的痛苦。

传说在一处深山老林里,生活着孪生姐妹俩。老大叫真花,老二叫玫花。她们不但长得如花似玉,而且精通武艺。她们刚出世,就能走路,长着满口洁白的牙齿,说着甜蜜的话语。她俩长成大闺女后,练得一身超群的武艺,不但会舞剑弄棍,还能折跟头驾云。人们都说,这姐俩不是凡人。

一年,正是大地上长满绿草、庄稼的时候,太阳升起一个多月也不往下落,庄稼被晒死了,人也被晒破了皮,她俩的父亲不幸被活活地晒死在地里。姐妹俩悲痛一场,掩埋了父亲,她们看着不落的太阳想到:以后还得有多少人像父亲那样被晒死。于是,她俩要去找太阳报仇。正当此时,屯里的百岁老人拉着她俩的手说:"孩子,这是太阳兴妖作孽啊!"百岁老人捋了捋胡子又说:"以前太阳是按照时辰升落的,可是自从一个自称太阳神的妖怪占领了太阳,太阳便升落无常了。想找这妖怪可不易啊!得过千座山、万条海啊!"姐妹俩听完百岁老人的话,望着还在空中的太阳,把牙咬得嘎吱响。她俩扬剑指着太阳骂道:"该杀的太阳妖,我们姐妹俩不找你报仇,永不做人!"就这样,姐妹俩打点行装,寻找太阳妖去了。

她俩地上走、天上飞,过了一片片荒山绿草、一条条大江险浪。饿了,就吃山上的野菜;渴了,就喝山间的泉水。姐妹俩的脸被太阳晒破了,她们瘦得似乎只有几条筋骨支撑着。可她俩不灰心,继续往前行。

一天,玫花实在走不动了,她瘫坐在一棵遮天盖地的大树下,真花也陪着妹妹坐下来。她俩不知什么时候闭上了眼睛。突然一声巨响,大树变成一个满头银发的老人。姐妹俩一惊,立刻拔剑而起。白发老人笑了:"胆大的姑娘,你们想治太阳妖吗?"白发老人用手捻着胡须:"别说太阳妖了,就是它的那几个朋友风妖、星妖、月妖,你们也打不过啊。"一听这个,姐妹俩立刻跪下了。白发老人又捻着胡须说:"难得你们一片真诚! 你们一直往前走,每到一座山头,都会出现一个神奇的人来帮助你们,走过四座山头,你们就成功了。"白发老人说完就不见了。姐妹立刻睁开眼睛,原来是梦,两人一对,都是同样的。她们知道这是神仙在相助。

按照白发老人的指点,姐妹俩一直朝前走,越往前,山越高,树越深,不知名的鸟儿发出奇怪的叫声。姐妹俩望望天,树叶挡遮着,连筛子眼儿的空隙都没有;再看看地,百草花卉下是毯子一样的落叶。姐妹俩手挽着手,寸步不离。她俩觉得这可能就是白发老人说的第一座大山。她们正想着,突然蹿出一只猛虎。姐妹俩刚要拔剑防身,一个高大的人从空中飞身骑在了虎背上说:"哈哈! 胆大的姑娘,竟想制服太阳妖?"此人一脸凶相,很粗野,笑声震得山谷发颤。他摸了摸虎的王字脑门说:"那风妖本领甚大,连我的山都能刮起来,你们不怕吗?"姐妹俩立刻跪倒:"不怕!"

"好吧,难得你们一片真诚。骑上我的这只虎,就能制服风妖了。"姐妹俩立刻拜谢。可当她们一抬头,那个凶恶的人不见了,只有那只猛虎等待着她俩。她俩骑上虎继续赶路。

她俩走出遮天盖地的大森林,眼前突然出现一片绿叶红花。这片绿叶红花一直向一座高高的山顶攀去,向上一望,好像一条美丽的花蛇。她俩觉得这可能就是白发老人说的第二座大山。果然,一位美丽的姑娘从花叶上飘来说："胆大的姑娘，竟想制服太阳妖？那星妖的眼睛都能把我的山穿透，你们不怕吗？"姐妹俩立刻跪倒："不怕！"

美丽的姑娘弯腰掐下一朵花说："难得你们一片真诚，这朵花举到那星妖面前，就可以制服它了。"姐妹俩接过来，立刻拜谢，可那位美丽的姑娘不见了。

她们走出了绿叶红花的大山，眼前又出现了一条汩汩的溪流。她们顺着溪流向上望去，山很高，那白白的溪流好像扯到天上的一根银带，飘飘落落。她俩觉得这可能就是白发老人指的第三座大山。果然，一个满脸皱纹的老人踏着飘飘落落的溪水走来了："胆大的姑娘，竟想制服太阳妖？"他捋了捋白得刺眼的胡须说："我告诉你们，那月妖的本领最大，可它最善良，我教你们几句话，说给它，它就不会帮助太阳妖了。"他回头望了一眼溪水说："溪水流，溪水飘，溪水来劝月老妖。太阳一升不落地，太阳一落人难瞧。人间疾苦谁不痛，何必要帮太阳妖？"听完，姐妹俩刚要跪倒拜谢，老人就不见了。

姐妹俩继续往前走，眼前是一座光秃秃的大山，山上竟是细沙怪石。姐妹俩看着这座伸到天顶的大山，知道这是白发老人指的最后一座山。这时，一个双头双臂的怪人站在他们面前说："胆大的姑娘，竟想制服太阳妖？那太阳妖吐出火来，我的这座大山都被烧化了，你们不怕吗？"姐妹俩跪倒，齐声说："不怕！"

双头双臂怪人笑了："难得你们一片真诚。"说完，掏出一粒仙丹送到真花的嘴边说："咽下去，太阳妖的火就烧不化你了。"真花咽下去了，玫花还等着第二粒仙丹。双头双臂怪人看了一眼玫花，咳了一声说："我只有一粒，和太阳妖撕打时，你只要藏起来，就无事了。"说完，双头双臂怪人立刻无影无踪。

四座大山过去了，她们想到有这些神仙相助，一定能取胜。于是，她们穿过一条大海、三座大山，便找到了太阳的宫殿。姐妹俩站在外面大骂起来。

此时，太阳妖正坐在宫殿里，为它让太阳不落而得意。它看到万物被它的太阳晒得由绿到黄,快死绝了,真是开心极了。忽听有人在骂,小妖回禀是两个女子在殿外骂。太阳妖毫不在意地说:"去请风妖,告诉它,把这两个女子抓来!"

一阵风响,风妖站在了真花、玫花面前,立即使风。姐妹俩骑在虎背上,风妖的风一到,猛虎立即摇起尾巴,顿时风沙走石。风妖一看这风力要比它使的风大几倍,立刻收兵回宫。

小妖立刻回禀风妖战败,太阳妖大怒:"无能的风妖!快去请星妖,这回不要活的,让星妖一眼把她们瞅穿!"

又是一阵怪响,星妖站在了真花、玫花的面前。还没等星妖睁开眼睛,真花手中的绿叶红花金光闪闪。星妖的眼睛无法睁开,它立即收兵。

小妖立即回禀星妖战败。太阳妖觉得大事不好,它大叫着:"快请月妖帮助!"

又是一阵怪响,月妖站在了真花、玫花的面前。姐妹俩一看是月妖,立刻跪倒说:"溪水流,溪水飘,溪水来劝月老妖。太阳一升不落地,太阳一落人难瞧。人间疾苦谁不痛,何必要帮太阳妖?"月妖一听,拂袖而去。

小妖立刻回禀,月妖不战而归。太阳妖大骂,只好自己上阵了。

真花和玫花知道将要和她们对战的是太阳妖,玫花没有吃仙丹,真花便把妹妹藏起来。

太阳妖不一会儿便发狂地来到真花的面前,不容分说,立即吐出火来。可是真花在火中自由自在,毫无损伤。太阳妖觉得不好,便拔刀开战,真花也拔剑迎敌。一时间,双方战得云雾飘绕,灰尘飞扬,战了一百多回合不分胜负。真花由于多日奔波疲乏,此时汗水哗哗地淌下,像倾盆大雨。藏在一旁的玫花急了,她一跃而出,冲到太阳妖的背后猛刺一剑。太阳妖一声怪叫,回头吐了一口火,玫花立刻被烧化在地上。

真花见此情景大为悲痛,举剑猛刺太阳妖。太阳妖受了重伤,渐渐招架不住,眼看要被真花刺死。这时,一声霹雳,太阳妖不见了。真花正四处寻找,空中传来了声音:"真花姑娘,剑下留情,这孽障将归我使用。从今往后,你便是管理太阳的神仙了。"

真花知道这是天旨,立刻跪倒拜谢。起来后,她在妹妹化掉的地方留下记号,然后到太阳宫殿里将太阳落下。这时,人间传来一片欢笑声,真花心里非常高兴,可一想到死去的妹妹,她便落起泪来。于是,她在妹妹化掉的地方修了一个大石碑。后来,在这个大石碑旁,长出一棵很像太阳的大葵花,每当太阳升起,大葵花总是向着太阳开放。

讲述者:顾聚星

周瞎子泡的传说

很久以前,周瞎子泡北边有一个屯子,屯子里住着几十户人家,有一个富户姓柴名郎,屯子里的人种的都是他的地,是他的佃农。他平时欺男霸女,横行乡里,人们都叫他豺狼。

一天,豺狼吃午饭,他一边喝着酒,一边看着窗处飘飘扬扬的雪花,便诗兴大发:"老天下雪不下水,下到地上化成水。下雪化水多麻烦,不如原来就下水。"

"哈哈……"孩童天真的笑声传到了豺狼的耳朵里。

"是谁?"

"是我!"

"你给我进来!"

"是!"

豺狼睁开眯着一半的眼睛冲着站在他对面的孩子吼道:"你这小兔崽子,笑什么?!"

"少爷的小花猫跑到这里来了,我给少爷找猫,听到老爷骂天,我觉得好笑就笑了。"

"你懂个屁!老爷我是在作诗。""是,老爷!雪下在地上化了就湿了,这我懂!""你懂,好啊。来人!"话音刚落,从外面走进两个用人,分站在豺狼左右。

"你们给我听着,这小兔崽子敢批我的诗,我今天就让这小子给我对诗。若能对上,他爹欠的账,老爷我一笔勾销,放他回家;若对不上来,就把他扔到南边的水泡子里。空口无凭,立字为证。"

这孩子叫小聪,是本屯佃户周道的儿子,当时只有十一岁。小聪有一个姐姐,年方十二岁,豺狼慕其姿色要霸为妾,周道老汉不肯,便把女儿送到亲戚家。豺狼就把小周聪抓入府中做人质,并陪豺狼的儿子读书。用人拿来文房四宝,写好字据念道:"柴府老爷与家奴周聪对诗,如对上,柴老爷一笔勾销周道所欠全部债务,并叫周聪回家;如若对不上来,周聪愿将其姐在一个月内送到柴府。若不能按时交人,周聪任凭柴老爷处置。"

豺狼听后竟得意地哈哈大笑起来,这下可气坏了小周聪。只见他倒竖二眉,圆睁双目,高声喊道:"老狼你听着!"

这时,周聪看了一眼酒席,心中暗想:我先来骂你一顿出出气。于是,他高吟:"老爷吃饭不吃屎,吃到肚里变成屎。吃饭变屎多麻烦,不如原来就吃屎。"

"给我拿下!"豺狼命令用人道。

"哎!我对上了诗,老爷为什么抓我?"

"你小小年纪竟如此大胆,大骂你家老爷,我要把你扔到南边泡子里淹死!"

第二天一大早,有人看到泡子里漂着一具小孩的尸体。那就是昨天深夜被抛入泡子的周聪。

从这天起,在泡子边上有一个老头儿整天哭着喊着要他的儿子。他的眼泪流干了,可泡子里的水每天都在涨;他的眼睛哭瞎了,可泡子里的水在月色下发出了利剑一样的刺眼寒光。

时间久了，人们只知道这泡子叫周瞎子泡，但没人知道这周瞎子泡为什么有水没有鱼。因为这水正是周道老汉的泪啊！

讲述者：邢军祥

整理者：苏殿根

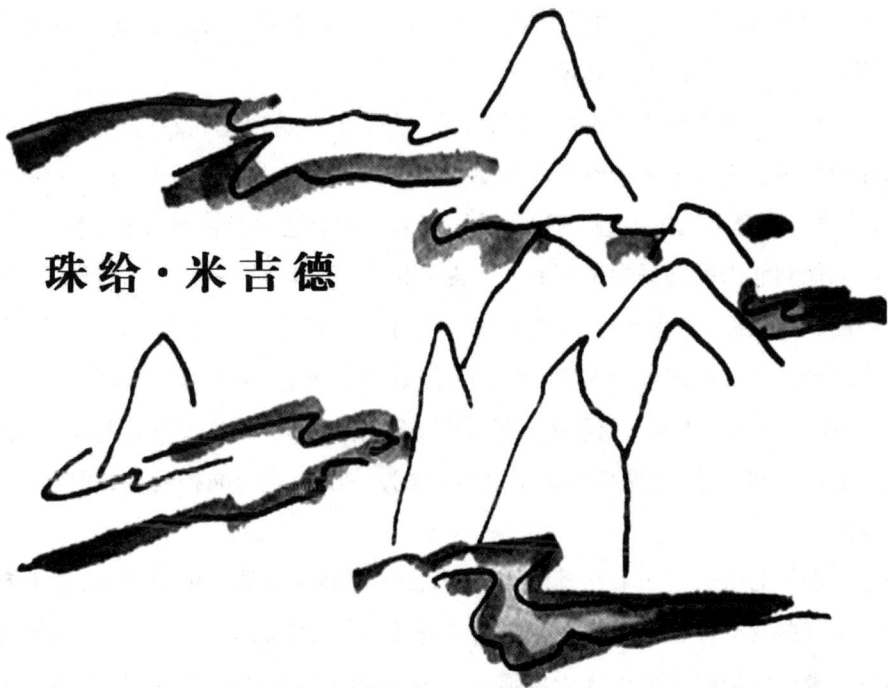

珠给·米吉德

很早很早以前,在高高的白山脚下、深深的蓝海岸边,居住着一位可汗,名叫居·莫尔根,他的可汗府坐落在白山南麓、蓝海东畔。他的草原大得无边,骑上日行千里的枣红驹,走上一个月也走不到边;他的牲畜不计其数,派上一千人,数上一年也数不完。后山一色黄骠马,南坳一色苍灰驼,草原一色雪白的羊,旷野一色火红的牛。在居·莫尔根可汗的管理下,百姓安居乐业,六畜兴旺。

居·莫尔根可汗有个王子,叫珠给·米吉德,浓眉大眼,方脸阔唇,不仅聪明伶俐,而且力大过人,精熟三艺①,又在其父居·莫尔根可汗那里学习了武功,成了草原上的名士,千里闻名。他在七个可汗联合召开的那达慕大会上,击败了七百名摔跤手。在有七百匹宝马参加的七百里长跑赛上,名列第一。他到终点歇了七气,喝了七大罐奶茶时,第二名骑手还没赶到。在射箭比赛中,箭箭不空,全部射穿了飞鸟的双眼,赛场上的弓箭手无不叫好。在

① 三艺:指赛马、摔跤、射箭。

赛力台上,珠给·米吉德两手攥住七百头牛的尾巴稳立未动,这惊人的力气使七个可汗和臣民大为震惊。

珠给·米吉德年方十八,血气方刚,这一年他要到遥远的乌兰·洛布桑汗国娶亲。乌兰·洛布桑可汗的女儿乌仁高娃公主从小许配给珠给·米吉德,他们约定十八岁结婚,所以珠给·米吉德准备去乌兰·洛布桑汗国。

他到北山的马群中选了七天七夜才选中了一匹山丹宝马。这匹山丹宝马能腾空跃海,能登风驾云,通人言、懂兽语,日行千里。珠给·米吉德为自己的坐骑配备了檀香木鞍桥、虎皮鞍子、鎏金马镫、镶银马嚼、犴皮缰绳。他身背雕玉的弓、鹿筋的弦和凤尾箭,腰挎金刚降魔剑,手使青铜花蛇枪,头戴王冠红缨帽,身披紫襟红袖铠甲,脚蹬狮头马靴。一切准备妥当,便向西南方向出发了。

走了七个七七四十九天,珠给·米吉德来到一片湿润的草原,草原上有一座雪白的蒙古包。珠给·米吉德走进去一看,里面坐着三男三女六个青年。坐在中间的一个小伙子说道:"七岁的犍牛我可以单手举起,七座蒙古包我可以单肩扛起,所以我是世界上力气最大的人,任何人都比不过我。"坐在下面的一个姑娘说道:"哥哥,你有点儿太狂了。听说东北方居·莫尔根可汗的王子珠给·米吉德除了天上的大力士,谁也比不过他。别说你一个人,就是你们三个,也不是他的对手。"另一个小伙子说:"要说美丽,属西南方的乌兰·洛布桑可汗的女儿乌仁高娃公主,她可以与孔雀媲美。"然后指指三个姑娘,又说:"别说你们三个,就是七个也比不上人家的一只眼睛。"气得三个姑娘走出了蒙古包。这时珠给·米吉德说道:"朋友们,我是赶路的,想在你们这儿休息一下,吃点儿饭,喝点儿茶。"三个青年这时才发现蒙古包里站着一位英俊的青年,赶快让他坐下,并热情款待。珠给·米吉德吃了手把肉,喝了七碗酒,吃了七碗炒米,又饮了七碗奶茶,便走出了蒙古包继续赶路。

珠给·米吉德又走了七个七七四十九天,眼前出现了无边无际的大海。海水黑得什么都看不见,黑波七里宽,黑浪七丈高,黑水七里深。既无行船,又无皮筏,挡住了珠给·米吉德的去路。他望苍天、看大地,毫无办法。这时，山丹宝马说："主人不必着急，你的玉弓凤箭射到哪里，我就能跳到哪里。"珠给·米吉德高兴极了，从背上拿出弓箭，使足了力气，一箭射向大海西南岸。山丹宝马一跃而起，只听"嗡嗡"响，瞬间越海到了彼岸，到达乌兰·洛布桑可汗的国土。

珠给·米吉德刚踏上陆地，从四面八方围拢来很多人，有拿鞭子的牧羊人，有拿布鲁的猎人，有背筐篓的老人，有拿套马杆的年轻人。人们都用奇异的眼光看着他，问他从哪儿来、到哪儿去，有何贵干。围观的人中有一位虎背熊腰、身高丈五、白发银须、丹眉凤眼的老人，走出人群，看了看珠给·米吉德说："这位小伙子，脸上红霞四射，眼中神光炯炯，是个大命之人。请问年轻人，为何到此？"珠给·米吉德赶忙过来跪拜问安，并说明了原委。老人给他指明了去乌兰·洛布桑可汗王宫的道路。

珠给·米吉德催马飞奔，走了七天七夜，来到了王宫。王宫在红岩山下，黑海岸边。北面的黑海里鱼虾满渊，南面的红岩山上宝石遍地，西面的树海中禽兽满林，东面的草场上花香四溢。珠给·米吉德大开眼界，他骑马急步来到可汗王宫前。大门口两头石麒麟分立两旁，朱红的门边卫士林立，手中持着刀枪剑戟，威武森严。

珠给·米吉德报了家世和姓名，卫士向可汗回了话。可汗亲自召见。珠给·米吉德说明来意，可汗大为高兴，立即安排珠给·米吉德下榻，摆全羊宴为姑爷接风。酒会上，可汗说："我的公主决不嫁给一个平庸之辈，不知姑爷有什么神功武力。我有三个条件，如果你能办到，就把公主接走。"珠给·米吉德毫不犹豫地答道："你只管提就是了。"可汗说："红岩山上有一只七百年的大鹏，你拔来三根尾羽做晋见礼。"

珠给·米吉德上前叩拜，立即向红岩山进发。来到山麓一看，山高得抬头不见顶峰，他爬了七天七夜，没爬到山顶。突然，狼嗥虎啸，莺鸟惨啼，狂风大作，飞沙走石。迎面飞来一个庞然大物，乌云似的遮天盖地，仔细一看，就是那只七百年的大鹏。珠给·米吉德瞄准怪物连续射出了七百只神箭，只听一声巨响，好似山崩地裂，大鹏中箭落地。眼前流过一条红色的小溪，这是大鹏身上流出的血。

珠给·米吉德跑过来拔掉三根尾羽，返回了可汗府。可汗看了大鹏的三根尾羽，喜笑颜开，立即将一根敬献给宝尔罕，一根祭天，另一根插在可汗的皇冠上。

可汗接着提出第二个条件。他说："我的汗国里有一位神跤手，你摔倒他以后来见我。"

珠给·米吉德立即向摔跤场奔去。这时，汗国的神跤手坐在一辆套了七十头犍牛、由七十个好汉驾驶的铁辕车上缓缓而来。一进摔跤场，神跤手用手将铁车辕折成三截，站在场中像一座铁塔。围观的人大为震惊。珠给·米吉德和神跤手入场，唱完了摔跤歌，立即交锋。两个布和钦①手牵着手，凶猛得像老虎，肩擦着肩，灵敏得像猿猴，足足斗了七天七夜。最后，珠给·米吉德使足了全身的力气，将神跤手抛向天空，观众吓得都闭上了眼睛，都捏了一把汗。可是珠给·米吉德在这紧急时刻，却用双手把他接住，将他送到可汗面前。神跤手起来跪拜，认珠给·米吉德为师。可汗极为高兴。

可汗提出了最后的条件。他说："我姑爷确实是个天下无敌的勇士。好了，你到黑海岸边，把你媳妇的珊瑚宝马套来就行了。"

珠给·米吉德马不停蹄地向黑海岸边驰去。刚到岸边，珊瑚宝马迎上来说道："我生来没被人套过，你如果想把我抓到手，那只好比赛了。你能赛过我的速度，我自然服输。"珠给·米吉德怎能听它的，只见他翻身跃马，手里甩着七丈长的套马鞭。珊瑚宝马跑得如云中穿梭，山丹宝马追得似风驰电掣，整整绕海转了七圈，追得天昏地暗，海水倒卷，烟尘滚滚，灰雾弥漫。最后，珠给·米吉德的山丹宝马终于追上了珊瑚宝马。他扯住珊瑚宝马的双耳，回到可汗宫。

乌兰·洛布桑可汗高兴得眼睛眯成了一条线。他向全国宣布，乌仁高娃公主与居·莫尔根汗国的珠给·米吉德王子成亲。可汗杀了七头七岁的犍牛，摆了七天喜宴。乌兰·洛布桑汗国的七十七个部落头人都来庆贺。

---

① 布和钦：指摔跤手。

乌兰·洛布桑可汗对他的姑爷十分满意,按照蒙古族的规矩为两位青年办了婚事,并将乌仁高娃公主交给了珠给·米吉德王子。

珠给·米吉德王子一看,乌仁高娃长得简直像仙女,两只眼睛放射出太阳似的光辉,两排牙齿像素玉般洁白,两条细眉像新月般弯曲,两只手像棉花般柔软,两片唇像樱桃般红润,如同草原上的一株鲜花。二人情投意合,恩爱如山,在乌兰·洛布桑可汗宫里度过了七七四十九天。

这一天,珠给·米吉德和乌仁高娃夫妻二人来到可汗居室,问过安后,正式请求恩准回国。乌兰·洛布桑可汗一听,立刻变了脸,一反常态。跟乌仁高娃公主说:"夫妻之情怎能胜于父母养育之恩,我只有你一女,万万不可离去。"乌仁高娃说:"父王选女婿,考三关,怎能说了不算数。再说女儿已嫁人,怎能不回婆家。"父女争执不下,但天色已晚,只好各自回屋。路上,乌仁高娃说:"看来让父王回心转意很难。我不知道你的山丹宝马怎么样,我的珊瑚宝马能跃山涉海,不如我们在天黑之前逃走。"二人商定,照此办理。

再说乌兰·洛布桑可汗把女儿女婿打发走后,立即下令,不准公主和珠给·米吉德王子出城。

已到深夜,珠给·米吉德夫妇各自骑上宝马,向城门走去,可是所有城门全关闭,不准通行。二人知道是父王所为,便从城墙跳跃而逃。两匹宝马如风似箭,日行夜宿,向东北方向整整走了七个七七四十九天,回到居·莫尔根可汗的国土上,两人非常高兴。

他们抬头看,高高的白山迷雾缭绕,清清的蓝海浊如泥潭,不见汗国的居民,也不见汗国的畜群,所见之景一片荒凉,所到之处一片灰烬。美丽的故乡变成了废墟。珠给·米吉德走着走着碰到一个石桩,他一脚把它踢倒,发现下面有一石匣,打开一看,里面有封书信,上面写着:"珠给·米吉德吾儿,十五个头的安德烈蟒古斯抓走了百姓,烧毁了家园。你回来后,要保卫白山,清理蓝海,重建汗国,好好生活,千万不要冒险去搭救我们。父居·莫尔根。"

珠给·米吉德读完了信,长长地叹了一口气,然后和夫人说:"父王让我们在这里生活。"乌仁高娃听后劝道:"双亲被俘,家业衰亡,汗国覆灭,我们怎能等闲视之。不营救父母,生有何用。"一席话说得珠给·米吉德精神振奋,誓死要报仇雪恨。他们商议,对付安德烈蟒古斯必须智取,不可蛮干。夫妻二人乘上宝马,向北方的七十七个山峰驰去,瞬间来到安德烈蟒古斯的领地。他们把阿拉嘎山作为约定的地点,然后打扮成乞丐,分头活动。

乌仁高娃穿了一身褴褛的长衫,走家串户,沿街讨饭。这天,她来到安德烈蟒古斯的洞口,从洞里走出一位姑娘,问她来此何事。乌仁高娃说:"很早很早以前,我是居·莫尔根可汗家的挤奶妇,现在我衣不遮体,饭不糊口,眼看就要饿死了。我想见安德烈蟒古斯,找点儿活做,让它救救我的性命。"姑娘说:"安德烈蟒古斯出外讨食去了,你可到屋里歇息等候。"并向乌仁高娃介绍说:"安德烈蟒古斯每次高兴而归时,微风阵阵,细雨蒙蒙。如果扫兴而归,狂风大作,暴雨倾盆。"

乌仁高娃仔细察看蟒古斯的洞府,发现到处是白骨腥肉,使人毛骨悚然。

这时,安德烈蟒古斯回到洞府,见到乌仁高娃时问道:"你可知道居·莫尔根可汗的王子珠给·米吉德的下落。"乌仁高娃答道:"珠给·米吉德到乌兰·洛布桑汗国娶亲,落入翻腾的黑海,一去不复返了。"安德烈蟒古斯说:"那就好。你一路很劳累,去和我的包勒①住在一起吧。"

再说,珠给·米吉德在山坳里碰见一位年过花甲、满脸泪花的伐木老翁。老翁问道:"小伙子,你家住哪里? 为何到此?"珠给·米吉德说:"我以四海为家,天地为邻,到处乞讨,混世谋生。"老翁说:"既然你是周游四方的人,一定知道居·莫尔根可汗的王子珠给·米吉德的下落吧。"他回道:"珠给·米吉德到乌兰·洛布桑汗国娶亲,落入翻腾的黑海,一去不复返了。"老翁听了号啕大哭。珠给·米吉德问他为何如此,他说他是居·莫尔根可汗的阿都钦②,被十五个头的安德烈蟒古斯抓来受尽皮肉之苦,如果珠给·米吉德在世,一定会回来搭救他的双亲,重建他的汗国。珠给·米吉德看到此

---

① 包勒:奴隶。
② 阿都钦:马倌。

情,只好去掉伪装,如实相告。老翁听了欣喜若狂,擦去了眼泪,告诉珠给·米吉德镇压安德烈蟒古斯的办法。

原来十五个头的安德烈蟒古斯有三个魂灵,如果不铲除这三个魂灵,就无法消灭安德烈蟒古斯。在东方玉德尔山后,有个保哲鲁玛海,保哲鲁玛海后面,有一座双层铁栅栏的院,在双层铁栅栏院里面,有一头疯牛。这头疯牛长着七尺长的舌头、七丈长的犄角。舌头舔到哪里,哪里腐烂,犄角触到哪里,哪里破碎,这就是它的第一个魂灵。在西方阿鲁斯山中,有一个无底深洞,深洞的尽头有一个宽阔的大洞,大洞里面有一条毒蛇。这条蛇长着七丈长的舌头、七尺宽的口。离七里远可以毒死人,离七丈远可以吞食人。这就是它的第二个魂灵。更重要的是它的第三个魂灵,这个魂灵在安德烈蟒古斯的肚脐中,只有把这个魂灵消灭,安德烈蟒古斯才能死。珠给·米吉德一一记在心上。

乌仁高娃来到包勒屋里时,看到一男一女两位老人。她按照规矩向他们问安。问其身世时,老包勒说:"我原是居·莫尔根可汗,现在是安德烈蟒古斯的奴隶。"乌仁高娃看到公婆的这种下场,虽然怜惜,但是仍然装出若无其事的样子继续探问:"二位老人,难道没有子女来救你们吗?"老人说:"接香火的只有珠给·米吉德,可是他去乌兰·洛布桑汗国娶亲,一去不复返。"夜深后,乌仁高娃将真实情况和镇压安德烈蟒古斯的方法全部告诉了公婆,两位老人十分高兴。

第二天清早,乌仁高娃来到安德烈蟒古斯面前,跟它说两个包勒虐待她,昨夜两个包勒将她赶出门外,不让她留宿,她要求当个放犊员糊口。安德烈蟒古斯同意了她的请求。

珠给·米吉德按照阿都钦的指点,先后来到保哲鲁玛海和阿鲁斯山,用金刚降魔剑杀死了疯牛,用青铜花蛇枪斩除了毒蛇。这时,安德烈蟒古斯正在兴妖作怪,突然感到十五个头剧痛,痛得无法忍受,只好返洞。一路上飞沙走石,霹雳闪电。它跑到洞中,蒙头躺下不动了。

乌仁高娃偷偷地来到阿拉嘎山,与珠给·米吉德相互交换了情况,然后回到洞中,向安德烈蟒古斯赔罪,说自己不小心把一头牛犊陷在泥塘里拉不出来了，让两个包勒帮助拉一拉。安德烈蟒古斯头疼得心烦，哪有心思管牛犊，所以一摆手，让他们去帮着拉牛犊。乌仁高娃领着公婆来到约定的阿拉嘎山等候。

珠给·米吉德骑着山丹宝马，全副披挂，来到安德烈蟒古斯洞前宣战。安德烈蟒古斯听到喊声，手中拿着魔石，跑到洞外迎战。

珠给·米吉德看到安德烈蟒古斯，激起心头怒火，便喊道："好一个安德烈蟒古斯，你毁了我汗国的全部财产，还把双亲当成你的奴隶，今天我特来报仇。"说罢，便挥起降魔剑刺去，安德烈蟒古斯忙用魔石抵挡，二人你来我往，不分上下，战得十分激烈。珠给·米吉德和安德烈蟒古斯不知战了多少回合，只战得高山发抖，海水倒流，平地起波，丘陵低头，飞禽四散，野兽惊吼。珠给·米吉德为了复仇，越战越勇。安德烈蟒古斯死了两个魂灵，因此只有招架之功，没有还手之力。二人战了七天七夜，珠给·米吉德想起阿都钦的指点，举起青铜花蛇枪，趁安德烈蟒古斯不备，向它的肚脐刺去。只听一声怪叫，安德烈蟒古斯一命呜呼。

珠给·米吉德来到阿拉嘎山，与乌仁高娃和自己的双亲会合。然后骑着宝马回到居·莫尔根汗国，重建家园，一家人过上了团圆幸福的日子。

讲述者：波尔固德

整理者：波·少布

抓苍蝇

从前,在内蒙古草原上有一座查干庙,庙里有一个喇嘛,人们都管他叫查干大喇嘛。他已经一百零一岁了,但是身强力壮,鹤发童颜,拿刀背箭,纵有百八十人也近他不得。他虽然有一身好武艺,可就是不收徒弟,人们都不知为什么。拜他为师的人,最长不超过一个月就溜走了,所以,他身边一直没有徒弟。

一天,又来了两个拜师的人,跪在查干大喇嘛面前。查干大喇嘛打量一下两个人,一个是膀阔身高,方面大耳,名叫巴图;一个是矮个干瘦,尖头小眼,名叫巴力吉。查干大喇嘛问:"你们是来学武艺的吗?"二人同声回答:"是。"查干大喇嘛沉思一会儿又问:"你们能谨遵师训,做一个有始有终的徒弟吗?"二人又同声回答:"能!"查干大喇嘛点点头说:"好,我收下你们。常言说,是其弟子负其劳。你们先替我干点儿活,以后我再教你们武艺。"二人又同声答应:"是。"

一个月过去了,巴图和巴力吉每天都是砍柴做饭,挑水浇园,累得蒙头转向。一天,查干大喇嘛把二人叫到面前说:"你们该学武艺了。"师兄弟二人躬身等着学武艺。查干大喇嘛又说:"从现在起,你们两人每天给我抓苍蝇。""抓苍蝇?"巴力吉差一点儿笑出声来。查干大喇嘛接着说:"给你们半年时间,要把迎面飞来的苍蝇抓住。"两人答应一声:"是。"就坐到庙门前抓苍蝇去了。

巴图是一个憨厚老实、始终如一的人,他谨遵师训,认真地抓起苍蝇来。巴力吉却是一个性情高傲、目空一切的人,总觉得自己比别人高一等,本想拜师学武艺,一举成名,哪曾想武艺没学到,反倒抓起苍蝇来。他哈哈大笑说:"师兄,学武艺和抓苍蝇,这是戴着草帽贴脸——挨不上啊。"巴图严肃地说:"师父是个高人,叫咱们抓苍蝇一定有用处,你还是抓吧。"巴力吉无精打采地说:"我听你的,咱们抓吧。"从此,师兄弟二人专心致志地抓苍蝇。

半年过去了,师兄弟二人学会了抓苍蝇的本领,迎面飞来的苍蝇伸手就能抓住。查干大喇嘛很高兴,连说:"好,好,你们俩给我接着抓。""接着抓?"巴力吉比吃了苍蝇还恶心。查干大喇嘛接着说:"这回再给你们一年时间,要把身后飞来的苍蝇抓住。"巴图仍然专心致志地抓苍蝇,巴力吉却坐不住了,心想:"这个师父一定不会武艺,嘴上说教我们学武艺,这不是给他当奴隶吗? 不能再当傻狍子了。"每当巴图叫他抓苍蝇时,他总是咧咧嘴说:"你抓着玩吧,我玩够了。"从此,巴图天天练抓身后的苍蝇,巴力吉却天天睡大觉。

一年又过去了,巴图学会了抓身后飞来的苍蝇,巴力吉却什么也没学到。查干大喇嘛长叹一声说:"真是满山牧草有苦有香,满山野花有红有黄啊。"他沉思了一会儿又说:"从现在起,巴图跟我到庙后面去学,巴力吉还得抓苍蝇。"从此,巴图天天到庙后学武艺,巴力吉天天坐在门前抓苍蝇。

巴力吉哪有心思抓苍蝇呢? 每当他看到巴图到庙后学武艺的时候,气就大了。心想:"哼! 不过是前面抓苍蝇,后面抓蛤蟆吧,有啥了不起的。恨我拜错了师,白挨了累。"他每天除了烦闷就是睡觉。一年时间又过去了。一天,巴图站在巴力吉面前关心地说:"师弟,快学会抓身后的苍蝇吧,咱好一起到后面学武艺。"巴力吉轻轻地笑了一声:"你是师父的好徒弟,可以到后面学武艺,我哪能到后面学武艺?"巴图耐心地劝说,巴力吉反倒不耐烦了，连说："师父看不起我，我还不愿意在这儿呢。"巴图又开导了一会儿，就到庙后面了。巴力吉看着巴图的背影，心中暗想："你这个傻狍子，咱们再见了。"

巴力吉离开查干庙，直奔家乡。一天，他进入胡合草原，迎面出现了茫茫苍苍的大树林子，他正要穿林而过，忽听里面有人大喊："站住！快把钱拿出来，不然就叫你死！"巴力吉哆嗦起来，心想："坏了，遇上贼了！"他懵懵懂懂地喊了一声："老爷，我没钱呢！""没钱，要你的命！"随着话音，"嗖"的一声射来一支箭。巴力吉倒乐了，心想："小小的苍蝇我伸手都能抓住，何况这么大的一支箭。"他伸手把箭抓住，嗖、嗖、嗖，又射来三支箭。巴力吉两手一摆，又把这三支箭抓在手中。就听有人大喊起来："遇到高人了，快跑啊！"眨眼工夫，那些人无影无踪了。巴力吉猛地明白过来，心想："抓苍蝇有用啊！还得回去学。"又一想："是我私自离开了师父，再回去，师父也不能要我了。"越想越后悔，不该离开查干庙，越想越恨自己不虚心，导致武艺没学成。想着想着又乐了，不管咋说没白拜一回师，还是学到了一手，到时候一露也算个能人，这伙贼不就被吓跑了吗。他又心满意足地向家乡走去。

巴力吉在路过胡合王爷府的时候，看见王府的白马队正在练习跑马射箭。他刚看了两眼，胡合王爷就把他当坏人抓住了。巴力吉心想："王爷杀个人像碾死个蚊虫一样，我想活命，那算是草爬子屁股——没门儿了。"又一想反正是个死，不妨唬他一下子。于是说："王爷，我是高人的徒弟，要说兵书，我念过几本，要说武艺，枪来刀挡，箭来手抓，我都行啊。"胡合王爷心中暗想："都是刀来枪架，箭来盾挡。他能用手抓箭，这可真新鲜，我得看看。"想到这儿，他哼了一声说："那好，叫我的白马队向你放箭，看你怎么抓。"胡合王爷一声令下，白马队同时向巴力吉放箭。巴力吉紧划拉，迎面射来的箭他都抓住了。忽然从背后射来一箭，因为他没学会这一招，就没法抓了。这一箭正射中左背，他扑通一声趴下了。白马队的梅林跑到他跟前，跳下马来大喊一声："你这个草兔子，竟敢偷看白马队？"举刀向巴力吉砍来。巴力吉两眼一闭，心想："完了！"忽听"当"的一声响。巴力吉睁开眼一看，泪流了下来，救他的人原来是巴图。

　　自从查干大喇嘛把巴图和巴力吉分开后,向巴图点明练抓苍蝇就是练抓箭法,并把秘诀传授给他,又开始教他百步穿杨箭法、七十二路刀法。一年的工夫,巴图学到了满身武艺,张弓百发百中,舞刀龙飞凤舞。这一天,他发现巴力吉离开了查干庙,便拿起腰刀追巴力吉。

　　巴图拨开梅林的刀,又垫步挥刀和梅林打在一起。几个回合后,只见巴图脚步一乱,扑通一声跌倒在地。梅林大喊一声,用尽全身力气向巴图砍来,吓得巴力吉把眼一闭,心想:"完了!"忽见巴图一个鲤鱼打挺,跃身而起,刀光一闪,"刷"的一声向梅林的脑袋砍来。梅林因用力过猛,一刀砍空,几乎跌倒,再想收刀招架,已来不及了。巴图把刀向右一偏,喊了一声:"留你一条狗命。"一刀把梅林的右耳朵削了下来。血顺着脖子往下流,梅林抱着脑袋逃命去了。胡合王爷心里一惊,大叫:"放箭,快放箭!"白马队张弓搭箭,箭支像一群一群蝗虫向巴图飞来。巴图不慌不忙地挥动双手,像割草一样,把四面飞来的箭支全部抓住,吓得胡合王爷和白马队急匆匆撤回王府。

　　巴力吉猛地站起来,一把拉住巴图的手说:"师兄! 这是血的教训。我明白了,我还得回去抓苍蝇。"

讲述者:张洪有

整理者:李成贵

紫鹭鸟和安吉顺

紫鹭鸟为什么成双成对,静静地站在水中,专吃带牙的黑鱼呢?说起来,这里边还有一段故事呢。

很早以前,在杜尔伯特草原的东北方,有连绵的湖泊和一眼望不到边的芦荡。在芦荡边,住着一个青年渔民,名字叫安吉顺。他从小就失去了父母,在穷苦渔民的照顾下才长大成人。

一天,安吉顺打鱼回来,发现有一只紫鹭鸟受伤了。他把这只紫鹭鸟抱回家去,精心地喂养起来。两个月后,紫鹭鸟好了。一天,安吉顺把紫鹭鸟在芦荡边轻轻地放下,可是紫鹭鸟在空中飞了一圈儿,又落到了安吉顺的面前。安吉顺心里很高兴,忙说:"你飞吧,看到你展翅飞回家去,也不枉费我侍候你两个多月啊。"紫鹭鸟一边叫着,一边点头,好像在说:"感谢你呀!感谢你呀!"它再次展翅在空中转了三圈儿,飞走了。

常言说冷在三九,热在三伏。特别是芦荡里闷热闷热的,一点儿风都没有,日头像一团火,直射着头顶,烤得人眼冒金星,顺脸淌汗。安吉顺站在小渔船上,撒网捕鱼。他又饥又饿,抹了一把汗,心想:"人怕热,鱼也怕热,鱼都溜边了。打不着鱼吃啥呀。"一网又一网,网网捕空,他坚持着。忽然,他觉得头昏脑涨,心脏怦怦跳,眼前发黑,扑通一声倒在小船上,人事不知了。不知过了多长时间,安吉顺觉着凉风吹来,耳边有人呼唤他的名字。他慢慢地睁开眼睛。啊!面前竟是一个美丽的姑娘,她正用香嫩的芦根喂自己。"你是谁呀?我……"安吉顺挣扎着要坐起来。那姑娘一边扶着安吉顺坐起来,一边沉静地说:"你就叫我紫鹭姐吧!"安吉顺感激地说:"是你救了我呀!"那姑娘忙说:"你也救过我呀。"安吉顺糊涂了,心想:"我啥时候救过姑娘呢?"紫鹭姑娘又说:"你快把这嫩芦根吃下去,它能清热解毒。"安吉顺接过白嫩的芦根,放到嘴里嚼着说:"感谢大姐救了我,可你是……"姑娘咯咯地笑着说:"我就是你救活的紫鹭鸟啊。"这下可把安吉顺乐坏了,忙说:"紫鹭姐,你到我家去吧,我打最好的鱼虾,做最好的稷子米饭给你吃。"紫鹭姑娘摇摇头说:"感谢你的好意,可是我也有家,我要回去。"安吉顺的头低下了,他难过地说:"紫鹭姐,你救了我,就这样走了,我心里难受啊!"说着话眼泪就流下来了。紫鹭姑娘也长叹了一声说:"你真是一个善良的人啊!这样吧,我教给你一首歌,以后你若遇到为难的事,你就站在这里唱一遍,我就会站在你的面前。"接着,紫鹭姑娘唱道:

最美的光啊,

是金子的光。

最美的心啊,

是善良人的心。

芦荡芦花飞呀,

远方喊亲人。

安吉顺聚精会神地听着,猛回头,紫鹭姑娘不见了。

冬天到了,芦荡由绿变黄,芦花由红变白。渔民们打的鱼越来越少,生活越来越困难。大家都来找安吉顺想办法。安吉顺挠着头想啊想啊,忽然想起来紫鹭姑娘的话。想到这里答应说:"大家先回去,等我想出办法来再告诉你们。"大家答应一声就都回家去了。

第二天,安吉顺来到了苇荡,他唱起了紫鹭姑娘教的歌。刚唱完,忽见紫鹭姑娘站在面前,一双大眼睛水汪汪的,白净的脖上粉嘟嘟的。她微微一笑说:"好心的人,你有什么为难的事情吗?"安吉顺忙说:"紫鹭姐,是这样的,在这数九寒天里,渔民打不着鱼,过不了冬,你能给想个办法吗?"紫鹭姑娘沉思了一会儿说:"我告诉你一个办法,在腊月十五那天,你们在湖面上打九九八十一个眼儿,到半夜子时,点起九九八十一堆篝火,就能得到很多很多的鱼。"一转眼,紫鹭姑娘又不见了。安吉顺立即回家把这个事告诉渔民们。

时间过得真快,转眼间腊月十五到了。安吉顺和渔民们来到了湖面上,按照紫鹭姑娘说的打了九九八十一个眼儿,到了半夜子时,点起了九九八十一堆篝火。这下可热闹了,只见一二尺长的大黑鱼哧哧哧地往上蹿。渔民得到了很多很多大黑鱼,不仅有吃有喝地过了严寒的冬天,还过了一个丰盛的新年。

春天来了,冰雪融化了,芦苇又长出嫩芽。这一天,安吉顺正在撒网捕鱼,紫鹭姑娘忽然站在了他的面前。他一愣神儿,随即说:"这回别走了。你救了大家,大家都想报答你的恩情呢。"紫鹭鸟满面愁容地说:"弟弟,今天我来看你一次,以后恐怕你就再也见不到我了!"安吉顺心中发了慌,忙问:"紫鹭姐,到底出了什么事了?"紫鹭姑娘叹口气说:"上回你们抓住的那些黑鱼,都是黑鱼精的子孙,它已经知道是我告诉你们方法的。三天后,它要率领家族找我报仇。"安吉顺忙拦住紫鹭姑娘说:"你别走了,等黑鱼精来了,我们和它拼了!"紫鹭姑娘摇摇头说:"不行啊!黑鱼精可厉害了,我要不回去,你们得受害呀。"安吉顺难过地说:"你为了大家惹下了这场杀身大祸,我可不能眼看着你受害呀!"紫鹭姑娘深情地望着安吉顺说:"弟弟,三天后,你们带上武器,在这里等着。如果看到黑浪中的黑鱼,你们就狠狠地叉,也许能助我一臂之力。"说完就不见了。安吉顺也没心思打鱼了,收起网具匆匆走回家去。安吉顺到家后,把这个消息和渔民们说了一遍,大家都很愤怒,高声呼喊:"决不能让紫鹭姑娘受害,我们和黑鱼精拼了!"安吉顺把手一挥说:"好!在芦荡里,凡是有水的地方咱们都插上箔、下挂子,摆成一个迷魂阵。凡是能上船的人,都带上陷网、拿上鱼叉,叫那黑鱼精有来路没去路。"渔民们齐声大喊:"好!"

三天后,渔民们摆好了迷魂阵,凡是能撒网舞叉的男女老少都上了船。刚到中午时,就看那芦荡里突然水涨三尺,黑浪滔滔,成群的黑鱼涌来。渔民们挥叉撒网,这群黑鱼有的被陷网网住,有的被鱼叉叉死,有的闯入迷魂阵内,全被抓住。这时,忽听"哗"的一声响,大浪翻花,蹿出一条大黑鱼,足有七丈长,一搂多粗,簸箕一样的大嘴叼着紫鹭鸟。上百支鱼叉向黑鱼精扎来。可是,鱼叉扎在黑鱼精身上都崩回来了,就是扎不进去。黑鱼精把紫鹭鸟拦腰咬住,紫鹭鸟拼命地挥剑向黑鱼精身上乱砍,可是丝毫伤不了它。渔民干着急,安吉顺悲痛地喊了声:"紫鹭姐,我来了!"震得地动山摇,狂涛怒卷,安吉顺纵身跳到了黑鱼精的头上,用尽全身力气,一鱼叉扎到黑鱼精的左眼睛里。黑鱼精头往下一沉,一声惨叫,把安吉顺打到了水底,再也没有出来。紫鹭鸟惨叫了一声:"弟弟!"回手一剑扎到了黑鱼精的右眼睛里。黑鱼精又"呜呜"地惨叫了几声,断了气儿。紫鹭鸟也沉入水底,再也没上来。

芦荡里又风平浪静了,渔民们悲痛地怀念着紫鹭鸟和安吉顺。这时,芦荡里飞来一对紫鹭鸟,它们抖动着洁白的羽毛,站在水中,专吃那带刺的黑鱼。人们说,这是紫鹭鸟和安吉顺回来了。

讲述者:宋井和

整理者:任孝先